[典藏版]

宋词三百首全解

下

上彊村民 编
蔡义江 解

复旦大学出版社

万俟咏

万俟咏(生卒年不详),字雅言,自号大梁词隐,哲宗元祐间以诗赋驰名,因屡试不第,绝意仕进,以诗酒自娱。每出新作,一夜之间便传遍京城。徽宗政和初召试补官,授大晟府制撰。高宗绍兴五年补下州文学。精通音律,应制之作较多。王灼《碧鸡漫志》称他与沈唐、李甲、孙夷、孙榘叔侄、晁元礼等六人词"源流从柳氏(永)来",而"就中雅言又绝出"。有《大声集》五卷,失传已久,近人刘毓盘、赵万里各有辑本。

三 台

清 明 应 制①

见梨花初带夜月,海棠半含朝雨。内苑春、不禁过青门②,御沟涨、潜通南浦。东风静、细柳垂金缕。望凤阙、非烟非雾③。好时代、朝野多欢,遍九陌④、太平箫鼓。　　乍莺儿百啭断续,燕子飞来飞去。近绿水、台榭映秋千,斗草聚⑤、双双游女。饧香更⑥、酒冷踏青路。会暗识、夭桃朱户⑦。向晚骤、宝马雕鞍,醉襟惹、乱花飞絮。　　正轻寒轻暖漏永,半阴半晴云暮。禁火天、已是试新妆,岁华到、三分佳处。清明看、汉宫传蜡炬;散翠烟、飞入槐府⑧。敛兵卫、阊阖门开⑨,住传宣、又还休务⑩。

【注释】

① 应制:奉皇帝之命而写作诗文。 ② 青门:京都的东南门,参见贺铸《绿头鸭》注。 ③ 凤阙:汉代建章宫,宫阙临北道,建凤于其上,号"凤阙"。旧用为皇宫的通称。阙,宫门前的望楼。王维应制诗:"云里帝城双凤阙,雨中春树万人家。" ④ 九陌:京都大道。 ⑤ 斗草:相传起于吴王、西施,多由年轻女子玩的采百草来比赛的游戏。以草名作对,如以"观音柳"对"罗汉松"等。 ⑥ 饧:麦芽糖。宋祁《寒食假中作》诗:"箫声催暖卖饧天。" ⑦ 夭桃:茂盛而艳丽的桃花。语出《诗·周南·桃夭》:"桃之夭夭,灼灼其华。" ⑧ 槐府:门前种植槐树,贵人的第宅。这几句用韩翃《寒食》诗:"日暮汉宫传蜡烛,轻烟散入五侯家。""汉宫"句,一作"汉蜡传宫炬"。 ⑨ 阊阖:本传说中的天门,用指宫门。王维《和贾至舍人早朝大明宫之作》诗:"九天阊阖开宫殿。" ⑩ 休务:停止公务,即放假。

【语译】

已见梨花初次映着春夜的月色,海棠花半含着早晨的雨滴。皇家园林中的春色禁不住,已越过了青门,御沟里水涨了起来,暗暗地通往南浦。东风静静地吹拂,纤纤柳条如无数金线低垂。望官门前的凤阙被非烟非雾的祥云笼罩。大好时代,朝野多欢乐,京都大道上,处处箫声鼓声,一片太平气象。

一会儿,黄莺百啭啼鸣,时断时续,燕子飞来飞去。绿水附近,楼台亭榭掩映着秋千;郊游的少女,双双对对相聚,玩着斗草的游戏。麦芽糖的香味飘过,酒菜在外出踏青扫墓的路上都冷了。我还能暗中辨认出秾艳的桃树下那朱红门户的人家。傍晚时分,配着豪华鞍鞯的骏马往来奔驰,醉酒后的衣襟上,沾惹着乱纷纷的落花飞絮。

现在正是轻寒轻暖的季节,更漏之声迟迟不歇,半阴半晴的天气,天上的云已呈现暮色。禁火的日子里,人们已试着作新妆打扮了,一年之中已到了三分佳胜的时候。看那清明节皇宫中传出蜡烛,它的青烟飘散开来,飞进门前植有槐树的公侯贵族府第。宫殿前撤下守卫的士兵,宫门大开,暂时不再传呼宣读敕令,而且还停止办公放假了。

【赏析】

万俟咏与黄庭坚、周邦彦同时,词大多作于北宋哲宗、徽宗时代。此词所咏是北宋京都汴梁的清明景象,又因为"应制"而作,故不免歌功颂德,粉饰太平。

词分三叠。一叠写春到京城。梨花带月,海棠含雨;"内苑"春色关不住,已过"青门";"御沟"春水渐涨绿,暗通"南浦"。柳垂"金缕",云埋"凤阙"。归结为"朝野多欢"、"箫鼓"盈衢的"太平"气象。二叠写市井之繁华热闹。流莺宛转,燕子去来,近水台榭映秋千,成双游女戏斗草。卖饧携酒,踏青祭扫,游人往返不绝,犹有留情于"夭桃朱户"人家者。仍归结为贵族子弟纵马豪饮的游冶逸兴。三叠借寒食清明习俗禁火,宫中以蜡烛分赐近臣,及弛禁开门,住宣休务等事，写皇上降恩，与百僚同乐，以此颂圣。统观全篇，是一种竭力罗列铺陈的赋体写法。比之于出自真情实感的抒情词作来，其文与价值或要逊色得多，但就当时文学现象中不可缺少的一种诗词体式"应制体"来看，也还是写得比较成功的，故得到一些评词者的赞许。如李攀龙云"铺叙有条，如收拾天下春归肺腑状"（《草堂诗余隽》），即是。

徐 伸

徐伸(生卒年不详),字幹臣,三衢(今属浙江)人。政和初,以知音律为太常典乐,出知常州。有《青山乐府》,今不传。

二 郎 神

闷来弹鹊,又搅碎、一帘花影。漫试着春衫,还思纤手,熏彻金猊烬冷。动是愁端如何向?但怪得、新来多病。嗟旧日沈腰①,如今潘鬓②,怎堪临镜? 重省,别时泪湿,罗衣犹凝。料为我厌厌,日高慵起,长托春酲未醒③。雁足不来④,马蹄难驻,门掩一庭芳景。空伫立,尽日阑干,倚遍昼长人静。

【注释】

① 沈腰:沈约有志台司,而帝终不用,乃求外出,又不见许,遂以书陈情于徐勉,言己老病,百日数旬,革带常应移孔。后因以"沈腰"为腰围减损的代称。李煜《破阵子》词:"一旦为臣虏,沈腰潘鬓消磨。" ② 潘鬓:潘岳《秋兴赋序》:"余春秋三十有二,始见二毛(发斑白)。"又其赋云:"斑鬓髟(长发下垂貌)以承弁(一种帽子)兮,素发飒以垂领。"后因以"潘鬓"作为鬓发斑白的代词。
③ 酲:酒后困惫不适;病酒。 ④ 雁足:《汉书·苏武传》:"天子射上林中,得雁,足有系帛书,言武等在某泽中。"后因借以称送书信者。

【语译】

闲来无事,用弹弓去弹喜鹊,因而把帘子上的花影给搅碎了。我胡乱地试穿着春衫,却想起她纤细的手曾将这衣衫用香来熏透,直熏到那金狮香炉烟灭灰冷。随时都会触发愁端,不知如何是好?我只是奇怪怎么近来老是生病。唉!我往日已瘦损腰围,如今又斑斑霜鬓,怎么还敢对镜自照呢?

重新检点离别时被泪水打湿的罗衣,到今天还留着点点泪痕。料想她也为我精神不振,日上三竿时,还懒得起身,恐怕总是推托酒后因惫不适的感觉尚未过去罢。传送书信的人不来,要想她的马车来此停留也难,只好关上门,把庭院中美好的春景都关闭起来。我徒劳地久立等待,整天把栏杆都倚遍了,消受着这长长的白昼和无人的寂静。

【赏析】

此词王明清《挥麈余话》记其"本书",颇涉离奇,张侃《拙轩集》所述不同,然皆不足为据,兹不录。细看内容,它只不过是一首"多说别后情事"(许昂霄《词综偶评》)的词,至于别去者是谁,因何而别,后来怎样等等,与欣赏此词没有什么关系,可不必深究。

词的起头,构思甚巧。许昂霄云:"起句从'举头闻鹊喜'翻出。"(同前)。五代冯延巳《谒金门》词:"终日望君君不至,举头闻鹊喜。"因传说鹊能报喜,故怀人者闻而心动。倘不灵验,则徒令心烦而反觉可恶了。故又有敦煌词《鹊踏枝》云:"叵耐灵鹊多谩语,送喜何曾有凭据？几度飞来活捉取，锁上金笼休共语。"此词变"活捉取"为"弹鹊"，用意相似，正为鹊噪反触动"愁端"也。谢朓有"鸟散余花落"名句。鹊惊飞而花枝颤动，故"花影"历乱，如被自己所"搅碎"。从帘影中点出春来，颇不寻常。说"闷来"，又用"漫"字，表示原来弹鹊、试衣皆不经心，到"还思"二句，始睹物思人，沉湎于追忆之中，叙事有层次。说"熏彻"、"烬冷"，是从尽心熏衣上写出她对自己的一片深情来。"动"，是动辄、往往的意思。"向"是当时口语中为强调而加的语助词，"如何向"即"如之何"。由"愁端"而说到"新来多病"，说到"沈腰"、"潘鬓"消磨，说到不堪"临镜"自照，是自叹多愁善感，以致耗神伤体，不觉老之将至。

换头用"重省"二字一提往事，但与上片因试衣而忆昔又不相同：前面是无意中引起记忆，现在是有意识取旧物来验看，自有深浅之别。见"罗衣犹凝"别时之泪，又进而引发对去者此日情况的想象，而且是推己及彼的。因自己的瘦羸多病，揣测对方也一定"为我厌厌"、"慵起"，借酒浇愁。其依据就是以前待自己情重，曾手薰春衫和别泪沾衣。"雁足"三句，回到眼前；音信久绝，相见难期，只有"门掩""芳景"，"深锁春光一院愁"了。最后以"尽日""伫立"，"倚遍""阑干"，寂寞度时光作结，下"昼长人静"四字歇拍，意境深远。黄昇云："青山词多杂调，唯《二郎神》一曲，天下称之。"（《花庵词选》）王闿运云："妙手偶得之作。"（《湘绮楼词选》）对此词都十分推重。

田　为

田为(生卒年不详),字不伐。徽宗政和末,充大晟府典乐。宣和元年(1119)罢典乐,为大晟府乐令。工乐府,擅琵琶。有近人赵万里辑《㳽呕集》。

江　神　子　慢

玉台挂秋月。铅素浅、梅花傅香雪。冰姿洁,金莲衬①、小小凌波罗袜。雨初歇,楼外孤鸿声渐远,远山外、行人音信绝。此恨对语犹难,那堪更寄书说！　　教人红消翠减②,觉衣宽金缕,都为轻别。太情切,消魂处、画角黄昏时节。声呜咽。落尽庭花春去也,银蟾迥③、无情圆又缺。恨伊不似余香,惹鸳鸯结。

【注释】

① 金莲:指女子的小脚。语出《南史·齐东昏侯纪》:"又凿金为莲花以贴地,令潘妃行其上,曰:'此步步生莲花也。'"　② 红消翠减:当指胭脂褪红,黛眉减翠。　③ 银蟾:明月。

【语译】

白玉台上高挂着秋月,她脸上敷着薄粉,就像梅花覆着一层香

田为　江神子慢

雪。冰一样晶莹洁白的肌肤，一双金莲能作凌波微步，衬着小小的罗袜。雨刚停了下来，高楼外一只孤雁的叫声渐渐远去，远山外，她的心上人一去音信就此断绝。这怨恨面对面尚难启齿，怎么还能再寄信去诉说呢？

真叫人胭脂红褪，黛眉翠减，懒于梳妆，只觉得身上的金缕衣也愈来愈宽松了，这一切都只为轻率的离别啊！堕落情网太深了，正当她处在极度悲伤的境况下，黄昏时刻的画角又吹响了。这声音也像在呜咽饮泣。庭院里花儿都已落尽，春天早过去了，天上月儿高远，它也真无情，既圆满了又何必再缺！恨情郎太薄幸，他的热情还不如沾惹在鸳鸯带同心结上的余香留得长久呢。

【赏析】

这首也是别后思妇的怨词。

首句交待地、时，"玉台"，华贵的府第；"秋月"，多愁的季节，后面要说"银蟾"，这里先提到。"铅素浅"，非月非梅，而是说人，与下文"冰姿洁"所指同。"梅花傅香雪"，非实景，因为秋天是没有梅花的；是比喻，说人气质高雅，超凡脱俗，似孤芳幽独。写其风姿，说冰清玉洁，"金莲衬"、"罗袜"是借写纤足微步，赞她如洛水女神凌波仙子。然后转入写情事。"雨初歇"，应"秋月"；"楼"应"玉台"；"孤鸿声渐远"，可以想见这是在静夜中闲坐寂寥时所闻，虽写景而人在其中，情在其中。一"远"字，又蝉联"远山外"八字，由"孤鸿"说到"行人音信"，句法与文思都自然勾连。"此恨"二句，由彼及己,又从"音信"顺便说到"寄书",写内心的别恨非言语所能表达。

后阕承"此恨"过片。"红消翠减",既然说的是人,可以有二解:(一)如我们注译所说,写无心情梳妆打扮,所谓"岂无膏沐,谁适为容?"所以"红消"胭脂,"翠减"眉黛,与前面写"铅素浅"、"冰姿洁"也相应;(二)说红颜憔悴,云鬟疏稀;年轻女子的头发以"绿云"为喻,亦惯例。二说都可通,不妨随意取舍。"衣宽金缕",即"金缕衣宽",说体瘦。于此,点出"轻别"二字,下"轻"字,正表现"恨"。"太情切"至"圆又缺"五六句,再借黄昏画角、无花庭院、天边缺月等景象,有声有色地渲染自己的别恨离愁。末了,则以薄幸相责,谓"鸳鸯结"上"余香"未消,伊人却一去杳如黄鹤,把旧情都已忘却。不说衣衫或衾被上尚有"余香",而必曰"鸳鸯结",乃暗示彼此曾经有过山盟海誓,曾以鸳鸯带同心结来表示彼此爱情将终生不渝。有此一对照,悲感愈深。

曹 组

曹组(生卒年不详),字元宠,颍昌(今河南许昌)人。徽宗宣和三年(1121)进士。召试中书,仍给事殿中,以阁门宣赞舍人为睿思殿应制。因属近侍弄臣一类,故其词作多滑稽梯突,别成一调。天资敏捷,偶有清新脱俗之作。有《箕颍集》,久佚,近人刘毓盘、赵万里各有辑本。

蓦 山 溪

梅

洗妆真态,不作铅华御。竹外一枝斜①,想佳人天寒日暮②。黄昏院落,无处着清香;风细细,雪垂垂,何况江头路。　　月边疏影,梦到消魂处。结子欲黄时,又须作廉纤细雨。孤芳一世,供断有情愁;消瘦损,东阳也③,试问花知否?

【注释】

① "竹外"句:苏轼《和秦太虚梅花》诗:"江头千树春欲暗,竹外一枝斜更好。"　② "想佳人"句:杜甫《佳人》诗:"天寒翠袖薄,日暮倚修竹。"　③ 东阳:南朝梁沈约,曾为东阳守。因有瘦损"沈腰"事,故借以自喻。

【语译】

洗净妆饰，只凭天然本色，不涂抹胭脂花粉。梅花从翠竹间向外斜伸出一枝来，令人想象一位幽独的佳人在天寒日暮时分，倚靠在修竹旁边。黄昏的院落中，竟没有能让它留清香的地方，何况在风儿尖细、雪花飘坠的江头路上。

月边疏疏朗朗的梅影，已梦到自己最忧伤的处境了。花落结成梅子，将要变黄时，又要下蒙蒙不绝的细雨了。它一世孤芳，为有情人提供了不尽的愁思。为此，我已像做过东阳守的诗人沈约，日益消瘦了，试问花儿你可知道？

【赏析】

咏物词忌就物言物，以相关成语典故堆砌装点，必寄情寓兴才有意思。此词写梅，以一位幽独的佳人形象与处境来作比拟，"微思远致，愧黏题装饰者"（沈际飞《草堂诗余正集》）。

梅花洁白无瑕，所以一开始就将它比作不施"铅华"的美人，她"洗妆"去饰，显露出"真态"本色来。接着以"竹外"二句作具体描绘。"竹外一枝斜更好"，是苏轼咏梅名句；"天寒翠袖薄，日暮倚修竹"是杜甫《佳人》诗中为处境幽独的理想佳人所作的艺术造型。连用苏、杜诗句而能将两者巧妙地融合成一体，从而创造出梅花寂寞生愁的拟人新形象来，自不多见。黄昏时分，"笙歌归院落，灯火下楼台"，富贵之家自爱好繁华，非梅花志趣所在，也没有它的落脚处，所以说"无处着清香"。至于提到"江头路"，是因为前引"竹外"

句的那首苏诗中本有"江头千树"等语,也因诗词中常常写到"江梅"。梅花生于旷野无人之地,加之雪虐风暴,境况当然更加凄清寂寞,所以用"何况"二字。总之,上片写出了梅花的风姿和所处的环境。

下片另辟蹊径,再向纵深发掘。先从月下梅花作梦说起。以"月边疏影"称梅,用词出林逋咏梅名句中"疏影横斜"、"月黄昏"。"梦到消魂处",五字笔意空灵,写出这位绝世佳人的悲哀,她从噩梦中看到自己不免零落成泥的命运,但用的是虚笔。因以"消魂"暗示花谢,故下面接写"结子"事,梅子"欲黄时",正是"廉纤细雨"连绵不绝的季节。贺方回以"梅子黄时雨"喻愁之多,这里虽未明言,而喻意实已包含其中。这可以从连着上面梦落花而说的"又须作"三字中体会出来。在下面两句中,其实已曲折点出。"孤芳一世"四字,是对梅花的总结。不说梅花有愁,却说"有情"人见梅而生"愁"。"供断"即"供尽",尽情提供。这样,就把花与人联系了起来,也表现了人的志趣,即寄情寓兴。"有情"者为谁? 就是作者自己,他怜惜梅花,竟致自己也和做过"东阳"守的沈约一样,"消瘦损"了。结句"试问花知否",尤飘洒脱俗,摇曳多姿,自是神来之笔。

李 玉

李玉,北宋末人,生平事迹失载。词仅一首,或题为潘汾作,见《阳春白雪》卷一。

贺 新 郎

篆缕消金鼎①,醉沉沉、庭阴转午,画堂人静。芳草王孙知何处?惟有杨花糁径②。渐玉枕、腾腾春醒③。帘外残红春已透,镇无聊④、殢酒厌厌病⑤。云鬟乱,未忺整⑥。　江南旧事休重省,遍天涯、寻消问息,断鸿难倩⑦。月满西楼凭阑久,依旧归期未定。又只恐、瓶沉金井⑧。嘶骑不来银烛暗⑨,枉教人、立尽梧桐影。谁伴我,对鸾镜⑩。

【注释】

① 篆缕:指上腾的香烟,如篆字和线缕。金鼎:香炉。　② 糁:音三,上声;散粒。　③ 腾腾:懒散地。白居易《戏赠萧处士清禅师》诗:"又有放慵巴郡守,不营一事共腾腾。"　④ 镇:整日;久。　⑤ 殢:音替,又读逆,困惫,困扰。　⑥ 忺:音掀;高兴,有兴。　⑦ 倩:请,央求。　⑧ 瓶沉金井:白居易《新乐府·井底引银瓶》:"瓶沉簪折知奈何,似妾今朝与君别。"　⑨ 嘶骑:鸣叫着的马。　⑩ 鸾镜:妆镜。白居易《新乐府·太行路》:"何况如今鸾镜中,妾颜未改君

心改。"

【语译】

从香炉里冒出来的篆文似的缕缕香烟已渐渐消歇,喝醉了酒,昏昏沉沉,庭院中日影已转到正午,画堂里静寂无人。像春草萋萋时古人思念远游的王孙那样,我的那位郎君如今也不知在什么地方。只有柳絮点点,散乱地铺满了小路。我从枕上懒洋洋地逐渐醒了过来。帘外花已飘落,春色已浓透了。我终日无聊,总是因喝酒而困倦不适,萎靡不振。乌云般的鬓发乱蓬蓬地,也不高兴将它理好。

江南的旧事不要再回顾了,我到处打听他的消息,直至遥远的天边,只可惜无法央求孤飞的大雁为我捎信。明月团团,又把银辉洒满了西楼,我久久地靠着栏杆,可是他的归期却依旧不得而知。又只怕他此次一去就像汲水的银瓶沉入井底再也见不到了。他从前乘过的嘶叫着的马总也盼不到,蜡烛也暗淡无光,我白白地久立等待,直到月光投在梧桐树下的影子逐渐消失。今后有谁能在我对着镜子梳妆时再来陪伴我呢?

【赏析】

这首思妇词颇受说词者的称道。黄昇云:"李君词虽不多见,然风流蕴藉,尽此篇矣。"(《花庵词选》)沈际飞云:"李君止一词,风情耿耿。"(《草堂诗余正集》)陈廷焯云:"此词绮丽风华,情韵并盛,允推名作。"(《白雨斋词话》)如此等等。

头三句写闺中午醉时情景，境界寂静，人物之愁绪从"醉沉沉"三字中透出。"芳草"句点出怀人主题；因其用问句，又带出下一句景语来作答。这样，"杨花"之纷乱，更自然与离人愁思相关，并有暗喻行者漂泊难寻的作用在。此词艺术表现上的一个特点是不像通常词结构那样，前面一段写景，后面叙事抒情；而是将景、情、事交错组合。在上片后半，写酒醒（"春醒"即酒醒，酒多称"春"）无聊，懒于梳妆的中间，夹杂一句"帘外残红春已透"景语自好，比单独写景更带有情绪色彩，同时也更能起到以景物衬托情事的作用。

　　"江南旧事"是模糊概念，有意使人感觉朦胧，毋须深究其为何事，它只是往年欢乐的代词。故下接如今之情事：郎君消息难问，音书不到，归期未有。中间又有"断鸿"、"月满西楼"等景语插入。"又只恐、瓶沉金井"句，借白居易《新乐府》喻意，进一步写内心被遗弃的担忧。"嘶骑不来"，在述说眼前伫立久待中，又隐隐有往日的记忆在。从前，大概不止一次曾闻马嘶而知是郎君来到，现在却等不到了。蜡烛长时间燃烧而不剪芯，炬火就不明亮，怅然若失的思妇，其心情亦如银烛之暗淡。"枉教人、立尽梧桐影"八字，清俊凄恻，篇中佳句。结尾两短句，情韵协调，使昔日同临妆镜之恩爱回忆，从难耐眼前的孤寂的叹息中带出。

廖世美

廖世美,北宋末人,生平事迹失载。

烛 影 摇 红

题安陆浮云楼①

霭霭春空,画楼森耸凌云渚。紫薇登览最关情②,绝妙夸能赋。惆怅相思迟暮,记当日、朱阑共语。塞鸿难问,岸柳何穷,别愁纷絮。　　催促年光,旧来流水知何处?断肠何必更残阳,极目伤平楚。晚霁波声带雨,悄无人、舟横野渡③。数峰江上,芳草天涯,参差烟树。

【注释】

① 安陆:今湖北安陆县。　② 紫薇:星名,亦作"紫微"。《晋书·天文志》:"紫宫垣十五星……在北斗北。一曰紫微,大帝之座也,天子之常居也。"③ "晚霁"二句:韦应物《滁州西涧》诗:"春潮带雨晚来急,野渡无人舟自横。"

【语译】

春天的天空云雾弥漫,小洲上画楼森然耸立,直入云端。登临观赏,星星在旁,其中紫薇星最使我关心;这景象能写成绝妙的好诗词向人夸耀。但我却满怀惆怅,心中思念伊人,深感年华迟暮。

记得当年,我们曾一道靠着朱红栏杆谈心。眼前塞上鸿雁难以问讯,岸边的杨柳哪有穷尽,离别的愁绪纷乱不已。

从那时起,催促着时光岁月逝去的流水,不知如今已去往何处?肝肠都已寸断,又何必再见残阳欲落之景?我只是伤心地向着漠漠平林极目远望。晚来天已放晴,哗哗的波浪好像还带着雨声在奔流,野外渡口静悄悄地空无一人,系在岸边的船自动地横了过来。江上数峰青青,芳草绵延天边,参差错落的树木蒙蒙带烟。

【赏析】

词为江中的浮云楼而作,在描写凭栏所见景物之外,同时也寄托离别相思之情,作为登览之所感。

头两句正面写浮云楼耸立于江中洲渚之上。说"霭霭春空"及"凌云",都为切合画楼之名,又言其势之高。"紫薇"二句,再就其高入云端做文章,说它接近星星,登临其上,能赋妙句。宋蔡正孙《诗林广记》记宋初杨亿自幼有作诗天赋说,杨出生数岁不能言,一日,家人抱登楼,偶触其首,遂即能语,且吟诗云:"危楼高百尺,手可摘星辰。不敢高声语,恐惊天上人。"(其实,传说是取李白诗稍加改变而编造出来的。)举"紫薇"而说"最关情",因为紫薇星是帝位的象征。代表国家社稷的命运。当然,这只是顺便那么说,主要还是为形容浮云楼之高。

"惆怅"句起,才正式写到登临所感。"相思",是伤别离,"迟暮",是叹流年;所思人不见,青春时难再,所以"惆怅"。然记忆犹在,"当日"情景历历。"朱栏共语",所忆仍不离此楼,如今只是独自在凭栏罢了。"塞鸿"三句,排比而下,一气贯注;"塞鸿"、"岸柳"又无不与"别愁"相关,望中之景与内心之情融合无间。

"流水"、"残阳"、"平楚",都是"登览"所见;从这些景物的文学传统意象(如"流水"象征"年光"逝去,"残阳"为"迟暮"之景)中引出感慨来。在这里用了表述情绪的分量较重的"断肠"和"伤"字之后,就不再有抒情字眼了。自"晚霁"起,直至终了,竟全部都用来写景。用一二句景语作为结束的诗词,我们见到过,但像这样连续不断地用五六句来写景而不再有一字言情的,实不多见,这不能不说是此词表现上的一大特点。先是化用韦应物诗句意境,写在这里,恰如作者登楼临水所亲见亲闻,且与当时悄然孤寂的心情完全一致。最后三句,更写出纵目四望时的那种茫然的感觉,而景物的意象又无不暗暗与离愁别恨相通。倘不如此结尾,而改用强烈的感情语句归结,那就可能变成一首以抒别情为主的词而不再是题浮云楼了。可见作者把握分寸是何等的准确。

况周颐对此词的艺术成就极为推崇,他在《蕙风词话》中云:"'塞鸿难问,岸柳何穷,别愁纷絮。'神来之笔,即已佳矣。换头云:'催促年光,旧来流水知何处。断肠何必更残阳,极目伤平楚。晚霁波声带雨,悄无人、舟横野渡。'语淡而情深,令子野、太虚辈为之,容或未必能到。此等词一再吟诵,辄沁人心脾,毕生不能忘。《花庵绝妙词选》中,真能不愧'绝妙'二字,如世美之作,殊不多觏。"这些话并不过誉。

吕滨老

吕滨老(生卒年不详),一作渭老,字圣求,秀州(今浙江嘉兴)人。宣和、靖康年间大臣,有《圣求词》一卷。

薄　　倖

青楼春晚,昼寂寂、梳匀又懒。乍听得、鸦啼莺呼①,惹起新愁无限。记年时②、偷掷春心,花前隔雾遥相见。便角枕题诗③,宝钗贳酒④,共醉青苔深院。　　怎忘得、回廊下,携手处、花明月满。如今但暮雨,蜂愁蝶恨,小窗闲对芭蕉展。却谁拘管?尽无言闲品秦筝,泪满参差雁⑤。腰肢渐小,心与杨花共远。

【注释】

① 呼:音龙,去声;鸟叫。　② 年时:当年。　③ 角枕:用兽角作装饰的枕头。《诗·唐风·葛生》:"角枕粲兮,锦衾烂兮。"　④ 贳:赊欠,租借。宝钗贳酒:元稹《遣悲怀》诗:"泥他沽酒拔金钗。"　⑤ 参差雁:指筝柱,因其斜列如雁行参差,故谓。

【语译】

春色已晚,青楼中,白天静寂无人,我又懒得去梳妆打扮。忽听到乌鸦在啼,黄莺在叫,这惹起我新添的无限愁思。记得当年,我偷偷地将一颗充满爱情的心抛掷给了他,那时我们在花丛前隔着薄雾远远地彼此相见。从此,便在角枕上题诗寄相思,拔下金钗作抵押,赊得酒来,在长着青苔的深深庭院里,与他一同欢饮。

怎能忘记那回廊底下,我们曾手拉着手的地方,周围娇花照眼,空中明月正圆。如今只有潇潇暮雨,使蜂儿愁、蝶儿恨,而我则闲来无事地面对小窗前已展开绿叶的芭蕉。可这一切又有谁来管呢?任凭我默默无言地闲弹着秦筝,泪水湿遍了斜列着的筝柱。腰肢渐渐瘦小了,心儿已随杨花一道远远地飞去。

【赏析】

一对恋人,热恋时如胶似漆,时过境迁,男的走了,抛下女的不管,被遗弃者怨愁不已。此词所写就是弃女的怨恨;选用《薄倖》词牌,亦有兼作词题之意。

词以"青楼春晚"发端,好像只点地与时,其实也暗示人与事。"青楼"一词有二义,一是泛指华贵的楼房,一是指妓馆。若与词牌名联系起来看,则指后者无疑,因杜牧有"赢得青楼薄倖名"诗句,所以这是借住处交待人物的身份。"春晚",可借指热情已过、恩爱已衰,所以又是交待事;连着下句"梳匀又懒"看,其意更显。"鸦啼莺哢",鸟儿仿佛在诉说春天将尽,听者感触,故"惹起新愁"。就此转入回忆:初次相遇,一见倾心,"花前隔雾遥相见",尚未细察其人,便"偷掷春心",是说轻许,言下不免有悔。故接用"便"字,说两情进展之速。李白有"为君留下相思枕"之句,枕上题诗,寓意甚明;又《诗经》中"角枕粲兮"的诗,抒发了女子愿百年之后与良人同墓穴的挚情,或也有借此而寓誓同生死之意。拔"宝钗"以"贳酒",以求与郎"共醉",写出女子对薄情郎的体贴温存。

换头以"怎忘得"再提起,用两句继续忆当年"携手"夜游的情景过片,但只以"花明月满"虚写和隐写他们共同度过的美好时光。然后以"暮雨"中"小窗"前闲看"芭蕉展"叶、春已迟暮的"如今"孤寂无聊的境况与前面作对照。"蜂愁蝶恨"四字,借小虫说人,也用虚笔,恰好与"花明月满"四字对应。"却谁拘管",是说苦乐冷暖只有自己知道,犹古诗所云"入门各自媚,谁肯相为言?"愁绪难遣,只有寄托在弹筝上,然怨曲声中,不觉泪落沾筝柱。述来情景凄惋。末了说人渐消瘦而念旧之心终不得平静。"心与杨花共远",切合晚春之景而又有悠然不尽之致。赵师秀云:"圣求词婉媚深窈,视美成、耆卿伯仲。"(《圣求词序》)说吕圣求可与周邦彦、柳永"伯仲",虽不免过誉,但对其词的风格的评语,倒是比较确切的。

鲁逸仲

鲁逸仲,《兰畹曲会》作者自称鲁逸仲,实乃孔夷化名。夷字方平,自号滍皋渔父,汝州龙兴(今河南宝丰)人。孔子四十七代孙。元祐中隐士,与侄孔榘(字处度)齐名。与李廌为诗酒侣,刘攽、韩维之畏友。《花庵词选》录有词三首。

南　浦

旅　怀

风悲画角,听《单于》、三弄落谯门①。投宿骎骎征骑,飞雪满孤村。酒市渐阑灯火,正敲窗、乱叶舞纷纷。送数声惊雁,乍离烟水,嘹唳度寒云。　　好在半胧溪月②,到如今、无处不消魂。故国梅花归梦③。愁损绿罗裙④。为问暗香闲艳,也相思、万点付啼痕。算翠屏应是,两眉余恨倚黄昏。

【注释】

①《单于》:唐代"大角曲"中有《大单于》、《小单于》等曲。单于,匈奴首领的称号,单,读"蝉"。弄:奏乐。谯门:也称谯楼,城门上的望楼。　②好在:依旧。溪月:一本作"淡月"。　③"故国"句:意谓做梦回故乡与亲人团聚,如梦中与梅花仙子欢会一样虚幻。《龙城录》:隋代赵师雄游罗浮山,梦见梅花化

为"淡妆素服"的美人,与之欢宴歌舞,一觉醒来,原来睡在梅花树下,见"月落参横,但惆怅而已"。 ④ 绿罗裙:指家中穿绿罗裙的亲人。牛希济《生查子》词:"记得绿罗裙,处处怜芳草。"

【语译】

悲风中响起画角的声音,听它所吹的《小单于》曲,一遍遍地来自城门的望楼上。为了投宿,我远行所骑的马急匆匆地赶路,来到一个孤独的小村,已满天飞雪。卖酒的市上,灯火已渐渐稀少,我住房的外面,纷纷乱舞的落叶正不断地敲打着窗户。我倾听着几声大雁的惊飞,它刚刚离开烟蒙蒙的水面,带着嘹亮而悠长的叫声,飞向那寒冷的云层。

依旧是月照清溪半朦胧,到今天,没有一处不使我黯然消魂。我在睡梦中回到故乡,也只像罗浮山的一场梅花梦,这境况真愁煞我那穿绿罗裙的亲爱的人儿了。我不禁要问:暗里飘香、闲来吐艳的梅花,难道你也有相思之苦,将万点落花飘洒得如同泪雨一般?我料想在那翠绿屏风里的心上人,也一定在黄昏时分倚门而望,双眉正带着内心无限的怨恨。

【赏析】

李攀龙概括此词词意云:"上是旅思凄凉之景况,下是故乡怀望之神情。"(《草堂诗余隽》)大致上是不错的。《旅怀》之题,在不同的本子里,或无或有。至于黄蓼园云:"细玩词意,似亦经靖康乱后作也。"(《蓼园词选》)这话就很靠不住了。因为据《宋诗纪事》

说,作者是"元祐中隐士",元祐末距"靖康乱"尚有三十余年,他是否能活到那时候还很难说,何况词意中也根本看不出宋室南渡的痕迹来。

唐李益有《听晓角》诗云:"边霜昨夜堕关榆,吹角当城汉月孤。无限塞鸿飞不度,秋风卷入《小单于》。"此词上片之头尾数句。似从李诗诗意化出,但化得极其高明,可以说达到了"羚羊挂角,无迹可求"的地步。比如写"吹角当城",不说"画角起城头",而说"三弄落谯门",这"落"字,就清新矫健。再如写鸿雁惊飞数句,也有声有色。不说"听"而说"送",作者的归心追逐着雁声"嘹唳"入云的神情境界,就全都表现出来了。又如中段写策骑投宿,雪满孤村,酒市灯阑,乱叶敲窗,羁旅之劳碌辛苦,寂寞孤单,也尽在不言之中。难怪陈廷焯赞之云:"此词遣词琢句,工绝警绝,最令人爱。"(《白雨斋词话》)

下片由羁旅景况转入思乡情怀,用"好在"二句过片,最为灵巧。"半胧溪月"之景,是眼前所见,也是昔日曾见,因为"溪月"处处都有。由今而思昔,从旅途所见而联想到在家乡也曾见过,所以用"好在"(依旧)二字。景物彼此足以引起联想者甚多,故又说"到如今、无处不消魂"。"半胧溪月"还为写梅作引,因林逋诗有"水清浅"、"月黄昏"之语。从前,赵师雄在罗浮山梦见与白衣美女欢会,醒来发现睡在梅树下,见"月落参横,但惆怅而已"。故乡之归梦亦复如此。因用了梅花典故,索性就问起梅来,借梅花的风飘"万点",来写自己的相思情怀。这又成了空灵妙笔,故陈廷焯又云:

"'好在'二语真好笔仗。'为问'二语淋漓痛快,笔仗亦佳。"(同前)最后用一"算"字勾转,揣想"翠屏"中人正倚门而望。说"相思""泪痕",是问"暗香";说"两眉余恨",又结以"黄昏"二字,不知是否有意把"暗香浮动月黄昏"句檃栝其中,使梅花与人竟难以辨别。

岳 飞

岳飞(1103—1142),字鹏举,相州汤阴(今属河南)人。宣和四年(1122)应募从军,隶属名将宗泽,累立战功。南渡后,历官少保、河南北诸路招讨使,屡败金兵。进枢密副使,封武昌郡开国公。因力主抗金,不附和议,被秦桧以"莫须有"罪名杀害。孝宗时追谥武穆,宁宗时又追封鄂王,改谥忠武。后人辑有《岳忠武王文集》,词除《小重山》一首外,其《满江红》词,近人夏承焘著文辨其为后人所拟托。

满 江 红

怒发冲冠①,凭阑处、潇潇雨歇。抬望眼、仰天长啸,壮怀激烈。三十功名尘与土②,八千里路云和月③。莫等闲、白了少年头,空悲切④。　靖康耻⑤,犹未雪,臣子恨⑥,何时灭?驾长车、踏破贺兰山缺⑦。壮志饥餐胡虏肉,笑谈渴饮匈奴血⑧。待从头、收拾旧山河,朝天阙⑨。

【注释】

① 怒发冲冠:《史记·廉颇蔺相如列传》:"相如因持璧,却立,倚柱,怒发上冲冠。"　② 三十:岳飞被害时,年仅四十,此时应是刚过三十岁。尘与土:指风尘仆仆,四处奔走。岳飞《题翠微亭》诗:"经年尘土满征衣。"　③ 八千里路:

说转战数千里。云和月:犹言披星戴月。 ④"莫等闲"二句:汉乐府《长歌行》:"少壮不努力,老大徒伤悲。" ⑤ 靖康耻:靖康元年(1126),金兵攻破汴京;次年,掳徽、钦二帝北去,北宋灭亡。 ⑥ 恨:一本作"憾"。 ⑦ "驾长车"句:意谓北上直捣敌人的巢穴。长车指战车。贺兰山,在宁夏,河套以西,时属西夏,西夏与南宋并无战争。岳飞有"直抵黄龙府,与诸君痛饮耳"(《宋史》本传)的话,黄龙府在吉林,为金国老巢所在。贺兰山与黄龙府,一西一东,中隔辽宁、河北、山西、陕西诸省,相距千里。缺,山口。 ⑧ 饥餐胡虏肉、渴饮匈奴血:《汉书·王莽传》:"中校尉韩威进曰:'以新(王莽之国号)室之威,而吞胡虏,无异口中蚤虱。臣愿得勇敢之士五千人,不赍斗粮,饥食虏肉,渴饮其血,可以横行。'" ⑨ 朝天阙:朝见皇帝。天阙,皇帝住的宫殿。

【语译】

我愤怒得头发直竖,几乎戴不住帽子。靠着栏杆的当儿,哗哗作响的雨渐渐地停了下来。我抬头遥望,仰面天空,纵声长啸,胸中的豪情剧烈地起伏回荡。三十多岁了,为了建立功名,总是四处奔波,一身尘土;转战八千余里,起早落夜,随伴着我的只有浮云和月亮。切莫让自己年轻的头轻易地变白,到那时再悲伤也来不及了。

靖康年间蒙受的耻辱,至今尚未洗雪;身为臣子,我心中的愤恨,何时才能消除?我要驾着战车,长驱北上,直捣敌巢。怀着与敌寇势不两立的壮志,我恨不得食异族侵略者的肉来充饥,谈笑间拿那些恶魔的血来解渴。等到重新把昔日的大好河山都一一收复之后,我再去朝见皇帝。

【赏析】

此词虽万口传诵，却不见于宋人的任何记载。最早提到它的是明人著作。故有学者认为它是明人托名岳飞所作。余嘉锡《四库提要辩证》首先提出这个问题。恩师夏承焘（瞿禅）作《岳飞〈满江红〉考辨》更详其说。主要理由是两条：（一）岳飞之孙岳珂编集《金佗稡编》及《经进家集》，遍录岳飞之诗文奏章，并无《满江红》词；（二）词中"踏破贺兰山缺"与史实不符。贺兰山在河套以西的宁夏回族自治区，当时属西夏国，与南宋并无战争。岳飞说过要"直捣黄龙府"，那是指今吉林省，一在西北，一在东北，相距千万里。故瞿禅师《论词绝句》有云："黄龙月隔贺兰云，西北当年靖战氛。"又云："八卷鄂王家集在，何曾说取贺兰山。"

此词以岳飞手书形式刻于岳坟石碑上，这大概能使更多的人信以为真。所谓岳飞手书墨迹，世上所见太多，诸葛亮《出师表》有他龙飞凤舞的一字不缺的行草全文；《满江红》词除这首外，竟还有一首"遥望中原"；此外，勒石刻碑的他的诗文书札，也琳琅满目，一律都有岳飞署名，真有那么多的岳飞真迹吗？

信此词为真者，对"踏破贺兰山缺"句，辩曰：是用事，非实指其地。所谓用事，却是当代之事。宋人笔记《湘山续录》："（神宗）时天下久撤边警，一旦元昊以河西叛，朝廷方羁笼关中豪杰，（姚）嗣宗题二诗于驿壁，有'踏碎贺兰石，扫清西洛尘。布衣能效死，可惜作穷鳞'之句。"以为即用此事。其实，使事用典，要看宜与不宜。比如说"靖康耻"这样的事，便不宜用天宝安史之乱或别的史事来指代;打金国的"直捣黄龙府",也不宜说成是征西夏的"踏破贺兰山"。姚诗"踏碎贺兰石"就是针对"河西叛"而实指其地的。后代文人拟作时,不察地理方位的不同(《满江红》刻碑纪年的明弘治年间,明军曾大破鞑靼入侵军于贺兰山),遂信手移用耳。

再如本文注释中所引,"饥食其肉,渴饮其血"之语,本是韩威助长奸雄王莽政权威风的话。岳飞"尽忠报国"刺背,是否会借取这些话来填词,实在也大成问题。

此词风格可用"仰天长啸,壮怀激烈"八字来形容。在岳飞年代,如后来张孝祥、陈亮辈剑拔弩张之粗豪词作还很少见。再说,现实中真正的英雄,"平日乃与常人同"(陆游句),并非开口都说豪言壮语的。岳珂编《金佗稡编》所收之岳飞唯一真作《小重山》词,风格便与此词明显不一样。词云:"昨夜寒蛩不住鸣。惊回千里梦,已三更。起来独自绕阶行。人悄悄,帘外月胧明。　白首为功名,旧山松竹老,阻归程。欲将心事付瑶琴。知音少,弦断有谁听?"这里没有同仇敌忾的义愤、豪气干云的大言,也没有对少年进行要及时努力、自强不息的教育,相反的倒能从中窥见他内心的寂寞、苦闷和凄凉。也许你觉得他不太像一位民族英雄,但这却是真正的岳飞。

当然,作为拟作,《满江红》还是相当成功的。我之所以说它是拟作而不愿说它是伪作,是肯定拟作者的创作动机是好的,他更像是在运用文学艺术创作中的想象和虚构,而不是为了制造一种假冒名牌的商品。拟作者一定是非常敬仰和热爱岳飞的,他想通过岳飞自抒胸怀的方式来塑造一位自己心目中"忠义凛凛令人思"(陆游句)的民族英雄形象,这实在没有什么不对。正因为动机如此,才收到了应有的社会效果。五百年来,它激励过无数人的爱国热情,振奋了民族精神。

张抡

张抡(生卒年不详),字材甫,号莲社居士,南渡故老。孝宗淳熙五年(1178),为宁武军承宣使,知阁门事,兼客省四方馆事。毛晋《莲社词跋》称:"材甫好填词应制,极其华艳;每进一词,上即命宫人以丝竹写之。尝同曾觌、吴琚辈进《柳梢青》诸阕,上极欣赏,赐赍甚渥。"有《莲社词》一卷。

烛影摇红

上元有怀

双阙中天①,凤楼十二春寒浅②。去年元夜奉宸游③,曾侍瑶池宴④。玉殿珠帘尽卷,拥群仙、蓬壶阆苑⑤。五云深处⑥,万烛光中,揭天丝管。　驰隙流年⑦,恍如一瞬星霜换。今宵谁念孤臣⑧,回首长安远。可是尘缘未断⑨,漫惆怅、华胥梦短⑩。满怀幽恨,数点寒灯,几声归雁。

【注释】

① 双阙:皇帝宫门有双阙。王维《奉和圣制从蓬莱向兴庆应制》诗:"云里帝城双凤阙。"　② 凤楼十二:言禁内楼观多。鲍照《代陈思王京洛篇》:"凤楼十二重,四户八绮窗。"　③ 宸游:皇帝出游。宸,本北辰所居,引申为帝王代称。　④ 瑶池宴:据《穆天子传》载,周穆王西游至昆仑山,西王母曾宴之于瑶

池。　⑤蓬壶、阆苑:传说海中三神山,其一名蓬莱,又作蓬壶。阆苑,亦神仙所居。　⑥五云:祥云呈五色。　⑦驰隙:形容光阴迅逝,如"白驹过郤(隙)"。⑧"今宵"句:此句一本作"今宵谁念泣孤臣"。　⑨可是:却是。　⑩华胥梦:《列子》:"黄帝昼寝,梦游华胥之国。"此指往事如幻梦。

【语译】

帝都的双城阙直耸高天,禁中楼阁林立,春寒轻微。去年元宵之夜,我跟随皇帝出游,曾有幸侍奉皇上参与盛大的宴会。宫殿的珠帘都高高地卷起,美人们前呼后拥,仿佛是来自蓬莱和阆苑的群仙。在五彩祥云笼罩的深处,在千万支烛光的辉映下,管弦乐声震天似地奏响。

光阴如奔马飞驰,恍惚只有一眨眼间,就已改换了岁月。今夜又有谁还想到我这孤立无援的臣子,正回首往事,发觉故乡都已是那么遥远了呢! 可总是这尘世的缘分未能断绝,我为了这场美妙幻梦的短暂而在白白地惆怅。怀着满腔无人了解的怨恨,我漠视着稀稀落落的冷清清的灯光,倾听着天上传来北归大雁的几声鸣叫。

【赏析】

毛晋云:"材甫好填词应制,极其华艳;每进一词,上即命宫人以丝竹写之。尝同曾觌、吴琚辈进《柳梢青》诸阕,上极欣赏,赐赉甚渥。"(《莲社词跋》)可知张抡的词多为宫廷帮闲之作。他对南渡后偏安于临安的小朝廷也歌功颂德,粉饰太平,夏师承焘先生曾有讯评(见《瞿禅论词绝句》,中华书局版)。不过这首词倒不存在这些问题,他通过两载元宵情景的对比,抒写了汴京陷落之前和以后自己截然不同的遭遇和今昔之感。故国之思,北宋沦亡的悲哀,这还是有一定意义的。看来这是在"靖康之变"以后不久写成的作品。

上阕写去年元宵汴京宫禁中节日之夜的盛况。城阙巍峨,楼阁成林,正是"春寒"季节,却用一"浅"字,则环境之喧阗热闹,人们之兴高采烈,都不难想见。"奉宸游"和"侍瑶池宴",对作者来说,是特殊的荣耀,本来就非一提不可,何况那是绝不可能再有的机缘,因为过不多久,徽、钦二帝就成了金兵的阶下囚,被北掳而去了。宴比"瑶池",人若"群仙";烛光似昼,丝竹震天。写来已穷极"蓬壶阆苑"神奇境界之乐,谁又想到会乐极生悲呢?古人以为,帝王居处常有五色祥云缭绕,写入词中,客观上也便成了极大的讽刺。我们透过"五云深处"的假象,看到的只是逼近北宋王朝的黑云压城的凶险景象罢了。

下阕写南渡后今年元宵的凄凉冷落境况。流年如白驹过隙,一眨眼春去秋来,冬尽春回,不觉又到了元宵。在这里"星霜换",除了说岁月季节更换外,还暗示了宋王朝命运的改变。故接着就以"孤臣"身份而自叹寂寥;"谁念"二字与去年蒙皇帝恩宠的情况形成了对照。"长安"是汴京的代词;"远"字,不特说相隔路遥,更主要的是指其已沦于敌手,再无重归之日了。自己与汴京实已无缘,却是旧情未断。"尘缘"在这里也就是"情缘",因为世俗之人,非能如出家人断绝尘世牵挂,难免为旧情所累,所以叫"尘缘"。空惆怅好梦太短,即是作具体说明。"华胥梦"是神话传说中的黄帝的白日梦,他梦游的华胥氏之国,又是神仙幻境,用以说北宋灭亡前的宫中逸乐正好,且与上阕以仙境作比一致。"满怀幽恨",是对自己心情的总结;最后八字,眼前景象,用以与上阕末尾相对应,作对比。"数点寒灯"反照"万烛光中";"几声归雁"反照"揭天丝管"。雁已北归,而人则只有永远流落在南方了。

程垓

程垓(生卒年不详),字正伯,号书舟,眉山(今属四川)人。他是苏轼中表兄弟程正辅之孙,约孝宗、光宗时在世。词风委婉绵丽。有《书舟词》。

水龙吟

夜来风雨匆匆,故园定是花无几。愁多怨极,等闲孤负,一年芳意。柳困桃慵,杏青梅小,对人容易①。算好春长在,好花长见,原只是、人憔悴。　　回首池南旧事②,恨星星③、不堪重记。如今但有,看花老眼,伤时清泪。不怕逢花瘦,只愁怕、老来风味。待繁红乱处④,留云借月⑤,也须拼醉。

【注释】

① 对人容易:谓春色对人太草草。　② 池南:地名。苏轼诗曾用以与"剑外"对举,知为蜀地。　③ 星星:形容或指代白发。　④ 处:作"时"解。　⑤ 留云借月:朱敦儒《鹧鸪天》词:"曾批给雨支风券,累奏留云借月章。"

【语译】

昨夜一场风雨来得急骤,故乡园子中的花肯定所剩无几了。

我因愁太多、怨太深无心游赏,便轻易辜负了一年之中的大好春光。柳树困倦了,桃树也懒洋洋的,杏树已见青青子,梅树也结出了小颗粒,春色对人真是太草草了。仔细想想,好春永远存在,好花永远能见到,原来只是人变得憔悴了。

回想从前在家乡池南的那些事情,我恨自己已白发上头,当年的情景,真不能重新再去追忆了。如今只有一双如隔雾看花的老眼和为感伤时事而流下的两行清泪。我并不怕遇见花儿疏减的景象,只是愁怕尝到人到老年时的那种滋味。想要在群芳零乱之时,留住行云,借得明月,伴我行乐,那也得让自己不惜喝醉才行啊!

【赏析】

此词从惋惜风雨落花、青春易过,引出思乡、嗟老、怀旧、伤时种种情思,而又互相结合在一起;作者的感情,却不免颓伤。

陈廷焯谓程垓填词"工于发端"(《白雨斋词话》),这很有见地。此词发端,乍看不觉有什么特别,待读过全篇,才知道只此"夜来风雨匆匆"六字,便把前前后后欲说之事和欲抒之情全都串联了起来。风雨在身边发生,想到的却是"故园"花落,词意空灵跳脱。说"等闲孤负,一年芳意",即是眼前花落,而这又因为"愁多怨极"所致。方有自悔之意,便又怨春色之对人草草,运笔圆转如此。后三句以一"算"字领起,再转折,仍归于人太多情,因而"憔悴"。上片虽已点出"故园"和春光易过等,但只是从花好花落事,抽象说愁;至下片,始具体说出烦愁的原因。

换头先说故乡旧事不堪回首。当年少壮不知愁,如今已是"星星"白发,故在池南时的欢愉生活"不堪重记"。"看花老眼,伤时清泪"八字,自然而极见功力;暗用杜甫诗意,令人浑然不觉。杜诗有"春水船如天上坐,老年花似雾中看"、"感时花溅泪,恨别鸟惊心"等句,人所传诵。不怕花瘦,只愁人老,与上片结意同一机杼。"花瘦"二字,仍从"风雨"来。结尾"待繁红乱处"之"待",不解作"等待",而是"待要"、"欲于"的意思。"繁红乱"正"风雨"才过后的眼前景象。其时"繁红"虽已零"乱"而尚未落尽,正应抓住机会赏花,故盼能"留云借月",以助我一时之行乐。然愁绪在心,又岂能畅怀,除非拼却一醉,借酒力暂时将烦恼驱散。叙来步步曲折,终不肯用一直笔。

张孝祥

张孝祥(1132—1169),字安国,号于湖居士,历阳乌江(今安徽和县)人。高宗绍兴二十四年(1154)廷试第一。孝宗朝,累迁中书舍人、直学士院,领建康留守。徙荆南湖北路安抚使,进显谟阁直学士致仕。其词"声律宏迈,音节振拔,气雄而调雅"(查礼语),风格豪放,开南宋爱国壮词之先。有《于湖词》(又名《于湖居士乐府》、《于湖先生长短句》)。

六 州 歌 头

长淮望断,关塞莽然平。征尘暗,霜风劲,悄边声。黯消凝①,追想当年事,殆天数,非人力;洙泗上②,弦歌地,亦膻腥③。隔水毡乡④,落日牛羊下⑤,区脱纵横⑥。看名王宵猎⑦,骑火一川明。笳鼓悲鸣,遣人惊。　　念腰间箭,匣中剑,空埃蠹⑧,竟何成!时易失,心徒壮,岁将零,渺神京。干羽方怀远⑨,静烽燧⑩,且休兵。冠盖使,纷驰骛,若为情⑪。闻道中原遗老,常南望、翠葆霓旌⑫。使行人到此,忠愤气填膺,有泪如倾。

【注释】

① 黯消凝:黯然消魂凝神。　② 洙泗:洙水和泗水,流经山东曲阜,孔子曾在此聚徒讲学。春秋时注重礼乐,学堂常有弦歌声,故称"弦歌地"。　③ 膻

腥:牛羊的腥臊气,此指被金兵所玷污。 ④ 隔水毡乡:谓隔着淮河,北岸就是金国。毡乡,北方游牧民族居住地,因多住毡帐,故谓。 ⑤ "落日"句:《诗·王风·君子于役》:"日之夕矣,羊牛下来。"下,下坡回栏。 ⑥ 区脱:亦作"瓯脱",读音同;汉时匈奴筑土室以守边,叫区脱,此指敌人哨所。 ⑦ 名王:少数民族中的著名将帅。北方民族战前多以狩猎为军事演习,故高适《燕歌行》云:"校尉羽书飞瀚海,单于猎火照狼山。" ⑧ 埃蠹:尘封和虫蛀(指箭上的羽毛)。 ⑨ 干羽:木盾和雉尾,舞者所执的道具。《尚书·大禹谟》记:虞舜"舞干羽于两阶",有苗(古部族)来归顺。怀远:安抚边远的少数民族,使其归顺。此讽刺南宋不抗击金兵而与之议和。 ⑩ 烽燧:夜举火叫烽,昼升烟叫燧,均用以报警。 ⑪ 若为情:何以为情,犹今语"怎么好意思"或"不难为情吗"。 ⑫ 翠葆霓旌:将翠鸟羽毛结成伞形立于车盖上为装饰和五彩的旌旗,指皇帝的车驾。

【语译】

站在南岸,向淮河极目远望,关塞埋没在莽苍苍的草木之中。道路上尘埃昏暗,挟霜的寒风猛烈,边境上寂然无声。我怆然地凝思伤神。回想当年发生的事,大概天注定宋王朝命该如此,非人力所能挽回的罢。现在,连洙水、泗水一带,孔子曾经讲过学,常常响起音乐和歌声的地方,也遭到金兵的野蛮玷污。只隔着一条河,对岸已成了游牧民族搭满毡帐的聚居地了。日落时,牛羊成群回栏,金兵所筑的土堡哨所遍地纵横。看到金兵的将领率部在夜间围猎,骑兵手执火把,将整条淮河都照亮了。胡笳和鼙鼓的阵阵悲鸣声,使人心惊。

我想那挂在腰间的羽箭和匣中的宝剑,因久置不用,都白白地被尘封、遭虫蛀了,结果又能干成什么事呢?时机容易丧失,胸怀徒然豪壮,一年又将过去,神京远不可到。当局正在用上古手执木盾和雉尾来跳舞的方法,借口以礼乐安抚边远少数民族,想使金国也能自动感化归顺,因而边境上不见烽火,暂且停战休兵了。求和的使臣冠戴整齐,乘坐着马车,纷纷地往来奔驰不绝,怎么也不觉得难为情呢?听说中原沦陷区的百姓,常常向南眺望,盼着大宋皇帝的御驾能够到来。这一切使赶路经过这里的人,觉得有一股忠义和愤慨之气充满了胸膛,止不住的热泪如倾泻般地涌流。

【赏析】

此词宋无名氏《朝野遗记》载云:"近张安国在建康留守席上赋一篇云:'长淮望断……';歌阕,魏公(张浚)为罢席而入。"很显然,所说"建康留守"就是张魏公张浚。张浚于高宗绍兴三十年(1161)十一月起,任建康府行宫留守,三十二年(1162),张孝祥到建康,秋冬间,赴建康留守张浚幕作客,在席上写了这首词。但因为后来张孝祥也兼领过建康留守,许多说词者都将"(张)在建康留守席上"这句话错误地理解为"(张)兼领建康留守时在宴客席上",反宾为主,以至把词的作年推迟到张浚北伐、符离溃师之后的隆兴二年(1164)。这是不对的。因为"符离之溃"时,张孝祥尚在知平江府任上,次年他兼领建康留守后,已不可能与张浚同在建康。再说,此词明言金兵在淮河对岸(绍兴三十二年初,曾南侵至长江北岸的金兵因完颜亮被杀已退回至淮河以北),却无一语涉及"符离之溃"(符离即今安徽宿县北的符离集),所以,当从宛敏灏先生之说以定其创作年代。唯宛先生定绍兴三十二年之"初春",尚与词中"岁将零"抵触,当改为是年秋冬方合。

上片写淮河成为边界,隔水国土沦为金兵占领区的形势。长淮本是平原,这里承"关塞"下一"平"字,又加"莽然"的形容词,见边境防备之空疏。"征尘暗",即稼轩词所谓"落日胡尘未断"。"霜风劲",点季节,也营造肃杀严峻气氛。"悄边声",为边防疏闲和金宋暂时休兵再染一笔,同时引起无语出神"追想当年事"来。"当年事",应指汴京失陷、宋室南迁的靖康之变。这是极为沉痛之事,也是宋王朝的奇耻大辱,但在高宗朝,又能追究谁的责任呢?不得已,只好说"殆天数,非人力"了。以下说到北中国大片土地遭金人蹂躏,渲染"膻腥"、"毡乡"、"牛羊"、"区脱"、"名王"、"宵猎"、"骑火"、"笳鼓"等本属北方游牧民族的风物习俗,突出地表现中原沦为异族的强烈印象和内心引起的巨大震动。

下片写自己抗金壮志无成,朝廷当局议和苟安,中原父老空望光复的悲愤心情。所述多非泛泛,如"时易失,心徒壮"六字,正合绍兴三十二年宋金双方情势。上年岁暮,金主完颜亮举兵南侵,直趋长江北岸,在向采石渡江时,被抗金名将虞允文督水师迎头痛击,狼狈败退,至扬州,又被哗变部下所杀,金兵无主,一片混乱;金国又内部争权,遂向宋廷求和。本来这正是南宋乘胜用兵、复土雪耻之大好时机,但高宗却急不可待地与金国议和,让侵略军在当年年初全部安全地撤回淮河以北。此后便不断遣各种使者去金国通候、议事、庆典、祝寿、交纳岁币银绢,备受屈辱。所谓"干羽方怀远"、"冠盖使,纷驰骛",即是对这种现实的深刻揭露和讽刺。词以中原父老南望王师的急切期盼心情与南宋使者冠盖驰骛的热闹忙碌场面相对比,又用边境上烽燧不起、兵戈暂歇的不寻常的平静作为词人内心激荡、愤懑不平的反衬,都能收到极好的艺术效果。陈廷焯称其"淋漓痛快,笔饱墨酣,读之令人起舞"(《白雨斋词话》),确是说出了这首诗史式的爱国词的特点。

念 奴 娇[*]

过 洞 庭

洞庭青草①,近中秋、更无一点风色。玉界琼田三万顷②,着我扁舟一叶。素月分辉,银河共影,表里俱澄澈。怡然心会,妙处难与君说。 应念岭海经年③,孤光自照,肝胆皆冰雪④。短发萧骚襟袖冷⑤,稳泛沧浪空阔。尽挹西江⑥,细斟北斗⑦,万象为宾客⑧。扣舷独啸,不知今夕何夕⑨。

【注释】

① 洞庭青草:青草湖在洞庭湖之南,二湖相通,总称洞庭湖。 ② 玉界琼田:形容月照湖水的皎洁。 ③ 岭海:两广之地,因北靠五岭,南临大海,故称岭海。作者曾任广南西路经略安抚使。因罢官离开桂林。 ④ "孤光"二句:

----

[*] 编按:此首初刻本无。

借在月光照耀下,肝胆晶莹洁白,说自己心地光明,襟怀磊落。　⑤萧骚:疏稀。　⑥挹:以器皿汲取,如《诗·小雅·大东》:"不可以挹酒浆。"西江:西来的长江。　⑦细斟北斗:将北斗星座当作舀酒的酒勺来取饮。《楚辞·九歌·东君》:"援北斗兮酌桂浆。"　⑧万象:宇宙间万物。　⑨"不知"句:对良辰美景的赞叹语。《诗·唐风·绸缪》:"今夕何夕,见此良人。"又苏轼《念奴娇·中秋》词:"起舞徘徊风露下,今夕不知何夕。"

【语译】

洞庭湖连着青草湖,正是中秋前夕,湖上再也见不到一丝风儿、一朵云彩。湖面如平铺着三万顷琼玉的田地,只漂浮着我的一叶小舟。明月将它的银辉分成天上与水中,银河也在湖上投下了它的倒影,无论是天空或水里都只见一片空明澄澈。我愉快地领略着这奇异的境界,其妙处实在难以用语言来向你表述。

于是我想到曾在岭外海滨的广西度过了一年,那时,孤月照我襟怀,我的一腔肝胆都像冰雪那样洁白透明。如今鬓发短而疏稀,衣衫冷而单薄,却安稳地行舟于这浩渺无际的水面上。我要把西来的长江水都舀来当酒,用北斗星座作为酒器来细斟慢酌,让宇宙间的万物都充当我的客人。我一边拍打船舷,一边独自长啸,也不知今夜是怎样的夜晚。

【赏析】

乾道元年(1165),张孝祥出知静江府(今广西桂林),兼广南西路经略安抚使;次年(1166)六月,因遭谗落职,北归途中,经过洞庭

张孝祥　念奴娇

湖时,已是近中秋的夜晚,他将泛舟洞庭之所见所感,写成了此词。

上片写近中秋夜明月照在洞庭湖上的景象。星月映湖,水天一色,上下交辉,一片空明。"玉界琼田三万顷,着我扁舟一叶",其意境颇似苏轼《前赤壁赋》之"驾一叶之扁舟,凌万顷之茫然"。作者身临这大自然的奇妙境界,惊讶之余,不禁"怡然心会",精神上获得了一种涤净尘俗污垢,泯灭心头得失而得以超脱解放的感受。"妙处难与君说",在这里以虚笔作赞叹语,最是灵活。

下片结合湖光月色,咏怀抒情。逸兴遐思,自然而出,无一字拘板黏泥。"孤光自照,肝胆皆冰雪"九字,竟能不脱景物而说出"岭海经年"的遭遇,并一洗谗言,十分自负地表明自己心地操行的清纯洁白。"短发"二句,也将遭际的不幸与内心的泰然结合在一起,大有"任凭风浪起,稳坐钓鱼船"的意味。"尽挹"三句,更运用浪漫的夸张的手法,化江水为美酒,执北斗以细斟,让天地间的万物都来充当入席的宾客,而自己则是这次大自然中最最盛大宴会的主人。想象之奇特,境界之阔大,将李白"举杯邀明月,对影成三人"的意境又发展了一步,充分表现了作者的坦荡胸怀和豪迈气概。歇拍两句,狂放飘逸,已入物我两忘之境,足以与东坡词争胜。

韩元吉

韩元吉(1118—1187),字无咎,号南涧翁,许昌(今属河南)人,一说雍丘(今河南开封)人,南渡后寓居信州(今江西上饶)。隆兴间官吏部尚书,出守婺州、建宁,封颍川郡公。与张孝祥、范成大、陆游、辛弃疾等常以词唱和,词风亦与辛弃疾等相近。有《南涧诗余》一卷。

六 州 歌 头

桃 花

东风着意,先上小桃枝。红粉腻,娇如醉,倚朱扉。记年时,隐映新妆面,临水岸,春将半,云日暖,斜桥转,夹城西。草软莎平,跋马垂杨渡①,玉勒争嘶。认蛾眉凝笑,脸薄拂燕脂。绣户曾窥,恨依依。　　共携手处,香如雾,红随步,怨春迟。消瘦损,凭谁问?只花知,泪空垂。旧日堂前燕,和烟雨,又双飞。人自老,春长好,梦佳期。前度刘郎,几许风流地,花也应悲。但茫茫暮霭,目断武陵溪②,往事难追。

【注释】

① 跋马:驰马。　② 武陵溪:陶潜《桃花源记》记武陵渔人缘溪行,逢桃花

林,发现世外桃源故事,用其事。

【语译】

东风有心,先上了小桃的枝头,让它绽露出花朵来。这花儿似红粉佳人般的细腻,娇艳得好比醉酒的脸颊,它倚着朱红色的门站立着。记得当年,桃花曾隐隐地映着她刚刚化好妆的面庞,临近水边的岸上,春天已将过半,云和日暖,转过斜桥,便是夹城西头。那里,莎草平铺柔软,我驰马来到种植着垂柳的渡口,套着玉勒的马儿不断地嘶鸣。我认出她来,只见她收敛笑容,微蹙双眉,羞赧地飞红了双颊,仿佛抹上了一层胭脂。我也曾窥见她在绣房之中,因不得与她亲近而恨恨不已。

重来我俩曾手拉手度过愉快时光的地方,已是香气如雾,落红随着脚步,我怨恨寻春已太迟了。我日见消瘦,又能仗谁来过问呢?眼泪也只是白流。从前堂前的燕子,又在烟雨中双双飞来。原是人老了,春天倒是永远美好的,我梦到了佳期。像前番到过玄都观的刘禹锡重游故地,这里也曾有过多少风流繁华的回忆啊!花也该为此而悲哀了罢!如今只见茫茫一片暮霭,我这个想重返桃源的人,怅然地望着武陵溪而迷了方向,往事一去,再也难以追寻了。

【赏析】

词题为《桃花》,实借咏桃花写相思怀人。其特点是常以花拟人,又人不离花,将花与人结合在一起来写。

上片先叙春风着意于桃枝,令其花发。接着"红粉腻"九字,便以倚门少女相比拟。然后以"记年时"带出人来。用"人面桃花相映红"意。"临水岸"至"玉勒争嘶"八句,说当日游踪,是桃花生长处,也是与恋人相见处。"认蛾眉凝笑,脸薄拂燕脂",写少女与情人初会情态,娇怯羞赧,但见双颊泛红,如抹上一层胭脂。此正暗示常言俗语所说的"两瓣桃花上脸来"。"凝笑"即"敛笑",是王筠诗"敛笑动微颦"之意,故与"蛾眉"相连,是写女子轻嗔微颦之羞态,亦即所谓"脸薄"。曾见有人将这两句断为三句,作"认蛾眉,凝笑脸,薄拂燕脂"(见《宋词三百首笺注》及浙江古籍出版社《唐诗宋词元曲三百首》),于词格不合,也误解了词意,不可从。末了说虽曾于绣户窥见其人,而终因不得相亲近为恨。

下片写相思之怨。换头即写重寻旧梦,而将两情相得、心愿已遂之事略过,只从"共携手"三字补明;而眼前唯见"香如雾,红随步",落花遍地景象而已,故有"怨春迟"之语,然又不明说。至"消瘦损,凭谁问"等句,方知是事过境迁之后的回想。"只花知",是无人知,也含命薄如桃花意。堂前双燕,用作反衬。往事如烟,佳期只可梦中寻求。对恋人而自称"前度刘郎",正是将人与花合一,故重寻"风流地",略去人伤情而但言"花也应悲"。末用《桃花源记》事,又双关人与花,抒惘然惆怅之情也恰到好处。

好　事　近

汴京赐宴,闻教坊乐,有感①

凝碧旧池头,一听管弦凄切②。多少梨园声在③,总不堪华发。　　杏花无处避春愁,也傍野烟发④。惟有御沟声断,似知人呜咽。

【注释】

① 汴京赐宴:《金史·交聘表》云:"大定十三年(1173)三月癸巳朔,宋遣试礼部尚书韩元吉、利州观察使郑兴裔等贺万春节。"《绝妙好词笺》:"按宋孝宗乾道九年为金世宗大定十三年,南涧汴京赐宴之词,当是此时作。"　② "凝碧"二句:唐时,凝碧池在洛阳禁苑内,安禄山陷两京,宴其群臣于凝碧池。时王维被叛军拘于长安菩提寺,闻其事,私成口号诵示裴迪云:"万户伤心生野烟,百官何日再朝天! 秋槐叶落空宫里,凝碧池头奏管弦。"　③ 梨园:宫廷中教习演剧的地方;唐明皇选坐部伎三百人,教于梨园,号皇帝梨园弟子。白居易《长恨歌》:"梨园弟子白发新。"　④野烟:与平时炊烟不同,因战乱引起的烟火。出前引王维诗。

【语译】

在沦于金人之手的汴京闻乐,就像唐天宝末陷贼的官员,身处凝碧池头,一听到为叛军演奏的管弦声,便禁不住心中凄怆悲切。这曲子中有多少当年宫廷乐师的声音在啊! 教我这白头人又如何能忍受呢!

杏花找不到可以让它躲避春来烦愁的地方,也就只好在这弥漫着战乱烟尘的环境中开放了。只有那条流经皇宫的御沟里的水,发出时断时续的声音,它好像知道我心底里正在呜咽。

【赏析】

乾道九年(1173),韩元吉作为南宋的使节前往金国,在敌占的汴京参加了金国为他举行的招待宴会,词即写宴席上所感。

韩元吉在席上"闻教坊乐",这让他想起了历史上"安史之乱"中的一段故事:天宝末,安禄山叛军陷两京,于洛阳宫禁的凝碧池头大宴群臣,命奏乐,梨园弟子举声便一时泪下。乐工雷海清掷琴于地,西向恸哭,被逆贼肢解于试马殿。当时,不及扈从而被叛军拘禁于长安的王维,闻此事,大为感动,私下写了一首诗给予他同时被拘的友人裴迪(诗见注释②),乱平后,唐肃宗因这首诗而免了王维的罪。韩元吉感到眼前的情景,与当年颇相似,所以词中也多用王维那首诗的诗意和语词。

上片用"凝碧池头奏管弦"事以申"教坊闻乐"题意。"不堪华发",既说听乐者自己,又兼梨园奏乐者,白居易《长恨歌》所谓"梨园弟子白发新"也。凝碧池事发生在秋天,王维诗有"秋槐叶落空宫里"语;此是春天,故写杏花傍野烟而发,"野烟"二字,也用王维"万户伤心生野烟"诗语。又岑参《行军九日思长安故园》(自注:"时未收长安。")诗云:"遥怜故园菊,应傍战场开。"韩词与之同一蹊径。而加"无处避春愁"五字,使杏花亦如人之有情。"御沟"乃流经皇宫之河水,是王室悲欢变迁的见证者,神京陷落,二帝北掳,都曾"目睹",当年珠翠笙歌之都,今为异族膻腥之地,能不为之而悲伤?古乐府:"陇头流水,鸣声呜咽;遥望秦川,心肝断绝。"作者听御沟之水;亦如闻呜咽声,然又偏不说水声呜咽,而说沟水"似知人呜咽",是透过一层,说到本题,有一击两鸣之妙。

袁去华

袁去华(生卒年不详),字宣卿,奉新(今属江西)人,高宗绍兴十五年(1145)进士。曾任善化、石首知县。有《宣卿词》一卷。

瑞 鹤 仙

郊原初过雨,见败叶零乱①,风定犹舞。斜阳挂深树,映浓愁浅黛,遥山媚妩。来时旧路,尚岩花、娇黄半吐。到而今惟有,溪边流水,见人如故。　　无语。邮亭深静,下马还寻,旧曾题处。无聊倦旅,伤离恨,最愁苦。纵收香藏镜②,他年重到,人面桃花在否?念沉沉、小阁幽窗,有时梦去。

【注释】

① 败叶:一作"数叶"。　② 收香藏镜:珍藏情人馈赠之物,表示对爱情的忠贞。参见周邦彦《风流子》"韩香"注。南朝陈亡后,驸马徐德言与妻乐昌公主各执半镜离散,后得以破镜重圆。见孟启《本事诗》。

【语译】

郊外的原野上刚下过一场雨,看到枯败的叶子散乱一地,虽然风停下来了,但落叶还在空中飘舞。斜阳挂在密密的树林上,映照着远山,犹如多愁的人蹙着浅浅的黛眉,显得十分妩媚。那时来这儿,路上还看见岩石间半开着娇艳的黄色山花。到现在就只有路边的溪水,好像见到人还认识似的。

我默默无语,旅客的馆舍显得深邃而寂静。我下了马,还去寻找当年在墙壁上题过诗词的地方。旅途无聊而疲倦,为离别的憾恨而感伤,是最痛苦的了。纵然我珍藏起恋人所私赠的异香或半镜而苦苦期待,将来能重新再到她那儿,也不知那位桃花般面容的姑娘是否还在。我思念着那深沉的小楼阁和幽静的窗户,有时就在梦中去往那儿。

【赏析】

这是一首"伤离恨"的词。

上片写郊原秋景,是旅途所见,也是引发离恨的环境。描绘雨后败叶飘零景象相当生动。古诗有"风定花犹落"句,"风定犹舞"是由此变化出来的,从中暗寓行路人的身世、遭遇和感触。"浓愁浅黛",从"(卓文君)眉色如望远山"(《西京杂记》)想来,不过是反过来说的,山色如黛眉,则青山与人同在"妩媚"之列;同时因以眉作比,引出"浓愁"来。下接二句非实景,是回忆中上次经此"旧路"时所见:岩花吐黄,知是春天,写实之中插入虚景,便不板。然后再回到"而今"来,用"唯有",知岩花与溪水从前"来时"都曾见过,如今一无一有,或已经改变了,或依然如故,借景物写感触而不说破说尽,最妙。

下片直抒离恨。换头"无语"二字一顿,沉着。旅舍"深静",寂寞之感在焉。下马寻旧题,加深了重到的感慨。寻旧题实则是寻旧梦的一种表现,壁上之旧题尚可寻,而昔时之欢乐事已如春梦,了无痕迹。故下接"伤离恨,最愁苦"等语,明点主题。"纵收香"三句写内心对未来之事难料的忧虑和悲观的预测,为"最愁苦"进一步申述了理由。这里用"收香藏镜"和"人面桃花"等故事,都十分恰当。其恋人之居处"小阁幽窗",至最后方点出,用"有时梦去"。四字一结,是写自己无可奈何的情状。

剑 器 近

夜来雨,赖倩得、东风吹住。海棠正妖娆处,且留取。　悄庭户,试细听、莺啼燕语。分明共人愁绪,怕春去。　佳树,翠阴初转午。重帘未卷,乍睡起,寂寞看风絮。偷弹清泪寄烟波,见江头故人,为言憔悴如许。彩笺无数,去却寒暄①,到了浑无定据②。断肠落日千山暮。

【注释】

① 寒暄:冷暖,问寒问暖的客套话。　② 到了:到底,毕竟。

【语译】

夜晚下的雨,全仗着东风劲吹,才停歇了下来。海棠花正开得艳丽的地方,我且停留一会。

庭院静寂,我试着细听那莺啼燕语的声音,分明也怀着跟人一样的愁绪,害怕春天逝去。

枝叶茂盛的大树,苍翠的阴翳已开始转过正午的位置了,重重的帘幕还不曾卷起,我昼眠刚刚起来,寂寞无聊地看着被风吹起的柳絮。我将眼泪偷偷弹入江中,托付给烟波,让它在江头见到我那位朋友时告诉他,我已因相思而憔悴到如此地步了。他捎来的彩色信笺倒不少,可是除去那些寒暄的套话,毕竟连一句确定的话也没有。我伤心极了,看红日西沉,千山已是一片苍然暮色。

【赏析】

此词也写伤离,只是与上一首调换了角度,前词是行旅之人思念居者,从男方写;此则是居者思念行人,从女方写。

上片写庭户春景,是居者所见所闻所感。雨后初晴,海棠妖娆,春光正好,不妨留赏片时;然庭户悄然,但闻莺啼燕语而已。"愁绪"之来,似乎不知不觉,其实先已暗暗布置,花虽好而人不圆,在"悄庭户"三字中透出。"试细听",是说心想知道禽声的用意何在,正符合百无聊赖者的心态,结果自然是把自己的情绪加给了莺燕,说鸟儿也"怕春去"。

下片写别离之恨,在时间上有个推移,是午后至傍晚,故换头先从树荫"转午"说起。"重帘未卷"而昼眠,见其人之恹恹倦态,起床以后又闲看风中柳絮,更写出她精神上的寂寞无聊;而"风絮"又能引起命运无常、风流易散的联想。"偷弹清泪寄烟波",是正面写离恨,同时交待了"故人"在此之前是顺着江水离去的。寄泪烟波,托江水带话,是痴情语,正借此表现内心情绪的激动。不说音书不见,而说"彩笺无数",出人意表,叙来有波澜,然后再折回说信中只是些"寒暄"套语,并无一句可作依据的确定的话。这可以指归期、佳期、终身事等等。男的是否薄情郎或者别有为难处,这并不重要,重要的是表现了女子的急切的相思情怀。末以景语作结,出"断肠"二字,情景可思可悯。

安 公 子

弱柳千丝缕,嫩黄匀遍鸦啼处。寒入罗衣春尚浅,过一番风雨。问燕子来时,绿水桥边路,曾画楼、见个人人否①?料静掩云窗,尘满哀弦危柱。　　庾信愁如许②,为谁都着眉端聚③?独立东风弹泪眼,寄烟波东去。念永昼春闲,人倦如何度?闲傍枕、百啭黄鹂语。唤觉来厌厌,残照依然花坞。

【注释】

① 人人:对亲爱的人(通常是恋人)的称呼。　② "庾信"句:庾信作有《愁赋》,全文今不传,唯留"谁知一寸心,乃有万斛愁"等十数句。见叶廷珪《海录碎事·圣贤人事部》引。　③ 为谁:为什么。

袁去华　安公子

【语译】

柔弱的杨柳垂下千丝万缕,在一片嫩黄色均匀覆盖的地方,有乌鸦在叫。寒气侵入罗衣,春天尚早,一场风雨刚刚过去。我问燕子,你来的时候,经过绿水桥边的路旁,可曾见到画楼上我那亲爱的人儿?料想她高处的窗子静静地关闭着,那弹出过哀怨曲调的琴瑟也都积满了灰尘。

平生坎坷的庾信,曾经有过多少愁恨啊!为什么都聚集在我的眉际呢?我独自站立在东风里,向江水挥洒眼泪,让烟波寄托我的愁思向东流去。想想白昼漫长,春日无聊,精神倦怠,竟不知如何度过才好。我闲靠在枕头上,窗外黄鹂鸟在宛转地说个不停。这啼声将我吵醒时,我还是懒洋洋的,将要西落的太阳还依旧照在花坞上。

【赏析】

此词与前两首离别相思词的题材与风格,都有某些相似;词用庾信自比,自是从男性角度来写的。

发端写"弱柳",除借此表明早春季节外,也是通过景物来暗示内心的无限柔情。"嫩黄匀遍鸦啼处"一句,见作者善于遣词造句;"匀遍"二字,紧切"千丝缕"。"寒入"二句,若颠倒前后顺序,便更易理解。因一番风雨经过,骤觉寒侵衣衫,从而想到春天尚早。写早春寒意,也不纯粹是为了说明季节气候,仍是为表现寂寥的处境和心境而设。"问燕子"三句,说到正题上来了,知词为思念恋人而作,而那个人原是居住在"绿水桥边"的"画楼"中的。燕子当然不会回答见过与否。其实他也并不需要回答,因为答案自己是知道的:那里早已是人去楼空了。"料"字以下,是想象中的虚景:高处的窗子静静地关闭着,室内的琴瑟已积满了灰尘。从下片中知道,恋人是"东去"了。这番料想,又表明这画楼是他到过的,而且还在那里听过她"哀弦危柱"的弹奏,曾共同度过一段美好的时光。

说到愁而自比庾信,不但因为庾信曾经专门写过一篇《愁赋》,擅长言愁,其遭遇坎坷,平生萧索,对南宋初的文人来说,也更容易理解。说不定恋人的别去,还与离乱的时势有关呢。千愁万恨都聚于眉端,也就是都积在心头;因不堪精神重负,故有"为谁"(为何)之问。"独立"二句,又是词意的正面。自己孤身独处,因伤离而弹泪江上,所思却在顺"烟波东去"的远方。后半则全写因孤居而终日无聊,不能振作的精神状态。先用问句,说自己已"倦"于如此生活,为日长难度而发愁;然后具体描述如何消磨时光的。用"百啭黄鹂语"作"闲傍枕"而昼眠的反衬;用"残照依然花坞"以应"永昼春闲",同时渲染"觉来厌厌"的情态。

陆 淞

陆淞(生卒年不详),字子逸,号雪溪,山阴(今浙江绍兴)人。陆游兄弟辈。曾官辰州守。晚以疾废,卜居山野间,不以荣辱为念。

瑞 鹤 仙

脸霞红印枕,睡觉来、冠儿还是不整。屏间麝煤冷①,但眉峰压翠,泪珠弹粉。堂深昼永,燕交飞、风帘露井。恨无人说与,相思近日,带围宽尽。　　重省,残灯朱幌,淡月纱窗,那时风景。阳台路迥②,云雨梦,便无准。待归来,先指花梢教看,却把心期细问。问因循、过了青春,怎生意稳?

【注释】

① 麝煤:制墨的原料,因作为墨的代称。此指屏间的字画。　② 阳台:指男女欢会之所。参见晏幾道《木兰花》"朝云"注。

【语译】

脸颊上仍留着绯红色的枕痕,午睡醒来,头上的花冠还没有整理。屏风上的字画显得冷清清的。我只是低垂着紧锁的双眉,粉脸上的泪珠儿扑簌簌地往下掉。画堂幽深,白昼漫长。燕子交错地飞翔,往来于被风吹动的帘幕间和露天的井台上。真恨没有人说给他听,因为苦苦地相思,我腰围间的衣带已宽得不能再宽了。

我重新细细回想,残灯照在红色的幌子上,淡淡的月光映着纱窗,是那时候的情景。如今通往欢会的阳台之路已经遥远,云雨之梦,便说不准了。等到他回来时,我要先指着那花枝梢头教他看,再把心里所想到的细细问他。问他等闲蹉跎了青春岁月,怎么心里还能不当一回事。

【赏析】

此词当时曾广为传诵,以至好事者编造出词的本事来。宋人陈鹄《耆旧续闻》谓陆淞居会稽,曾参与骚人墨士之宴,"士有侍姬盼盼者,色艺殊绝,公每属意焉。一日宴客,偶睡,不预捧觞之列。陆因问之,士即呼至,其枕痕犹在脸。公为赋《瑞鹤仙》,有'脸霞红印枕'之句,一时盛传,逮今为雅唱。后盼盼亦归陆氏"。然细读全词,知内容与所述毫不相干。故王闿运斥之云:"小说造为咏歌姬睡起之词,不顾文理。本事之附会,大要如此。"(《湘绮楼词选》)其实,除去可能借情词形式寄托有政治感慨外,它仍然只是一首女子怀人的相思词,而且写得相当活泼清新。

词从写女子睡起情态开始。春日无聊,闺阁昼眠,一觉醒来,其恹恹倦怠情态自可想见。"枕痕着脸未全消",在词中便写作"脸霞红印枕"五字,突出女子之脸颊绯红似霞,形象生动。冠儿不整,写困慵无心神情,或取意于《长恨歌》"云鬓半偏新睡觉,花冠不整下堂来"。"麝煤",墨之代称,此指"屏间"字画,字画再好再美,都不能给人丝毫温暖的感觉,而只会反衬出氛围的冷清,故着一"冷"字。写女子因愁思而低眉垂泪,用"眉峰压翠,泪珠弹粉"八字形容,丽辞骈句,如六朝小赋。"堂深昼永",正面说环境空寂,长日难挨;"燕交飞",又让孤居者触景生情,自怜人不如鸟。"恨无人"句,明点相思怀人主题,亦古诗"相去日以远,衣带日以宽"意。

换头以"重省"二字领起,一提往事,但又不说何事,只写景物,只说"残灯朱幌,淡月纱窗,那时风景",语极含蓄,然其意并不难领会,因为接着"阳台路迥"等语已说得十分明白了。云雨巫山之会,当年倒确曾经历过,只是到如今才真成"无准"的"梦"了。贺裳云:"'待归来'下,迷离婉妮。"(《皱水轩词筌》)的确,末段写女子的内心活动最为精彩。她想象情人有朝一日归来,自己将如何对待他。"先指花梢教看",毫无疑问,枝梢上花已凋谢,而他原先说得好好的,回来与她一道赏花,相伴游春。然后再"细问""心期"——心里究竟怎么想的,有没有她。为什么"因循"拖延,"过了青春",心里还那么泰然。这几句通过举动、言语来表现女子心态和个性的话,把人物写活了。其妙处自不待多言。

张炎《词源》中首先疑此词有寄托,他说:"陆雪溪《瑞鹤仙》、辛稼轩《祝英台近》,皆景中带情,而存骚雅。故其燕酣之乐,别离之愁,回文题叶之思,岘首西州之泪,一寓于词。若能屏去浮艳,乐而不淫,是亦汉魏乐府之遗意。"说得比较灵活。沈际飞也重复了张炎的意思。至清末董毅更直认其为"刺时之言"(《续词选》),意思是借情词讽刺时事,大概不外乎志士苦思复土,朝廷因循苟安,以至错失良时。我们不能必其定有,但似乎也不宜轻率地视其为穿凿解词。

陆　游

陆游(1125—1210),字务观,号放翁,越州山阴(今浙江绍兴)人。名臣陆佃之孙,以荫补承仕郎。高宗绍兴二十三年(1153)应进士第,因位列秦桧孙埙之前,忤怒秦桧,被除名。孝宗即位,赐进士出身,通判建康府。入王炎、范成大幕府,除朝议大夫、礼部郎中。宁宗嘉泰初,诏同修国史,升宝章阁待制。晚年闲居故里。是南宋著名爱国诗人,存诗近万首,词也颇有成就。有《渭南词》二卷(又名《放翁词》)。

卜　算　子

咏　梅

驿外断桥边,寂寞开无主①。已是黄昏独自愁,更着风和雨。　　无意苦争春,一任群芳妒。零落成泥碾作尘,只有香如故。

【注释】

① 无主:不属于谁;没有人过问。

【语译】

在驿站外,断桥边,梅花寂寞地开放,无人过问。已到黄昏时分,它正独自发愁,谁料又横遭风雨的摧残。

它并不想苦苦地与百花争奇斗妍,抢先占得春光,也任凭它们的妒忌。它凋谢了,飘落在地上成了泥土,又被车轮碾作了灰尘,只有那股清香还和原来一样。

【赏析】

陆游平生喜爱梅花,梅花傲雪斗霜,不畏艰难的品格,尤为其所推重。他写的梅花诗词很多,各具特色,这首咏梅词便是很有代表性的一首;他寄情托志,借梅花来道出自己的遭遇、志趣和操守。

开头两句写梅花在驿站外的断桥边上,孤零零地开着,无人过问。这是感叹梅花虽天生丽质,却寂寞无闻,而又所处非地;"驿外""桥边",不仅烘托了环境的荒凉,还早为结尾一"碾"字伏线。接着两句再加深一层渲染,到了黄昏时分,已独自生愁,谁料又遭一场风雨的摧残,更显示梅花所遇非时。这样,词从两个角度突出梅花生长环境的恶劣和遭遇的不幸。句句写梅花,却字字反映陆游自己的生活感受。陆游在南宋是坚决的主战派,在当时备受猜忌、排挤和打击;曾被罢官,长期隐居家乡山阴,和那梅花一样,被投闲置散,无所用世。光阴虚度,英雄落寞,一腔悲愤,万千感慨,借吟咏梅花的遭遇而叙出。

上阕既写梅花的处境,下阕转为抒发它的志趣情操。梅花盛开于冰封雪飘的季节,不像桃李那样须待迟迟春日、熙熙和风送暖,然后才开。诗人抓住梅花早于群芳这一特点,拟人化地说,它并不想在春天里与百花争奇斗妍,也任凭百花嫉妒它暗香疏影的绝世风姿和高格调。借花述志，说自己无意于在官场上追名逐利，争权邀宠，只想为朝廷抗金复土，出谋献策，但却受到一些主和的、保守的以及妒贤忌才者的排挤打击。诗人虽屡遭弹劾黜降，被置闲冷落，却能如野鹤闲云，清贫度日，并不向人求援乞怜，个人的荣辱得失不系于怀。

词的末尾，把对梅花坚贞品格的歌颂，推向了高潮。梅花飘零落地，即使被驿外过往的车马碾成碎片，变成灰尘，但其芳香依然留存，尘土间也会飘浮着一股梅花的清香。陆游一生所抱定的爱国志向和政治节操，并没有因为受到迫害而有一丝更改，反老而弥坚。在这里"零落成泥碾作尘"一句，与发端遥相呼应，所以叙来毫不突兀，读起来却能见出诗人那种"宁为玉碎，不为瓦全"的决心和悲壮气氛。

词虽然有一些自悼自伤的低沉情调和孤芳自赏的清高意味，但置于当时的历史背景来看，是不能苛求诗人的。诗人有两句历来传诵的诗说："志士凄凉闲处老，名花零落雨中看。"与此词可谓出于同一机杼。它揭示了那种社会政治制度下，报国无门、英雄末路的时代悲剧。仅此一点本身，就具有十分积极的意义。

陈 亮

陈亮(1143—1194),字同甫,号龙川,婺州永康(今属浙江)人。为人豪迈,富才气,喜谈兵。孝宗隆兴初,上《中兴五论》,反对与金议和。退学于家,力学著书十年,学者多归之。光宗绍熙四年(1193)策进士,擢第一,授签书建康府判官,未到任而卒。理宗端平初年,追谥文毅。陈亮是南宋著名思想家,浙东学派代表人物,词风豪放激越。有《龙川词》。

水龙吟

春恨

闹花深处楼台①,画帘半卷东风软。春归翠陌,平莎茸嫩,垂杨金浅。迟日催花,淡云阁雨,轻寒轻暖。恨芳菲世界,游人未赏,都付与莺和燕。　　寂寞凭高念远,向南楼、一声归雁。金钗斗草②,青丝勒马,风流云散。罗绶分香③,翠绡封泪④,几多幽怨?正消魂又是,疏烟淡月,子规声断。

【注释】

① 闹花:繁花。　② 斗草:宗懔《荆楚岁时记》:"竞采百药,谓百草以蠲除毒气,故世有斗草之戏。"　③ 罗绶分香:以香罗带赠别。　④ 翠绡封泪:用翠丝巾帕裹着眼泪寄给情人。出《丽情集》,参见周邦彦《浪淘沙慢》"江泪"注。

陈亮　水龙吟

【语译】

在繁茂花丛的深处，有座楼台，绣着画的帘幕卷起一半，东风柔软地吹拂着。春天回到了绿色的田间小路上，平铺的莎草刚长出嫩芽，杨柳垂下了浅色的金线。春天迟迟的阳光催促着花儿开放，淡淡的云彩使雨停歇了下来，正是轻寒微暖的好天气。我恨这花木芬芳绚丽的世界，游人们还不及赏玩，统统都交给了黄莺和燕子。

我寂寞地靠在高处的栏杆旁，心里想念着远方，在南楼上，听到空中传来一声北归大雁的叫声。姑娘们拔金钗作斗草的游戏；年轻人用青丝绳系马冶游，种种乐事都很快地风流云散了。于是香罗带赠给所爱作分别的留念，绿丝巾裹着红泪寄给远方情人，其间有多少深深的难言的怨恨啊！我正黯然悲伤，又在轻轻的烟雾、淡淡的月光中，听到杜鹃鸟在断断续续地叫"不如归去"。

【赏析】

这首词乍看与通常的惜春、怀远词并没有什么两样。但如果想到陈亮是一位才气超迈、爱国的豪侠奇士，再想到叶适所说："同甫长短句四卷，每一章成，辄自叹曰：'平生经济之怀略已陈矣！予所谓微言，多此类也。'"以及毛晋跋其词集的话："《龙川词》读至卷终，不作一妖语媚语，殆所称不受人怜者欤？"那么，也许会透过这首在龙川词中并不多的婉约风格的作品的表面，而看到其更深层次的政治内涵。

我们并不赞成逐字逐句地去谈"微言",这讥刺什么,那影射什么,一一坐实,那样,当然易流于穿凿。但从总体上说,此词有政治寄托是无疑的,某些写法象征性也比较明显。比如上片写春光妩媚,先置一"闹花深处楼台,画帘半卷东风软"的处所,便显示出富贵繁华景象。在南宋人的想象中,沦于敌手之前的汴京和北宋时代,总是美好的,令人留恋的。所以有今已不属我有的憾恨。刘熙载云:"同甫《水龙吟》云:'恨芳菲世界,游人未赏,都付与莺和燕。'言近指远,直有宗留守(宗泽)大呼渡河之意。"(《艺概》)就是作如此理解的。

　　黄蓼园释此词之寄托,不免过于落实,不可都从。但对换头"寂寞凭高念远"句的理解,倒是对的。他说:"'念远'者,念中原也。"(《蓼园词选》)春日,南来的大雁北归,而人却只能北望中原徒兴悲感而已。说到往昔的繁荣欢乐"风流云散"时,写"金钗斗草,青丝勒马",是举京华旧事,当年的社会民风习俗,非个人的风流韵事甚明。一旦国破,则有几多亲朋故友、骨肉情人的离散,地分南北,人盼音书,别泪遥寄,幽怨无穷。叙来仍颇有概括性。作者之"消魂"也正为此。末了以"不如归去"的"子规声"作结,正反衬了中原失土未能收复的悲愤心情。

范成大

范成大(1126—1193),字致能,号石湖居士,吴郡(今江苏苏州)人。高宗绍兴二十四年(1154)进士。隆兴初,出使金国,全节而归。除四川制置使。累官吏部尚书,拜参知政事,进资政殿学士。晚年退居家乡石湖。卒谥文穆。主要成就在诗,以田园题材最为擅长。与陆游、杨万里、尤袤并称"南宋四大家"。有《石湖词》、《石湖集》、《揽辔录》、《桂海虞衡志》等。

忆 秦 娥

楼阴缺,阑干影卧东厢月。东厢月,一天风露,杏花如雪。　　隔烟催漏金虬咽①,罗帏黯淡灯花结。灯花结,片时春梦,江南天阔。

【注释】

① 金虬:铜龙。虬,无角龙。计时的漏壶下端制成铜龙,水自龙口慢慢滴出,看壶中水面刻度以知时间。

【语译】

楼阴缺处,栏杆的影子静静地躺在东厢房前,空中皓月一轮。月儿照东厢,满天露冷风清,杏花洁白如雪。

隔着烟雾,听催促时光的漏壶下,铜龙滴水,声如哽咽。厢房里帷幕昏暗,灯儿结了花。灯儿结了花,我只做了一会儿春梦,便游遍了辽阔的江南。

【赏析】

《忆秦娥》又名《秦楼月》,在范成大集中,共有五首,内容都写春闺怀远,构成了组词;此其四,表现春夜情思。

上片写楼外月色夜景。楼阴缺处,月光向东厢投下了栏杆的影子。影向东,则月偏西;月偏西,则夜已深。"东厢月"三字,按词牌格式规定,须重出。后出三字属下句,则浩然风露,似雪杏花,尽被包容在这月光下的银色世界里。"杏花",为点季节,也是春夜外景迷人画面的主体,青春寂寞之怜惜情绪,已暗暗蕴含其中。李白以"床前明月光"引发故乡之思,这里写深夜月色,也为后半首写闺阁愁思不眠,先作环境和心情的烘染。

下片换头先就写漏声,写更漏之声暗示人不寐已成诗词惯例。以人之哽"咽"形容漏声,其用意却是借漏声反映人之心绪。"隔烟"二字,更写出人在未瞑睡眼前所见月照空房之朦胧景象。"罗帏",点清是写闺中事。"黯淡",既状物,也状心境。"灯花结",固然是说"孤灯挑尽未成眠",但也能借此反映出女子的期盼心态。因为古人以为结灯花(或称"灯爆")是喜事之兆。《西厢记》中驿亭抱病之张生得莺莺书信时就唱:"疑怪这噪花枝灵鹊儿、垂帘幕喜蜘儿,正应着短檠上夜来灯时。"词中女子也会有类似的疑怪,故重复"灯花结"三字时,便连下说她因此而得到"片时春梦"。岑参《春梦》诗:"枕上片时春梦中,行尽江南数千里。"范词末两句,正檃栝其意。原来所谓喜兆只不过是片刻的幻梦啊!此词用语极含蓄,全篇无一字言情,却又处处有情。写来怨而不怒,哀而不伤。

眼 儿 媚*

萍乡道中乍晴①,卧舆中困甚,小憩柳塘

酣酣日脚紫烟浮②,妍暖破轻裘。困人天色,醉人花气,午梦扶头③。　　春慵恰似春塘水,一片縠纹愁④。溶溶曳曳⑤,东风无力,欲皱还休。

【注释】

① 萍乡:今江西萍乡市。范成大《骖鸾录》:"乾道癸巳(1173)闰正月二十六日,宿萍乡县,泊萍实驿。人以此地为楚王得萍实之地,然距大江远,非是。" ② 酣酣:盛足的样子。日脚:透过云层射向地平线的日光。　③ 扶头:头脑昏沉时的动作姿态。或谓是酒名,误;"扶头酒"之称,盖指易使人醉之酒,非有酒名"扶头"也。贺铸《南乡子》词:"易醉扶头酒,难逢敌手棋。"周邦彦《华胥引》词:"醉头扶起寒怯。"韩元吉《南乡子》词:"烂醉拼扶头。"赵长卿《鹧鸪天》词:"睡觉扶头听晓钟。"皆是。　④ 縠纹:喻微波;縠,绉纱。　⑤ 溶溶曳曳:水波任风荡漾的样子。

【语译】

耀眼的阳光从云层后射向地面,紫色的烟雾在浮动,我感到一

---

* 编按:此首初刻本无。

股暖热透进轻软的皮袍中来。天气令人困倦,花香使人迷醉,午间的睡梦让人双手捧着昏沉沉的脑袋。

春天的慵懒感觉正好比池塘里的春水,一片绢纱纹似的微波像轻愁。它任意地起伏着、荡漾着,在柔软无力的东风吹拂下,仿佛想要起皱,却又放弃了,平静了下来。

【赏析】

在苏州领祠禄的范成大,被朝廷起用,知静江府(今桂林市)、广西经略安抚使。这首词就是他赴任桂林途中,经过江西萍乡时写的。内容如题序所述,是旅途生活的片段,点滴小感受,是一首即事小词。

先写"道中乍晴"。雨后天晴,日光令人觉得特别耀眼,故用"酣酣"。因为天边云未散尽,日光透过云层下照,故称"日脚"。地面有水,在阳光照射下,水气蒸腾,就呈现出"紫烟浮"的景象来。写景准确、生动。其时,是闰正月,季节尚早,所以身穿"轻裘"(裘以轻柔为优,所谓"轻裘肥马",非"薄袄"义),但阳光带来的温暖,已"破"衣而入,让人完全感觉到了。"妍暖"就是温暖,"妍"即"暖"。因暖而觉"困"。"天色"即"天气",为避与"花气"重字而用。气候让人感到舒服,加之时时闻到醉人花香,在车中久久颠簸,自然更容易瞌睡,所以就"午梦扶头"了。

上片写了题序中的前两句,下片就说第三句"小憩柳塘"。途中需要停车"小憩",就是因为"困甚",所以不但在换头时,承前

"困"、"醉"和"午梦扶头"而说"春慵",还把这种感觉作为下片所描写的两个对象之一。另一个要写的对象当然是"春塘水"。有趣的是作者居然用"恰似"二字,把两者合在一起来写。这一来,描写了客观景物,也就等于述说了主观感受;不言而喻,"小憩"也就不写而写了。已感觉"春慵"的人,在迟日、微风和清凉的塘水畔歇下来时,既想继续睡去,又似乎恢复了精神,振作了起来;既感到轻度的困扰和烦愁,又有一种说不出的恬然、舒适、平静的感觉,这与眼前的春水任风荡漾,有时被风微微吹皱,立即又恢复了平静的景象十分相似。所以写春水,也就是写春慵。这样巧妙地交融在一起的描绘,既给人以自然的美感,也给人以艺术的美感。

霜 天 晓 角

梅

晚晴风歇,一夜春威折。脉脉花疏天淡,云来去,数枝雪。　　胜绝,愁亦绝。此情谁共说?惟有两行低雁,知人倚,画楼月。

【语译】

傍晚时,天晴了,风停了,这一夜中,早春的威势受到了遏制。疏疏的梅花,含情脉脉;天淡淡的,夜云来来去去,有几枝花洁白如雪。

景色美极了,人也愁极了。这心情又能对谁说呢?只有两行低飞的归雁,才知道我在这月夜里独自靠着画楼的栏杆。

【赏析】

这是一首咏梅词,纯用白描,全不用典使事,甚至连"疏影"、"暗香"之类咏梅名句中的现成语词也不借用;不但如此,还连诗词中常见的傲冰雪、迎春到之类的意思也不写,这是很少有的。作者仿佛随心勾勒,无意于琢刻和寓意,然词中又不乏兴寄,这是他技巧高明之处。

上片写梅,下片写赏梅人自己的感受。直接说到梅花的地方甚少,多的倒是写自然环境和人物心情,但不论哪方面,都是为了烘染、衬托梅花,并共同组成一幅有机的统一画面,以完成咏梅的主题。

因为词只写梅花的绝胜风姿,并不表现其坚贞品格,所以不必先营造风雪肆虐、崖冰百丈的酷寒环境,相反的倒写了风雨初歇,春威遽减,夜晚晴朗的好天气。"晴"与"夜",已摄最后"月"字之神。写到梅花,"疏",言其形态;"雪",喻其姿色;"脉脉",是其神情;简洁单纯,没有更多的渲染。而穿插着写的是"天淡"和"云来去",这是梅花的背景,又仿佛是这位雪色佳人的闲远的志趣和胸襟。

换头"胜绝"二字,是对梅花风姿的总评赞;"愁亦绝",则是由梅花风姿所引起的感受、心情。过片极妙。有人以为"愁亦绝"是写作者"心情之暗淡愁苦",是见花后"更加深了悲愁的深度"(见

《唐宋词鉴赏辞典》一四一四页,上海辞书出版社)。这不对。在这里,愁绝是因爱怜之极而感到无可奈何的心情。喜极而泣,怜极而愁,人之本性,诗中有之。李白"荷花娇欲语,愁杀荡舟人"(《渌水曲》)即是。此正从虚处写花之姣好动人,不可领会错。

见梅花而深受感动,于是想向人诉说感受,但又无人可说。这还是虚笔写梅花给自己的感受之难以言状;当然,同时也表现孤独感。所以结尾说只有飞雁知道自己在月下倚楼看花。这里应该想到梅花也是幽独的,它在春夜里靠近画楼悄悄开放,除了诗人又有谁知道呢?所以末两句又不妨多加一层意思,同时理解为"惟有两行低雁,知花倚,画楼月"。"雁""画楼""月",被加入到这幅以梅花为主体的画面中作陪衬,色彩就更丰富了。写孤寂又写雁,往往与怀远有关,而春天正是南雁北飞的季节。也许作者的心里正深藏着北国之梦,而孤独、美丽的梅花正触动了他的幽思。

辛弃疾

辛弃疾(1140—1207),字幼安,号稼轩,济南历城人。随耿京聚兵山东,起义反金,任掌书记。绍兴三十一年(1161)十月奉表南下,次年初高宗召见,授承务郎,改江阴签判。历任建康通判、提点江西刑狱、湖北转运副使、湖南安抚使、江西安抚使等职。后落职闲居信州(江西上饶)近二十年。宁宗朝,起用为浙东安抚使、镇江知府、被劾,卒于铅山。存词六百余首,为两宋词人之最。词以豪放为主而呈多样风格,艺术成就极高,与苏轼并称"苏辛",是南宋最杰出的爱国词人。有《稼轩长短句》及《美芹十论》、《九议》等传世。

贺 新 郎

别茂嘉十二弟①

绿树听鹈鴂②,更那堪、鹧鸪声住,杜鹃声切。啼到春归无寻处,苦恨芳菲都歇。算未抵、人间离别:马上琵琶关塞黑③,更长门翠辇辞金阙④。看燕燕,送归妾⑤。   将军百战身名裂⑥,向河梁、回头万里,故人长绝⑦。易水萧萧西风冷,满座衣冠似雪⑧。正壮士、悲歌未彻。啼鸟还知如许恨⑨,料不啼清泪长啼血。谁共我,醉明月?

辛弃疾　贺新郎

【注释】

①茂嘉十二弟:辛茂嘉,稼轩之族弟,排行十二,事历未详。稼轩另有《永遇乐·戏赋辛字,送茂嘉十二弟赴调》词,刘过有《沁园春·送辛幼安弟赴桂林官》词,所指当为同一人。　②鹈鴂:词题"别茂嘉十二弟"后,原有"鹈鴂、杜鹃实两种,见《离骚补注》"等语,当是作者自注。鹈鴂,见蔡伸《柳梢青》词注。　③马上琵琶:用汉王昭君出塞事。晋石崇《王明君(即王昭君)辞序》:"昔公主嫁乌孙,令琵琶马上作乐,以慰其道路之思,其送明君,亦必尔也。"　④"更长门"句:汉武帝时,陈皇后失宠,离皇城,居长门宫。长门宫,在今西安南长安县东北。　⑤看燕燕:送归妾,《诗·邶风·燕燕》毛传:"《燕燕》,卫庄姜送归妾也。"　⑥"将军"句:汉武帝时,李陵屡战匈奴,终因矢尽粮绝,援兵不至而降,遂身败名裂。武帝怒杀其全家。　⑦"向河梁"二句:李陵《与苏武诗》:"携手上河梁,游子暮何之?"　⑧"易水"二句:荆轲谋刺秦王,"(燕)太子及宾客知其事者,皆白衣以送之"。至易水上,宴别,高渐离击筑,荆轲和而歌云:"风萧萧兮易水寒,壮士一去不复还。"闻者掩泣。见《史记·刺客列传》。　⑨还:倘若。

【语译】

在绿树丛中,已经听到鹈鴂鸟在啼叫了,怎么能再忍受这边鹧鸪的声音刚停,那边杜鹃又声声悲切呢?啼叫到归去的春天再也找不到了时,就该为百草千花的芬芳美景全都消失而深深怨恨了。细想起来,这还比不上人世间的离别呢:在马背上奏出的琵琶声中,王昭君离开故国,远出黑沉沉的关塞之外。还有那乘坐着插翠羽的辇车,拜辞皇帝到长门宫去过苦日子的陈皇后。卫君庄姜看着燕子飞翔,送别了去嫁人的姬妾。

百战沙场的李陵将军,只落得身败名裂,他携着苏武的手上了河桥,送别老友归汉,一回头间,彼此已相隔万里,永远也见不到了。易水之上,送别荆轲,西风飒飒寒冷,座上的宾客全都穿戴着雪白的衣冠,而壮士正慷慨悲歌未尽。啼鸟倘若知道这些恨事,想它在悲啼的时候,眼中流的就不会是清莹的泪水,而要永远泣血不止了。唉!从今以后还有谁伴我在明月夜里一起喝酒呢?

【赏析】

刘过《沁园春·送辛幼安弟赴桂林官》词中有"毕竟男儿,入幕来南,筹边如北,翻覆手高来去棋"等语,知茂嘉先到北边,后又南调。稼轩另有一首词是送茂嘉"赴调"的,当与"赴桂林官"同指"入幕来南"事,而这首《贺新郎》则为"筹边如北"事,应早于南调;从刘词提到的时事考证(参见拙编《稼轩长短句编年》第二八〇—二八二页,香港上海书局),当作于宁宗庆元三年(1197)春,其时作者在江西铅山瓢泉隐居。

这首送别词章法奇特,风格沉郁。词以三种能引起伤春和别恨的禽声写起,说鸟儿也"苦恨""春归""芳菲都歇",然后用"算未抵、人间离别"句引入主题,振起文势。梁启超云:"《贺新郎》词,以第四韵之单句为全篇筋节,如此句最可学。"(《艺蘅馆词选》)指出此句正是全篇之关键。接着便列举王昭君出塞和亲、陈皇后被打入长门宫、庄姜送戴妫于归、李陵送苏武归汉、荆轲临易水悲歌等五件"人间离别"的历史故事,铺叙而成词的主体,恰如江淹的《恨赋》《别赋》。这种赋体式的写法,唐诗中有之,且常用以赠别,而移之于词中,实为创格。词之上下阕之间,通常都有过片,此词换头处,仍连着前面一路说下来,另叙一事,无所谓"过片",这也是打破常格的写法。

周济云:"前半阕北都旧恨,后半阕南渡新恨。"(《宋四家词选》)未注意其章法特殊,解说也牵强得很,与送别主题毫不相干。张惠言则云:"茂嘉盖以得罪谪徙,故有是言。"(张惠言《词选》)也属不深考的臆测,"得罪谪徙",也拉不上易水悲歌事呀!其实,只不过是说人间多别恨而已。过于深求,反失其真意。

说完五件事,又回到"啼鸟"上来,以"如许恨"三字总束上文,首尾相应。从"人间离别"到"如许恨",说历史,都为眼前;所以又不妨把作者"送茂嘉十二弟"当作未说出来的第六件事,而且是最主要的事。虽则送弟离去是极平常的事,没有所举史事那样有名,但离恨之深,并没有太大的区别,这就是作者想说的话。因而,"啼鸟"二句的真正用意是说,鸟儿倘若知道我与你分别时所抱的憾恨,也定当为之而泣血了。"长啼血",正好合上了前面的"杜鹃声切"。别弟之情,直至最后六字方点醒,以此返照全篇,申明题意,此亦章法之奇特处。陈廷焯云:"稼轩词自以《贺新郎》一篇为冠,沉郁苍凉,跳跃动荡,古今无此笔力。"(《白雨斋词话》)王国维云:"章法绝妙,且语语有境界,此能品而几于神者。然非有意为之,故后人不能学也。"(《人间词话》)都可谓推崇备至。

念奴娇*

书东流村壁①

野棠花落,又匆匆过了,清明时节。刬地东风欺客梦②,一夜云屏寒怯。曲岸持觞,垂杨系马,此地曾轻别。楼空人去,旧游飞燕能说。　　闻道绮陌东头,行人曾见,帘底纤纤月③。旧恨春江流不尽,新恨云山千叠。料得明朝,尊前重见,镜里花难折。也应惊问,近来多少华发?

【注释】

① 东流:池州之东流县,今安徽东至县西北。　② 刬地:依然。"刬",音产。"地"轻读,亦可作"的"。　③ 纤纤月:喻女子的足。

【语译】

棠梨花谢了,清明节又匆匆过去了。可是东风还依然欺侮我这个旅客,不让我安稳地入梦,在这置有云母屏风的卧室内,我整夜都感觉有点畏寒。在曲折的江岸边举杯,在杨柳树下拴马,我都记得;就在这儿,我曾经轻易地与她分了手。现在人去楼空了,当年游乐的情景,只有楼中的飞燕说得出来吧。

---

* 编按:此首初刻本无。

我听说在那条锦绣似的街道的东头,过往行人曾经见到过她在帘子背后的身影。本来的憾恨已多得像春天里的江水那样流不完了,新添的憾恨更好比是无边的云、望不尽的山那样千重万叠。可以想象得到,有朝一日在酒席间彼此重逢,我发现她已如镜中之花那样难以攀折了,她大概也会吃惊地问我:"你最近怎么啦,添了这么多的白发?"

【赏析】

词作于淳熙五年(1178)清明后。上年,作者先任江陵知府兼湖北安抚使,入冬,迁隆兴(今南昌市)任江西安抚使。到官三个月,于次年春被召为大理少卿。他东赴临安途中,沿江泊于池州东流县某村,故地重经,勾起往事,作词书于村舍墙壁上,时年三十九岁。

野棠古称甘棠,即棠梨,也叫野梨。农历二月间开白花,清明一过,花就纷纷飘落了。头两句好像只是即景点明时令,信口吟成,其实并非随意下笔。从下文知道,词人前次来游,曾在此与一位女子有过一段情缘,但随即就分手了。春梦无迹,那位村野间结识的女子,恰如野棠花那样飘落难觅了,眼前之景与后文"镜里花"之喻自然呼应,带有象征意味。"又匆匆"三字,毫不费力地说明时光"匆匆"的感慨,不仅为今天而发,当初佳期亦如此短暂,又暗逗下文"轻别"。清明过了,天气该转暖了罢,可依然东风料峭,夜间都有点冷得睡不着觉。"云屏"多置于床前,故用以表示夜间睡眠。

客中多愁,又触物伤感,故夜梦难成,才有怯风畏寒之感。不说"客畏风寒",却说"东风欺客",把客子孤独少欢的处境和他难耐冷落愁闷的精神状态写出来了。

然后,转入回忆往事。写往事,不先写聚或游,而先写散,写别。"曲岸"二句,正写那位女子为词人饯行。临别前,系马登楼,举杯劝慰,然后就这样轻易地分别了。写来十分感慨。"此地"二字,绾结今与昔。"楼空"二句,活用燕子楼典故;也化用苏轼"燕子楼空,佳人何在?空锁楼中燕"词句,借此交代离去者非男性朋友,而是"佳人"。"旧游",本应是回忆之重点,常人来写,多作渲染,词人偏不写,只用虚笔轻轻一点,借典故中楼名燕子,化虚为实,用"飞燕能说"四字一结,以示当初两情欢好种种难忘情景,除却梁间燕子,无人知晓。构思全不落俗套,用笔又何等空灵、巧妙!

下阕写别后。承前先说佳人消息。听有人说,曾经在繁华的都市里某府中见到过她。"绮陌"等于说锦绣的街衢。梁简文帝《烽火楼》诗:"万邑王畿旷,三条绮陌平。""行人曾见,帘底纤纤月。"不宜呆解,否则就不免有人质疑:只见其纤足而不见其粉脸,又如何能辨认出是谁?所以它只是一种诗化了的语言,其实就是说有人曾碰巧在某一人家里见到过她。听到这一消息,词人自然感伤不已:"旧恨春江流不断,新恨云山千叠。""旧恨",昔日匆匆离别;"新恨",今朝物是人非。"春江"、"云山",都取眼前所见景象为喻;又各与今昔心情贴切:昔日放船远去,别情依依,恰好寄情于长流之水;此时人分两地,不可得见,总恨云山重重,千里相隔。

词最后转至对将来的预料。想到今后即使在某次宴会上能再见到她,怕也不能像以前那样可以随便亲近了。"镜里花"出佛家语,与"水中月"一样,都是不可掇取的美好的虚像。人分东西,相思不相见,已多憾恨;樽前重见,却视萧郎作路人,又当如何!这是深一层写恨。末了又从对方的改变,想到自己的改变。对方的改变,自己是吃"惊"的,但没有写,而只从自己的改变使对方吃惊中补出。因为对方"惊问"前有"也应"二字,可见"惊"讶是彼此共同的,虽则原因不同。从感慨他人,转到自慨身世,与开头写孤凄心情相合,首尾呼应。李商隐《夕阳楼》诗:"欲问孤鸿向何处,不知身世自悠悠。"此词结尾,亦有同慨。

辛弃疾曾有过诗酒风流的生活,特别是南归初江阴签判离任后,漫游吴楚那两年。此词中所写到的女子,看来像是艺妓一类人物,所以与严肃的爱情又有区别,尽管如此,词的技巧还是很高明的,其艺术经验,值得借鉴。

汉 宫 春^{*}

立 春

春已归来,看美人头上,袅袅春幡^①。无端风雨,未肯收尽余寒。年时燕子,料今宵、梦到西园^②。浑未办、

---

* 编按:此首初刻本无。

黄柑荐酒,更传青韭堆盘③。　　却笑东风,从此便薰梅染柳④,更没些闲。闲时又来镜里,转变朱颜。清愁不断,问何人、会解连环⑤。生怕见⑥、花开花落,朝来塞雁先还。

【注释】

① 春幡:《岁时风土记》:"立春之日,士大夫之家,剪裁为小幡,或悬于家人之头,或缀于花枝之下。"　② 西园:作者另外词中还提到东园,疑均是瓢泉之景。　③ "黄柑"二句:《遵生八笺》:"立春日作五辛盘,以黄柑酿酒,谓之'洞庭春色'。故苏诗云:'辛盘得青韭,腊酒是黄柑。'"　④ 薰梅染柳:李贺《瑶华乐》:"薰梅染柳将赠君。"　⑤ 解连环:喻愁结之难解。语出《战国策》,参见周邦彦《解连环》注。　⑥ 生怕:最怕,只怕。

【语译】

春天已经回来了,你看那美人的头上,已悬挂着飘来晃去的小幡旗。可是无缘无故的风雨,却不肯将残余的寒冷收敛起来。当年相识的燕子,我想它今晚也一定会梦到我的西园的。我还不曾操办进黄柑酒、还有捧出堆放着青韭的五辛盘等立春日要办的事情呢。

但我却笑东风,从此便要忙着使梅香飘溢、将柳色染黄,再也没有一点空闲了。有了空闲便又钻到镜子里来,将人们红润的脸色一一改变。平白而生的愁绪总也不断,试向,什么人有本领能把那玉连环解开呢?我最怕见到那花儿开放又飘落的景象,还有某天早起便见越塞的归雁先飞回北方去了。

【赏析】

此词当为作者晚年在江西铅山瓢泉闲居时所作。词借立春的习俗和季节特点来写自己的生活感受,风格是婉约的,但到末尾,字里行间仍流露出忧国之思来。

发端四字破题,春归之日,就是立春。说春归,有从梅花见的,有从飞雪见的,渐渐地就有芳草、新柳、绿水、东风、海棠、桃李、莺燕、蜂蝶等等,却从来未曾有人说过"看美人头上"而可知"春已归来"的。这"袅袅春幡"插在家人头上,既是立春日的风俗,当时必人人能见,但可用作诗料,却是辛弃疾第一个发现。然后从风雨尚寒,锁定其为早春的最初日子,文思极为细密。其时,尚未见燕子而知其即将飞来,故用一"料"字。古人认为燕认旧主,必飞回故宅,所以说从前离去之燕。当在"今宵梦到西园"。辛词中另有"东园",应皆为瓢泉之景。又稼轩曾于庆元二年(1196)遣散歌姬,倘句有所托,似借燕子说某一遣去之侍姬,则此词当作于庆元三年春至嘉泰三年(1203)起废之前。燕似故人,既将至,则当以客待之,或由此而想到待客事。然野老闲散,未办杯盘,"黄柑荐酒"、"青韭堆盘",都不曾准备。随手便把立春习俗写入。

换头后放开写。从立春之后,春意一天天浓暖起来这层意思说开去。这意思平常得很,能否入词,关键全在于如何表述,是否有诗趣。作者将"东风"作为化生万物的春天的代表,将其拟人,而且是个大忙人。而作者自己却是个"闲人",所以"笑"他何必如此忙碌:一会儿要让梅花飘香,一会儿又要将柳丝染黄,弄得一点空闲也没有。"薰梅染柳"四字,用李长吉歌诗语自好。最后还要说到人,"闲时又来镜里,转变朱颜",设想更奇特,语言更风趣,诗思极为灵活。这就引到正题了。"清愁"与"闲愁"的意思差不多,词人照例把自己的愁绪说成是平白的、多余的、自惹的,实际上恰恰是严肃的、深刻的。"病树前头万木春",大自然恢复了生机,而自己却憔悴枯槁了。如放翁所谓"一事无成老已成",此所以"清愁不断"也。伟大的爱国诗人如放翁、稼轩,处于不能有所作为的南宋时代,终生都有一段解不开的爱国情结,用"连环"之喻来形容是非常恰当的。末两句通过说自己"生怕见"的景象来透露心意,同时切紧"立春"题意。其时,花尚未开,雁尚未见,但随即将会见到。"花开花落",是韶光易逝、好景不长、希望而又失望的象征;塞雁北归最早,故薛道衡《人日(正月初七)思归》诗有"人归落雁后"之句。人不能驱逐胡虏、收复失地而北归,却见"塞雁先还",此情此景何堪!故曰"生怕见"。在婉约风格的背后,隐隐透出悲愤来。陈廷焯谓"稼轩词其源出自《楚骚》"(《白雨斋词话》),指的正是这些作品。

贺　新　郎

赋　琵　琶

凤尾龙香拨①,自开元、《霓裳曲》罢②,几番风月?

最苦浔阳江头客③,画舸亭亭待发④。记出塞、黄云堆雪⑤。马上离愁三万里⑥,望昭阳宫殿孤鸿没⑦。弦解语,恨难说⑧。　　辽阳驿使音尘绝⑨,琐窗寒、轻拢慢捻⑩,泪珠盈睫。推手含情还却手⑪,一抹《梁州》哀彻⑫。千古事、云飞烟灭。贺老定场无消息⑬,想沉香亭北繁华歇⑭。弹到此,为呜咽。

【注释】

①"凤尾"句:拨,拨弦用具。《明皇杂录》:杨贵妃琵琶以龙香柏为拨,以逻逤檀为槽,有金缕红纹,蹙成双凤。苏轼《宋叔达家听琵琶》诗:"数弦已品龙香拨,半面犹遮凤尾槽。"　②"自开元"句:白居易《新乐府·法曲》自注:"《霓裳羽衣曲》起于开元,盛于天宝也。"　③"最苦"句:白居易《琵琶行》:"浔阳江头夜送客。"　④画舸亭亭:承上指客船。郑文宝《柳枝词》:"亭亭画舸系寒潭。"　⑤"记出塞"句:欧阳修《明妃曲》:"不识黄云出塞路,岂知此声能断肠。"　⑥马上离愁:见前《贺新郎·别茂嘉十二弟》"马上琵琶"注。　⑦昭阳宫殿:汉未央宫有昭阳殿,多用指后妃承恩处。　⑧"弦解语"二句:夏承焘师曾引唐诗云:"诚知言语难传恨,不似琵琶道得真。"　⑨辽阳:指代征战地,沈佺期《独不见》:"十年征戍忆辽阳,白狼河北音书断。"　⑩轻拢慢捻:《琵琶行》:"轻拢慢捻抹复挑。"拢、捻、抹、挑,皆指法。　⑪推手、却手:《释名》:"琵琶本于胡中,马上所鼓也。推前手曰琵,引却曰琶,故以为名。"　⑫《梁州》:琵琶曲。元稹《连昌宫词》:"逡巡大遍《梁州》彻,色色《龟兹》轰陆续。"　⑬贺老定场:贺怀智,唐开天间善弹琵琶者。定场,压场、压住阵脚的意思。《连昌宫词》:"贺老琵琶定场屋。"　⑭沉香亭:在唐兴庆宫图龙池东,玄宗与杨贵妃曾于此赏牡丹,

命李白赋新词,其《清平调》云:"解释春风无限恨,沉香亭北倚栏杆。"

【语译】

以凤尾纹饰槽,以龙香柏为拨,这琵琶从开元年间弹过《霓裳羽衣曲》后,经历了多少风月变迁啊!最苦的莫过于浔阳江头送客的人了,当明丽的画船将要出发之际,他在江上倾听了琵琶女的演奏。记得古时昭君出塞,黄云堆压在白雪上,马上的琵琶声寄托着远涉三万里外的离愁,她回望长安的昭阳宫殿,唯有孤飞的大雁渐渐消失在天边。纵然琵琶弦能代替讲话,可是心中的怨恨却难以诉说啊!

辽阳征戍地,那里的驿使不来,音讯全无。闺阁琐窗中的思妇,只感到寒意袭人。她轻轻地慢慢地拨弄着琵琶,眼睫毛上沾满了泪珠儿;含情脉脉地在弦上将手指推前又收回,弹一支《梁州》曲,从头到尾全都是哀音。千年历史上的事情,都已云飞烟灭了。开天盛世时琵琶高手贺怀智老先生出来压场的事情再也听不到了,想那明皇与贵妃赏牡丹、李白作新词于沉香亭北的繁华景象也不再有了。弹到这儿,就不免为之呜咽起来。

【赏析】

对这首"赋琵琶"的《贺新郎》词,梁启超有几句风趣的评语:"琵琶故事,网罗胪列,杂乱无章,殆如一团野草。唯其大气足以包举之,故不觉粗率。非其人勿学步也。"(梁令娴《艺蘅馆词选》引)的确,词中用事或用为出处的就有杨贵妃事、《琵琶行》、王昭君事、

《独不见》、《连昌宫词》、《清平调》等等,初看真如野草一团,杂乱无章。但细细玩味,知非任意作典故堆垛,也非只凭大气(非凡的才情)包举,而是在使事用典中,处处寄托自身的遭遇感受和对国事兴衰的感慨。

词的起结,用的都是唐玄宗与杨贵妃事。贵妃善琵琶,《霓裳羽衣曲》又与明皇宫廷逸乐和贵妃本人密不可分。这就引出"自开元……几番风月"的话来。毫无疑问,这里是借"开天盛世"的风月繁华,追念被金国灭亡前的北宋。到结尾时,又用"贺老定场"二句来伤悼玄宗时代繁荣景象的消歇。贺怀智是开天时宫廷中的琵琶高手,元稹《连昌宫词》曾以"夜半月高弦索鸣,贺老琵琶定场屋"的热闹场面,写当年宫中乐事,但到写诗的半个世纪后已是"夜夜狐狸上门屋"的荒凉景象了。天宝初,沉香亭遍植牡丹,玄宗与贵妃前往赏花,命李龟年召李白作新词,奏乐歌唱以助兴,为一时之盛事,这也早无影无踪了。作者借唐说宋,为现实感受而发,所以才会有"弹到此,为呜咽"的特别激动的情绪表现。

那么,其他故事呢?"浔阳江头"的白居易微官在身而自称"天涯沦落人",长期被弃置山林,过着闲居生活的辛弃疾,若借以自况,内心之"苦",则犹有过之。昭君出塞之怨恨,在唐宋人看来,总是远离故国,终老异邦,即杜诗所谓"千载琵琶作胡语,分明怨恨曲中论"(《咏怀古迹》)是也。词中"离愁三万里"和"望昭阳宫殿"云云,正是这种汉民族感情的寄托。被远远掳往胡地的徽、钦二帝的怨恨,可借史事以联想;在北地沦为金国遗民的父老乡亲们南望王师的感情,也可与之相通。只是"辽阳驿使音尘绝"一事的用法,恐已非唐诗中思妇盼"良人罢远征",早日归家团聚的本意,而是反其意而用,说关塞无烽燧,朝廷不思北伐。故周济以为"辽阳"数句是"刺晏安江沱,不复北望"(《宋四家词选》)。果真如此,则"泪珠盈睫"和一曲哀音也都该脱开表面的儿女之情而认为是一种"山川满目泪沾衣"的忧国之情的曲折表现。此词用事虽多而不碍抒情,全篇感情仍激越酣畅,很能体现辛词的艺术特色。

水 龙 吟

登建康赏心亭①

楚天千里清秋,水随天去秋无际。遥岑远目,献愁供恨,玉簪螺髻②。落日楼头,断鸿声里,江南游子。把吴钩看了③,阑干拍遍,无人会、登临意。　　休说鲈鱼堪脍,尽西风、季鹰归未④?求田问舍,怕应羞见,刘郎才气⑤。可惜流年,忧愁风雨,树犹如此⑥!倩何人、唤取红巾翠袖,揾英雄泪⑦。

【注释】

① 赏心亭:在建康(今南京市)下水门城上,下临秦淮河,当时名胜,今废。
② 玉簪螺髻:喻山。　③ 吴钩:古代吴地所制的一种弯头刀,也泛指刀剑。
④ "休说鲈鱼"三句:晋人张翰,字季鹰,在洛阳做官,见秋风起,因思吴中莼菜羹鲈鱼脍,遂弃官回家。见《世说新语》。　⑤ "求田问舍"三句:三国时,许汜

对刘备说,陈元龙很无礼,他自己睡大床,却让我这个客人睡下床。刘对许说,今天下大乱,正应忧国忘家,你却问田求舍,无大志,元龙实在不屑与你谈话;若是我,我会自己睡到百尺楼上,让你睡到地下,岂止上下床的分别而已。见《三国志·魏书·陈登传》。 ⑥ 树犹如此:东晋时桓温北征,路过金城,见前手种柳树皆已十围,慨叹说:"木犹如此,人何以堪!"泫然流泪。见《世说新语》。意即人生易老。 ⑦ 倩:烦,央求。揾:以物浸水叫揾。这里作揩拭解。

【语译】

楚地的秋天千里清朗,江水随着蓝天远去,秋色无边无际。眺望远处的峰峦,有的像碧玉簪,有的像青螺髻,它们惹起我无穷的愁和恨。在落日返照的楼台上,在孤飞大雁的叫声里,站立着我这个来江南漫游的客子。我把佩刀抽出来看了又看,万分感慨地拍遍了所有的栏杆,也没有人了解我登临此地的心意。

别说我像古人那样思念家乡,想回去吃鲈鱼脍之类的美味佳肴了,你看,尽管西风在吹,我这个张季鹰有没有回家去呢?我若是为了置田买屋,谋求个人家产,只怕见到像刘备那样雄才大略的人,就该羞愧死了。唉,我是可惜这大好时光如流水般的逝去,连无情的树木尚且忧愁风雨的吹打,何况有情的人呢?还是烦谁去叫几个穿红着绿的歌女舞妓来,让她们来替英雄抹去脸上的泪水吧!

【赏析】

辛弃疾南归初,授江阴签判,任满后,漫游吴、楚。乾道三年

(1167),他二十八岁那年秋天,又回到金陵。想到抗金复土的壮志难酬,登上赏心亭,一腔怨恨,满怀牢骚,写成这首传诵数百年的名篇(此词作年,诸家说法不一,详拙著《辛弃疾漫游吴楚考》、《辛弃疾年谱》)。

起首两句,写登高遥望,水天一色,意境高远,不但说明这位江南游子,正从楚地漫游归来,更突出作者襟怀高洁,如碧宇清秋。清代谭献《复堂词话》以为这首词有"裂竹之声",是恰当的比喻。为什么看到远山遥岑,会产生愁恨?为什么他要抚佩剑、拍栏杆,感到无处宣泄心事?只有对作者早年在金人占领区叱咤风云的聚义气概和南归宋室之后几年屈沉下僚的委屈心情有所了解,才能领会爱国词人的牢骚所在。

他从金国南归后,从不把家庭放在心上,也不曾有过回乡的念头。下片写莼羹鲈鱼、求田问舍等词句,并非堆砌典故,确是写出了这位青年英雄报国忘家的崇高趣向。三年吴楚漫游期间,他度过许多浪漫的日子,在他那个时候,也只有天涯沦落的"红巾翠袖",才会为他洒一掬同情之泪。

全词意境慷慨悲壮,而又深曲含蓄。在艺术结构上,以上片写登临眺望所见景象及自己抑塞郁愤的情态,用"无人会、登临意"六字过片。下片即承上借用典故申述"登临意",先从反面排除,然后正面慨叹,遣词藏而不露,用典极其灵活,三次说法语气各不相同,但又都表现了"无人会"的情景,自然地引出末了的意思。因此,结句给读者的感慨也是无尽的。

摸 鱼 儿

淳熙己亥,自湖北漕移湖南,同官王正之置酒小山亭,为赋①

更能消、几番风雨,匆匆春又归去。惜春长怕花开早,何况落红无数。春且住!见说道、天涯芳草无归路。怨春不语。算只有殷勤、画檐蛛网,尽日惹飞絮。长门事,准拟佳期又误②。蛾眉曾有人妒③。千金纵买相如赋④,脉脉此情谁诉?君莫舞,君不见、玉环飞燕皆尘土⑤。闲愁最苦。休去倚危阑,斜阳正在,烟柳断肠处。

【注释】

① 淳熙己亥:宋孝宗淳熙六年(1179)。湖北漕:湖北转运副使。宋代称转运使等为漕官。王正之:王正己,字正之,四明人,当时亦为湖北漕官。小山亭:在湖北漕署官衙内。　② 长门事:参见《贺新郎》(别茂嘉)"长门"注。此借以自比政治上的失意。准拟佳期:约定了的好日子:也是借喻。　③ "蛾眉"句:指当权者不信任抗金忠义之士。淳熙五年(1178),史浩为右丞相,拜命之初,即将辛弃疾、王希吕两人从在外实掌兵权的职务内调。王希吕亦为南归之士。《离骚》:"众女嫉予之蛾眉兮,谣诼谓予以善淫。"　④ "千金"句:陈皇后被弃于长门宫,曾以黄金百斤请司马相如作《长门赋》诉说自己的怨愁,感动武帝,重新得到宠幸。　⑤ 玉环:杨贵妃,小字玉环,为唐玄宗所宠,安史乱起,被迫自缢于马嵬坡。飞燕:赵飞燕,为汉成帝所宠,成帝死后,被废自杀。她们生前都善

于跳舞。

【语译】

还能经受得住几次风吹雨打呢？春天又匆匆地归去了。怜惜春光，我常常怕花儿开得太早，何况现在已落红遍地了呢！春天呀，请你暂且别走，听说芳草都已长满天边，没有回去的路了。我怨恨春天不搭理我，算来只有屋檐下的蜘蛛网整天在黏捕飞絮，想借此把春天留住。

就像当年长门宫里发生的事一样。先前约定的佳期又落空了，曾有人妒忌我的美貌，说了我的坏话。我纵然能送千金给司马相如，我也请他代写一篇赋，向皇帝诉说内心的曲衷，使其能回心转意，但这种情意绵绵的话又如何说得出口呢？你们这些骗得皇帝宠信的人，别又跳又舞地得意得太早了。你们没有看见杨玉环、赵飞燕最终都化为尘土了吗？多余的忧愁最痛苦了。还是别去靠在高高的栏杆旁罢，将要西沉的太阳正在杨柳如烟最最令人伤心的地方。

【赏析】

辛弃疾在湖北转运副使任上度过半年，此时，被调为湖南转运副使。虽说不是降官，却依旧不能与安抚使那样的封疆大吏相比，心情是苦闷的，写出来的词自然满怀怨恨。

词以一个蛾眉见妒的失宠美人，惋惜年华易逝，青春将老，感叹自己蒙受冷落弃置，而无倾诉满怀愁绪的形式来寄托自己政治上的怨恨愤慨。上片是写怜惜春天逝去,而徒然希望留住春天的心情。这春天既代表着作者年轻有为的韶华岁月、实现平生爱国抱负的希望,同时也象征着南宋朝廷由主战派(如虞允文)当权的政局和图谋恢复中原的有利形势。词以"更能消"发端,用倒卷逆挽笔法,突兀而起,姿态飞动。故陈廷焯评云:"起处'更能消'三字,是从千回万转后倒折出来,真是有力如虎。"(《白雨斋词话》)以下再出"惜春长怕"等句,层层曲折,宛转尽致。"天涯芳草无归路"是痴语,亦情语。唯其情痴,才更显得怨重憾深。"算只有殷勤、画檐蛛网,尽日惹飞絮。"这也是出于丰富想象的痴心话。蛛网黏住柳絮,在作者看来,这是它在殷勤地挽留春天。这样的企图,当然是可笑的。但借景寄情,正用以自嘲,突出了对春光别去的无可奈何心情。就这样,作者曲折地写出了南宋局势的危急和自己的无能为力。

下片通过失宠女子的苦闷独白,写作者希望朝廷信任自己,但他一次次地遭到压抑打击,觉得自己复杂的感情是难以诉说的。想到时势艰虞,他从怨恨转为愤慨,直指那些妒忌他的人同历史上被人们认为是邀宠误国的玉环、飞燕一样,并警告他们说:不要高兴得太早了!那些一时得宠者最后不是都化为尘土了吗?结尾几句回应上片春光迟暮的内容,写斜阳烟柳的衰飒晚景,使人更明确地感到这是象征国势的衰危。作者借此表明自己最大的忧愁,并非只是个人的仕途得失,而是国家的前途命运。使事用典,都极为自然贴切,全篇能一气贯通。

宋人罗大经《鹤林玉露》说孝宗看到此词颇不悦,只为"盛德",才未加罪。这不过是儒臣的颂圣。如果触及的是最高统治者本身(辛词中未有此例),恐未必有此宽宏大量了。从"蛾眉曾有人妒"的说法看,知作者笔锋所指,还是议和派史浩之流。史浩和他没有个人嫌怨,只是看不起抗金起义的英雄,不放心他独当一面地掌兵权。史浩为右丞相时,曾把辛弃疾从江西安抚使任上拉下来,作者在《水调歌头》(我饮不须劝)等词中,曾直率地倾诉过怨恨,发过牢骚。

此词直接继承了《楚辞》中以"香草美人"比喻忠贞的寄托手法,汲取了词史上婉约和豪放两大词派的所长,将其熔铸成一炉,创造了貌似哀怨悱恻、实为慷慨激愤的独特的艺术风格。梁启超云:"回肠荡气,至于此极;前无古人,后无来者。"(梁令娴《艺蘅馆词选》引)可谓推崇备至。

永　遇　乐

京口北固亭怀古①

千古江山,英雄无觅、孙仲谋处②。舞榭歌台,风流总被、雨打风吹去。斜阳草树,寻常巷陌,人道寄奴曾住③。想当年,金戈铁马,气吞万里如虎。　　元嘉草草,封狼居胥,赢得仓皇北顾④。四十三年,望中犹记,烽火扬州路⑤。可堪回首,佛狸祠下,一片神鸦社鼓⑥!凭谁问,廉颇老矣,尚能饭否⑦?

【注释】

① 京口:今江苏镇江市。三国时,孙权建都于此。为江防之战略要地。北固亭:在镇江东北的北固山上,下临长江,三面环水,为登临之胜地;又名北固楼、北顾亭。　② "英雄"句:即"英雄孙仲谋无处觅"。孙权,字仲谋,创业于京口,曾与刘备联军大破曹操军队于赤壁。　③ 寄奴:南朝宋武帝刘裕,小字寄奴,早年居京口,家贫,后为东晋北府兵将领,曾击败桓玄,任十六州都督,镇守京口,掌东晋大权。先后灭南燕、后秦诸国,光复洛阳、长安。官至相国,封宋王,代晋称帝后,改国号为宋。　④ "元嘉"三句:武帝之子文帝刘义隆年号元嘉,此以元嘉指代文帝。汉武帝时,霍去病曾追击匈奴至狼居胥山(今内蒙古自治区西北),封山而还。"封狼居胥"表示要北伐立功。宋文帝听王玄谟陈说北伐策略,以为"使人有封狼居胥意"。于是命王玄谟攻打滑台。其实他光会说大话。元嘉二十七年(450),北伐一仗,被北魏太武帝拓跋焘杀得大败。(见《宋书·王玄谟传》)仓皇北顾:匆忙南逃时回看追敌。　⑤ "四十三年"句:绍兴三十一年(1161)冬十月,金主完颜亮渡淮侵宋,耿京随即派贾瑞、辛弃疾等南来与宋廷联络。辛弃疾一行十一人,恰于金兵准备强渡长江、完颜亮被部下射杀、扬州路上一片烽火之时,突过金营,渡江南来。从那年冬天到作者登北固亭的嘉泰四年(1204)秋,恰好四十三年。京口的对江就是扬州的瓜洲渡,故曰:"望中"。　⑥ 可堪:怎能。佛狸祠:北魏太武帝拓跋焘小名佛狸,他杀败王玄谟军后,一直攻到瓜步(今江苏六合东南)。后来,这里建起武帝庙,即佛狸祠。此借佛狸说完颜亮,因其被哗变的部下乱箭射杀于扬州瓜步镇龟山寺。神鸦:啄食祭品的乌鸦。社鼓:社日祭祀时的鼓声。皆指升平热闹景象,说人们忘了金兵南侵至此和中原尚沦于敌手的耻辱。　⑦ 廉颇:战国时赵国名将。后不被重

用,闲居大梁。秦兵围赵,赵王欲起用廉颇,派使者前去探望。廉颇当着使者面,一顿饭吃了一斗米、十斤肉,然后披甲上马,表示自己能够打仗。但使者得了奸臣郭开贿赂,要他诽谤廉颇,便报告说:"廉将军年纪虽老,饭量倒还不错,只是与我座谈一阵工夫,就登厕拉了三次屎。"赵王以为廉颇年老不中用了,便没有起用他。(见《史记·廉颇蔺相如列传》)这里作者用以自比。

【语译】

江山千古长存,但像孙权那样的英雄人物再也没有地方可以寻找了。六朝的歌舞楼台,风流繁华,总经不起历史的风吹雨打,全都化为乌有了。斜阳照在草丛树木上,极平常的街坊巷里,人们说,这里是从前宋武帝刘裕曾经居住过的地方。想当年,他带领着精强的兵马,万里北征,气吞山河,所向无敌,勇猛如虎。

可是宋文帝刘义隆却冒冒失失地想学汉代霍去病那样北伐立功,封狼居胥山而还。结果只落得全军溃败,仓皇南逃。四十三年过去了,我在眺望对岸时,依旧清楚地记得那时扬州路上烽火连天的情景。怎能回想,完颜亮兵马铁蹄践踏过的耻辱的地方,如今居然是祭祀不绝,乌鸦争食,社鼓咚咚,一片升平热闹气象!还能靠谁来过问我这个已经老了的廉颇,现在饭量如何,还能打仗吗?

【赏析】

辛弃疾在瓢泉过了八年闲居生活之后,被韩侂胄起用为绍兴知府、浙东安抚使。嘉泰四年(1204)三月,调任为镇江知府。这里隔江与扬州遥对,为江防要冲,战略重地。其时韩方倡议伐金,这当然符合辛平生雪耻复国的志愿。但他不赞同打无准备之仗,认为在政治、军事上必先有所作为。就在任上招壮丁、制军服,派间谍、收情报,为伐金作积极准备。无奈韩侂胄集团政治腐败,奢靡逸乐,很不振作。辛弃疾看在眼里,忧在心头。秋天,他登上北固亭,感慨万端地写下了这篇"怀古"名作。

词以孙权、刘裕这两位英雄人物的业绩为主,组成上片。叹英雄千古难再,奢华的帝王生活经不起时代风雨的洗刷;衡门陋巷,不妨碍伟大事业。这是对韩侂胄有力的讽规。下片追述刘义隆刚愎自用,好大喜功,冒失用兵,结果滑台大败,只落得仓皇北顾,草木皆兵。这一历史教训,作者用单刀直入的手法,只消简短三句十四个字,就概括无遗。宋末词人岳珂、刘克庄都以为稼轩词用事太多是一病,没有看到这里用事的必要、切贴、含义深远,它正是"材富则约以用之"(沈祥龙《论词随笔》)的压缩手法。没有语言艺术的高度修养是做不到的。

接着,作者用"望中犹记"一句勾起了自己亲身经历的一段难忘的历史;其中包含着完颜亮南侵,在扬州被哗变部下所杀;作者一行突过敌营的许多惊心动魄的场面。从作者二十二岁初次渡江南来,到登楼写词时六十五岁恰是四十三年。记述年份并非光为了点明史事,更是慨叹抗金的大好时机轻轻错过。完颜亮十一月二十七日被杀,宋高宗赵构三十日就接受金人和议,让慌乱无主、经不起宋军反攻的金兵,全数撤退,以此继续保持苟安江南的局面。直到如今,还是社鼓神鸦,粉饰太平,真是不堪回首啊!

作者在任上积极协助备战,但因不与当局同流合污,故而不被重视。因而词的结尾用廉颇故事深致愤慨。岂止不被重视而已,这首词写作后半年,开禧元年(1205)三月,作者就在京口被降官。六月,被免官,七月,便奉祠归铅山闲居终老了。

明代杨慎《升庵词话》云:"辛词当以京口北固怀古《永遇乐》为第一。"清代田同之《西圃词说》云:"稼轩词以'佛狸祠下,一片神鸦社鼓'为最。"细读此词,知前人之推重是有道理的。

木兰花慢

滁州送范倅①

老来情味减,对别酒,怯流年。况屈指中秋,十分好月,不照人圆。无情水,都不管,共西风只管送归船。秋晚莼鲈江上②,夜深儿女灯前③。　　征衫便好去朝天,玉殿正思贤。想夜半承明④,留教视草⑤,却遣筹边。长安故人问我,道愁肠殢酒只依然⑥。目断秋霄落雁,醉来时响空弦⑦。

【注释】

① 范倅:指范昂。倅,副职之称。范昂乾道六年任滁州通判(见《滁州府志》),八年(1172)秋离任(见《宋会要》)。辛弃疾在滁州知府任上。　② 莼鲈:见前《水龙吟》"鲈鱼堪脍"注。　③ "夜深"句:黄庭坚《寄叔父夷仲》诗:"儿女灯前语夜深。"　④ 承明:班固《西都赋》:"承明、金马,著作之庭。大雅宏达,于

兹为群。" ⑤ 视草:为皇帝草拟或修改制诰之稿。 ⑥ 愁肠殢酒:唐韩偓《有忆》诗:"愁肠殢酒人千里。"殢,音替,困也。 ⑦ "目断"二句:《战国策·楚策》:"更羸与魏王处京台之下,仰见飞鸟,更羸谓魏王曰:'臣为君引弓虚发而射鸟。'……有间,雁从东方来,更羸以虚发而下之。魏王曰:'然则射可至此乎?'更羸曰:'此孽也。……故疮未息而惊心未去也。闻弦音烈而高飞,故疮陨也。'"

【语译】

人上了年纪,兴致就减退了,面对送别的酒宴,心里总害怕时光流逝。况且屈指一算,中秋已近,美好的圆月,却不能照着人的团圆。这些事,无情的流水都不管,它与西风一道,只管把归去的船只送走。晚秋季节,您离任而去的船行于江上,恰似为莼羹、鲈鱼脍而回家的张翰,可以品尝到家乡的美味了;到家以后,又可以与儿女们灯前团聚长谈,直至深夜。

您甚至不必更换旅途的衣衫,便可以去朝见皇帝了,朝廷里正非常需要人才呢。我想您会在夜半时分,还被留在承明庐里,为皇帝起草诏书,然后又派您去筹划边防军务事宜的。京城里的老朋友如果问起我来,您就说,他还是借酒浇愁的老样子。我极目远望那秋天高空中飞下的大雁,乘着醉意时时拉响弓弦,仿佛自己也能像古人那样,一响空弦而惊落飞雁似的。

【赏析】

写这首词时,辛弃疾在滁州知府任上,才三十三岁,但他南归已整整十个年头了。范昂当时为滁州通判,是行政首长知府的副职,中秋前,他离任南归,作者写词送他。半年前的清明,作者另有一首"寿范倅"的《感皇恩》词,有"三山归路,明日天香襟袖"等语,"三山"不是镇江、福州或山东都有的地名,而是传说中东海上的三座仙山,用指"东南形胜"、"自古繁华"的神仙境界似的临安(杭州),白居易有"蓬莱宫在水中央"诗句,辛词也说"是当年玉斧削方壶",今西湖中岛屿尚称"小瀛洲"。杭州以"三秋桂子"闻名,宋之问有"桂子月中落,天香云外飘"诗句。范昂既将于秋天离任归杭,故曰:"明日天香襟袖。"结合此词劝他"征衫便好去朝天",可知范昂的家就在临安,只是除两首词所提到的外,他的事历,别无可考。

上片写自己送别伤离心情和归者得聚的天伦之乐。古人动辄称"老",尤其在心情欠佳的时候;其实并不老,只是相对自己更年轻时而言。这里说随着年岁增长,对生活与前途的乐趣与进取心已大大减退了,所以既容易感伤离别、嗟叹岁月无情(如接着所说),也容易发牢骚、颓丧(如末了所说)。这起头五字就定下了全篇的基调。从送别来说,"怯流年"是恨与友人相聚短暂,所以又深憾中秋将至,却不能一起度过。就此点清送别时间。"十分"是说月满月圆,更衬出人事的不圆满。现实"无情",却归之于"水",怨其"都不管"人间憾恨,将理性语变作痴情话,才是诗。水非但不管,反而与西风一道助行人离去,又深一层写怨恨和惆怅,同时交待清友人此去,是沿江向东南回家。送别者的心情写够了,就转到说行者:此去不错,既能享受到家乡美味,又能与亲人团聚,这也是赠别之作应有之义。两句用诗词修辞上的特殊句式——无谓句作对仗,劲健洗练,词意蕴蓄。

下片从仕途上慰勉友人,此去朝廷必另委重任,而自己却仍留在滁州过借酒浇愁的生活。换头句劝其抓紧时机去朝廷候命,连"征衫"也都不必更换,估计必能受到重用,用冠冕堂皇的话说,就是"玉殿正思贤"。结合给范昂的另一首词看,正好说明他家在临安。"想夜半"三句,非有实据而言,是虚说,故用一"想"字。作者尽量往好处说友人可能受到的宠信殊荣,所以在某种意义上说,也是作者本人愿望的反映。"夜半承明,留教视草",因其有文才;"却遣筹边",因其有韬略。在作者看来,这些都是最最重要的事情。然后再折回说自己,以呼应发端。"长安"二句,与王昌龄《芙蓉楼送辛渐》诗"洛阳亲友如相问,一片冰心在玉壶"同一机杼。差别只在一说宦情淡薄,一说愁绪难排。结两句话用典故而变化了原意,说自己醉时往往徒有壮心。惊雁落空弦,本古代富于奇妙想象的传说,非真能如此。故在极远处所见之"秋霄落雁",也只如同说"平沙落雁""沉鱼落雁"那样,是说雁儿飞下,并非射下、陨落。作者不过是见雁落而引发了思射之心:既然古人能响空弦而惊落飞禽,我何不也试试膂力,不知能如此否。此正醉里勃发之壮心也。"醉来"二字,紧承"愁肠殢酒",也远应"对别酒"。至此,我们方始明白,原来作者之苦闷还是"英雄无用武之地"啊!

祝英台近

晚　春

宝钗分①,桃叶渡②,烟柳暗南浦③。怕上层楼,十日九风雨。断肠片片飞红,都无人管,更谁劝、啼莺声住。　　鬓边觑。应把花卜归期④,才簪又重数。罗帐灯昏,哽咽梦中语:是他春带愁来,春归何处?却不解、带将愁去。

【注释】

①宝钗分:分钗赠别情郎或丈夫。　②桃叶渡:晋王献之的爱妾名桃叶,渡江而去,献之作歌送之。后称其分别处为桃叶渡。见《古乐府》注。此"渡"作动词用。　③南浦:多泛称水边送别之地。江淹《别赋》:"春草碧色,春水绿波;送君南浦,伤如之何!"　④花卜:以花瓣数目的多少,来占卜吉凶、日期等。"应",一本作"试"。

【语译】

她把宝钗分为两股,将一股留赠给我,我的桃叶就这样渡江走了。在这送别的江边,唯见烟蒙蒙的杨柳一片昏暗而已。我怕再上高楼去眺望,这天气十天内倒有九天刮风下雨,那片片落红乱飞的景象,简直让人愁肠寸断,这都没有人管,还会有谁来劝说那啼叫的黄莺儿把声音停住呢?

我想她此时也一定把戴在鬓边的花取下来瞧,数着它的瓣数来占卜自己何时能够归去,也许刚刚数完簪上了头,又重新取下来再数呢。闺中青灯昏昏,她在罗帐里大概也会从睡梦中哽咽着呓语起来。啊,是他春天把这愁带来的,春天呀,你回到哪里去了呢,为什么倒不能将我的愁也一起带走呢?

【赏析】

张端义《贵耳集》云:"吕婆,吕正己之妻,正己为京畿漕,有女事辛幼安,因以微事触其怒,意逐之,今稼轩'桃叶渡'词,因此而作。"此说所述,本别无可证,但有一点倒是可信的,即"正己为京畿漕",恰好与另一首辛词所提供的线索一致:稼轩有一位被称之为"桃叶"的侍妾离他而去,使他追念不已,此事发生在他任职京师临安期间。有《念奴娇·西湖和人韵》词,其末了云:"欲说当年,望湖楼下,水与云宽窄。醉中休问,断肠桃叶消息。"与此词"宝钗分,桃叶渡"用事同,且此词下文也用"断肠"字眼,当同指一人。《念奴娇》词有"欲说当年"云云,知非稼轩第一次居官临安任司农寺主簿时之作;以词中所写季节推断,与其第三次在临安任职的时间相合,因知此词作于淳熙五年(1178)稼轩在临安居官大理少卿之时。

稼轩词中,题明"赠妓"、"赠歌者"、"赠籍中人"的和写爱情、风月之事的并非个别,这在他南归早期、漫游吴楚之作中尤多,但都不曾用"桃叶"典故,所以我们认定此词中所写的女子,其身份也如出处中是王献之的爱妾一样,她是作者的侍妾。这一点也与《贵耳集》所述一致。词上片写爱妾离去后,自己见春色将残,因而感伤烦恼;下片想象对方也应愁思满怀地在期盼着能再回到自己的身边。

夏承焘师教导云:"'宝钗分,桃叶渡','渡'作动词解。"理由:(一)这一词调头六个字多作对句,辛词都如此,如"水纵横,山远近"、"绿杨堤,青草渡"等,此作"渡江"之"渡",方能与"分"成对;(二)若作渡口地名解,下句已有"南浦",不应歧出。"烟柳暗南浦",是春去景语,也为写黯然伤感。"怕上"二句,寻常易懂之妙句,烟柳之所以暗者,正因风雨。"断肠"数句,分两层递进,怜春伤春之情,叙来凄惋之至。层楼之怕上,正为一片愁惨景象能令人"断肠"也。

换头"鬓边觑"以下,乃积思而神驰于彼,设想对方之心态举止。因是揣想之词,故用"应"字,《花庵词选》、《阳春白雪》等作"试"字,当是后人不细察作意而改。"花卜归期,才簪又重数",虽卜得顺逆,总觉忽忽心未稳,故再一次取下花来重数。想象极具体生动,愈见相思之深。大概"桃叶"临去之时,百般不愿,作者又素知其痴情,故能摹写入微,叙来历历如见。白天如此,又想象其夜间孤独难眠,于梦中尚哽咽呓语。末三句至情痴语,结出"愁"来,当作女子"梦中语"固可,视为作者无可奈何之叹息语亦无不可。沈谦云:"稼轩词以激扬奋厉为工,至'宝钗分,桃叶渡'一曲,昵狎温柔,魂销意尽,才人伎俩,真不可测。"(《填词杂说》)其实,此词在风情旖旎之中,仍有一股悲凉凄怆之气。

青　玉　案

元　夕①

东风夜放花千树②,更吹落、星如雨③。宝马雕车香满路。凤箫声动,玉壶光转,一夜鱼龙舞④。　蛾儿雪柳黄金缕⑤,笑语盈盈暗香去。众里寻他千百度。蓦然回首⑥,那人却在,灯火阑珊处⑦。

【注释】

① 元夕:即元宵。　② 花千树:喻灯。唐苏味道《上元》诗:"火树银花合。"　③ 星如雨:形容风吹时灯光晃动。庾信《灯赋》:"风起则流星细落。"　④ 玉壶、鱼龙:指不同形状的灯。《武林旧事》:"(元夕之灯)福州所进,则纯用白玉,晃耀夺目,如清冰玉壶,爽彻心目。"隋薛道衡《如许给事》诗:"竟夕鱼负灯,彻夜龙衔烛。"　⑤ 蛾儿、雪柳:均指妇女头上的插戴。蛾儿,也称"闹蛾"。　⑥ 蓦然:突然。　⑦ 阑珊:稀落。

【语译】

东风起处,千百株树木都在夜间成了火树,开了银花,还吹得星星似的灯火,如雨点般地洒落下来。华丽的骏马和雕花的车辆往来不绝,整条街上都弥漫着香气。美妙的箫声响起,玉壶灯转动着光亮,鱼灯龙灯彻夜舞个不停。

姑娘们戴着蛾儿、雪柳的首饰,佩挂着黄金丝缕,她们娇媚地说说笑笑,从眼前经过,一阵暗香随之而去。我在人群之中寻找她千百次,总也没有找到,忽然回过头去,发现那人却独个儿站在灯火稀少的地方。

【赏析】

辛弃疾从乾道四年(1168)起当了三年建康府通判之后,因对孝宗上了《美芹十论》,受到重视。乾道六年底调为司农寺主簿。初到临安做京官,相识还不多。七年元宵节,观看了金迷纸醉的元夕盛况,写了此词。

以"东风"起句,点时节,也衬托出帝都气象。描写元宵,始终突出灯火。以"花千树"、"星如雨"、"玉壶"、"鱼龙"等等,写出"夜市千灯照碧云"的一片光耀炫目、繁华热闹的景象。"宝马雕车"上的豪门显贵,插戴着"蛾儿、雪柳"的官家眷属,在"山外青山楼外楼"的西湖之滨尽情游乐,竟是"直把杭州作汴州"的醉生梦死的场面。词末几句,有人以为作者真是在寻找一位女人。恐未必如此。那位要寻找的人,其实也正是作者不逐众流、不慕荣华、独来独往的精神人格的化身。这首词很可能受到南宋初女词人李清照的影响,易安有一首《永遇乐》(落日熔金),也是写临安元夕的,其中遣词用语,颇可以看出两者之间的瓜葛(如"人在何处"、"香车宝马"、"捻金雪柳"等等)。她死后八十年,宋末词人刘辰翁还说"读李易安《永遇乐》,为之涕下"。李清照的词为何使刘辰翁泪下呢?原来她写的是元夕回想"中州盛日"的种种情景,通过对故都怀念,寄托爱国思想。辛词所写的元夕景物,多见于《东京梦华录》、《宣和遗事》一类材料,与东都汴京景象无异。这是有深意的。可以理解,作者要找的人,正是因为眼看临安灯市,心怀昔日旧都,才自甘寂寞,不无感慨地远离喧闹的人们而独个儿站在"灯火阑珊处"。这样的人,"众里寻他千百度"是难以寻到的。作者孤傲的心志和由现实引起的感触,也都是通过含蓄的艺术构思,才曲折地透露出来的。

鹧 鸪 天

鹅湖归①,病起作

枕簟溪堂冷欲秋,断云依水晚来收。红莲相倚浑如醉,白鸟无言定自愁。　书咄咄②,且休休③,一丘一壑也风流④。不知筋力衰多少,但觉新来懒上楼⑤。

【注释】

① 鹅湖:山名,在江西铅山县东北周围四十余里。山上有湖,多生荷,名荷湖;晋人龚氏居山养鹅数百,更名鹅湖。山下有鹅湖寺。　② 书咄咄:《世说新语·黜免》:"殷中军(殷浩)被废,在信安,终日恒书空作字……窃视,唯作'咄咄怪事'四字而已。"　③ 且休休:《诗·唐风·蟋蟀》:"好乐无荒,良士休休。"休休,安闲自得,乐而有节貌;又作"罢了"、"算了"解,词中二义兼有。　④ 一丘一壑:指隐士居住之处。《太平御览·苻子》:"黄帝……谓容成子曰:'吾将钓于一壑,栖于一丘。'"《世说新语·品藻》:"明帝问谢鲲:'君自谓何如庾亮?'答

曰:'端委庙堂,使百官准则,臣不如亮;一丘一壑,自谓过之。'" ⑤ "不知"二句:俞文豹《吹剑录》引为陈秋塘(陈善,字敬甫,号秋塘)诗句,况周颐《蕙风词话》辨之,以为是俞氏误记。

【语译】

在溪边的屋子里感到枕席生凉,仿佛已到了秋天。几片接近水面的浮云,到傍晚已经隐去了。红艳艳荷花彼此偎依着,简直就像美人喝醉了酒,白鹭默默无言地兀立着,它一定是正在发愁。

我如此处境,就像古时被废的殷浩整天向空中书写"咄咄怪事"那样不可理解,算了,姑且安闲自得地享享清福罢! 在一条溪壑边垂钓,在一座山丘中隐居,不是也很风流高雅吗! 我也不知道病后的筋力已衰弱了多少,只是觉得这些天来已懒得登梯上楼了。

【赏析】

此词作于孝宗淳熙十一年(1184)夏末,辛弃疾闲居江西上饶带湖期间。他生过一场病,有几首词中都曾提到,此词即写病起后对周围环境景物的感受和被投闲置散、身老山林的感慨。

前四句写景。但从景语中已透出作者的心情。"枕簟",夏日之卧床用品;"冷欲秋",对气候的感觉。秋未至而已凉,病后力衰、清冷孤寂之精神状态,隐约其中。水面片云收敛,唯见苍茫暮色,怅然无所依之情已在言外。三四句承"溪""水"写近景。红艳艳的荷花相倚轻摆,恰似喝醉酒的美人;白鹭一类水鸟久久悄立,仿佛正在愁思。从"红"(联想酡颜)与"相倚"引出"醉"来,从"白"(联想霜鬓)与"无言"引出"愁"来;而似醉如愁,正是作者心境的反射。对句绘形寄情,都十分出色。

下片转入抒情。当时国家实在非常需要像辛弃疾这样有志于抗金复土,又有谋略、有胆识、有能力,文武全才的人,可是反而让英雄虚度时光,老却山林,真是怪事!这种不平的现象,辛弃疾若要说起来,正可说上一大篇,但在词中却只用"书咄咄"三字便都包括了。典故的奇妙作用,这是一个明显的例子。接着马上用"且休休"转折:算了算了,乐得过过安闲日子罢!一吐一吞、一张一弛之间,矛盾的心态表现得淋漓尽致。"一丘一壑也风流"是"且休休"的理由和延伸,是以旷达的言辞、潇洒的姿态来对待逆境。表面的轻松深化了内在的悲剧性。然后再转折,说自己"筋力衰"了,用"不知"提出问题,"但觉"加以回答,申明词题中"病起"之意。语言极平淡安闲,感情自深沉厚重。陈廷焯评得好:"信笔写去,格调自苍劲,意味自深厚,不必剑拔弩张,洞穿已过七扎,斯为绝技。"(《白雨斋词话》)

菩 萨 蛮

书江西造口壁①

郁孤台下清江水②,中间多少行人泪。西北望长安,可怜无数山。　　青山遮不住,毕竟东流去。江晚正愁余,山深闻鹧鸪③。

【注释】

① 造口:即皂口,在今江西万安县西南六十里,有皂口溪于此流入赣江。② 郁孤台:在今江西赣州市西南之贺兰山上。《舆地纪胜》:"郁孤台……隆阜郁然,孤起平地数丈,冠冕一郡之形胜而襟带千里之山川。" ③ 闻鹧鸪:《异物志》:"鹧鸪其志怀南,不思北徂(往,音粗阳平),其鸣呼飞:'但南不北。'"又俗传鹧鸪叫声如"行不得也,哥哥!"

【语译】

郁孤台下流过一条清澈的江水,这水中包含着多少行路人的眼泪啊!我向西北眺望故都,可怜它被无数青山阻隔在千里之外了。

青山能遮住视线,却阻挡不住这带着无尽怨恨的江水,它曲曲弯弯,毕竟还是向东流去了。傍晚时,我正在江边发愁,又听到深山里传来鹧鸪鸟的叫声。

【赏析】

词作于孝宗淳熙三年(1176)。作者在上年七月至江西任提刑,节制诸军进击茶商军,九月平。词写春天景物,知为次年在任上所作。

宋人罗大经《鹤林玉露》说此词云:"盖南渡之初,虏人追隆祐太后(高宗之姆母)御舟至造口,不及而还,幼安自此起兴。'闻鹧鸪'之句,谓恢复之事行不得也。"此说有参考价值,但并不太确切,有误传成分。隆祐太后确曾避金兵经万安造口而至虔州(今赣县)郁孤台之所在;但金兵却只到达太和县,并没有追御舟而至造口。

《三朝北盟会编》记建炎三年(1129)十一月二十三日隆祐离吉州谓:"质明,至太和县,兵卫不满百人,滕康、刘珏、杨唯忠皆窜山谷中,唯有中官何渐、使臣王公济、快行张明而已。金人追至太和县,太后乃自万安县至皂口,舍舟而陆,遂幸虔州。"一路之上,皇室尚狼狈如此,流亡百姓之苦,更可想而知了。作者书万安造口壁的词而写虔州郁孤台,想到四十多年前金兵曾入侵江西,隆祐太后沿这条路仓皇南奔事,是完全在情理中的。只是他心目中并非只有太后,大批百姓在流亡道路上妻离子散、扶老携幼的惨状,大概会想得更多些,所以词才说:郁孤台下清江水,中间多少行人泪,"多少"二字已说明伤心之事,非止一端。这是在台上俯视所见。

然后写向西北而望。"长安",借指北宋都城汴京。它被"无数山"阻隔住了,正所谓"长安不见使人愁"。这是借"道路阻且长"喻恢复失土之困难重重。"可怜"二字,表现内心之沉痛。既用比兴,换头索性仍借山水为说,国势日见衰危,虽志士英雄亦难挽其颓败,犹"青山遮不住"江水东流,昔日之全盛,一去难回。"毕竟"二字,想见其无可奈何之情。有人以为此处是"作者把大江东去比喻不可抗拒的历史潮流"(见《唐宋词鉴赏辞典》八八一页,江苏古籍出版社),这太时髦了,也太拔高作者了,辛弃疾终究不是近现代的革命家,不知何谓"不可抗拒的历史潮流",再说也难用历史事实来说明当时这种潮流之不可抗拒啊!过分强调作者的恢复信心,便会与下句脱节。其实"毕竟东流去"的意思,与"斜阳正在,烟柳断肠处"是差不多的,"愁"根之所生,正由于此。

末两句以鸟声更添余愁的虚缩之法作收。"江晚"二字,承前而又加迟暮之感。鹧鸪,虔州山间特多,其叫声当时最流行的两种说法,是像"行不得也哥哥"和"但南不北"。罗大经谓"恢复之事行不得也",是取前者;不过这一来,鹧鸪声也与主和派论调相似了,只能当作一种反衬而不是作者的思想;作者的感慨正好相反,应是偏安之事行不得也,如隆祐太后那样敌来我逃之事行不得也;无知之鸟尚知作此声,而当局居然不知,则余愁自不要说了。后一种说法,在唐诗中用得特多,如郑谷《席上贻歌者》诗云:"坐中亦有江南客,莫向春风唱鹧鸪。"正因鹧鸪其志怀南,不思北往,故在长安之江南客闻其曲而思家也。但化用于此,"但南不北"语,应作对南宋当局只是苟安江南,当金人入侵之际,也但知南逃而不思北伐的投降政策的怨怼,而不宜解作"一定要像鹧鸪一样留在南方,绝不能北去向金人屈膝"(同前)。对作者寓意的探寻,本见仁见智,自不要强求一致,要在能不悖作意,不割裂词句,不将古人现代化罢了。

姜 夔

姜夔(1155？—1221？)，字尧章，号白石道人，饶州鄱阳(今江西鄱阳)人。少小随父宦游汉阳，父死，流寓湘、鄂间。萧德藻以兄女妻之，乃随萧移居湖州(今浙江吴兴)，往来苏、杭间，与词客诗人多有交游。一生未仕，卒于临安。其词清空蕴蓄，格律严密，上承周邦彦，下开吴文英、张炎一派。尤精音律，有自注工尺旁谱的词十七首存世，为研究宋词乐谱的珍贵资料。有《白石道人歌曲》、《白石道人诗集》、《白石诗说》等传世。

点 绛 唇

丁未冬过吴松作①

燕雁无心，太湖西畔随云去。数峰清苦，商略黄昏雨②。　第四桥边③，拟共天随住④。今何许？凭阑怀古，残柳参差舞。

【注释】

① 丁未：淳熙十四年(1187)。吴松：又名松江、松陵、笠泽，即今江苏吴江。② 商略：商量，酝酿。　③ 第四桥：吴江城外的甘泉桥，以泉水品居第四，故称第四桥。　④ 天随：唐陆龟蒙自号天随子，其宅在松江上甫里。

【语译】

燕子大雁，春来秋往，本属无心，此时早随着太湖西畔的浮云去得无影无踪了。眼前几座山峰显得寂寞荒凉,仿佛在跟傍晚时到来的雨商量着什么。

我真想就此在甘泉桥边,伴着高人陆龟蒙度过余生。可如今的时势又怎么样呢?我倚在栏杆上,想着历史上的事,望着那衰败的残柳参差不齐地在寒风中舞动。

【赏析】

淳熙十四年春,姜白石曾由杨万里介绍前往苏州见过范成大,这首词则是到了冬天,他从湖州再次前往,路经吴松时所作。

人们常将燕子和大雁的来去与自身的离合悲欢联系在一起,从而产生种种不同的情绪或期望。白石此时的心情,乃以为世事不可强求,一切皆应随顺天然,闲适处之。以此种洒落襟期视物,则"燕雁"之往来也当"无心"。时届冬令,不见燕雁,料其必已"随云去"了;说"随云",即所谓"无心"也。吴松西临太湖,"太湖西畔",则是隔湖而望遥远处。冬日山川寥落,峰以人拟,所以说"清苦";既拟人,于四顾苍茫之中,似乎就只能与"黄昏雨"交谈了。"商略"一词,固可引申为酝酿、准备,但终究不如直解作商量、讨论,意境更深邃、奇幻。卓人月评此二字为"诞妙"(《词统》),正作如此理解。那么,山峰与暮雨在商量些什么呢?这是大自然的秘密,你可以猜,但毋须寻求答案。

上片只作景语,换头二句,转述襟怀。前有"太湖",此说"第四桥",皆切题序"过吴松",而陆龟蒙之宅在焉。龟蒙自号天随子,取随顺天然之意,语出《庄子》;又称江湖散人,为人高放,勤于学,诗文皆有成就,不乐官场,退而躬耕,啸傲江湖,白石心仪之。其《三高祠》诗云:"沉思只羡天随子,蓑笠寒江过一生。"又《除夜自石湖归苕霅》诗云:"三生定是陆天随,又向吴松作客归。"皆以龟蒙自比。"今何许",是提起,也是转折,简语重笔,感时忧国之慨,已包涵其中。"凭阑怀古",既承上追念前贤,又带起末句,因"怀古"亦即"伤今"也。"残柳参差舞",以衰飒之景写沧桑之感,篇终混茫,意境闲淡而高远。此白石短章之绝调。

鹧 鸪 天

元夕有所梦

肥水东流无尽期①,当初不合种相思。梦中未比丹青见②,暗里忽惊山鸟啼。　　春未绿,鬓先丝。人间别久不成悲。谁教岁岁红莲夜③,两处沉吟各自知!

【注释】

① 肥水:分东西两支,此指东流经合肥入巢湖的一支。　② 见:所见,引申为明显,鲜明。　③ 红莲:谓灯,多用于元宵。如欧阳修《蓦山溪·元夕》:"纤手染香罗,剪红莲满城开遍。"郭应祥《好事近·丁卯元夕》:"不比旧家繁盛,有红莲千朵。"

【语译】

肥水向东流,永远也不会有流完的时候,我当初真不该把这相思给种下的。我在梦中见到她的模样,并不比在画像中见到的更为鲜明,即便如此,还忽然被山鸟的啼声从黑暗中将我惊醒。

春天尚未呈现出新绿,鬓发先已成为银丝了。人世间的离别,时间一久,连悲痛都很难称得上了。究竟是谁让年年元宵灯节的夜晚,两地都沉思默想,心事却只有各人自己知道呢!

【赏析】

夏承焘师《姜白石词编年笺校》系此词于庆元三年(1197)笺云:"白石怀人各词,此首记时地最显。时白石四十余岁,距合肥初遇,已二十余年矣。"可知是一首怀念早年在合肥初识的恋人的抒情词。

首句以长流水起兴,其所喻得下句而显豁:原来是借肥水东流不尽,说相思不绝,此恨悠悠。"肥水"(合肥)是"当初"第一次遇见她的地方,至今已二十多年了,旧情尚沉积心头,于梦中见到,确乎是"无尽期"了。相思的代价是痛苦,且太大太久,故曰"不合",这是怨极而悔的话。用一"种"字,最富艺术想象力。"种瓜得瓜,种豆得豆",既"种相思",所得自然也是相思,且从种下之时起,便生长繁衍,结成"无尽期"的相思苦果;此所谓"求仁而得仁,又何怨!"(《论语》)再两句完题序所说的"有所梦"。人分东西,不得相见,只能见画像,"丹青"又怎能与她本人相比呢!现在梦中所见,只是幻象,还不及丹青所画真切,这已是遗憾;即如此,尚被山鸟啼声忽然惊破好梦,使梦中之幻象也为之消失而无处寻觅了,自己只有在"暗里"独自感伤而已。

换头直抒怨情。"春未绿",切"元夕";"绿",形容词作动词用,谓绿遍郊原;呈现新绿。"鬓先丝",古人年过四十,便认为已入老年期;"丝",名词作动词用,谓白如素丝。"未"与"先"相连,说岁华方新而人已衰老,是一种"人生易老天难老"的感慨。"人间别久不成悲",语最深沉。俗谓"久病床前无孝子",非真不孝,乃言病之既久,侍奉为难也。别久又相聚无望,则心头之伤痛逐渐麻木,感情之炽流转而凝固。在"不成悲"的表象下,正隐藏着更深刻、更沉重的悲哀。故有结尾二句可视作向苍天的发问。古时,元宵之夜,对青年男女来说,有点像情人节,他们多利用出来观灯机会,密约欢聚,故元夕词多写"月上柳梢头,人约黄昏后"之类,这就不能不引起别离恋人的感触和回忆。作者有所思而成梦,有所梦而成咏,大概也因为这个缘故。自己如此,又深知对方此夜亦必如此,故曰:"两地"。大家都只能在心中静思默想,而其中滋味,也只有彼此自己知道罢了。这刻骨铭心的相思,永无尽期的悲哀,我们从作者用"谁教"二字中也不难领略到。

踏 莎 行

自沔东来,丁未元日①,至金陵,江上感梦而作

燕燕轻盈,莺莺娇软②,分明又向华胥见③。夜长争

得薄情知？春初早被相思染。　　别后书辞，别时针线，离魂暗逐郎行远④。淮南皓月冷千山，冥冥归去无人管。

【注释】

① 沔：沔州，今湖北汉阳，姜夔的第二故乡。丁未：淳熙十四年(1187)。 ② 燕燕、莺莺：对所欢的年轻美丽女子的昵称。苏轼闻张先买妾，作诗相赠云："诗人老去莺莺在，公子归来燕燕忙。"夏承焘《姜白石词编年笺校》："此词明云'淮南'，为怀合肥人作无疑。《琵琶仙》云：'有人似旧曲桃根桃叶'，《解连环》云：'为大乔能拨春风，小乔妙移筝，雁啼秋水。'此亦云'燕燕莺莺'，其人或是勾阑中姊妹。" ③ 华胥：谓好梦。黄帝曾梦游华胥氏之国。参见张抡《烛影摇红》注。 ④ "离魂"句：说此词者多据《诗词曲语辞汇释》解"郎行"为"郎边"，"行"作"这边、那边"用，在当时固多，然此句用唐传奇《离魂记》事，只宜作"行路"之"行"解，即"逐郎远行"，与"低声问向谁行宿"之类用法不同。

【语译】

她体态轻盈、语声娇软的形象，我分明又从好梦中见到了。我仿佛听到她在对我说：长夜多寂寞呀，你这薄情郎怎么会知道呢？春天才刚开头，却早已被我的相思情怀染遍了。

自从分别以后，她捎来书信中所说的种种，还有临别时为我刺绣、缝纫的针线活，都令我思念不已。她来到我的梦中，就像是传奇故事中的倩娘，魂魄离了躯体，暗地里跟随着情郎远行。我西望淮南，在一片洁白明亮的月光下，千山是那么的清冷。想必她的魂魄,也像西斜的月亮,在冥冥之中独自归去。也没有个人照管。

【赏析】

此词作于淳熙十四年;早于前首《鹧鸪天》十年。在上一年的冬天,姜白石跟随他的岳父萧德藻离开湘鄂,前往湖州,沿着长江乘舟东下,春节元旦,抵达金陵。词记江上所梦,其中提到淮南,是写翘首西望合肥(宋时属淮南路)的情景,因为十年前,他在那里曾经有过一段恋情,使他至老难忘,并为此而写了不少情词。

"燕燕"、"莺莺"并用,夏师参证他词云:"似是勾栏中姊妹二人。"我对白石同时有两个意中人,且又如此深情,总有点难理解。纵有姊妹二人如大乔小乔、桃根桃叶者,白石钟情其一而词中并提亦属可能,姑作一人看。"轻盈",谓其体态;"娇软",言其语音,恰好与借用名燕、莺之特点相合。"分明"句,点"感梦",由此而知前八字,只是幻象。再接两句记其所言,梦中人向作者诉说寂寞相思之苦,实则是作者自己内心感情通过梦中人自述的折射。"夜长"、"春初",既切"元日",也借以表述心情。"薄情",虽说是对所爱之昵称,犹言"冤家",然写来也不无内疚的成分。"染"字押得甚巧,意谓春方始,草未绿、柳未黄、花未红,但周围景物早染上了一层情绪色彩,看去无一不惹我相思。

过片承"相思染",转说自己旧情难忘。"别后书辞,别时针线",只此八字,毋须再费辞说怎么样,其意自明。"离魂"句,用唐陈玄祐《离魂记》中倩娘魂离躯体,随王宙远行,结为夫妻事,既写了意中人待己之深情,又再点"感梦",说她魂魄远来入梦。最后两句,王国维极为推赏,他说:"白石之词,余所最爱者,亦仅二语,曰'淮南皓月冷千山,冥冥归去无人管。'"(《人间词话》)意境之深妙,确有难以言传者。唯"冥冥归去"者是魂是月,令人疑惑迷惘。"淮南"在金陵之西,月西落自可言"归去";然所思之人亦在"淮南",其魂魄既来入梦,梦醒自当"归去"。此中或有杜诗"环佩空归月夜魂"(《咏怀古迹》)的影响在。所以我以为月与魂不妨两兼。"冷"字,已悄怆幽邃,再结以"无人管"三字,作者爱怜悯恻之怀人心绪,实过乎恸哭。

庆 宫 春

绍熙辛亥除夕①,余别石湖归吴兴,雪后夜过垂虹②,尝赋诗云:"笠泽茫茫雁影微,玉峰重叠护云衣;长桥寂寞春寒夜,只有诗人一舸归。"后五年冬,复与俞商卿、张平甫、铦朴翁自封禺同载诣梁溪③,道经吴松,山寒天迥,云浪四合。中夕相呼步垂虹,星斗下垂,错杂渔火,朔吹凛凛,卮酒不能支。朴翁以衾自缠,犹相与行吟,因赋此阕,盖过旬涂稿乃定。朴翁咎余无益,然意所耽,不能自已也。平甫、商卿、朴翁皆工于诗,所出奇诡,余亦强追逐之;此行既归,各得五十余解。

双桨莼波,一蓑松雨,暮愁渐满空阔。呼我盟鸥④,翩翩欲下,背人还过木末。那回归去,荡云雪、孤舟夜发。伤心重见,依约眉山,黛痕低压。　　采香径里春寒⑤,老子婆娑,自歌谁答?垂虹西望,飘然引去,此兴平生难遇。酒醒波远,正凝想、明珰素袜⑥。如今安在?惟有阑干,伴人一霎。

【注释】

① 绍熙辛亥:光宗绍熙二年(1191)。下文"后五年冬"作是阕时,为宁宗庆元二年(1196)。　② 垂虹:指吴江利往桥,长桥上建亭曰:"垂虹"。　③ 俞商卿:名灏,进士,世居杭,晚年筑室西湖九里松,有《青松居士集》。张平甫:名鉴,张俊之孙,白石自谓与平甫"十年相处,情甚骨肉"。铦朴翁:葛天民,字无怀,初为僧,名义铦,字朴翁,后还俗;山阴人,居西湖。封禺:封山和禺山,在今浙江德清西南。梁溪:无锡之别称。　④ 盟鸥:谓居云水之乡,如与鸥鸟有约。事出《列子·黄帝》。稼轩有《水调歌头·盟鸥》。　⑤ 采香径:苏州香山旁的小溪;吴王种香于香山,使美人泛舟于溪以采香,故有此名。　⑥ 明珰素袜:用指美人。珰,以珠为耳饰。

【语译】

荡双桨泛起波浪,船行进在漂浮着莼菜的水上,松风送来雨点,披上一件蓑衣,看引人发愁的暮色,渐渐地弥漫于空阔的水天间。我招呼着那与我旧有盟约的沙鸥,它在空中盘旋着,像是要飞下来,又转而离开人掠过树梢去了。五年前,那次回吴兴去,冲着寒云积雪,一条小船夜间出发经此。令我伤心的是,又一次见到这隐隐约约的远山,好像女子低低垂下的黛眉。

那夜，古代吴宫美人曾来采香的溪上正春寒袭人，我徘徊其间，独自唱起自制的新词，可惜无人相和。西望长桥上的垂虹亭，飘然地离去，这种游赏吟咏的兴致我平生总是欲罢不能。眼前酒醒来时，波声已经遥远，我正凝神默想，那明珠垂耳、罗袜生尘的美人如今又在哪里呢？只有那长桥上的栏杆，能陪伴着人们一阵。

【赏析】

绍熙二年(1191)冬，姜夔自合肥归湖州途中，访石湖(苏州吴中区西南，交吴江区、通太湖处)范成大，留居一月，除夕别归。范以家中有色艺之婢小红相赠，姜夔携小红雪夜孤舟过垂虹，曾乘兴赋诗(题序引诗为其《除夜自石湖归苕溪》十绝句中的一首；又有过垂虹诗云："自作新词韵最娇，小红低唱我吹箫；曲终过尽松陵路，回首烟波十四桥。")，其时节气已过立春。五年后庆元二年(1196)的冬天，姜与三友人自浙地往无锡，再经吴松时，又是寒夜，他们泊船垂虹，漫步长桥，凭栏眺望，又饮酒御寒，彼此吟咏。此词即作者当时所赋，后又经十余天修改始定。这次重经旧地，范成大已去世三年了，小红也不在，所以心情与往年大不一样，词多伤逝怀人之感。

自"双桨"至"木末"六句，写乘舟重经吴松情景。"莼波"、"松雨"，本地风光，偶句精磨巧琢。"暮愁"，点出心情，此行与五年前自石湖归苕溪之愉悦迥异，已伏下文"伤心重见"。烟雨迷茫之中，暮色渐至，愁思也随之而增长，终至充满空阔的水天之间。"渐"字有神。后三句描摹出鸥鸟盘旋飞翔，欲下而又远避的习性，同时用

"呼我盟鸥"四字,表达了自己熟悉此景的亲切感。引出五年前"那回归去"的种种情景。石湖离垂虹并不算远,雪夜孤舟,出发经此,也曾见山似黛眉。"依约",因其被云所遮,即题序中引诗所说的"玉峰重叠护云衣"。"伤心重见",合今与昔之景物,与物是人非之感。"伤心"又应前"暮愁",而分量极重,无疑为已作古的好友范成大而发。远山虽是"重见",但今已染遍愁绪,"低压"二字亦因心境而用,该山也仿佛在低眉垂泪。

过片仍承前,由今之所见而忆昔,写的还是当年事。"采香径",夏师云:"借用其名,不指实地。"甚是。吴松、垂虹一带,皆近吴宫,故借用之;白石《除夜自石湖归苕溪》诗也有"吴宫烟冷水迢迢"句。"春寒"二字正说明是当年(眼前则是"冬"),点题序中"长桥寂寞春寒夜"诗句。那时,兴致甚好,故"婆娑"而"自歌",所谓"自作新词韵最娇"也。"谁答",说无诗友唱和,此行有三友同往,而那次"只有诗人一舸归"。再三句写"过垂虹"情景,其诗句"曲终过尽松陵路,回首烟波十四桥",可作"垂虹西望,飘然引去"的注脚。记当年之轻快,亦即写此日之沉重。"此兴平生难遇",又合今昔而言。对景吟诗赋阕的兴致过去很高,现在也一样,此行所得,竟多至"五十余解(首)",即题序所谓"意所耽,不能自已也"。至此结句回忆,以下回到眼前。序中"中夕相呼步垂虹"事,偏偏先不说,留待最后;是夜"朔吹凛凛,厄酒不能支",以至"以衾自缠"等旗亭候馆情事,也略过,而径接"酒醒",但我们因"波远"二字,而知人已泊舟离岸,不在船上或水边了。犹李贺《金铜仙人辞汉歌》所谓

"渭城已远波声小"。人虽离而心未离,"正凝想"者,仍是历史上在"采香径里"采过香的"明珰素袜"的吴宫美人如西子一类人物。"如今安在",若扩而大之,借古喻今,可以联想到范成大,也可联想到当年石湖所赠之小红。"惟有"八字,倒点"步垂虹",曾在长桥上凭栏怅望(桥上建亭,亭必有栏;又《吴郡图经续志》:"吴江利往桥……萦以修栏。"),黯然神伤的情景。

齐 天 乐

丙辰岁①,与张功甫会饮张达可之堂②,闻屋壁间蟋蟀有声,功甫约余同赋,以授歌者;功甫先成,辞甚美,予徘徊茉莉花间,仰见秋月,顿起幽思,寻亦得此。蟋蟀,中都呼为促织③,善斗,好事者或以三二十万钱致一枚,镂象齿为楼观以贮之。

庾郎先自吟《愁赋》④,凄凄更闻私语。露湿铜铺⑤,苔侵石井,都是曾听伊处。哀音似诉,正思妇无眠,起寻机杼。曲曲屏山,夜凉独自甚情绪! 西窗又吹暗雨。为谁频断续,相和砧杵。候馆迎秋,离宫吊月,别有伤心无数。豳诗漫与⑥,笑篱落呼灯,世间儿女。写入琴丝,一声声更苦。

【注释】

① 丙辰岁:宁宗庆元二年(1196)。 ② 张功甫:名镃,张俊孙,有《南湖

集》。张达可,张镃旧字时可,与达可连名,疑是兄弟。　③ 中都:犹言都内,指杭州。　④ 庾郎:指庾信,曾作《愁赋》,今唯存残句。参见袁去华《安公子》"庾信愁如许"注。　⑤ 铜铺:装在大门上用来衔环的铜制零件。　⑥ 豳诗:指《诗·豳风·七月》,其中有"七月在野,八月在宇,九月在户,十月蟋蟀入我床下"句。漫与:率意而为之。

【语译】

诗人庾信先是在吟《愁赋》,接着又听到一阵凄切的私语声,原来是蟋蟀在叫。露水打湿了门上的铜环,青苔侵入了井边的石板,这些地方都曾听到过它的叫声。哀怨的声音好像是在倾诉着什么,正当思妇失眠,起来寻找机杼,想织锦书寄给远方的时候。在列着画有青山的曲折屏风的闺房里,夜气凉透,孤居独宿,那是怎么样的心情啊!

黑暗中西窗外又刮起了风雨,为什么这虫声老是应和着砧杵声,断断续续地响个不停呢?它在旅舍里迎接寒秋,在离宫中凭吊冷月,该是另有许多伤心的事罢!《诗经·豳风》中的《七月》篇曾描写过它,那些诗句像是率意而为之的。可笑的是世上那些无知小儿女,他们蹲在篱笆旁,兴高采烈地喊叫着:快拿灯来,有蟋蟀!殊不知如果将此虫声谱成琴曲,一声声地弹奏出来,听上去一定是更加悲苦的。

【赏析】

这是姜夔与张镃同时吟咏蟋蟀的词。张氏《满庭芳·促织儿》

词后面有,可参看;二词虽同咏一物,但在构思和写法上却各有特色。白石此词多从蟋蟀的声音和听其声者之事的角度来写。用笔空灵,境界随时转换。

落笔从庾信作《愁赋》说起,可惜我们今天已读不到此赋的全文了。我揣测赋中很可能曾写到蟋蟀。且不管是否写到,赋总是言愁的;而"愁"字先就把握住听蟋蟀所引起的典型情绪和全篇的基调。接一句以切切"私语"比虫声,加上"凄凄"二字形容,以应"愁"字,是正面写其声音。前后用"先自"、"更闻"串联起来,句法极其灵活。再三句就将虫声置于具体环境之中,或门口,或井边,都曾听到它的叫声,这就给人以更真切的感受。"露湿"、"苔侵",从细微处写明节候。"哀音似诉"四字,承前启后,带出以下写"思妇无眠"一段。构思似乎从"促织"之名所得。虫鸣唧唧,声似织机,故俗谓促人勤织,则思妇之"起寻机杼",不只是由于"无眠",也因为虫声的催促提醒。织什么呢?不外乎织布以制寒衣,或织锦以寄相思。这些自能意会,毋须说明。写"屏山",知在闺房卧室。"夜凉",也为渲染独宿之难耐凄凉。

换头仍承前语,曲意不断。张炎《词源》曾引此词作为过片之范例。"又吹暗雨",总见境况之凄苦。"为谁",作"为何"解;写思妇恼恨虫声而怨其频频不止也。古时常秋夜捣衣以寄远,故"砧杵"之声,诗词中多用以写思妇或离人之愁怨,与促织声"相和",有所感者听来,自是雪上加霜。"候馆",写羁旅之愁;"离宫",说椒房之恨,于写思妇外,又拓展境界。"豳诗"《七月》,是写蟋蟀诗的老祖宗,不可不一提。说到其中"七月在野,八月在宇……"四句,"漫与"二字,真可谓最确切的定评了。"笑篱落"二句,陈廷焯评云:"白石《齐天乐》一阕,全篇皆写怨情,独后半云:'笑篱落呼灯,世间儿女。'以无知儿女之乐,反衬出有心人之苦,最为入妙。用笔亦别有神味,难以言传。"(《白雨斋词话》)所言甚是。末以"写入琴丝",谱宫商以弹奏之作结,其"一声声更苦"五字,令人揣摩浮想,余响悠然。

琵 琶 仙

《吴都赋》云:"户藏烟浦,家具画船。"①惟吴兴为然,春游之盛,西湖未能过也。己酉岁②,余与萧时父载酒南郭③,感遇成歌。

双桨来时,有人似、旧曲桃根桃叶④。歌扇轻约飞花,蛾眉正奇绝。春渐远,汀洲自绿,更添了、几声啼鴂。十里扬州,三生杜牧⑤,前事休说。　　又还是、宫烛分烟⑥,奈愁里匆匆换时节。都把一襟芳思,与空阶榆荚⑦。千万缕、藏鸦细柳,为玉尊、起舞回雪。想见西出阳关,故人初别⑧。

【注释】

①《吴都赋》云:"户藏烟浦,家具画船。"顾广圻《思适斋集·姜白石集跋》云:此《唐文粹》李庚《西都赋》文,作《吴都赋》,误。李赋云:"其近也方塘含春,

曲沼澄秋。户闭烟浦,家藏画舟。"白石作"藏""具",两字均误。又"误'舟'为'船',致失原韵。且移唐之西都为吴都,地理尤错"。 ② 己酉岁:孝宗淳熙十六年(1189)。 ③ 萧时父:千岩先生萧德藻之子侄,与白石初交于湖南;德藻之兄为白石之岳父。 ④ 桃根桃叶:桃叶,晋王献之的妾;桃根为其妹。参见辛弃疾《祝英台近》"桃叶渡"注。 ⑤ 十里扬州,三生杜牧:杜牧《赠别》诗:"春风十里扬州路,卷上珠帘总不如。"又黄庭坚《广陵早春》诗:"春风十里珠帘卷,仿佛三生杜牧之。"词中用"三生杜牧",本此。 ⑥ 宫烛分烟:韩翃《寒食》诗:"日暮汉宫传蜡烛,轻烟散入五侯家。" ⑦ "都把"二句:谓将情思都付与榆荚,任其飘散,不再萦怀。韩愈《晚春》诗:"杨花榆荚无才思,唯解漫天作雪飞。" ⑧ 西出阳关:故人初别,王维《送元二使安西》诗:"劝君更尽一杯酒,西出阳关无故人。"

【语译】

画船划着双桨轻过时,我见到船上有人与以前曲坊中认识的桃根、桃叶姊妹十分相似,手里也拿着一把唱歌时用的团扇,在拦接着飞坠的落花,那会儿她的眉眼真是动人极了。春光正在逐渐地远去,水面岸边的汀洲上,早已是一片翠绿,现在又加上了几声杜鹃的啼鸣。像十里扬州路那样的风月繁华,心疑自己前生是杜牧的那种感受,都已成为过去,还是别说了罢!

与当年一样,又是官中分赐烛火的日子,非不能重提,有什么办法呢?我正在十分烦恼之中,又匆匆地变换时节到寒食清明了。我真想把一腔怀人的情思,全都交付给那榆荚,让它纷纷飘散在无人过问的石阶上算了!那千丝万缕的细柳,已能藏鸦了,它为酒宴上的人们起舞,让飞絮如雪花似的回旋;这不禁使我想起王维劝酒,初次送别好朋友西出阳关远去的情景。

【赏析】

夏师云:"此湖州冶游,枨触合肥旧事之作。"(《姜白石词编年笺校》)

词缥缈而起。水上"双桨"来者,本非相识,然总觉其似旧时合肥曲坊中之故人。一开始便把眼前之景与人,跟往年之事与人联系了起来。非故作破空陡健之笔,实因心中常有所思而使然。曲坊中人多善歌,故常执团扇(《古今乐录》谓桃叶曾作《团扇歌》以答王献之临渡所赠之歌),今所见之人亦如此,且其扇接飞花,举止可爱,眉目动人,更似意中之人,此所以"奇绝"也。落笔直说"感遇",措词一击两鸣。下接三字,不说"春渐晚"或"春渐暮",而说"春渐远",言外又有往事难追寻之意。汀洲已绿,鹧鸪又鸣,岂不令人生愁。《离骚》:"恐鹈鸠之先鸣兮,使夫百草为之不芳。"借季节以寄旧游难再之慨。以上皆用暗示,下接三句点破,虽谓"前事休说",其实已经说出:"十里扬州,三生杜牧"八字,借众所熟知的唐诗,已把事情交待明白了。

过片从"前事休说"申发。"又还是"三字着眼,可知当年情事也发生在"宫烛分烟"的寒食前后。本可重提而不提,"奈愁里"是其原因,徒增愁绪而已,故不愿说,也无从说起。你看,时光似水,往事如烟,一切都在"匆匆"变"换",说了又有什么用呢?所以不如让"一襟芳思"随"榆荚"飘散算了。借眼前之景物、唐人之句意,写出心灰意冷情态。除"榆荚"外,又是杨柳飞絮(韩诗中正同咏)如"起舞回雪",因念及"客舍青青柳色新"之《渭城曲》,心绪又随之起伏。"千万缕"、"为玉尊",柳亦有情,何况人乎!此"玉尊",是"与萧时父载酒南郭",也是王维劝友"更尽一杯酒",更是当年与合肥姊妹分手前的别宴。故"想见"者,是唐时情景,也是自己所经历过的情景。"西出阳关无故人"句,词中出前四字而歇后三字,其用意正在说别后更"无故人"也。从自身遭遇而印证了王维诗意,由王维诗意又想起了自身遭遇。运笔如环无端,写离情当如此空灵,方是高手。

夏师又云:"合肥人善琵琶,《解连环》有'大乔能拨春风'句,《浣溪沙》有'恨入四弦'句,可知此调名《琵琶仙》之故(此调始见于《白石集》,《词律》十六、《词谱》廿八皆谓是其自创)。又,合肥情事与柳有关,绍熙二年辛亥作《醉吟商小品》全首咏柳,其时正别合肥之年,其调亦琵琶曲;以此互证,知此词下片檃括唐人咏柳三诗,盖非泛辞。"(同前)可供白石研究者深考。

八　归[*]

湘中送胡德华

芳莲坠粉,疏桐吹绿,庭院暗雨乍歇。无端抱影销

---

[*] 编按:此首初刻本无。

魂处,还见筱墙萤暗①,藓阶蛩切。送客重寻西去路,问水面、琵琶谁拨②?最可惜、一片江山,总付与啼鴂。长恨相从未款③,而今何事,又对西风离别?渚寒烟淡,棹移人远,缥缈行舟如叶。想文君望久,倚竹愁生步罗袜④。归来后、翠尊双饮,下了珠帘,玲珑闲看月⑤。

【注释】

① 筱墙:傍竹子的墙。筱,音小;小竹。　② "问水面"句:白居易《琵琶行》:"忽闻水上琵琶声,主人忘归客不发。寻声暗问弹者谁,琵琶声停欲语迟。"　③ 相从:一作"相逢"。款:宽,久。　④ 倚竹愁生:杜甫《佳人》诗:"天寒翠袖薄,日暮倚修竹。"　⑤ "下了"二句:李白《玉阶怨》:"玉阶生白露,夜久侵罗袜。却下水精帘,玲珑望秋月。"玲珑,明貌。

【语译】

清香的荷花落下粉蕊,疏疏的梧桐吹去绿叶,昏暗的庭院中雨刚刚停止。无缘无故地又将抛下我让我形影相吊,黯然感伤的当儿,却又看见傍竹的墙边有萤火虫在闪着暗淡的微光,听到那长着藓苔的石阶下有蟋蟀在凄切地鸣叫。为送客我又一次探寻着向西面去的路。请问行客,此去水途寂寞,谁将为你来演奏琵琶呢?最可惜的是一片郁郁葱葱的江山,都在鹈鴂的啼声中变得萧条零落了。

我总恨跟你相聚的时间太局促了,现在究竟为什么,又要对着西风离别呢?小洲寒冷,烟水淡淡,桨动船移,人影渐远,你离去的轻舟如一片叶子,霎时缥缈难寻。我想你家中的那位卓文君,一定伫立久望,倚着修竹在发愁了,也不管露水沾湿罗袜。等你回到家里后,你们就可以双双对举翠玉酒杯来欢饮了。然后放下珠帘,悠闲地隔着帘子观看那明亮的月儿。

【赏析】

这首送别词是姜夔客湘时(淳熙十三年,即公元1186年秋离湘)所作,确切的年份莫考,胡德华其人也不详。从词中我们只知道他这次是回家去的;作者以"文君"指称其家室,胡氏可能也是长于诗文的。

词前六句先写庭院景物,当是从离开居处上路时写起的。红衰翠减,晚雨初收,秋天摧败之象已烘托了送别心情。"无端"句,点出送别。说"无端",只是为了表现自己的遗憾。因为友人这一去,自己便将"抱影"独处了,故为之而黯然"销魂"。正当此际,又触目皆凄凉景物,自然情更不堪。"筱墙萤暗"是所见,"蓟阶蛩切"是所闻,都着力渲染。然后揭明"送客"。"西去路",是说居处在江流之东头,是送客西去江头渡口乘船的方向,行客未必就是向西去川贵。"重寻",是说离别常有,以前也曾送客,而今又去江边。用"寻"字,因在夜晚,所见模糊,需要探寻,应前二"暗"字,犹《琵琶行》之谓"寻声暗问弹者谁",下用其事,以示对行客旅途寂寞的关怀,情景便更相切合。所惜啼鸩声声,众芳已歇,江山寥落,无复繁荣景象,仍借萧条秋景寄惆怅心情。

换头以"长恨"二字领起,心绪与上片一致。相从未久,忽又离别,所以憾恨,何况正值"西风"悲秋之时。用诘问句直抒离情,加重了感情的分量。"渚寒"三句,写目送行舟远去,望中所见,令人仿佛亲临,在景象中倾注了自己的深情。末了以虚拟之笔,想象其妻室久望盼归,团圆后夫妇"双饮"、"看月"之乐事,以慰行者,化用李杜诗最妙。李白《玉阶怨》"却下水精帘,玲珑望秋月",本写闺中寂寞之怨情,今未作更改,用其语而反其意,变换悲欢,非白石之奇才,谁能作此?

念 奴 娇

余客武陵①,湖北宪治在焉。古城野水,乔木参天,余与二三友日荡舟其间,薄荷花而饮,意象幽闲,不类人境。秋水且涸,荷叶出地寻丈,因列坐其下,上不见日,清风徐来,绿云自动,间于疏处窥见游人画船,亦一乐也。揭来吴兴②,数得相羊荷花中③。又夜泛西湖,光景奇绝,故以此句写之。

闹红一舸,记来时、尝与鸳鸯为侣。三十六陂人未到④,水佩风裳无数⑤。翠叶吹凉,玉容消酒⑥,更洒菰蒲雨。嫣然摇动,冷香飞上诗句。 日暮,青盖亭亭,情人不见,争忍凌波去。只恐舞衣寒易落,愁入西风南浦。高柳垂阴,老鱼吹浪,留我花间住。田田多少⑦,几回沙际归路。

【注释】

① 武陵:今湖南常德,宋名朗州武陵郡。　② 揭来:犹言去来。　③ 相羊:同"徜徉";徘徊;自由自在地往来。　④ 三十六陂(音碑):泛指江南水乡多圩岸的荷塘。王安石《题西太乙宫壁》诗:"杨柳鸣蜩绿暗,荷花落日红酣。三十六陂烟水,白头想见江南。"陂,低洼地区防水泛滥的土堆堤岸;也指池塘。《诗·陈风·泽陂》:"彼泽之陂,有蒲与荷。"　⑤ 水佩风裳:李贺《苏小小墓》诗:"风为裳,水为佩。"　⑥ 玉容消酒:喻荷花如才消酒意、尚带微红的美女。　⑦ 田田:荷叶茂盛的样子。古乐府《江南》:"江南可采莲,莲叶何田田!"

【语译】

在盛开的荷花丛中,乘坐一条小船游荡,我还记得过来的时候,水面上曾有对对鸳鸯与我们作伴。这里陂塘众多,人所未到,却有着无数荷花仙子,水声是她的玉佩,风儿是她的衣裳。苍翠的叶子为人送来清凉,似玉的花容仿佛酒意初消,尚带微红;又有长菰蒲的水面上的雨点,洒落在她的脸上。她笑了,摇动着身子,一股冷香飞来,飘进了我的诗句。

暮色来临,荷叶张着一把把青色的伞,亭亭耸立着。仙子啊,你还没有见到情人,怎么忍心踩着清波离去呢?你是只怕一身舞衣,在寒流到来时容易脱落罢;故而愁思已飞向西风中送别的南浦去了。高高的杨柳垂下阴影,老迈的游鱼吹起细浪,挽留我在这荷花丛中多赏玩一阵。啊,有多少连绵不断的荷叶,在我几番踏上沙堤回去的路上,对我依依不舍!

【赏析】

淳熙十二年(1185),萧德藻曾为湖北参议,白石客居武陵,与友人荡舟荷塘当在此时。十余年后,他又往来吴兴、临安,也曾游湖赏荷,于是就将前后三地所得的感受综合起来,写成此词。词前小序,可视作一篇出色的记游小品。

词发端"闹红一舸"四字,精心组句。"闹"字,兼形容词、动词二义;形容荷花,是说旺盛,犹言"繁红"若作"一舸"的谓语,则说小船打扰了荷花的幽梦。用字的灵活、富于新意和表现力,不减"红杏枝头春意闹"。接句更妙,本说所到之处极幽,却用"记来时"逆溯,记得一路来还曾见有鸳鸯嬉水,在船边与人相伴,言下之意,现在却只有满目荷花莲叶了。船入荷花丛中飞尘不到、人迹罕至之境的感受,先从虚处点染,再接"三十六陂人未到",说明此处陂塘众多,曲折幽深。"水佩风裳",本李长吉写看不见的苏小小幽灵时所用,借以说荷,是将它比喻了精灵、仙子。故下有"玉容销酒"之拟人比喻,说她如醉意才消、酡颜尚红的美女。以水洒面,能激人酒醒,李白被召至沉香亭赋诗就如此,故东坡《有美堂暴雨》诗云:"唤起谪仙泉洒面,倒倾鲛室泻琼瑰。"这里,既以花拟仙,又言酒后,则"更洒菰蒲雨",即暗用其事。"嫣然摇动",是人是花,不可分辨;更有"冷香"袭人,令人心醉神迷,而起吟咏之兴。"飞上诗句"是将诗思归功于花,说得谦逊而灵动,而提到赋诗,又正从雨水洒面引出。

换头"日暮"二字,作时间推移,一为说自己游兴之高、游赏之久,以便下文说归;一为写荷花仙子若有所待及迟暮之感。"青盖亭亭",说仙子戴伞伫立。"情人不见,争怎凌波去",想象其必如《洛神赋》中"凌波微步"的洛神,也有一段悲剧性的爱情故事;"凌波"二字,正切莲生水中。所谓"去",自然是隐指花将凋谢,故接一句"只恐舞衣寒易落"。荷叶迎风,如翩翩起舞,因有是喻。"南浦",经江淹《别赋》写过,都作离别之地的代称,故言"愁入"。傍晚之时,柳垂阴,鱼跳波,光景正好,不说人依依留恋,而说风物"留我花间住"。杜诗"鱼吹细浪摇歌扇"、长吉歌行"老鱼跳波瘦蛟舞",此"老鱼吹浪"之所出。结尾二句说归,寄遥情于"多少""几回"等虚词之中。词序中"意象幽闲,不类人境"八字,是全篇描绘陂塘荡舟赏荷的基调,但词中所写,又与序文各不相犯。

扬 州 慢

淳熙丙申至日①,余过维扬②。夜雪初霁,荠麦弥望。入其城则四顾萧条,寒水自碧。暮色渐起,戍角悲吟。余怀怆然,感慨今昔,因自度此曲,千岩老人以为有黍离之悲也③。

淮左名都④,竹西佳处⑤,解鞍少驻初程。过春风十里⑥,尽荠麦青青。自胡马窥江去后⑦,废池乔木,犹厌言兵。渐黄昏,清角吹寒,都在空城。　　杜郎俊赏⑧,算而今、重到须惊,纵豆蔻词工,青楼梦好⑨,难赋深情。二十四桥仍在⑩,波心荡、冷月无声。念桥边红叶⑪,年年知为谁生。

【注释】

① 淳熙丙申至日:宋孝宗淳熙三年(1176)的冬至。　② 维扬:即扬州,今属江苏省。　③ 千岩老人:萧德藻,字东夫,福建人,晚年居湖州,爱其地弁山千岩竞秀,自号千岩老人,以侄女嫁白石为妻。白石十年后始从德藻游,夏承焘师云:"此词小序末句,盖后来所增,白石词序多此例,《翠楼吟》、《满江红》、《凄凉犯》皆是。"(《姜白石词编年笺校》)黍离之悲:《诗·王风·黍离》篇《毛诗序》说,周东迁后,有士大夫见故都宗庙宫室平为田地,遍种黍稷,"悯周室之颠覆,彷徨不忍去,而作是诗也",诗以"彼黍离离(排列成行貌)"句起头。　④ 淮左:淮扬一带,宋置淮南东路,亦称淮左。　⑤ 竹西:扬州城东禅智寺侧有竹西亭。杜牧《题禅智寺》诗:"谁知竹西路,歌吹是扬州。"　⑥ 春风十里:原写扬州繁华。杜牧《赠别》诗:"春风十里扬州路,卷上珠帘总不如。"　⑦ 胡马窥江:谓金兵南侵犯扬州,前后两次,高宗建炎三年(1129)和绍兴三十一年至隆兴二年(1161—1164),后一次即作此词前十余年。　⑧ 杜郎:杜牧。　⑨ 豆蔻词、青楼梦:杜牧《赠别》诗:"娉娉袅袅十三余,豆蔻梢头二月初。"又《遣怀》诗:"十年一觉扬州梦,赢得青楼薄幸名。"　⑩ 二十四桥:杜牧《寄扬州韩绰判官》诗:"二十四桥明月夜,玉人何处教吹箫?"扬州唐时最为富盛,有二十四座桥可纪,至北宋仅存南桥、小市桥、广济桥、开明桥、通泗桥、万岁桥、山光桥等七八桥。见沈括《补笔谈》。白石谓"二十四桥仍在",盖非纪实。又一说谓二十四桥即吴家砖桥,一名红药桥,在城西郊,传有二十四美人吹箫于此。此说与杜牧诗何处吹箫句意不合,当出于对杜诗姜词的附会。　⑪ 桥边红药:扬州芍药,名闻天下。《清一统志》载,扬州府开明桥,"桥左右春月芍药,花市最盛"。

【语译】

我来到淮南东路著名的都会,竹西亭附近环境最优美的地方,解下了马鞍,暂停我初次来此的旅程。走在所谓春风十里的扬州繁华路上,见到的却全是大片青青的荠菜麦苗。自从南侵金兵的铁蹄践踏过长江沿岸以后,这里的荒地和大树都厌恶提到这场惨酷的战祸。渐渐地天色已黄昏,凄清的号角吹起,带来阵阵寒意,回荡在这空寂无人的城市里。

诗人杜牧,有非同寻常的赏鉴能力,我想他如果现在再重新来到这里,也必定会大吃一惊的。纵然他诗才横溢,以豆蔻比喻少女的措词十分巧妙,回忆在青楼所做的好梦极其动人,也难以再写出他的一片深情来了。二十四桥依旧还在,水中央波光荡漾,一轮冷月寂静无声。想那桥边的红芍药一定年年生长,却不知道它为谁而开放。

【赏析】

这是姜夔词中极少有的写历史性现实题材的代表作,也是有确切纪年的最早的一首,当时他才二十余岁。

扬州在唐代是最繁华的都市之一。俗谚云:"腰缠十万贯,骑鹤上扬州。"又有诗云:"天下三分明月夜,二分无赖是扬州。"晚唐诗人张祜曾描述其盛况云:"夜市千灯照碧云,高楼红袖客纷纷。如今不似升平日,犹自笙歌彻宵闻。"北宋时代,扬州仍处于长江运河航运贸易的枢纽地位。南宋初,经金兵两次南侵,烧杀掳掠,扬州蒙受了空前浩劫。姜夔过其地,亲见了这座名城残破的荒凉景象,写下了这首充满"黍离之悲"、被历来传诵的不朽杰作。词体颇似鲍照的《芜城赋》;《扬州慢》的词调是他自创的。

首说"名都""佳处",借昔时名胜之久闻,为下文所见之"空城"作反衬,同时这又是"解鞍少驻"前的揣想和所以要到此一游的原因。岂料经过当年杜牧所说的"春风十里扬州路",竟是青青"荠麦弥望"、"四顾萧条",一片荒芜景象。大有"国破山河在,城春草木深"的意味。引牧之"春风十里"诗语,已暗逗下片之立意,出典本身又具强烈的对照作用。然后言所以然之故:"自胡马窥江去后",述敌骑侵凌,生灵涂炭,只轻轻下"窥江"二字,叙来全无火气,造语之妙,有不可言传者。同样,以无知之"废池乔木,犹厌言兵",虚写战祸惨酷在百姓心头留下的深深伤痛,较实说更蕴蓄有味。"渐黄昏"三句,由虚转实,借画角声寒,竭力烘染悲凉气氛,给人以一种亲临其境的感受。"空城"二字,为全篇主题,于上片最末点出,作一小结。

在繁华的扬州曾有过不少风流韵事和留下许多脍炙人口的诗篇的杜牧,自然是必定会联想到的人物。下片构思即以此为主干,诗人昔多"俊赏",而今若再重来,亦当惊讶不已。此正承前"空城"而来。"重到"本不可能,姑退而言之,就"算"能够,则"算"为假设之词,即倘若、如果的意思。杜郎纵有超凡诗才,当初能写"豆蔻梢头"之词,"青楼薄幸"之梦,无奈此日市人屋宇已荡然无存。也就无从赋此深情了。只有"二十四桥仍在",一丸"冷月"摇荡"波心"

而已,玉人月夜吹箫已不再可闻。南宋时,二十四桥虽已不全,然如俞平伯所说,"词人之言,并非考据,只要那时还有若干条桥,也就不妨这样说。"(《唐宋词选释》)红芍药是扬州特产,想它当年年年开放如故,也不知竟为何人而吐艳呈妍?此亦杜甫《哀江头》"细柳新蒲为谁绿"意。

全篇以"波心荡、冷月无声"七字意境最佳,与其"淮南皓月冷千山,冥冥归去无人管"有异曲同工之妙。或以为此句"是'荡'字着力"(先著等《词洁》),其实,"无声"二字,也颇可玩味。月非有声者,何须言其无呢?看去纯属废话。然诗词创造意境,常有一些用字以理而论,似是多余,却又不可不用的,王维"长河落日圆"之"圆"即是。东坡《中秋月》诗云:"暮云收尽溢清寒,银汉无声转玉盘。此生此夜不长好,明月明年何处看?"也用"无声",此非有蹊径可循,全凭诗人的敏锐的感觉。

长亭怨慢

余颇喜自制曲,初率意为长短句,然后协以律,故前后阕多不同。桓大司马云:"昔年种柳,依依汉南;今看摇落,凄怆江潭;树犹如此,人何以堪!"①此语余深爱之。

　　渐吹尽、枝头香絮,是处人家,绿深门户。远浦萦回,暮帆零乱向何许?阅人多矣,谁得似长亭树!树若有情时,不会得青青如此。　　日暮,望高城不见②,只见乱山无数。韦郎去也,怎忘得玉环分付③:"第一是早早归来,怕红萼无人为主。"算空有并刀④,难剪离愁千缕。

【注释】

①"桓大司马"七句:用桓温植柳事,参见辛弃疾《水龙吟》"树犹如此"注。其引文则出庾信《枯树赋》,白石将它当作了桓温语。 ② 望高城不见:唐欧阳詹《赠太原妓》诗:"驱马渐觉远,回头长路尘。高城已不见,况复城中人。" ③ 韦郎、玉环:《云溪友议》:唐时,韦皋游江夏,与青衣玉箫有情,别时留玉指环,约以少则五载,多则七载来娶。八载不至,玉箫绝食而死。后韦得一歌姬,酷似玉箫,中指肉隐如玉环。 ④ 并刀:并州(今山西太原)的剪刀,以锋利著称。

【语译】

东风已渐渐地将杨柳枝头的香絮吹尽了,在这里居住的人家处处门前一片浓绿。通往远方的水路曲折萦绕,傍晚时布帆纷乱,也不知都去往哪里。见过各种离人最多的,谁又比得上这送别的长亭边的柳树呢?柳树倘若也有感情的话,也该衰老了,决不会枝叶如此青青的。

暮色已降临,我回头望时,已看不见她所在的那座高城了。眼前只有无数纵横起伏的山峦。我走了,可又怎能忘掉她临别前的深情叮嘱:"最最要紧的是你早点回来,我怕的是红花一旦被攀折,可没有人为我作主啊!"我想那并州的剪刀再快也是徒然,它难以剪断我千丝万缕的离愁。

【赏析】

此合肥惜别之作,时间当为光宗绍熙二年(1191)春,其时白石年将四十。十余年前,他曾在合肥初遇所爱,久别后又重到故地,这年正月二十四日,他离开合肥东归,词是他东归以后忆别所作。由词序知道,《长亭怨慢》是他的自度曲。序引桓温种柳故事,是因为合肥多植杨柳,又因为重到而再别,词的上片即借柳树以兴慨。

词开头几句,是东归后拟想合肥此刻柳絮当"渐吹尽",家家已"绿深门户"了(正月离别时,尚无柳絮)。合肥城中"柳色夹道,依依可怜"(《淡黄柳》词序),故由此写起。柳吹绵,春渐暮,借景物节候,感慨人生易老,暗示重逢难再,又合桓温事。"远浦"二句,点离别;当时别归,应亦"暮帆"沿江而东去。再接"阅人"二句,遂将杨柳与离别绾合起来。古人常在长亭送别,又多折柳相赠,则亭边之柳树"阅人多矣"!然柳树之枝叶竟"青青如此",可见毕竟是无情草木,对人间悲剧无动于衷,否则早就该因忧伤而憔悴枯萎了。此用"天若有情天亦老"意,翻了"树犹如此,人何以堪"的案,而见柳树引起人生之悲感,则又与桓温的喟叹相通。这四句是白石抒情的精彩词句,可谓是"一篇之警策"。

后半首转入具体记述离别情景。以"日暮"接应上片之"暮帆"。船行迅疾,回头已不见高城,何况城中的人呢?眼前唯有"乱山无数"而已。景象如此,惆怅、烦乱之心情自不待言。然后用韦皋与玉箫故事自述别情,用"怎忘得"三字,倒溯临行前意中人所吩咐的话。"玉环"二字,一本改为"玉箫",大概觉得改后文理才通顺;但故事中"玉环"是情节发展的关键,不知是白石因此而误记女子名,还是有意以玉环指代。似乎可以不必改动。"第一"与通常说"第一"、"第二"有别,是强调重要性,即"最要紧"的意思。"早早归来"之所以要紧,是"怕红萼无人为主",谓一旦命运所使,身不由己,犹红花无人作主而遭攀折。此语又增别去者多少愁思,自不难想象。所以末了说纵有并州快剪刀,也"难剪离愁千缕"。此用李煜"剪不断,理还乱,是离愁"词意,词前半超妙蕴藉,后半深情疏快。

淡 黄 柳

客居合肥南城赤阑桥之西,巷陌凄凉,与江左异,惟柳色夹道,依依可怜。因度此曲,以纾客怀。

空城晓角,吹入垂杨陌。马上单衣寒恻恻。看尽鹅黄嫩绿,都是江南旧相识。　　正岑寂,明朝又寒食。强携酒、小桥宅①。怕梨花落尽成秋色②。燕燕飞来,问春何在,惟有池塘自碧。

【注释】

① 小桥宅:指恋人居处。夏师笺驳郑文焯校云:"郑说非;《解连环》亦有'大乔''小乔'句,张本正作'桥'。《三国志·周瑜传》大小桥皆从'木'。乔姓本

作'桥'……宋翔凤《过庭录》亦谓《三国志》桥公、大小桥之'桥'不当作'乔'。是姜词作'桥'不误也。且词云'强携酒小桥宅',其非自己寓居之赤阑桥甚明。此小桥盖谓合肥情侣也。" ②梨花落尽成秋色:李贺《河南府试十二月乐词·三月》:"梨花落尽成秋苑。"

【语译】

拂晓,空不见人的城里吹起了号角,角声回荡在两旁种植垂杨的路上。我身穿单衣骑在马上,感到一阵寒冷凄凉。沿途,我看遍了鹅黄嫩绿的柳色,这柳色都是我从前在江南时早就熟悉了的。

在周围正冷落寂静之际,忽想起明天又是寒食节了。我强打精神,带了酒,前往我那位姑娘的住宅。我怕的是梨花落尽以后,残春的景象会跟秋天一样。燕子飞来时,一定会惊问:春天到哪里去了呢?那时,只有那池塘自己呈现着一片碧绿。

【赏析】

此词是白石客居合肥时抒愁怀之作。据夏师考,当作于光宗绍熙元年(1190)。《淡黄柳》词调是白石自度,后来王沂孙、张炎也各填过一首,声律基本上是遵姜词的。

起二句,写出"巷陌凄凉""惟柳色夹道"。"马上"句,是骑马行于巷陌所感,虽说因衣单而不耐春冷晓寒,但恻恻之寒,也还出自目接"空城"、耳闻"晓角"所引起的内心感受。接句专说柳色。"鹅黄嫩绿",调名"淡黄柳"之由来。"看尽",见闲居少事,无可解闷,唯满城柳色,略可赏玩,其余则不足观矣!"都是"句一转,虽柳色可怜,却并不新奇,在江南时已看得多了。总写客中无聊寂寞,郁郁寡欢。

换头"正岑寂"紧承上片;"正"与下句"又"字呼应,点出时令,以寒食清明来到,再染羁旅之愁。然后接六字,交待清因何骑马晓行。携酒访艳,本为乐事,只是境况凄凉如此,又有什么心情呢?所以下一"强"字,说自己是勉强去寻求一点精神慰藉。为什么非去不可呢?回答说,春已晚,只怕错过行乐的好时光,待到梨花落尽,暮春景物似残秋,可就悔之莫及了。只将李贺诗句增一"怕"字,改"苑"为"色",用于此自好。末以景语作结,把"成秋色"三字作形象化描绘,借春禽讶问春何在,"唯有池塘自碧",写出寥落无人的荒凉境界,与发端"空城"相应;客怀之寂寞,自在不言之中。谢灵运有"池塘生春草,园柳变鸣禽"之句,白石特灵活变化,反用其意而令人不觉耳。

暗　香

辛亥之冬①,余载雪诣石湖②。止既月,授简索句,且征新声,作此两曲。石湖把玩不已,使工妓肄习之③,音节谐婉,乃名之曰《暗香》、《疏影》④。

旧时月色,算几番照我,梅边吹笛?唤起玉人,不管清寒与攀摘。何逊而今渐老,都忘却春风词笔⑤。但怪得、竹外疏花,香冷入瑶席。　　江国⑥,正寂寂。叹寄与路遥,夜雪初积。翠尊易泣,红萼无言耿相忆。长记曾携手处,千树压、西湖寒碧。又片片、吹尽也,几时见得?

【注释】

① 辛亥:光宗绍熙二年(1191)。　② 石湖:范成大晚年居苏州西南之石湖,自号石湖居士。　③ 肄习:学习。　④《暗香》、《疏影》:用林逋著名的《梅花》诗语作为词调名。　⑤ 何逊:南朝梁诗人,曾为扬州法曹,廨舍有梅花一株,常吟咏其下,有《扬州法曹梅花盛开》诗。杜甫《和裴迪登蜀州东亭》诗:"东阁观梅动诗兴,还如何逊在扬州。"此借何逊以自况。　⑥ 江国:江邑,水乡。

【语译】

从前,曾有过多少次月光照着我在梅花的旁边吹笛啊!笛声唤起美丽的姑娘,她不顾寒冷,就为我去将那梅花攀摘了下来。如今我这个写过梅诗的何逊已渐渐地老了,把吟咏春风绽梅的诗情雅兴都给淡忘了。只是怪那一枝伸出在竹子外的疏花,竟又将它的芳香和寒意送到室中雅致的座席上来。

此刻,江南水乡正寂寂无声。我真想寄一枝梅花给她,唉!可惜路途太遥远了,而且夜雪又开始积了起来。举杯消愁,容易流泪,红梅也默默无言,我心里总是割不断对她的思念。我永远都不会忘记曾经与她手拉手相亲相伴的地方,那千百株梅树啊,真足以压倒寒风碧波中西湖孤山上的梅花。可眼前只见它一片又一片地快要被风吹光了,什么时候才能再重见那美好的光景呢?

姜夔 暗香

【赏析】

《暗香》、《疏影》,这两首咏梅词是颇能代表姜夔艺术技巧、风格的名篇佳作。好的咏物词,固然要善于状物,还往往必不可少的要用事,但通过咏物来寄情寓兴,仍是作品的灵魂。以白石的生活经历而论,他早年在合肥有过一段难忘的恋情,是最宜于借咏梅题材来寄寓和发挥的,因为梅、柳与那段经历有特殊的联系,这一点,我们在《一萼红》词中已说过了,可参看。这一年白石最后一次去合肥,所眷恋之人已远移他地,断绝了重逢的可能。白石辞别石湖南归前,范成大以青衣小红相赠,就有慰其寂寥之意。从这两首词中所表露的情绪来印证,是完全能够契合的。当然,词是应范成大"索句"而作的,其寓意自然不比也不要像直接写怀人词那样明显。

起笔明点,前五句是对"旧时"情景的追忆。月、梅、笛三者,在传统意象中彼此相关,笛曲有《梅花落》之名,故李白有"黄鹤楼中吹玉笛,江城五月落梅花"的诗。此笛曲多述离情,正合追念之意。又贺铸《浣溪沙》词有"玉人和月摘梅花"之句,都是构想前事的依据。月下梅边吹笛,说自己当时兴致之高;玉人冒寒攀折,写伊人对自己用情之深,都景象历历而愁思惘然。"何逊"四句,转到"而今"境况。以何逊自比,是因杜甫曾说过自己像何逊那样见官梅而"动诗兴",但这里是反其意而用,说自己渐老,"都忘却春风词笔",已无昔日咏春风早梅的心情了。何逊不但写过《咏春风诗》、《咏早梅诗》,传说中还提到他"后居洛(此大误,洛阳当时属北朝,是不可能去居住的),思梅花",老想着要再往扬州。(见宋人《分门集注杜工部诗》苏注)这样,白石用以自况,就更切合其怀念旧游的心情了。"但怪得"紧承"都忘却",说时间本已使自己的心境渐趋平淡,不料梅香入席,又勾起我欲忘却之往事,此所以"怪"梅多事,又所以再操春风词笔作此咏梅词也。

过片紧承前阕结语而下,"江国",即指"瑶席"之所在地。其时,"夜雪"初飞,故四围"寂寂"对此景况,本易兴怀人之思,况寒香袭室,又令人念及当年吹笛攀梅情事,故拟效古时陆凯寄范晔诗所谓"折梅逢驿使,寄与陇头人",无奈"路遥"雪积,此情难托,唯"叹"息而已。这又是古诗"道路阻且长,会面安可知"的意思。"翠尊易泣",切"瑶席",所谓"酒入愁肠化作相思泪"也;"红萼无言",切"疏花",所谓"泪眼问花花不语"也。"耿相忆"三字,点明寄托。"长记"二句,再追忆当年赏梅事,以应发端。或以为"曾携手处"即接着说出的"西湖",这是误会;同时也是有人以为说此词是怀念合肥旧游不免"穿凿"的缘故。关键是对"千树压、西湖澄碧"的解说。这七个字不是说孤山的千树梅花映照在寒碧的西湖水面上,而是说"曾携手处"的"千树"梅花足可"压"倒闻名于世的西湖之梅。合肥多梅,所谓"古城阴,有官梅几许"(《一萼红》)。这"压"字,是技压群芳的"压";与前面"竹外疏花"用苏轼《和秦太虚梅花》诗"竹外一枝斜更好"句一样,这里的"压"字用法也取意于该诗:"西湖处士骨应槁,只有此诗君压倒。"所以它只是对旧游处梅花盛景的赞美,而不是回忆与人在西湖上携手赏梅。末两句,又再回到今天,见眼前梅花"片片吹尽"而叹息"几时见得"当年所见之景象;也即对玉人已去、良辰难再的悲观。句法拟周邦彦《六丑》:"恐断红尚有相思字,何由见得?"

疏　　影

　　苔枝缀玉①,有翠禽小小,枝上同宿②。客里相逢,篱角黄昏,无言自倚修竹③。昭君不惯胡沙远,但暗忆、江南江北④。想佩环、月夜归来,化作此花幽独⑤。犹记深宫旧事,那人正睡里,飞近蛾绿⑥。莫似春风,不管盈盈,早与安排金屋⑦。还教一片随波去,又却怨、玉龙哀曲⑧。等恁时、重觅幽香,已入小窗横幅⑨。

【注释】

　　① 苔枝:梅树中有一种叫苔梅,枝间苔藓甚厚或垂下苔须数寸,花极香。　② 翠禽:隋开皇中,赵师雄迁罗浮,日暮于松林中见素衣美人,又有一绿衣童子歌笑戏舞。"顷醉寝,师雄亦惽然,但觉风寒相袭。久之,时东方已白,师雄起视,乃在大梅花树下,上有翠羽啾嘈相顾,月落参横,但惆怅而已。"见托名柳宗元《龙城录》。　③ 倚修竹:杜甫《佳人》诗:"天寒翠袖薄,日暮倚修竹。"　④ 昭君:咏梅以昭君相拟者,唐王建《塞上咏梅》诗云:"天山路边一株梅,年年花发黄云下。昭君已没汉使回,前后征人谁系马?"宋胡铨亦有"春风自识明妃面"之句。　⑤ "想佩环"二句:杜甫《咏怀古迹》诗:"画图省识春风面,环佩空归月夜魂。"　⑥ 深宫旧事:指效寿阳公主梅花妆事。参见欧阳修《诉衷情》"梅妆"注。蛾绿:黛眉。　⑦ 金屋:见周邦彦《风流子》"金屋"注。　⑧ 玉龙:指笛,谓玉笛

声似龙吟。　⑨ 恁时：那时。末句言梅已入画。

【语译】

　　这梅树长着苔藓的枝丫上，点缀着美玉般的花朵，有绿色羽毛的小鸟，跟它一同栖宿在枝头上。我客居中与它相逢，在黄昏时分，篱笆旁边，它像一位绝色佳人默默无语地独自倚在高高的竹林下。王昭君不习惯远涉沙漠去往异邦，心里暗暗地思念着江南江北的景物。我想这幽独的花朵，一定是她在月夜里响着佩环归来的芳魂幻化而成的。

　　我还记得从前在深宫里发生的事：那位美丽的公主恰好睡着了，梅花悄悄地飞近她的黛眉，落在额上。切不必像春风那样不管这美好的花枝，真该早早安排好金屋，将这美人珍藏起来。可还是让一片落瓣随着江水的逝波远流而去，倒教玉笛又吹出哀怨的《梅花落》曲子来。等到那时，想再重新寻找这清幽芳香的花朵，它已到小窗间的图画横幅上去了。

【赏析】

　　头三句先以梅树为主体作一幅花卉翎毛画。借"翠禽"暗用罗浮梦故事，词人回想旧游恰似一场春梦的惆怅惘然心情，已微微透露了出来。再三句将客中初遇事述明，以花拟人，将杜诗中佳人"日暮倚修竹"形象与苏诗中"竹外一枝斜更好"构图融合为一。这是对梅花也是对昔日恋人的衷心赞美。再四句，更想象梅花是昭君"月夜归来"的幽魂所化，构思奇妙而并无难解处（如刘体仁《七颂堂词绎》即以为咏梅而写"昭君"二句"费解")。陆游《梅花绝句》云:"蜀王小苑旧池台,江北江南万树梅。"所谓"暗忆江南江北"、"化作此花"云,正揣想远去之人,也眷恋故地,以至魂系梦绕也。我们说过,作词的那一年,白石最后到过合肥而所眷之人已远移他处,故上首中有"叹寄与路遥"的话。知此背景,对词人以昭君比梅花的用意就更可理解了。何况,如此比拟,也非自白石始作俑。

换头用明承暗转法。昭君本出自"深宫",故"犹记"句仿佛是连前而来,这是字面上的"明承";但实际上已另述一故事,指的是寿阳公主事,这又是内容上的"暗转"。从咏梅说,自是在写梅花落于眉间额上的历史奇闻;从寄托往事看,又未必不是对热恋中醉心时刻的回忆。"莫似"三句,又可视作是对当时极度爱怜而唯恐失去的心情的追述。金屋能藏阿娇,自亦能藏比拟作美人的梅花,俞平伯转引类书中王禹偁《诗话》云:"石崇见海棠叹曰:'汝若能香,当以金屋贮汝。'"(《唐宋词选释》)与白石的想法是一样的。但结果还不免是"一片随波去"(写花落就好像离人之乘片帆远去),只好让笛声来怨恨离情了。末两句说想要再寻旧梦已不可能,梅花或者所寄托的恋人都已成为画中婵娟了。写来恰似罗浮梦醒,"但惆怅而已"。

这两首咏梅词,前人多有政治寄托之说,尤以"昭君"数句谓指徽、钦、后妃或家国之恨,最可作代表。如张惠言《词选》云:"此章更以二帝之愤发之,故有昭君之句。"夏师驳之云:"然靖康之乱距白石为此词时已六七十年,谓专为此作,殆不可信。此犹今人咏物,忽无故阑入六十年前光绪庚子八国联军之事,岂非可诧! 若谓石湖尝使金国,故词涉徽、钦,亦不甚切事理。"(《姜白石词编年笺校》)此论最确,其书中《行实考·合肥词事》一文所引事例甚详,可参看。

翠 楼 吟

淳熙丙午冬①,武昌安远楼成②,与刘去非诸友落之③,度曲见志。余去武昌十年,故人有泊舟鹦鹉洲者,闻小姬歌此词,问之,颇能道其事;还吴,为余言之,兴怀昔游,且伤今之离索也④。

月冷龙沙⑤,尘清虎落⑥,今年汉酺初赐⑦。新翻胡部曲⑧,听毡幕元戎歌吹。层楼高峙,看槛曲萦红,檐牙飞翠。人姝丽,粉香吹下,夜寒风细。　　此地宜有词仙,拥素云黄鹤,与君游戏。玉梯凝望久⑨,但芳草萋萋千里。天涯情味,仗酒祓清愁⑩,花消英气。西山外,晚来还卷,一帘秋霁。

【注释】

① 淳熙丙午:孝宗淳熙十三年(1186)。　② 武昌安远楼:又名南楼、白云楼,在武昌西南黄鹄山(一名黄鹤山)山顶。　③ 刘去非:未详;夏师疑其即刘过《龙洲集》中的京西漕刘郎中立义。　④ 据所述,序文当是在此词作后十年才补写的。　⑤ 龙沙:《后汉书·班超传赞》:"坦步葱、雪,咫尺龙沙。"后用以泛指塞外。　⑥ 虎落:护卫城堡的篱笆。　⑦ "今年"句:汉制禁民聚饮,有庆

典时则例外,称"赐酺"。史载"是年正月庚辰,高宗八十寿,犒赐内外诸军共一百六十万缗"。见《宋史·孝宗纪》。此借古说今。 ⑧ 胡部曲:本西凉乐曲,唐时为新声,演奏时,用多种乐器,规模盛大。 ⑨ 玉梯:谓上高楼之梯。杜牧《贵游》诗:"门通碧树开金锁,楼对青山倚玉梯。" ⑩ 祓:消除。

【语译】

明月的寒光映照塞外,城池的四周清净无尘,今年适逢太上皇八十寿庆,初次以大量的酒肉钱财犒赐诸军。你可以听到演奏新成的边地乐曲,阵阵歌声和鼓吹声从将帅毡帐中传出。层叠的楼阁高高耸峙,只见大红槛栏曲折萦绕,琉璃碧瓦的檐角翘向天空。楼头群芳争艳,吹下脂粉香气,清夜寒冷,风儿细细。

这儿真该有位词仙来吟咏一番,让白云黄鹤随伴着他,跟你一起在此游玩。登高楼凭栏凝望多时,不免会叹息这萋萋芳草,绵延千里。要是引起了羁旅天涯的情怀,那就凭着饮酒来驱散闲愁,看花来消除牢骚好了。晚来卷起帘子,在西山之外,还能见到秋雨后寥廓的晴空呢。

【赏析】

词作于淳熙十三年(1186)冬,武昌安远楼建成之时,当时白石离汉阳赴湖州,道经武昌,与刘去非等几位朋友同去参加了楼的落成典礼。十年后,白石见到一位刚到过武昌的友人告诉他说,在泊舟鹦鹉洲时,听到有个歌女在唱此词,经询问,她对当年的事知之不少。这引起了白石的回忆与感慨,就又补写了此词的序文。

这首词在写法上有几个值得注意的问题：

一、白石虽与友人参加了楼的落成，但词并非只记此次之游，不是苏轼前后《赤壁赋》的写法，而更近乎王禹偁的《黄冈竹楼记》或范仲淹《岳阳楼记》的写法。因而，四时之风物不妨同人词中，比如"汉酺初赐"是年初新春事，而楼则成于"夜寒风细"的冬日；"芳草萋萋"应是春夏间的景象，而结尾却写"秋霁"。

二、从时间上说，楼落成于上皇八十寿辰之年，正值国家举行空前盛典的大喜庆的年头。所以，为写喜上加喜，就把楼的落成与赐酺歌吹事绾合起来，以上片写其盛况。当然，上片之前半着重在写"汉酺初赐"，而后半则重在描绘新楼之壮丽及宾客满楼；两者彼此映衬。

三、从地点上说，安远楼与早已闻名的黄鹤楼相邻，所在处又山名"黄鹤"，楼号"白云"，风光形胜，自然不能不说，所以檃栝唐人诗意正是应有之义。下片即用崔颢诗意境。崔颢、李白，皆在"词仙"之列，他们也早成了"已乘黄鹤去"的"昔人"，但其"黄鹤一去不复返，白云千载空悠悠"之类的吟咏，仍会增你游兴，即所谓"与君游戏"（"君"泛指到此的游客）。由凝望所见之"芳草萋萋"，引出"天涯情味"，亦崔诗"日暮乡关何处是？烟波江上使人愁"的句意的演化。

四、从楼名上说，"安远"二字，也是要做文章的。"月冷龙沙，尘清虎落"，就是边境（武汉当时已是边地）宁静，亦即"安远"之意；赐酺内外诸军，将帅帐中歌吹胡部曲，同样是太平无战事气象。所以虽"夜寒风细"季节,高楼中仍是一片温馨,热闹非凡。南宋议和苟安,北房妖氛正恶,有志之士望江淮即有咫尺"天涯"之感,词中所谓"清愁"和"英气",或不止"乡关何处"之思而已。借"酒"(上应"汉酺初赐")和"花"(上应"人姝丽")以消遣之,在稼轩或曰"红巾翠袖,揾英雄泪",而白石身世、性情都不同,此词通篇即便有所刺,也只作微讽,在艺术风格上也可谓是"英气"尽消的。故陈廷焯云:"此词应有所刺,特不敢穿凿求之。"(《白雨斋词话》)说得很有分寸。

杏 花 天 影

丙午之冬,发沔口,丁未正月二日①,道金陵,北望淮楚,风日清淑,小舟挂席,容与波上。

绿丝低拂鸳鸯浦,想桃叶、当时唤渡。又将愁眼与春风,待去;倚兰桡,更少驻。　　金陵路、莺吟燕舞。算潮水、知人最苦。满汀芳草不成归,日暮;更移舟,向甚处?

【注释】

① 丙午:孝宗淳熙十三年(1186)。沔口:汉水入长江处。丁未正月二日:丁未是次年,二日是《踏莎行》江上感梦的次日。

【语译】

绿丝带似的柳枝低拂在鸳鸯浦的水面上,我想象着当年桃叶姑娘呼唤渡船的情景。如今我带着愁绪又看见柳眼将自身托付给了春风。我欲离此而去，却又倚着船桨踌躇，还把船儿暂时停泊了下来。

繁华的金陵路上，到处是莺莺吟唱，燕燕起舞，都在行乐。可是我心最苦，除了这往来的潮水，又有谁知道呢？即便到了江中的汀洲都长满芳草的时候，我也还是回不去的啊！暮色已降临，我的船要走了，它又将去往哪里呢？

【赏析】

这是继《踏莎行》"丁未元日，至江陵，江上感梦"之后，次日所作。以"北望淮楚"四字，隐说其"道金陵"时对合肥的思念。调名《杏花天影》，为白石所创。词调中原有《杏花天》，格式比此调少了"待去"、"日暮"两个二字句，则"影"字是"依旧调作新腔"、"殆谓不尽相合，略存其影"（夏师校语）的意思。

首句写拂水之垂杨如绿丝带，自然非年初所能见之景，其实它是被次句"想"字所管的，是想象中当年的桃叶唤渡时的景象。水名"鸳鸯浦"，虽监利（今属湖北）实有其地名，但在此只是取其"鸳鸯"二字而借指金陵的江湾别浦，以暗示男女的情爱和离别。桃叶已见被比喻所思合肥之人，而其事则出在金陵，所以"道金陵"时，借思古以寄旧情。"又将"句转入眼前所见。柳叶初生如眼，称"柳眼"，愁中所见，故曰"愁眼"，用此二字，暗示"北望淮楚"。"与春风"，点时令，又说一怀愁绪唯付之老天而已。"待去"，一顿；"倚兰榜"，踌躇未决之状；"更少驻"，终至不忍即去而作暂留。心态之变化，层次分明。

过片"金陵路"，点地点，"莺吟燕舞"，非指自然景物甚明，因为在正月初是见不到这些的，它是借指六朝古都繁华，有众多的歌女舞姬。以他人行乐盛况反衬自己内心"最苦"，是除却合肥之人再也没有谁能使自己动心的了。此刻怀人心绪无人知晓，而偏说"算潮水知"，亦诗词惯用之法，写出无可奈何来。"满汀芳草"亦是虚写，乃由目睹江中汀洲而推想其将来之景象。"芳草年年绿，王孙归不归？"纵芳草满汀洲，我欲归去而"不成"，此所以"最苦"也。末三句转出江头日暮，此行知向何方情状，前路茫茫之感，"北望"怅怅之慨，自不待多言。

一　萼　红

丙午人日^①，余客长沙别驾之观政堂^②。堂下曲沼，沼西负古垣，有卢橘幽篁，一径深曲；穿径而南，官梅数十株，如椒如菽，或红破白露，枝影扶疏。着屐苍苔细石间，野兴横生，亟命驾登定王台^③，乱湘流入麓山^④。湘云低昂，湘波容与，兴尽悲来，醉吟成调。

古城阴，有官梅几许，红萼未宜簪。池面冰胶，墙腰雪老，云意还又沉沉。翠藤共、闲穿径竹，渐笑语、惊起卧沙禽。野老林泉，故王台榭，呼唤登临。　　南去北来何事？荡湘云楚水，目极伤心。朱户黏鸡，金盘簇燕⑤,空叹时序侵寻。记曾共、西楼雅集,想垂杨、还袅万丝金。待得归鞍到时,只怕春深。

【注释】

① 丙午:孝宗淳熙十三年(1186)。人日:正月初七。　② 长沙别驾:指湖南潭州通判萧德藻。别驾是宋代通判的别称。　③ 定王台:汉长沙定王刘发筑台以望母,在长沙的东面。　④ 乱:横渡。麓山:一名岳麓山,在长沙西南,隔湘江六里,因为是衡山的脚,所以叫岳麓。　⑤ 黏鸡、簇燕:人日和立春的风俗。《荆楚岁时记》:"人日贴画鸡于户,悬苇索其上,插符于旁,百鬼畏之。"《武林旧事》:"春前一日,后苑办造春盘,翠缕红丝,金鸡玉燕,备极工巧。"犹今之冷盘雕花。

【语译】

在古老的城墙下,官府种下了多少梅花呀,它红色的花萼尚小,还不能摘来插在鬓发上呢。池面上冰未解冻,墙角间雪已久积,而那彤云看上去还是那样阴沉沉的。青翠的藤蔓与小路两旁的竹林都显得十分悠闲,渐渐地人们的笑语声惊起了睡在水边沙滩上的飞禽。山野人所生活的林泉,古时定王所筑的台榭,呼唤友人们一道去登临游览。

南去北来,究竟为何事如此苦苦奔忙呢?我荡舟漂泊于湘云楚水之间,极目而远望,只感到内心阵阵的伤痛。又到了朱红门上粘贴画鸡、金色的盘子里置放巧制而成的燕子的时候了,我徒然地叹息四季转换竟如此之快啊!还记得我与你曾一起参加了西楼上风雅的集会,想必如今杨柳还依然袅袅地垂下千万缕金线罢!等到我骑马回到你的身边时,只怕春天已经迟暮了。

【赏析】

从序文看,似乎此词的内容是记游,其实,只有上片写游赏景物,至下片则全在怀人,即写序文中"兴尽悲来"的"悲"。夏师考合肥词事云:"合肥巷陌多柳,屡见于白石诗词"、"白石客合肥……两次离别皆在梅花时候……故集中咏梅之词亦如其咏柳,多与此情事有关。"又笺此词云:"集中怀念合肥各词,多托兴梅柳,此词以梅起柳结……疑亦为合肥人作。"其说有众多词作足证,可深信无疑。

上片记游,与序文互为补充而各不相犯。如序文写官梅尚小之状,描绘甚细,而词中仅"红萼未宜簪"五字;序中"着屐苍苔细石间"之类过程是词不写者,而词中状冰封雪积及"渐笑语惊起卧沙禽"细节,亦为序中所无。序云"有卢橘(即枇杷)幽篁,一径深曲",而词未言"卢橘"而添"翠藤",谓其与"穿径竹""共闲",如此等等。

过片"南去北来何事",从承"登临"说,是写眺望所感;从领起下片说,又顿成伤离别的恨语。"荡湘云楚水",即序文"乱湘流"云云,楚湘云水,足以令人生斑竹泪、巫山梦之幽思,则"目极"必言遥望淮楚旧地无疑,故接以"伤心"二字。"朱户"二句,点"人日"时令,亦借人家风俗乐事,自叹羁旅落寞,兴"时序侵寻"、往事如烟之悲感,亦属自然而然。下一"空"字,说叹亦无益,更增用情深度。"记曾"二句,转入往事回忆,怀人之旨于此揭明。"西楼雅集"之时,其人必在席上弦歌娱客,与作者彼此倾慕,结下情缘,故曰"共";其时又必在合肥巷陌正柳垂金线之春日,故接说"想"如今柳色"还"当如此。结二句顺柳色而说将来,纵能再到,只怕已"春深"柳絮飞尽了。对世间人事变迁难料之忧思愁绪,全在不言之中。

霓裳中序第一

丙午岁,留长沙,登祝融①,因得其祠神之曲,曰《黄帝盐》、《苏合香》②。又于乐工故书中得商调《霓裳曲》十八阕③,皆虚谱无辞。按沈氏《乐律》,《霓裳》道调④,此乃商调。乐天诗云"散序六阕"⑤;此特两阕。未知孰是。然音节闲雅,不类今曲。予不暇尽作,作《中序》一阕传于世⑥。余方羁游,感此古音,不自知其辞之怨抑也。

亭皋正望极⑦,乱落江莲归未得。多病却无气力。况纨扇渐疏,罗衣初索⑧。流光过隙,叹杏梁⑨、双燕如客。人何在?一帘淡月,仿佛照颜色⑩。　　幽寂。乱蛩吟壁,动庾信、清愁似织。沉思年少浪迹,笛里关山,柳下坊陌。坠红无信息⑪,漫暗水、涓涓溜碧⑫。飘零久,而今何意,醉卧酒垆侧⑬!

【注释】

① 丙午:孝宗淳熙十三年(1186)。祝融:衡山七十二峰的最高峰。
②《黄帝盐》:古乐府中的羯鼓遗曲。"盐"通"艳",曲名,如乐府有《昔昔盐》。

《苏合香》:唐乐《大曲》共四曲,中有《苏合香》;又谓属软舞曲。 ③ 商调:夷则商俗名商调,商七调之一。《霓裳曲》:即《霓裳羽衣曲》,盛唐宫廷乐曲。十八阕:《霓裳曲》共三十六遍(片、段),二遍为一阕,合十八阕。 ④ 沈氏《乐律》:沈括《梦溪笔谈·乐律》谓《霓裳曲》是道调,其实是商调,沈氏误记,白石偶失考耳。 ⑤ 乐天诗云"散序六阕":白居易《和元微之霓裳羽衣歌》:"散序六奏未动衣,阳台宿云慵不飞。""六奏"谓"六遍",合三阕;白石谓"此特两阕",有所不同。 ⑥ 作中序一阕:《霓裳》全曲分三大段:(一)散序;(二)中序;(三)破。每大段中有若干阕,从调名看,知是取此曲"中序"之第一阕曲子来填词的。 ⑦ 亭皋:水边的平地。 ⑧ 索:尽置。 ⑨ 杏梁:屋梁之美称。司马相如《长门赋》:"刻木兰以为榱兮,饰文杏以为梁。" ⑩ "一帘"二句:杜甫《梦李白》诗:"落月满屋梁,犹疑照颜色。" ⑪ 坠红:杜甫《秋兴》诗:"露冷莲房坠粉红。" ⑫ 暗水涓涓溜碧:杜甫《夜宴左氏庄》诗:"暗水流花径。" ⑬ 醉卧酒垆侧:《世说新语·任诞》:"阮公(籍)邻家妇有美色,当垆沽酒。阮……常从妇饮酒,阮醉,便眠卧其妇侧。夫始殊疑之,伺察,终无他意。"

【语译】

我站在平坦的江岸上远望天边,水中的红莲已纷纷凋零,而我却还不能回去。体弱多病,总也没有气力,何况已到了团扇渐渐弃置不用、绢衣开始脱却不穿的时候了呢。光阴在飞快地流逝。叹息屋梁上的双燕也像留不住的客人即将南飞了。我心上人在哪里呢?淡淡的月光映在帘子上,仿佛还照见她的芳容倩影。

周围是一片寂静,蟋蟀在墙下乱叫,触动我的愁绪像一层帷幕笼罩心头。我深深回想年轻时代,曾四处漫游,在悲笛声中,度关山,伤离别;在杨柳树下的巷陌曲坊里,有过难忘的时刻。她像无声飘落的红莲信息杳然,而空有一片缓缓的绿水在暗暗地流淌。我已长久地过着飘零的生活,如今还有什么心情,像当年那样喝醉了酒,便在她身边的酒垆旁躺下睡觉呢!

【赏析】

序文除说明此词是淳熙十三年(1186)在长沙所作外,主要交待创此词调的缘起;词并非写"登祝融"的经过或登高所见所感。序文所述与词的内容无涉,有关的只有词的情调是"怨抑"的。它仍是一首怀人之作,怀念的对象也还是合肥的旧恋人。

词以水边远望发端,以"江莲"之"乱落"联想到所思之人也会青春凋谢,因而感叹羁游未息,欲归不得。客怀易愁,致多病无力,"况纨扇"二句,翻进一层,说何况暑退凉至,不觉又到悲秋季节。同时,借纨扇见捐,罗衣不用的传统意象,暗示因离别而两情断绝。场景由外转内,渐写到客居环境的寂寥。"流光过隙"的感慨由莲落扇疏而生,引出"叹"字。秋既至而燕将南归,故曰"如客",但我也是异乡之客,却淹留不归;待燕子双双去后,自己必更孤独,思念之情因此而切,不由得不悲叹"人何在"了。"一帘"二句,用杜甫梦李白诗意,以景语作答,写得幽思如见,境况凄凉。

换头承上写"幽寂"之境,以"乱蛩吟壁"之声烘托寂静,又写闻者之悲感。"久客得无泪?故妻难及晨。"(杜甫《促织》)客子的"清愁"因此而"动"。以庾信自况,其《齐天乐》咏蟋蟀词已有"庾郎先自吟《愁赋》,凄凄更闻私语"。"似织",谓愁绪密集;李白《菩萨蛮》有"平林漠漠烟如织"句,是写景,此进而用以写心态。因动愁而启"沉思"三句。夏师考合肥词事云:"白石少年行踪,历历可考。唯淳熙三年丙申(1176)至十三年丙午(1186)十载中,缺略不详;淳熙三年尝过扬州,作《扬州慢》,疑来往江淮间,即在其时,时白石约二三十岁;《霓裳中序第一》所云'年少浪迹'或即指此。"所考甚确。"笛里关山",用杜甫《洗兵行》"三年笛里关山月"意写"浪迹";《乐府解题》:"《关山月》,伤离别也。"又正好与"柳下坊陌"互为阐发,可知所"沉思"之事,正是年少浪迹江淮,在合肥柳下曲坊结下一段情缘,终又伤离别也。"坠红"直指代伊人,回应前"乱落江莲",又化用杜甫诗(词中用杜诗意,凡四五次)而出新意。"漫",空也;"暗水",眼前所见,应发端"亭皋"二字,借景语寓人分两地,音信隔断,而旧情仍似花底暗水、涓涓长流不绝也。末以阮籍醉卧酒家妇侧事,自喻当年初遇,两情之纯洁美好、无所拘忌,如今因"飘零久"而已无此年少之风流逸兴。格高情怨,余韵悠长。

章良能

章良能(生卒年不详),字达之,丽水(今属浙江)人,居吴兴。淳熙五年(1178)进士,除著作佐郎。宁宗朝,官至同知枢密院事、参知政事。有《嘉林集》百卷,不传。存词一首。

小 重 山

柳暗花明春事深,小阑红芍药,已抽簪。雨余风软碎鸣禽①,迟迟日②,犹带一分阴。　　往事莫沉吟,身闲时序好,且登临。旧游无处不堪寻,无寻处,惟有少年心。

【注释】

① 碎鸣禽:杜荀鹤《春宫怨》:"风暖鸟声碎,日高花影重。"　② 迟迟日:《诗·豳风·七月》:"春日迟迟,采蘩祁祁。"

【语译】

柳色浓暗,花光明媚,春已深了。小栏杆里的红芍药已抽出玉簪似的尖芽来了。雨后和风柔软,鸟儿啼声细碎,缓缓运行的春日,还带着一分阴霾。

过去了的事情就别再去多想了,趁着人有闲暇,季节又大好,不妨登山临水游赏一番。旧时所游过的地方,没有一处不值得重新来寻找的,无处可寻找的,只有那年轻时的心情了。

【赏析】

这首小词描写春景,同时抒发往昔少年欢乐难再的惆怅心情。上片写景,下片抒情,词意清俊婉丽。

"柳暗花明",先为"春事深"写照,然说得笼统,是概写;"小栏红芍药,已抽簪",则进一步再作更具体的描绘,是细写、特写。以"簪"指代芍药花的苞芽,善于状物。"雨余风软",气候令人感到舒适,却是春天的特点。在目接身受之后,再写耳闻:"碎鸣禽"。"碎"字,义近乎"繁"。或以为禽声可言碎,"但鸣禽曰碎,于理不通,殊为意病"(陈霆《渚山堂词话》)。其实,诗词之修辞特殊,往往有别于常语,无关理也;此句意境甚佳,不足为病。"迟迟日,犹带一分阴",摹写春日半阴晴景象如画。

换头如律绝诗章法中的"转",也像文章的另起一段,不是词常见的过片法。用劝解语气叙起,则作者见春光正好而兴追念往事的情怀,自不言而喻。"身闲时序好"句,作放纵之笔,亦欲抑先扬法;"时序好"三字,总结前半所写。"且登临"的"且"字,照应"莫"字,仍是劝勉口吻,这就为末句暗启了门户。"旧游无处不堪寻",说处处都能引起当年来游的美好回忆,是再放再扬。然后就此七字句中挑出三个字来重新组合,成相反的意思:"无寻处",由此跌落,说唯"少年心"不可复得,语巧而极有思致。"往事"、"旧游"、"少年心",步步相关,层层揭示,从赏心悦目的春景中引出一缕青春不再的忧伤。

刘 过

刘过(1154—1206),字改之,号龙州道人,吉州太和(今江西泰和)人。平生以功业自许,却屡试不第,又数次上书,陈述政见,不纳,遂放浪湖海间,布衣终身。曾为韩侂胄宾客,与陆游、辛弃疾、陈亮等人有交。词属豪放一派。清人刘熙载《艺概》评其词"狂逸之中,自饶风致,而沈著不足"。有《龙州词》二卷。

唐多令

安远楼小集,侑觞歌板之姬黄其姓者,乞词于龙洲道人,为赋此。同柳阜之、刘去非、石民瞻、周嘉仲、陈孟参、孟容,时八月五日也。

芦叶满汀洲,寒沙带浅流。二十年、重过南楼①。柳下系船犹未稳,能几日,又中秋。　　黄鹤断矶头②,故人曾到否?旧江山、浑是新愁。欲买桂花同载酒③,终不似,少年游。

【注释】

① 南楼:即安远楼,参见姜夔《翠楼吟》小序。　② 黄鹤矶:在武昌西,上有黄鹤楼。　③ 欲买桂花同载酒:意即"欲买桂花酒同载"。

刘过　唐多令

【语译】

芦叶长满了汀洲,寒冷的沙滩上有清浅的江水在流。二十年了,我重新经过这南楼。船在柳荫下尚未系稳,过不了几天,却又到中秋时节了。

这黄鹤矶的断崖上,不知老朋友是否也曾到过。我面对旧有的江山,心中却全是新添的愁恨啊!我想买来桂花酒与你们一同携酒出游,只可惜已没有少年时代那种游兴了。

【赏析】

武昌黄鹤山上的安远楼建成于淳熙十三年(1186)的冬天。刘过第一次来此楼后,经二十年,又与同游者重到,此词即再游安远楼时所作,距楼之建成已二十余年。假设刘过初游在楼成的次年,当时他才三十三岁,则"重过南楼"赋此词时,已经五十三岁了。所以词中有青春已逝的感叹,武昌是南宋曾与金国交战过的前线,是当时的边塞要地,楼名安远,便与此有关。刘过是稼轩之客,曾以书抵时宰,陈恢复方略,不报,遂放浪湖海间,也是一位有过抱负的爱国词人。年轻时来游此楼,必满怀抗金复土之豪情,但无情的现实使他一再失望,壮志渐随岁月消磨,二十年过去了,"胡未灭,鬓先秋",重来见江山依旧,家国之恨也必然会涌上心头。词中正交织着这些感情。

词的头两句,写江上景物,为矶头眺望所见,让人想到刘禹锡《西塞山怀古》诗的下半首:"人世几回伤往事,山形依旧枕寒流。

从今四海为家日,故垒萧萧芦荻秋。"给人一种苍凉的感觉。然后接一句"二十年重过南楼"点明主题,时间相隔之久,已为伤逝的结意伏笔。"柳下"三句,有人生如过客匆匆之感,船未系稳而不觉中秋又近,紧扣前句中一"过"字。中秋是团圆佳节,而往昔"故人"安在? 唯山河破碎依然如故,凡此种种感触,都暗逗下片。

黄鹤山安远楼之西北,为黄鹤矶,黄鹤楼在焉;临江之山崖曰矶,"断"字状悬崖之壁立江中。点出宴集登临之地。下忽接"故人曾到否"五字,便有文章。此"故人"必当年曾与自己共论恢复之事的同道,比如稼轩那样的友人。何所据而云然呢? 就在下一句"旧江山、浑是新愁"。"旧江山",固然是"重过"的故地,但"江山"一词在传统意象中却往往与述家国之事、发大感慨相联系,如"江山如画,一时多少豪杰"(苏轼《念奴娇》词)、"如此江山坐付人"(陆游《剑门城北》诗)等等,其内涵不同于通常意义的"故地"。作者重游之日,正当韩侂胄对金采取轻率攻击、兵败被杀或过此不久,南宋政局更江河日下之时,"浑是新愁",似非泛泛而言,只是词中未作进一步发挥,说得比较含蓄罢了。结言欲与同游者载酒散愁而愁终不能散,因为时异当初、人非少年了。"欲买桂花同载酒"句,前后互文,即"桂花"与"酒"皆指桂花酒,为应前之"近中秋";句法略同《琵琶行》之"主人下马客在船",不应分割前后而解作"买花载酒"。末六字与前首结语字面相似,其内涵并不相同。

严 仁

严仁(生卒年不详),字次山,号樵溪,邵武(今属福建)人。与严羽、严参并称"邵武三严"。有《清江欸乃集》,不传。宋人黄昇评:"次山词极能道闺闱之趣。"

木 兰 花

春 思

春风只在园西畔,荠菜花繁胡蝶乱。冰池晴绿照还空①,香径落红吹已断。　　意长翻恨游丝短,尽日相思罗带缓。宝奁如月不欺人②,明日归来君试看。

【注释】

① 晴绿:指池水。　② 奁:梳妆镜匣。

【语译】

春风仿佛只是在园子的西头,在那里遍地开满了荠菜花,蝴蝶乱成一片。冰池上晴天碧绿的春水在阳光照射下空明澄澈。芳香弥漫的小路旁落红缤纷,花就快被吹尽了。

我心中的情意是那么的绵长,相形之下,飘在空中的游丝倒显得短了。终日为相思所折磨,系衣的罗带越来越宽松了。梳妆匣中的镜子团团如月,它是从来不会欺骗人的,不信等到回来的那一天你自己看好了。

【赏析】

这是一首写春闺相思情怀的词。

先描绘一幅暮春画图,作思妇活动的背景。上片四句中无一字写到人,但人独自步行园西,临池照影,穿径惜花之情态仿佛可想象。落笔便说唯园西有春风,背后道出平居寂寞,未觉春之所至,今特为遣愁而出,却又寻春较迟,所见小径落红,飘香殆尽,冰池春水,空自澄碧,但有荠菜花繁,蝶阵纷纷忙乱而已。李白以"海风吹不断,江月照还空"写庐山瀑布;此用"照还空"三字写晴光下澈、春水空明之状,是柳宗元《小石潭记》意境。

写过环境氛围,自然转入抒情。但过片时换头一句仍通过"意"与"游丝"之长短比较,跟前半之写春景牵连起来。"翻恨游丝短"者,实非因游丝短而真恨,乃自恨情意之绵长,致使"尽日相思",痛苦无穷,如古诗所谓"衣带日以宽"也。又因带缓人瘦,遂开奁对镜窥看,于是自怜为伊憔悴,更欲将此番相思苦情告诉对方。镜"不欺人",不知君亦能不欺否?我之眷眷情深,明镜可鉴,君若不信,不妨归来自验。武则天《如意娘》:"看朱成碧思纷纷,憔悴支离为忆君。不信比来长下泪,开箱验取石榴裙。"李白《长相思》:"不信妾肠断,归来看取明镜前。"词之结语,也正檃栝此意。

俞国宝

俞国宝(生卒年不详),临川(今江西抚州)人。孝宗淳熙间太学生。有《醒庵遗珠集》,不传。存词五首。

风 入 松

一春长费买花钱,日日醉湖边。玉骢惯识西泠路①,骄嘶过、沽酒楼前。红杏香中箫鼓,绿杨影里秋千。暖风十里丽人天,花压鬓云偏。画船载取春归去,余情付、湖水湖烟。明日重扶残醉,来寻陌上花钿。

【注释】

① 玉骢:白马。西泠:西湖桥名,在孤山西麓与栖霞岭之间,相传为苏小小结同心处。"西泠",有的本子作"西湖",与上句复字。

【语译】

一个春天总要为买歌笑花费不少钱,我天天都在湖边饮酒。我的白马已熟识了这条通往西泠桥的道路,它神气十足地嘶叫着跑过卖酒的楼前。在红杏的香气中到处都在吹箫击鼓,在绿杨的影子里不断地有秋千荡起。

暖风在十里长堤上吹拂,那正是美丽的姑娘们出游的天气。她们乌云般的鬓发上都压着偏向一边的花朵。当画船载送着那浓浓的春意回去后,余情都交付给这烟蒙蒙的湖水了。我明天还要带着残留的酒意再来,到这儿寻找她们一路遗落的花钿。

【赏析】

林升《题临安邸》诗云:"山外青山楼外楼,西湖歌舞几时休?暖风薰得游人醉,直把杭州作汴州。"尖锐地讽刺南宋君臣偏安江南,上层社会终日沉溺于酒宴歌舞的逸乐生活。此词所反映的正是当时西湖的这种情景;所不同的是这位填词的淳熙太学生,并非清醒地对此有所讥刺,恰恰相反,他自己便完全陶醉在这种生活之中,我们正不必因为词写得风光绮丽、颇有情致,便讳言这一点。

起头两句总说自己及春行乐的放浪生活。"买花"的"花",在这里非指"红杏"之类,虽则陆游曾有"小楼一夜听春雨,深巷明朝卖杏花"的诗句。俞平伯以为"买花"于"买春"(指买酒)相近,"宋时酒肆有歌女侑酒,'买花'或兼有此意"。(见《唐宋词选释》)是的,"花"在诗词中指代歌妓舞女者并不少见,这里指的就是花钱去买女子的歌笑。"玉骢"二句,是对上两句作具体描述。"惯识"扣紧"日日";"沽酒"扣紧"醉"字。西泠桥在湖之西北角,由断桥经白堤沿孤山前北转可到,这一带及栖霞岭南麓,在南宋是"花遮柳护,凤楼龙阁"的极繁华地段。"骄嘶",借马之春风得意神态写人。"红杏"二句,写沿湖所闻所见,以明丽的对仗句画出春日西湖游乐图景,写得有声有色。

换头二句不作承、转,直与上片连成一气,仍是游乐图的一部分;只是在"箫鼓"、"秋千"泛写的基础上,重点突出"丽人"。杜甫《丽人行》:"三月三日天气新,长安水边多丽人。"临安(杭州)便是南宋的长安,西湖的盛况何减天宝年间的曲江。十里湖光,暖风薰人,正贵族妇女们出游的好天气。只用写细节的"花压鬓云偏"五字一点染,群芳之争艳斗妍景象,便不难想象出来。然后写到日暮游人散去。说"画船归去"不是就可以了吗? 何以还要加上"载取春"三字呢? 难道春是画船能载走的吗? 看下句便明白了,原来"春"与"情"同用,说的只是游人内心涌动着的"春情""春心";游湖虽毕,归去后自另有一番寻欢作乐。于是临去的留连只得交付给西湖了。"湖水湖烟",平平常常的四个字,写湖上日暮客归后之静寂空旷情景如见。写游人暮归,实亦包括了自己。

　　陈廷焯云:"结二句余波绮丽,可谓'回头一笑百媚生'。"(《白雨斋词话》)关于此词结语,周密《武林旧事》还有一段记载云:"一日,御舟经断桥。桥旁有小酒肆,颇雅洁,中饰素屏,书《风入松》一词于上。光尧(宋高宗,其时为太上皇)驻目,称赏久之,宣问何人所作,乃太学生俞国宝醉笔也。其词云云(词同上,唯末二句作'明日再携残酒,来寻陌上花钿。')上笑曰:'此词甚好,但末句未免儒酸。'因为改定云'明日重扶残醉',则迥不同矣。即日命解褐(授官)云。"如果记载可信的话,那就是说,此词得到了当时太上皇的赏识,俞国宝还因此得脱却短褐,换上官袍。这倒不令人感到意外,因为词从内容到格调,都应该会合乎赵构口味的。其次,"重扶残醉"乃"御笔"改定,原作是"重携残酒",酒须自携而且还是喝剩下的,在太上皇看来,这太"儒酸"了。今人对此或稍有异议,以为原作"另有一种意境,未必不工",甚至还有人认为"是一个尚未解褐的太学生清寒潇洒、忘情山水的性格的反映"(《唐宋词鉴赏辞典》一七九一页,上海辞书出版社)。"清寒潇洒",不免溢美;"忘情山水",也对不上号。常来湖上费钱买花,醉赏丽人姿色,又欲再"寻陌上花钿"的人,怕不像是"烟霞闲骨格,泉石野生涯"的高人罢。从全篇艺术风格的统一和谐而论,我以为改文还是胜过原作的。

张 镃

张镃(1153—1221?),字功甫,一字时可,号约斋,先世成纪(今甘肃天水)人,徙居临安(今浙江杭州)。为南宋大将张俊曾孙。历官奉议郎、直秘阁通判婺州、司农少卿。与史弥远谋杀韩侂胄,贬云溪,放还,又密谋反史弥远,坐动摇国本,除名象州编管,死于贬所。词以写景咏物见长,清丽明快。有《南湖诗余》(又名《玉照堂词》)一卷。

满 庭 芳

促 织 儿

月洗高梧,露漙幽草①,宝钗楼外秋深②。土花沿翠③,萤火坠墙阴。静听寒声断续,微韵转、凄咽悲沉。争求侣、殷勤劝织,促破晓机心。　　儿时曾记得,呼灯灌穴,敛步随音。任满身花影,独自追寻。携向华堂戏斗,亭台小、笼巧妆金。今休说,从渠床下,凉夜伴孤吟。

【注释】

① 漙:音团,露多貌。《诗·郑风·野有蔓草》:"野有蔓草,零露漙兮。" ② 宝钗楼:本咸阳古迹,这里借指临安张达可家的楼台。　③ 土花:青苔。

【语译】

月光洗涤着高高的梧桐树,幽深的草上沾满了露水,宝钗楼外,秋天已经很深了。苔藓铺开一片翠绿,萤火虫飞落在墙角。我静听那带着寒意的叫声断断续续,细微的音调转换着,像是在哽咽似的凄惋悲戚。它急切地追求着伴侣,又苦苦地劝人勤织,催得布机上的织女自夜到晓心里好难受。

记得我还是个小孩的时候,曾喊人快拿灯来照,把水往洞穴里灌,又放轻脚步,随着叫声去找;任凭满身都披着月亮投下的花影,独个儿还追寻不休。捉到后就带到豪华的厅堂里让她们相斗以取乐。用象牙镂成小小的亭台作笼子,还用黄金装点起来。如今别提了,就让这虫儿在床下陪伴我凉夜里独自吟咏好了。

【赏析】

这首咏促织儿(蟋蟀)词是庆元二年(1196)与姜夔在张达可家会饮时同赋的,前姜夔《齐天乐》已有小序说明,可参看。姜词咏物,思路拓展,用笔空灵,处处寄托怨情;张词擅长描述,多用实写,并借题感叹童年欢乐的逝去。构思不同,各具特色。

前五句先写环境作所咏蟋蟀的背景。头两句大处着眼,与下文相比,是大环境。月光、露水、高梧、幽草,确是深秋季节"楼外"院中景象;一"洗"字、一"泞"字,写月华似水、草上露重,准确而富于表现力。借用宝钗楼之名,或因宋人邵博曾饯客于宝钗楼,为歌李白《忆秦娥》词(见《邵氏闻见后录》),而他们也正于会饮之际吟咏。"土花"二句,将目光移近蟋蟀常蛰居出没处,总不离幽僻角落,又以"萤火"作陪衬,渲染得所咏之物呼之欲出。然后正面写到主体,用"静听"二字领起,以虫之鸣声写虫;将声音比之为吟唱哀曲。"凄咽悲沉",固形容虫声唧唧,但听者亦即作者之心情已于此微露。结三句为虫鸣作注。"争求侣",则小虫亦似人之孤单;"殷勤"二句,就虫名"促织"顺便做一二句文章,非实事。

下半阕转换角度,一变而为追忆"儿时",写当年捉蟋蟀、斗蟋蟀事,用心精细,别开生面。"呼灯灌穴,敛步随音。任满身花影,独自追寻。"童心活泼,细节生动,非亲身经历过又善于描摹形容者不能道;其中"任满身花影"五字,尤神来之笔。张镃之重觅儿时旧梦,除了因幼年的他终日无忧无虑、充满乐趣外,还因为那时的家庭环境十分优越富裕;从他写将捕捉到的蟋蟀"携向华堂戏斗,亭台小、笼巧妆金"数语,可知其必出身于贵族大家(他是张俊的曾孙),所以其中也必然包含着对昔日风月繁华的回忆。末了,折回到眼前,"今休说"三字,感慨无限,境况大异已不言而喻。随着夜来寒气一天天加深,"十月蟋蟀入我床下"(《诗·七月》),而我常"孤吟"无"伴",正不妨听其悲鸣而度此长夜。仍以应前之虫声作结,同时使今昔形成明显的反差。

宴 山 亭

幽梦初回,重阴未开,晓色催成疏雨。竹槛气寒,蕙畹声摇①,新绿暗通南浦。未有人行,才半启、回廊朱户。无绪。空望极霓旌②,锦书难据。　　苔径追忆曾游,念谁伴,秋千彩绳芳柱。犀奁黛卷③,凤枕云孤④,应也几番凝伫。怎得伊来,花雾绕、小堂深处。留住。直到老、不教归去。

【注释】

① 蕙畹声摇:谓兰蕙之圃因风雨而有声。古时田十二亩为畹。　② 霓旌:像旗旌般的云霓。宋玉《高唐赋》:"霓为旌,翠为盖。"　③ 卷:敛,收起来。　④ 云:鬓云。

【语译】

我刚从美妙的睡梦中醒来,密布的阴云并没有散去,倒在黎明的天色中促成了一阵疏疏落落的雨。房前栅栏边的竹子送来寒气,园圃中的兰蕙有摆动的声音,新涨的绿水暗暗地通向送别的南浦。还未见有行人过路,我把回廊的朱红门才打开了一半,情绪消沉,徒然地遥望天边的云彩,看来她的情书是难以盼到了。

这条长满青苔的小路,记得我们曾来游过,我想现在又有谁再陪她在秋千架上抓着彩绳玩耍呢?她那犀角妆匣中的粉黛一定收了起来,绣凤枕头上也只是倚着她孤单的云鬓,她也总该不止一次地久立凝望,等待着心上人罢!怎么才能使她来到这儿,让她如花似雾的身影绕到小堂的幽深处呢?我要将她留住。一直到老,也不让她再回去。

【赏析】

这是一首相思词,写春天里想念远离的恋人。

词从早晨"幽梦初回"写起,虽未言何梦,但因后面说到相思,故可揣想他做的梦大概就是"好将幽梦恼襄王"之类的梦。下接五句,是醒后周围的环境。"重阴"、"疏雨"、"气寒"、"声摇",借春寒时节的景物透露阴沉烦恼的心境,而以"新绿"象征性地暗示春日萌生的怀人思绪与愿望;故曰"暗通南浦",取江淹《别赋》句意:"春草碧色,春水绿波。送君南浦,伤如之何!"于"未有人行"之时,独启朱户,是内心"无绪"不安所致,亦写忧思悄然。至"空望极"二句,始明述离人情怀。

过片承前,进而说步"苔径"而"追忆曾游"。"念"字以下四五句,想象恋人此日也必定寂寥。"秋千"句,又带出从前相伴欢愉之情。"犀奁黛卷",是《诗·卫风·伯兮》"岂无膏沐,谁适为容"意;"凤枕云孤",则可知未离之时,曾共枕席也;"几番凝伫",是推己及彼,想象她自别后"应也"与我一样,在苦苦期盼重逢,句意一击两鸣。末了写自己内心的强烈愿望,望伊能来而不去,永远相守。白居易《花非花》诗(后人采其句式为词牌)云:"花非花,雾非雾,夜半来,天明去。来如春梦几多时?去似朝云无觅处!"词正用其意,故有"花雾绕"之语。这样,就与发端的"幽梦"首尾相应了。

史达祖

史达祖(生卒年不详),字邦卿,号梅溪,汴(今河南开封)人。宁宗时为权相韩侂胄堂吏,奉行文字,拟帖拟旨,俱出其手。侂胄败,被刺配充军,不知所终。词风尖巧柔媚,擅长咏物,工于炼句,是南宋"婉约"派名家。有《梅溪词》。

绮罗香

咏春雨

做冷欺花,将烟困柳,千里偷催春暮。尽日冥迷,愁里欲飞还住。惊粉重、蝶宿西园,喜泥润、燕归南浦。最妨他、佳约风流,钿车不到杜陵路①。 沉沉江上望极,还被春潮晚急,难寻官渡②。隐约遥峰,和泪谢娘眉妩③。临断岸、新绿生时,是落红、带愁流处。记当日、门掩梨花,剪灯深夜语。

【注释】

① 钿车:以金花为饰的车子。杜陵:今陕西省长安县东南。 ② 春潮晚急:韦应物《滁州西涧》诗:"春潮带雨晚来急,野渡无人舟自横。"官渡:官府置船以渡行人处。 ③ 谢娘:唐宋时女子的泛称。眉妩:犹言眉妆,眉毛的式样;"妩"是妩媚义的引申。

史达祖　绮罗香

【语译】

　　这雨让天变冷,使花朵遭欺凌,又带着烟雾,将杨柳围困住,它偷偷地在催促着千里春光趋向迟暮。整天里,总是昏昏暗暗、迷迷蒙蒙的,它仿佛满怀愁绪,想要飞飏而去,却还是坠落了下来。蝴蝶惊讶翅膀上的粉变得沉重了,只好在西园里暂时留宿;燕子却为泥土湿润融化而高兴,当它归来飞过南浦的时候。妨碍最大的是定了佳期的约会,那金花装饰着的车子因道路泥泞而到不了杜陵。

　　在沉沉雨云密布的江上,极目远望什么也看不清,春潮带着雨水,到傍晚时奔流得更加湍急了,而官家设置的渡口却难以找到。远处的山峰隐隐约约,恰似流泪的美人低低垂下的黛眉。靠近断岸站立,发现在绿水新生、绿叶新长的时节,正是落花漂荡、带着愁思流去的地方。还记得当初那个雨打梨花的晚上,我们把门关上,彼此共剪西窗下的蜡烛,在雨声中一直长谈到深夜。

【赏析】

　　史达祖擅长咏物,这首咏春雨词和后面两首咏燕、咏春雪词都是他的代表作。咏物而不言物名,是这种体裁常用的修辞方法;此词从头至尾没有一个"雨"字,却又句句写雨。在构思上,还虚拟离人相隔相望情节,作为主干,使前后内容得以连贯起来,也借以寄情。

　　词用对句起,只"做冷欺花,将烟困柳"八字,便将春雨画出,造句凝练。杜甫以"润物细无声"写春雨,此以"偷催春暮"写春雨,是立意角度不同;此承"欺花"、"困柳"而来,已为后文"落红带愁"生根。"尽日"二句,正面描绘。阴霾蔽空,春雨如烟,故望之"冥迷";"欲飞还住",是摹写雨丝轻飘之状,而"愁里"二字,拟人写雨,主客观两兼。李商隐《细雨成咏》:"稍稍落蝶粉,班班融燕泥。"已将蝶、燕对举。郑谷《赵璘郎中席上赋蝴蝶》:"微雨宿花房。"则为此词"蝶宿"二字之依据。又诗中写蝶,常连"西园",李白《长干行》"八月蝴蝶来,双飞西园草"即是。燕"喜泥润",因能啄而筑巢也。必曰"南浦",是以代表离别之地作过渡,以引出下两句说人事。写蝶、燕,本为写人作陪衬。杜陵,在词中只是借用,是泛说游赏胜地,非实指。郑谷《寄献狄右丞》诗有"逐胜偷闲向杜陵"之句。由泛说雨能误却佳期,使情人不到,引出下片雨中怀远、两情相望不相闻来,由虚转实,而实处皆虚。

  词起初写的是细雨,说到妨钿车、误佳约,雨意已浓,下半首其势犹来不止,境界也随之而扩大。"江上望极",承"钿车不到"意而来,却是另叙,非前事之连续。我虽"望极",终因江上"沉沉"而无所见。不但所思不可见,即欲渡江前往相访,亦"难寻官渡"。其中插入韦应物"春潮带雨晚来急,野渡无人舟自横"诗意,而稍稍改变韦诗的用词,这样更好。官渡之难寻,当然是因为下着雨,能见度太差,而韦诗中本有"带雨"二字,却偏于"还被"之后该用"雨"字的地方省略掉了,不出"雨"字而说雨的技法,于此可见一斑。眉如远山或远山如眉的比喻,用在这里,也和情节发展及雨景自然相融合了。"谢娘"因不得与所欢相见而伤心,故曰"和泪",而"和泪"也正为切雨中之景。"临断岸"二句,写花落随流水,关合前"春暮",再出"愁"字,淋漓抒情。煞尾另是一种章法,用"记当日"将"梨花满地不开门"(刘方平《春怨》)、"雨打梨花深闭门"(李重元《忆王孙》)、"何当共剪西窗烛,却话巴山夜雨时"(李商隐《夜雨寄北》)等句意带出,融入追叙,以点"春雨";用回忆相处之美好时刻作结,推开一步,宕出远神。

双双燕

咏 燕

过春社了①,度帘幕中间②,去年尘冷。差池欲住③,试入旧巢相并。还相雕梁藻井④,又软语、商量不定。飘然快拂花梢,翠尾分开红影。　　芳径,芹泥雨润⑤。爱贴地争飞,竞夸轻俊。红楼归晚,看足柳昏花暝。应自栖香正稳,便忘了、天涯芳信。愁损翠黛双蛾,日日画阑独凭。

【注释】

① 春社:社日是农事的祭祀日,有春秋之分:春社祈谷物丰登,秋社谢神还愿。春社的社日通常选在春分前后,其时燕子飞来,至秋社时则去。　② 度帘幕中间:《青箱杂记》引晏殊断句:"楼台侧畔杨花过,帘幕中间燕子飞。"③ 差池:《诗·邶风·燕燕》:"燕燕于飞,差池其羽。"笺:"谓张舒其尾翼。"④ 相:细看。相面、星相的相。藻井:装饰成井栏形、绘有菱荷藻类的天花板。

古人以为借此能镇住火灾。　⑤芹泥：杜甫《徐步》诗："芹泥随燕嘴。"

【语译】

春社刚过，一对燕子便飞来，在帘幕间穿来穿去，去年的尘土显得冷冷落落。它们舒展着羽翼，想要憩歇下来，试着进到旧巢里去双双共栖。终究还是仔细地瞧瞧雕花的屋梁和藻绘的天花板，又软语呢喃地商量个不停。接着飘忽地飞去，迅速拂过花枝的梢头，翠色的尾剪分开时，闪动着绛红的影子。

越过芬芳的小路，在长着水芹的地方，泥土被雨水润湿，正好衔去筑巢。它们喜欢贴近地面争着低飞，以此来比赛和夸耀自己的轻盈娇健。回到红楼里来时，天已很晚，它们看够了昏暗杨柳和暮色中的花朵。现在该正是在香巢中安稳地共眠了。就把替天涯离人捎书信的事给忘了。这可愁坏了有一双黛眉的佳人，让她天天在画楼上独个儿靠着栏杆等待。

【赏析】

《双双燕》以词题为调名，是史达祖的自度曲；后来吴文英也继而填写过。这首咏燕词的特点是：除了最后两句寄情于凭栏女子外，全篇正面描述了一对燕子从春天飞来寻旧巢，到衔泥筑新巢，巢成后同宿并栖的全过程。极少借助于使典用事，几乎纯用白描手段，却能做到格物尽性，摹写入微，形神俱似，使所咏了然在目。

头三句写燕子认旧路归来，"去年尘冷"，大有今昔之感。"差池欲住"四字，写出欲住未住之时张翼舒尾之状；"相并"，是住时模样,然不能栖稳,片时又出,故用"试入"。体察极细微。"还相"二句,写其徘徊未决,顾盼啁啾情态,亦描摹入神。"飘然"二句,写旋即又离去,应前"欲"、"试"、"还"、"又"等虚字,形容燕子飞掠之形相,淋漓尽致。

换头"芳径"二字一顿,承前"拂花梢"说飞经之处。只"芹泥雨润"四字,衔泥衔草,忙碌筑巢,已在不言之中。燕子"贴地"而飞,若非寻觅营巢所需,便是捕食小虫,小虫多接近地面活动,尤其是在下雨之前,但这只是事理;说燕子在"竞夸轻俊",才是它灵巧矫健的身影给人的感觉和印象,才是诗。同样,"红楼归晚",当然是为了生存需要,词人并非不知,却偏从"看足柳昏花暝"去说,也是因为诗趣。姜夔最赏此句(见《花庵词选》),或亦为此。"应自"二句,是料想之辞,新巢既成,游览亦足,自可安稳地双栖香巢了。却不知画楼别有愁人在。"便忘了"七字,随手将燕能捎信传说写入,不说"无凭",而说"忘了",便妙,极写双燕沉浸于幸福之中。至此,完咏燕之正面;歇拍写玉人"画栏独凭"的愁思,表面上看,似乎脱开了咏燕,实际上写了离人由"栖香"的双燕所引起的感慨,以及她对双燕的期盼、羡慕、妒忌……一点也没有离题。

东风第一枝

春　雪

巧沁兰心,偷黏草甲,东风欲障新暖。漫疑碧瓦难留,信知暮寒犹浅。行天入镜①,做弄出、轻松纤软。料故园、不卷重帘,误了乍来双燕。　　青未了②、柳回白眼,红欲断、杏开素面。旧游忆着山阴③,后盟遂妨上苑④。寒炉重熨,便放慢、春衫针线。怕凤靴、挑菜归来⑤,万一灞桥相见⑥。

【注释】

① 行天入镜:韩愈《春雪》诗:"入镜鸾窥沼,行天马渡桥。"　② 青未了:谓青色绵延。杜甫《望岳》诗:"齐鲁青未了。"　③ "旧游"句:《世说新语·任诞》:"王子猷居山阴,夜大雪……忽忆戴安道。时戴在剡,即便夜乘小船就之。经宿方至,造门不前而返。人问其故,王曰:'吾本乘兴而行,兴尽而返,何必见戴?'"　④ "后盟"句:司马相如赴梁王兔园之宴以践约,因值雪天而迟至。　⑤ 挑菜:二月二日为挑菜节。　⑥ 灞桥:在今陕西西安灞桥区。郑綮曾谓:"诗思在灞桥风雪中驴子上。"

【语译】

雪很巧地沁入春兰的花心,偷偷地粘在芳草的叶子上,东风想用这雪来阻挡新生的暖气。你不必疑心琉璃瓦上它为何难以久留,我确知那是因为晚来的寒气太少的缘故。这雪飞行于高天,降落到明镜似的池面,摆出一副轻盈、蓬松、纤弱、柔软的姿态。我料想在故乡的家园里,重重帘幕一定低垂着没有卷起,这可耽误刚飞回来的双燕进屋营巢了。

本来满目青青的垂杨,现在见到的竟是白色的柳眼;红杏的艳色都快看不到了,它开出的也是一张张素脸。我像居山阴的王子猷那样在下雪时想起了老朋友,又像司马相如那样被雪所阻碍不能准时去名园践约。冷冰冰的炉子又须重新点燃,倒是制春衫的针线活可以放慢了。我担心那穿绣凤鞋的女子二月初挑菜回来时,万一还碰上灞桥驴背上那样的风雪可怎么办呢?

【赏析】

咏春雪与咏雪不同,除了要求处处不离雪外,还同时必须写出春天的特点来。这就无形中增加了艺术表现的难度。但对于史达祖这样的咏物高手来说,算不了什么。此词从头到尾,就都是紧扣住这两个方面来写的。

头八字从微细处写起,能表现出春雪初飘时见者的一种诧异心情。"兰心"甚小,雪花居然也能"沁"入,故曰"巧";草木初生的芽叶叫"甲",不知何时它也"黏"上了雪花,故曰"偷"。兰已开花,草已抽叶,正是春天。"东风"(春的代表)本是送来"新暖"的,现在却吹起雪花来,所以反过来说"欲障"。"漫疑"、"信知",说春至寒浅,雪难留住。"行天入镜",用昌黎诗语点题,写其飘飞之状。"轻松纤软"四字,正面归纳出春雪的特征。"料"字推开,想象"故园"景况,据此可知词为客中所作。"不卷重帘",是为御春雪之寒,却使"乍来双燕"不得度帘幕而营巢,体察精细。

"青未了",是下雪之前;"红欲断",是雪落之后。柳眼本青而变白,杏面当红而转素,皆因蒙雪所致,语巧而词工。说因雪思友、雪妨游宴,用的都是冬雪典故。所以就春天而言,"山阴"美谈已是须"忆"之"旧"事;就赴"上苑"时间来说,如今之"盟"约已在冬雪之"后"了,造句一字不苟。"寒炉"二句,从冷暖上说,春雪增寒,故须重新熨炉以取暖,它延长了着棉袄的时间,因而"春衫针线"不妨"放慢"。结二句作预测语气,用"挑菜"风俗和"灞桥"故事相连,一句切春,一句切雪,将"怕……万一"落到"凤靴"弱女不禁风饕雪虐上,就此止住,尤有情致。

喜 迁 莺

月波疑滴,望玉壶天近①,了无尘隔。翠眼圈花②,冰丝织练,黄道宝光相直③。自怜诗酒瘦,难应接许多春色。最无赖,是随香趁烛,曾伴狂客。　　踪迹,漫记忆,老了杜郎④,忍听东风笛。柳院灯疏,梅厅雪在,谁与细倾春碧⑤?旧情拘未定,犹自学、当年游历。怕万一,误玉人、夜寒帘隙。

【注释】

① 玉壶:指月。　② 翠眼圈花:未详。唐圭璋《宋词三百首笺注》:"疑是各种花灯。"姑从其说。　③ 黄道:古人以为太阳绕地球运行,其轨迹称黄道;又因日常喻指皇帝,故皇帝宸游之道路也称黄道。相直:相对。　④ 杜郎:杜牧,此用以自指。　⑤ 春碧:指酒,绿色的酒。

史达祖 喜迁莺

【语译】

月亮的光波仿佛洒下晶莹的水珠,仰望玉壶似的圆月,天宇显得更近了,澄净得不见纤尘。处处花灯饰翠,蒙着精丝织成的薄纱,皇帝出游的大道上五色光彩交相辉映。我自怜因吟诗和醉酒而消瘦,难以应接这许许多多的春色。最无聊的是我也曾追随香风,紧跟烛光,与那些狂放不拘的人们作伴为伍。

这些往年的踪迹,也不要再一一回忆了。我这个风流才子已经老了,忍心倾听那春夜里东风传来的笛声。杨柳院落中还有疏落的灯光,厅堂边梅花旁也有积雪,可又有谁来给我慢慢地斟酒呢?旧时的感情波澜尚未平息,又再去效法当年那样的游冶经历,是怕万一耽误了可爱的人儿在寒夜里隔着帘子透过缝隙的张望。

【赏析】

韩侂胄开禧北伐兵败,被诛杀,史达祖受株连,被流放荆汉,十余年后,遇大赦,得回临安。一年元夕夜,他出外效当年游冶,见景物依稀似旧,不胜忆昔抚今之感。词中写的便是这种感受。

上片是对往年元夕盛况和自己年轻时风流狂放生活的回忆。前六句,三句写月色,三句写灯彩。顾况《宫词》云:"月殿影开闻夜漏,水精帘卷近秋河。"词中"望玉壶天近"意境,仿佛似之。"宝光相直",既说火树银花照耀如昼,也说灯月之光交相辉映,回想当年灯市之盛。后五句,说到自己"随香趁烛",寻欢作乐事,语多掩饰。"自怜""难应接",说得好像只是个旁观者;这里的"春色",更多指女子而言，义近声色。接着词人就自认也是参与者，但仍出言委婉，先用"最无赖"三字作自嘲语，又以"曾伴狂客"将自己之所为降一等，说只是陪着漫狂友人同往而已。至此方用"曾"字点明所述非眼前事。

下片说元夕重游故地。换头"踪迹"二字押韵，承上片以应"曾"字。往事莫回首，像"十年一觉扬州梦"的杜牧那样的风流才子如今已老，再寻旧踪，只能勾起感伤罢了。笛声哀怨，故曰"忍听"；"东风笛"，暗暗关合元宵月色。又出"柳""灯""梅""雪"，皆元宵时节之景物；"院""厅"，当是昔日"玉人"曾待客处。今灯火阑珊，积雪犹在，尚可仿佛当年，唯岁月无情，人事难料耳，故用"谁与"诘问。"旧情"二句，对此夜重访再作自嘲，逼出结句来。用"怕万一，误玉人、夜寒帘隙"之张望等待为由，申明"犹自学、当年游历"的缘故。以此来表现自己难忘"旧情"，语意含蓄而别出心裁。

三 姝 媚

烟光摇缥瓦①，望晴檐多风，柳花如洒。锦瑟横床，想泪痕尘影②，凤弦常下。倦出犀帷③，频梦见、王孙骄马④。讳道相思，偷理绡裙，自惊腰衩⑤。　　惆怅南楼遥夜，记翠箔张灯⑥，枕肩歌罢。又入铜驼⑦，遍旧家门巷，首询声价⑧。可惜东风，将恨与闲花俱谢。记取崔徽模样⑨，归来暗写。

【注释】

①缥瓦:即琉璃瓦。 ②尘影:风尘的痕迹。王褒《长安道》:"树阴连袖色,尘影杂衣风。" ③犀帷:以犀角为饰的帷幕。 ④王孙:盼其归来之人的代称。 ⑤腰衱:此作腰围解。衱,衣之下端两旁开裂的缝。 ⑥箔:帘子。 ⑦铜驼:洛阳街名,借指临安的街道。 ⑧声价:此指有关妓女的消息。 ⑨崔徽:元稹《崔徽歌》序:"崔徽,河中府娼也。裴敬中以兴元幕使蒲州,与徽相从累月。敬中便还,崔以不得从为恨,因而成疾。有丘夏善写人形,徽托写真,寄敬中曰:'崔徽一旦不及画中人,且为郎死。'发狂卒。"亦见诸《丽情集》。

【语译】

轻烟与日光在琉璃瓦上浮动闪烁,看晴天里那屋檐间东风不断,将柳絮吹得如雨丝般地飘洒。锦瑟静静地躺在架上,想她泪痕在脸,风尘沾衣,常将弦索除下。也懒得走出闺帏,不止一次地梦见一去不归的情郎得意地骑在马上。她相思的情怀总也不肯对人讲,只是偷偷地拿罗裙在身上比试,腰围的日益瘦损使她暗暗地吃惊。

南楼中度过的那长夜令我惆怅不已。还记得当时翠帘低垂、明灯高照,她靠在我肩上一曲歌罢的情景。于是我再一次到这条街上来,遍访烟花巷里旧时艺妓的居处,首先打听的就是她的消息。可惜啊!怀着遗恨的她与无人过问的花都已在东风中凋谢了。记住这一往情深的可怜人儿的模样罢,让我回来后凭记忆画出她的肖像来。

【赏析】

离别多年后,重回故地,到从前游冶处寻旧梦,谁知人去楼空,昔日的青楼女已经死了。词记此事,当是作者从荆汉赦回临安后所作。

前三句是寻访所见屋外景象。天色晴明,风和日丽,然"柳花如洒",春光已晚。先就为花谢人亡布好局。再写室内所见,只用"锦瑟横床"四字,睹物怀人,茫然不胜华年追忆之情已在其中。"想"字以下,至上阕终,全用虚笔,是浮想中别后伊人的境况。分好几层来写:"泪痕尘影,凤弦常下",从眼前闲置之琴瑟直接联想而来,写其离别忧伤和风尘抗脏之苦;"倦出犀帷",再进一层,想象其恹恹少生趣之精神状态;"频梦见",更于幻境中写幻境。《楚辞·招隐士》:"王孙游兮不归,春草生兮萋萋。"此所以借"王孙"一词以自指。白昼"倦出",夜寐"频梦",岂能不伤神劳形,"讳道"三句,即言其后果,点出"相思";衣带渐宽,固是表现相思憔悴的传统意象,但因为加入细节描摹,又自铸词句,所以全无因袭痕迹;同时,自惊腰肢瘦损,也为下片闻说香消玉殒伏线。先近后远,由浅入深,层次井然。

上片只说燕子楼空,并不知佳人何在。故换头从"惆怅"说起,回忆昔年"南楼遥夜"之欢愉;记当时温馨亲昵情景,只"翠箔张灯,枕肩歌罢"八字已足,生动而简练。甜蜜的回忆,为促使自己再四处寻访,接三句即写再访;"又""遍""首",用字斟酌,能表现内心愿望的强烈和情态的急切。"声价"一词,在这里作"下落""消息"解,为切合其乐籍身份而用。岂料红颜薄命,"可怜日暮嫣香落,嫁与春风不用媒"(李贺《南园》)。眷念之人已随风飘去,用"东风"中"闲花"相比拟,关合词的发端,将人事与季节、景物交融在一起了。不说"人与闲花俱谢",而说"恨",令人能想见这位对自己一往情深、抱恨而终的女子命运的悲惨。末用崔徽故事,是自述心事,也可视作对对方临殁遗愿的拟想。

秋　　霁

江水苍苍,望倦柳愁荷,共感秋色。废阁先凉,古帘空暮,雁程最嫌风力。故园信息,爱渠入眼南山碧①。念上国,谁是、脍鲈江汉未归客②!　　还又岁晚,瘦骨临风,夜闻秋声,吹动岑寂。露蛩悲、清灯冷屋,翻书愁上鬓毛白。年少俊游浑断得。但可怜处,无奈苒苒魂惊,采香南浦,剪梅烟驿。

【注释】

① 南山:杭州西湖有南北二山,南山也叫南屏山。　② 脍鲈:用晋张翰思家事,参见辛弃疾《水龙吟》"鲈鱼堪脍"注。

【语译】

江水一片深蓝,我望着那疲惫的杨柳和含愁的莲荷,觉得它们也都有感于自己秋来即将凋零的颜色。破旧的楼阁凉气先已来到,陈年的帘幕空自悬挂到晚,大雁在征程中最怕那霜风过于猛烈。我盼着故乡家园的消息,深深地爱着它触目苍翠的南山景物。想一想家在京都的人中,有谁像我那样流落江汉,怀着强烈的思乡之情,却成了一个回不去的异乡客呢?

又到岁晚季节了,我瘦棱棱的身影临风而怯,夜间听到秋声四起,吹破了周围的一片静寂。露水下时,蟋蟀在凄清的灯下、冷落的屋角悲鸣;我闲翻着书册,愁绪上涌,鬓发都变白了。年轻时那些杰出的朋友们都已隔断了交往。只有那可怜的地方,还无可奈何地牵动着我柔弱的内心,我神往那离别时采花相赠的南浦和剪梅寄远相慰的烟水畔的驿站。

【赏析】

词写流落江汉的寂寞悲愁和对故园旧游的怀念,无疑是史达祖被当局视作韩侂胄党而遭放逐后所作。

前六句写客居感秋。"江水"、"柳"、"荷"、"阁"、"帘"、"雁",皆眼前景物;"倦"、"愁"、"共感","废"、"古"、"最嫌",把形容客观状态和抒写主观情绪结合起来,给人以一片萧飒凄清的感受。"先凉"、"空暮",孤独寂寥之境况可想;"雁程"句,更是经长途跋涉、羁旅于异乡者,再也经不起政治打击的怯弱心态的象征。心念故园,盼望信息,其所深爱满目青青之南山,用以与江上倦愁秋色作对照,更见"上国"之人今作"江汉未归客"之可悲;用"谁是"反诘,增强了传情的力度。

过片"还又岁晚"接"未归"而下,进一步以"瘦骨临风"形容自己,作为主体,使"闻秋声"、听"蛩悲"都增添了浮想余地。被"吹动"的"岑寂",不限于环境,也打破了心境的麻木静止状态。"清灯冷屋",与前"废阁"、"古帘"相应。寒夜无欢,闲翻书籍,看前人之成败荣枯,不觉忧从中来,感慨鬓发之早白。"俊游",谓贤俊之辈,陆游诗云:"绍兴人物嗟谁在,空记当年接俊游。"此时早零落无闻。七字宕开,作一波折,结尾收回,说唯别恨与旧情难断,尚时时牵魂动魄耳;此所以"可怜",亦所以令人"无奈"也。"苒苒魂惊",形容神魂之不禁惊悸,真善于措词者。"采香南浦"是送别事,"剪梅烟驿"是寄远事,皆应在前而置于最末,如此颠倒,便令句法夭矫多姿。

夜 合 花

柳锁莺魂,花翻蝶梦①,自知愁染潘郎②。轻衫未揽,犹将泪点偷藏。念前事,怯流光,早春窥、酥雨池塘③。向消凝里④,梅开半面,情满徐妆⑤。　　风丝一寸柔肠,曾在歌边惹恨,烛底萦香。芳机瑞锦,如何未织鸳鸯?人扶醉,月依墙,是当初、谁敢疏狂!把闲言语,花房夜久,各自思量。

【注释】

① "柳锁"二句:意谓柳不到莺魂,花归于蝶梦,即柳衰花尽季节。　② 潘

郎:潘岳,用以自比。这里是"潘鬓"的意思。参见徐伸《二郎神》"潘鬓"注。
③ 酥雨:韩愈《早春呈水部张十八员外》诗:"天街小雨润如酥,草色遥看近却无。"酥,奶油。　④ 消凝:消魂凝神。　⑤ "梅开"二句:《南史·梁元帝徐妃传》:"妃以帝眇(瞎)一目,每知帝将至,必为半面妆以俟。帝见则大怒而去。"

【语译】

杨柳未召回黄莺的精魂,春花还属于蝴蝶的幻梦,我已自知愁绪染白了双鬓。春寒尚深,轻衫未着,我先将泪滴偷偷地掩藏起来。回忆往事,心怯光阴飞逝,可春天早已悄悄地在窥看那细雨如酥的池塘了。在我黯然消魂、怅然凝神处,梅花将脸儿绽开了一半,她那徐妃的半面妆却有着无限的情思。

微风牵动我心中一缕柔情,它曾在她清歌旁惹起我的憾恨,也曾在烛光下与她的香气一起萦绕。姑娘的机杼能织出有祥瑞图案的锦缎来,为什么就不能织出鸳鸯呢?当初是人带朦胧醉意,月儿挂在墙头,谁又敢漫狂放肆呢?只是尽拣些闲言废话来讲,我们在花房里直到夜深,然后各自细想着这番相会的情景。

【赏析】

在这首词中,作者悲观地回忆了往年的一段未有结果的爱情经历。构思语言,比较新颖,但有些地方过于求巧,不免失之于晦。周济曾有微词云:"梅溪甚有心思,而用笔多涉尖巧,非大方家数,所谓一钩勒即薄者。"又云:"梅溪词中,喜用'偷'字,足以定其品格矣。"(《介存斋论词杂著》)指的可能就是这类词。评语近苛,却有见地。

发端以两个四字句作对仗,造句精丽工巧,词人琢刻打磨,大费心思。我们凭"锁"、"梦"二字,而知说的是柳未青、花未红而愁已先染霜鬓。"轻衫"二句,构思亦同,谓春衫未换,而惜春之泪已流。这以常情看,未免过于伤感,故须"将泪点偷藏"。然后用"念前事、怯流光"六字,交待出原因。虽说春之踪迹未显,然确已来临,这早从"酥雨池塘"中可以看出来了。"小雨润如酥"、"池塘生春草"等诗意已融入其中。不说"人见"而说"春窥",虚处落笔,巧妙含蓄,不减韩诗"草色遥看近却无"之实写。其时,未有桃杏,唯梅花已"开半面","情满徐妆"四字,不特写梅写人(自己和所思之人都已包括),主客观两兼,且善于化用典故,也极新颖别致。

过片说"柔肠",即柔情,承上"情"字而来。由风细细引起情绵绵,又带出当时"歌边"、"烛底"情景的追忆。这"曾在"二字的主语,是"风丝",也是"柔肠"。"如何"句说出心中憾恨来;"未织鸳鸯",是一篇的主旨。"人扶醉"以下是"当初"私下相会情况。"谁敢疏狂",是自我辩白,也或含有后悔之意。宴散客归,月上墙头,夜深人静,相见于"花房",本是织成鸳鸯的大好机缘,不料情怯木讷,竟把些"闲言"来久语不休,终至归去"各自思量"对方之真意,此时回想起来,不免自责愚蠢,辜负良宵,然亦正因为如此,此情此景就更难令人忘怀了。一结不俗。

玉　胡　蝶

晚雨未摧宫树,可怜闲叶,犹抱凉蝉。短景归秋①,

吟思又接愁边。漏初长、梦魂难禁,人渐老、风月俱寒。想幽欢,土花庭甃②,虫网阑干。　　无端。啼蛄搅夜③,恨随团扇④,苦近秋莲⑤。一笛当楼,谢娘悬泪立风前。故园晚、强留诗酒,新雁远、不致寒暄。隔苍烟,楚香罗袖,谁伴婵娟?

【注释】

①短景:渐短的白昼。景,日影。　②甃:砖筑的井垣。　③蛄:蝼蛄,虫名,穴居土中而鸣。　④恨随团扇:班婕妤《怨歌行序》:"婕妤初为孝成所宠,其后赵氏日盛,婕妤恐久见危,求供养太后长信宫,作纨扇诗以自悼焉。""秋扇见捐"之成语出此。　⑤苦近秋莲:莲心味苦,古乐府中常谐音"怜心",以说男女相思之苦。唐李群玉《寄人》诗:"莫嫌一点苦,便拟弃莲心。"

【语译】

傍晚一场雨并没有能摧垮官苑中的树木,可怜尚有寒蝉拥抱着未飘零的叶子。秋天里白昼的阳光愈来愈短促了,我的诗思又与愁绪紧紧相连。更漏初起,秋夜正长,梦魂难禁其飞扬;人逐渐衰老,风月之兴,都早已冷却了。我遐想着从前我们幽会欢娱的地方,如今庭院井垣定已长满青苔,被蜘蛛网纵横遍布了。

真不知为何会是这样。蝼蛄的啼叫搅乱了寂静的长夜,她自恨命运如同被弃捐的团扇,苦涩的滋味又好比秋日的莲心。她听着悲哀的笛声,当楼而立,脸上淌着两行热泪。我在自己的家园里勉强地以吟诗饮酒逗留到晚,新来的大雁高飞远去,我也没有让它捎个信去问候。隔着一片苍茫暮霭,也不知现在有谁在陪伴着这位香飘罗袖的美丽的楚地姑娘。

【赏析】

这是一首怀人词。当是作者回临安后,怀念他所眷恋的楚地女子。

词的开头和结尾都是眼前景象,中间自上片"想幽欢"至下片"立风前",则是想象之中对方的境况。从时间上说,起言"晚雨",结说"故园晚"、"隔苍烟";前写"凉蝉",后有"新雁",都彼此照应,可见是秋季的傍晚。从地点上说,发端提到"宫树",后面又说"故园"和"隔"开了"楚香罗袖",可知是指作者家园所在的临安。中间虚拟之景,也紧切时令特点,以夜景为主,又不局限于夜。

起三句写向晚凉蝉抱叶而唱,有自身华年迟暮、犹带愁吟咏的象征意味在。初闻漏声,难禁梦魂,引出思念旧情一段来。所谓"风月俱寒",颇有"曾经沧海难为水"之感慨。"幽欢",是昔日事;"土花庭甃,虫网阑干",则是揣想中的当前景。换头"无端"二字协韵,一顿,在虚景中再插入情语,表示对世事无常的怨尤。再五句拟想伊人相思寂寞之苦况。情怨心苦,临风落泪,写来体贴入微,凄惋动人。末以"诗酒"关合"吟思",以"新雁"点明两地"远""隔"。虽未传书致意,然心系楚女,眷眷关切之情仍绵绵不已。

八　　归

秋江带雨,寒沙萦水,人瞰画阁愁独①。烟蓑散响惊诗思,还被乱鸥飞去,秀句难续。冷眼尽归图画上,认隔岸、微茫云屋。想半属、渔市樵村,欲暮竞燃竹②。须信风流未老,凭持尊酒③,慰此凄凉心目。一鞭南陌,几篙官渡,赖有歌眉舒绿④。只匆匆眺远,早觉闲愁挂乔木。应难奈⑤、故人天际,望彻淮山,相思无雁足⑥。

【注释】

① 瞰:俯视。　② "欲暮"句:柳宗元《渔翁》诗:"渔翁夜傍西岩宿,晓汲清湘燃楚竹。"　③ 凭持尊酒:一作"凭持酒",又作"凭谁持酒"。　④ 歌眉舒绿:谓歌女舒其黛眉而唱;古以黛绿画眉,故谓。　⑤ 奈:一作"禁"。　⑥ 雁足:指书信。

【语译】

秋天,江上有雨,水绕着寒冷的沙滩奔流。我从高楼画阁上俯视。正独自生愁。烟雨江中穿蓑衣的渔人撒网的响声四散,惊起了我作诗的灵感,可又被一群群乱纷纷飞去的江鸥给搅了,再难续写出好句子来。我把冷漠的目光全投向这美如图画的景物上,从一片微茫之中,认出了隔岸云雾隐约的房屋,我想它多半是渔人的市集或樵夫的村落。天色将暮时,处处晚炊竟相烧起竹子来了。

应该相信时间还没有让我的风流性情老去,我凭着手中一杯酒,来自我宽慰凄凉的心境和感受。有时,我策马往南郊出游,或经官渡泛舟江上,幸好还有眉开眼笑的歌女相随作伴。但只要匆匆地往远处望上一眼,便立即感到有一种难以形容的愁绪挂在眼前的林木间。那该是因为难以忍受老朋友远在天边罢,我几乎把淮山都给望穿了,苦苦相思,却得不到他的一点音信。

【赏析】

这一首词写秋日凭高眺望和对旧游的思念,情景凄然落寞,当是被放逐淮楚期间所作。

在楼阁上俯视,眼前秋江展开一幅充满诗情的图画,这与词人当时处境的烦愁孤独形成了一种反差。词能写出这种双重性来。"愁独"二字,是心情的概括,又用"冷眼"重加渲染;而景物之奇妙,足"惊诗思",恰如"图画"。描写景物亦同作画之有部署:先勾勒出秋江全貌,然后写水面渔人撒网,空中江鸥乱飞。再以后是从"隔岸微茫"中辨"认"出"云屋"来,于是推"想"其多半是"渔市樵村",最后又添上傍晚时四起的炊烟。一丝不乱。"烟蓑"三句,真可称得上"秀句",表面上是说"诗思"被"乱鸥"给搅了;实际上是说包括鸥鸟翻飞景象在内的诗一般的境界,非词句所能表达。柳宗元诗的句意,也借用得甚巧,把"秋江"、"烟蓑"、"渔市"等都联系了起来;柳诗"爇楚竹",正好合词人所在之地;而柳之被贬谪,也恰似史之遭放逐的处境。

下片转作以抒情为主。过片"须信风流未老",是承上片所写对景吟赏之兴会而来。情调上扬;"凭持尊酒,慰此凄凉心目",则再下抑。接着又宕开,插三句另说平时也有游赏机会,且不乏"歌眉舒绿",相随以助游兴,最后再折回到眼前,说望中之"闲愁"难耐。文势大起大落,波澜壮阔。"一鞭南陌"、"几篙官渡"、"歌眉舒绿"等,皆造语清俊秀奇,警迈机灵。"只匆匆"与"早觉"如连环相扣;写愁上心头,而曰"愁挂乔木",不但说法新奇,且能令人拟想其"眺望"时望中所见,遂定睛出神之木然状态。"故人"属男属女不可知,难以凭末句中"相思"字样而定其必为婵娟恋人,只泛说"旧游"可也。

刘克庄

刘克庄(1187—1269),字潜夫,号后村居士,莆田(今属福建)人。从学于理学家真德秀(西山),以荫入仕,尝官建阳令。以咏《落梅》诗得罪权臣,废居十年。起知袁州,迁广东运判、江东提刑。理宗淳祐六年(1246)赐同进士出身,权工部尚书,官至龙图阁直学士,卒谥文定。克庄诗词兼擅。诗宗晚唐,为"江湖派"代表作家;词学辛弃疾,宏放粗犷,为辛派重要词人。有《后村先生大全集》、《后村别调》(又名《后村长短句》)。

生查子

元夕戏陈敬叟①

繁灯夺霁华②,戏鼓侵明发③。物色旧时同,情味中年别。 浅画镜中眉,深拜楼西月④。人散市声收,渐入愁时节。

【注释】

① 陈敬叟:字以庄,号月溪,建安(今福建建瓯)人。刘克庄《陈敬叟集序》:"敬叟诗才清拔,力量宏放,为旷达如列御寇、庄周;饮酒如阮嗣宗、李太白;笔札如谷子云,草隶如张颠、李湖;乐府如温飞卿、韩致光。余每叹其所长,非复一事。为谷城黄子厚之甥,故其诗酷似云。" ② 霁华:明月光。 ③ 明发:天明。《诗·小雅·小宛》:"明发不寐,有怀二人。" ④ 楼西月:一作"楼中月"。

【语译】

千万座彩灯掩盖了明月的光辉,百戏的锣鼓直闹个通宵。这一切风物景观都与往年所见一样,只是人到中年,情绪兴致与过去大不相同了。

对着明镜,随意淡扫蛾眉,懒得去浓妆艳抹;却向画楼西面的明月深深下拜,默默祈祷。等到游人散尽,市上喧声都已静寂,这便渐渐到了愁思难禁的时刻。

【赏析】

宋词中写"元夕"题材的为数不少,常常不离男女情事,因为元夕是青年男女邀约相会的好时光。此词题为"戏陈敬叟",也是利用这种习俗来调侃友人的。词的作意是写陈敬叟其人,并不写元宵灯节本身。

自《楚辞》始,便有"香草美人"的表现手法,借男女情事说君臣亲疏、政治上的升沉得失。此词从一位人到中年的妇女角度,写元夕之夜的感受,以此来喻指其友人陈敬叟的现实境况,所以说"戏"。

头两句写灯火辉煌、鼓乐喧阗,是说元夕;三四句起,便只说人的感受:景况年年如此,"情味"已全然不同,因为人入"中年",暗喻陈君怀才而已有迟暮之感。换头第五句"浅画镜中眉",是说他却无意奉迎权贵,取悦当局,犹美人之不作盛妆打扮。唐代朱庆馀在临考试前,求有地位的张籍推荐自己,戏诗云:"妆罢低声问夫婿,画眉深浅入时无?"(《近试上张水部》)借画眉之深浅是否时髦,说自己的诗文是否能合当权者的口味。词着重一"浅"字,正反其意而用,写出陈"为人旷达"的个性。但他又不甘于沉沦,内心里还是希冀有一展抱负的机会,恰如小女子之拜月祷告,望能终遂心愿。写拜月,切合元夕之月圆。终至"人散市声收",情侣不来,佳期又误。不免凄然惆怅,故曰"渐入愁时节"。此虽戏谑之词,却仍可觉出对友人处境的同情。

贺　新　郎

端　午

深院榴花吐。画帘开、练衣纨扇①,午风清暑。儿女纷纷夸结束,新样钗符艾虎②。早已有、游人观渡③。老大逢场慵作戏④,任陌头、年少争旗鼓。溪雨急,浪花舞。　灵均标致高如许⑤,忆生平、既纫兰佩⑥,更怀椒糈⑦。谁信骚魂千载后,波底垂涎角黍⑧。又说是、蛟馋龙怒。把似而今醒到了⑨,料当年、醉死差无苦。聊一笑,吊千古。

【注释】

① 练衣:粗麻衣。　② 钗符:端午节避邪的五色巾。艾虎:《荆门记》:"(端)午节,人皆采艾为虎,为人挂于门,以辟邪气。"　③ 观渡:《荆楚岁时记》:

"五月五日竞渡,俗为屈原投汨罗日,人伤其死,故命舟楫拯之。" ④ 逢场作戏:《传灯录》:"(邓隐峰)对云:'竿木随身,逢场作戏。'"今多用为偶有机会,便凑凑热闹,游戏一会儿。 ⑤ 灵均:屈原。标致:风度。 ⑥ 纫兰佩:《离骚》:"纫秋兰以为佩。" ⑦ 怀椒糈:《离骚》:"巫咸将夕降兮,怀椒糈而要之。"朱熹注:"椒,香物,所以降神。糈,精米,所以享神。" ⑧ 角黍:即粽子。屈原沉江,楚人哀之,以竹筒贮米投水,裹以楝叶,缠以彩缕,使不为蛟龙所吞云。见《续齐谐记》。 ⑨ 把似:假如。

【语译】

庭院深深,榴花喷火吐霞。画帘高卷起,身穿粗麻衣,手执团扇一把,午间的风给已暖热的天气带来阵阵凉爽。儿女们个个夸耀自己的手工精巧,做成新花式的避邪彩巾,用艾草编结出老虎的模样。早已有游人们在水边观看竞渡赛龙舟了。我年纪大了,偶尔遇到这种场面也懒得去参与游戏,就让岸上的那些年轻人去举旗击鼓争胜好了,我只看他们在雨点般溅洒的溪流中,在飞舞的浪花里戏耍。

屈原的风度气质真是高不可及啊!追想他在世的时候,既把兰花缝连起来佩带在身边;又怀藏着香料,备着精米用以敬神。谁能相信诗人的灵魂在千年之后,还在水底里贪食几只粽子呢?又传说这是因为蛟龙馋嘴,怕它发怒。假如屈原真能一直清醒到今天,我猜想还不如当年醉死了倒没有多大痛苦。这些话聊供一笑,就以此作为我对千古英灵的凭吊吧!

刘克庄　贺新郎

【赏析】

词写农历五月五日端午节的风光习俗，同时凭吊屈原，寄托自己对这位大诗人的敬仰之情。上片写节日的景物风俗，用以描绘；下片结合传说评说屈原，进行议论。

五月端午，石榴花开，这是季节有代表性的景物，所以词便从深院榴花争吐红巾说起。其时，气温已升高而未至酷热，"练衣纨扇"，帘开风爽，为人以惬意的感受。先写一般的时令气候特点，然后进而说到节日。写儿女们束巾结草，编制吉祥物的洋洋得意，游人前去观看龙舟竞渡的兴高采烈，以此衬托自己年岁"老大"、"慵"于逢场作戏、一任"年少"摇旗擂鼓、凌波争胜的旁观者姿态，使我们仿佛能见到这位饱经风霜的老词人的悠闲神情。

过片承赛舟竞渡事而述屈原，极为自然。先总出一赞语，称其"标致"之高，这就跟杜甫歌颂诸葛亮用"诸葛大名垂宇宙"（《咏怀古迹》）起头差不多，一种高山仰止的崇敬心情立即跃然纸上。接着二句概述其"生平"，又承"标致"二字，用虚笔点染，伟大诗人的一生品性操守，只用"纫兰佩"、"怀椒糈"这些有象征性的细事来表现，这比直说其高洁、忠贞等等蕴蓄有味得多。然后立即转述"千载后"的今天，把端午习俗联系起来：人们吃粽子，还将它投入水中祭奠诗人。"波底垂涎角黍"，是人们可笑的陋见浅识，作者有意与诗人生前"纫兰佩"、"怀椒糈"的高风亮节作对照，以落实"谁信"。再加一句"又说是、蛟馋龙怒"，粽子是用来喂蛟龙的，可见又说法纷纭，莫衷一是。这就更有理由认为传言纯属无稽之谈了。这番话的真实用意,并不在讥讽习俗之迷信,而是借此寄托自己对屈原的为人和他一生对理想的追求,千载少有人能真正理解的憾恨。因而末了更反过来说,要是屈原真能活到今天,他肯定要大失所望而痛苦万分的,相比之下,"当年醉死"倒还算是幸运的呢。南宋国势已日薄西山,人们犹浑浑噩噩,清醒如屈原者能不更"苦"吗?故杨慎云:"此一段议论,足为三闾千古知己。"(《词品》)这段凭吊三闾大夫千古英灵的话,又妙在能庄而谐,忠义凛凛的愤恨之言,竟以聊供一笑的戏语出之。

贺 新 郎

九 日①

湛湛长空黑②,更那堪、斜风细雨,乱愁如织。老眼平生空四海,赖有高楼百尺。看浩荡、千崖秋色。白发书生神州泪,尽凄凉、不向牛山滴③。追往事,去无迹。　　少年自负凌云笔④。到而今、春华落尽,满怀萧瑟。常恨世人新意少,爱说南朝狂客⑤。把破帽、年年拈出。若对黄花孤负酒,怕黄花、也笑人岑寂。鸿北去,日西匿。

【注释】

① 九日:即农历九月九日重阳节。　② 湛湛:形容深的样子,此指昏黑。

③ 不向牛山滴:不因贪生怕死而流泪。《晏子春秋》:"景公游于牛山,北临其国城而流涕曰:'若河滂滂去此而死乎?'"杜牧《九日齐山登高》诗:"古往今来只如此,牛山何必独沾衣。"牛山,今山东临淄南。　④ 凌云笔:作诗文的大手笔,语出《史记·司马相如列传》。杜甫《戏为六绝句》:"庾信文章老更成,凌云健笔意纵横。"　⑤ 南朝狂客:指晋孟嘉,他曾参加桓温的重阳龙山宴会,风吹帽落而不觉。见《晋书·孟嘉传》。下文"破帽"出苏轼咏重九《南乡子》词,词反用落帽典故云:"破帽多情却恋头。"

【语译】

天空是那么的昏黑,又怎能经受得住斜风细雨搅得我心头烦乱的愁云重重密布。老眼尚明,与往常一样,总能望尽四海风云,这全凭有志士登临兴慨的百尺高楼。看那万千山崖呈现出一片浩荡秋色。我这个白发书生为神州的沉沦而淌下了热泪,尽管境况凄凉,这泪水也决不为个人生死而流。往事回想,已烟消云散,全无痕迹。

在年轻的时候,我自负有一枝凌云的健笔,到现在,那奔放的意气、华丽的词藻,都已经像春花一样落尽,留下的只有满腔萧瑟情怀了。我常常恨世上写诗填词的人新意太少,每逢重九登高,总喜欢说南朝狂客孟嘉那点事,每年到这个时候,就把那顶破帽随手拿出来。我如果面对菊花不去饮酒,辜负这好时光,只怕是菊花也要笑我太孤单寂寞了罢。看大雁已远飞而去,白日也在西面藏匿了起来。

【赏析】

写重阳的诗词历来不少,若要成为佳作,总须不落前人窠臼,能自出新意。作者有这样的想法,也有意识地以此词来实践。

清诗人黄仲则云:"中秋无月重阳雨,辜负人生一度秋。"所以写重阳总写晴天,而此词却偏从"湛湛长空黑"和"斜风细雨"写起,出人意料。这样,"乱愁如织"仿佛就是因为风雨辜负了重阳产生的。事实上,作者的"乱愁",应有其时代和社会的原因,而这场风雨,不管是否真有过,写在这里,都带有某种超越自然现象的象征性。"老眼"二句一转,说全凭壮怀高瞻,使我未致消沉。陆游《风雨中望峡口……》诗:"安得朱楼高百尺,看此疾雨吹横风。"意境略似。重九登高,本是登山,此写登楼,也是翻新。"看浩荡"七字,是登临眺望所见的正面,已是风雨过后景象,然亦不作细写。"白发"与"老眼"相应,以下转入抒情。前说"乱愁""四海",此出"神州泪",十分自然。又以"尽凄凉"三字一衬垫,而与"牛山滴"相对举,豪情壮语,如读放翁歌行。齐景公游牛山,为重九登高之始,故杜牧诗亦用之。"追往事,去无迹"六字,深沉感慨,开出下片。

换头"少年"句,承"追往事",通过"自负凌云笔"几个字,把当年自己非凡的才华、壮志、豪情、锐气,以及浪漫情调、峥嵘头角等等,都加以概括,包涵极富。故不再发挥,立即以"到而今"折回眼前,"春华"之喻,含意同样灵活,与"满怀萧瑟"相连,其用意并非说豪气已消,才思耗尽,而只是文章藻华落尽、风骨凛然的含蓄的自谦语;即黄仲则诗所谓"结束铅华归少作,屏除丝竹入中年"(《绮怀》)意。杜甫《咏怀古迹》诗云:"庾信平生最萧瑟,暮年诗赋动江关。"此"萧瑟"二字之所据。有此自负,方能下接"常恨世人新意少"句。"把破帽、年年拈出",亦善作谐语,但作者的真实用意,恐不在于讥诮人们动辄用孟嘉落帽典故,而是恨登高眺望大好河山而无家国之恨,只有些个人的叹老嗟卑之类的话。"若对黄花"二句,说欲求一醉,以消心中之"乱愁"。陶潜有九日"摘菊盈把"以待酒的故事。杜甫《九日》诗云:"竹叶(酒名)于人既无分,菊花从此不须开。"词正用其意而创新。末以"鸿北去,日西匿"景语作结,回应发端,也有南宋国势衰颓的象征意义在。秋雁南飞,而此曰"北",解词者或避其字义而只说是"鸿飞冥冥的意思";或以为"鸿北去"犹云"心北去","无非是北向中原,注目遥望而已",未知孰是。

木兰花

戏　林　推①

年年跃马长安市②,客舍似家家似寄。青钱换酒日无何,红烛呼卢宵不寐③。　　易挑锦妇机中字④,难得玉人心下事。男儿西北有神州,莫滴水西桥畔泪⑤。

【注释】

① 戏林推:黄昇《花庵词选》题作"戏呈林节推乡兄"。节推,即节度推官,州郡的佐理官。钱仲联《后村词笺注》以为可能是作者同乡林宗焕。　② 长

安:指代南宋首都临安(今浙江杭州)。　　③ 呼卢:赌博,掷骰子,五子全黑叫卢,获全胜,故掷时争着喊"卢"。　　④ "易挑"句:谓从妻子处能得真挚之爱。挑,挑花纹。用晋窦滔夫妇相爱事,参见柳永《曲玉管》"别来"句注。　　⑤ 水西桥:此指"玉人"即妓女之居处。

【语译】

你年年在京都骑着马跑来跑去,旅馆几乎成了你的家而家反倒成临时的了。口袋里几个青铜钱天天拿它换酒喝,此外什么事情都不管,夜里点起红蜡烛,高叫着掷骰子,通宵不眠地跟人玩赌博。

你妻子很容易就能给你古时苏蕙织锦那样真挚的爱,而难以捉摸的是你迷恋着的那个风流女子心里想的究竟是什么。是男子汉总该想着西北尚有大片国土沦于异族,你的眼泪可别只为姑娘们而滴啊!

【赏析】

词为规劝友人节度推官林某而作。题目著一"戏"字,一则让彼此关系显得比较亲近,一则使用轻松戏谑的语言得以委婉其意,两者都为了能收到更好的效果。其实,在戏语调笑的背后,规劝是十分严肃的。

上片四句是写林推官在临安所过的放荡生活。"跃马"于繁华的京都,是说其游冶;前加"年年",便知非偶尔乘兴出游,而已成为习惯了的生活方式。故接以"客舍"句,说他将青楼酒肆当作自己的家院,而家院反若寄居的旅舍了。再二句说他白天纵酒,深夜赌博,除此而外,什么事也不干,戏言之中,流露出对友人竟将大好时光,如此虚掷的深深惋惜。

下片四句对林推官进行规劝。"易挑"、"难得"二句,将室妇与妓女作对比,说迷恋烟花女子而忘却家中贤妻是不值得的、错误的。发妻挚情贤淑,如古时织锦书以赠夫之苏蕙,只须稍加爱怜,便易得厚报,而青楼之"玉人"多虚情假意,见利忘义,难测其用心,何必弃易而就难呢?末二句晓以大义,"男儿西北有神州"七字,掷地有声。言身为男子汉,当时刻不忘国耻,以收复中原为己任,岂可为眷恋舞姬歌女之私情而轻洒眼泪。语重心长,而又说得堂堂正正。故"杨升庵谓其壮语足以立懦"(况周颐《蕙风词话》)。

卢祖皋

卢祖皋(生卒年不详),字申之,又字次夔,号蒲江,永嘉(今浙江温州)人。楼钥之甥。宁宗庆元五年(1199)进士,嘉定十一年(1218)主管刑部架阁文字,历秘书省正字、校书郎、著作郎、将作少监、权直学士院。与"永嘉四灵"为诗友,彼此唱和,惜诗集不传。词擅短调,工整纤雅。词集有《蒲江词藁》。

江 城 子

画楼帘幕卷新晴。掩银屏,晓寒轻。坠粉飘香,日日唤愁生。暗数十年湖上路,能几度,着娉婷①。　年华空自感飘零。拥春酲②,对谁醒?天阔云闲,无处觅箫声。载酒买花年少事,浑不似,旧心情。

【注释】

① 娉婷:女子美好貌,此指歌女。　②酲:病酒;酒醒后的困惫。

【语译】

新晴天气,画楼的帘幕高卷;室中素色屏风也收合了起来,早上春寒已十分轻微。花儿落下蕊粉,香气四处飘散,这景象天天都在唤起我心中的愁绪。暗暗算来,转眼已有十年了,在这条西湖路上,我又能有几次陪伴那美丽的姑娘呢?

年华似水,我徒然地为自己飘零的生涯而伤感,老是带着醉酒后的困惫,可有谁需要我清醒呢?高天辽阔,浮云闲淡,我再也无处寻觅那玉人吹出的箫声了。载上酒出游,花钱买歌笑,那是年轻时的事,如今我全然没有从前那种心情了。

【赏析】

此词当是嘉定年间卢祖皋调临安为京官以后所作。十年前,他在临安中进士,以后就被外放至池州(今属安徽)、吴江(今属江苏)等地长期为地方官。词记春天对景,自伤宦海飘零,感慨年华易逝,往昔年少时之欢乐心情难再。

头五句,由写春景逐渐引出愁绪。"画楼",作者所居。"帘幕卷",固然为"新晴",也得以使楼外风物尽收眼底。"掩银屏,晓寒轻",写出时令特点,春渐转暖,晓寒不重,故室内已毋须屏风遮挡。"坠粉飘香"四字,更点明正当落花时节,于是由怜花惜春而感人生易老,岁月如流,愁之所生为此。"暗数"三句,交待清时、地、事,谓终年四处奔忙,无暇在西湖上一赏娉婷少女之清歌妙舞,为此生活,暗暗算来,竟已十年。下片之感喟,由此申发。

换头紧承前意过片,慨叹"年华"都付"飘零","空自"二字,能传出无奈神情。如此唯借酒浇愁,但愿长醉。"谁"字又带出下两句来。杜牧《寄扬州韩绰判官》诗有"玉人何处教吹箫"之问,此言"无处觅箫声"当用其意。大概十年前,作者在湖上曾有一段情缘,结识过一位善歌能乐的漂亮艺妓,对她十分眷恋,所谓"娉婷"、

"谁"、"箫声",或皆为伊人而发。然时过境迁,再来湖上,旧梦难寻,唯"天阔云闲"而已。况周颐云:"后段与龙洲'欲买桂花同载酒,终不似,少年游',可称异曲同工。"(《蕙风词话》)写法上确是如此,不过刘过词对江山兴叹,有家国之感,这一点,卢词中是没有的。

宴 清 都

春讯飞琼管①。风日薄,度墙啼鸟声乱。江城次第②,笙歌翠合,绮罗香暖。溶溶涧渌冰泮③。醉梦里、年华暗换。料黛眉、重锁隋堤④,芳心还动梁苑⑤。

新来雁阔云音,鸾分鉴影⑥,无计重见。啼春细雨,笼愁淡月,恁时庭院⑦。离肠未语先断。算犹有、凭高望眼。更那堪、芳草连天⑧,飞梅弄晚。

【注释】

① 琼管:指古代候验节气的器具,即灰琯。将芦苇茎中薄膜制成灰,置于十二乐律的玉管内,放在特设的室内木案上,到某一节气,相应律管内的灰就会自行飞出。见《后汉书·律历志》。 ② 次第:犹言转眼。 ③ 泮:融解。 ④ 隋堤:隋炀帝开挖通济渠,自洛阳通江都,河渠两岸堤上,种植杨柳,谓之隋堤。 ⑤ 梁苑:即梁园,又称兔园,汉梁孝王刘武所建,园在今河南商丘东。梁孝王好宾客,枚乘、司马相如等辞赋家皆曾延居园中。 ⑥ 鸾分鉴影:镜称鸾镜。南朝陈代徐德言与妻乱离中分别,各执破镜之半,后得以重逢,故有破镜重

圆成语。此言夫妻分离两地。 ⑦恁时:那时。 ⑧芳草:一本作"衰草",误,非春天景象。

【语译】

春天的讯息随着十二律玉管中的葭灰飞出。风儿轻软,日光淡薄,掠过墙头的鸟儿叫声嘈杂。江边的城市转眼间,在笙箫和歌声中换上了翠绿的新装,从穿着罗衣的脂粉队里散发出温暖的芳香。冰融化了,溶溶涧水清澈。醉梦之中,年华已暗暗更换。料想她的黛眉又对着隋堤上的柳眼而紧锁了,她的芳心也为梁苑中将绽的花朵而萌动。

新归的大雁未捎来隔着辽阔云山的音信,夫妻如破镜两分,无法重新见面。细雨滴沥,如为爱怜而流的泪水,月色惨淡,仿佛笼罩着一层哀愁,那是当时的庭院。离别的话未讲,柔肠早已寸断了。如今就算还有可凭高眺望的双眼,又怎能忍受芳草绵绵,连接天边,梅花落瓣,乱飞向晚。

【赏析】

这首词写春天到来时,因为阔别家园而思念妻子。

杜甫《小至》诗"冬至阳生春又来""吹葭六琯动飞灰"。词起句"春讯飞琼管",与杜诗意同,或解"琼管"为"一种以玉为管的乐器,平时以芦苇灰填在管内,春至则去灰演奏"(三秦出版社《宋词三百首注析》三二四页),误,其实它只是古代测验节气的仪器。风日鸟声,自然界起了变化;笙歌绮罗,人事也喜气洋洋。盎然春意,为词人寂寞思家心情作反衬。涧流解冻,春水溶溶,而词人心头的块垒却并未冰释,这从"醉梦里、年华暗换"七字中透露了出来。接着以"料"字带出对故园爱妻的思念,妙在全从对方此刻想夫心情落笔。"隋堤"、"梁苑",都只是借用,非实指其地。"黛眉"与柳叶(眉称柳叶,初生称柳眼)、"芳心"与花蕾,是二是一,巧语双关。换头"新来"三句,借雁音阔、鸾镜分正面点出词的主旨,也进一步补明上片后二句眉锁心动之所指。再四句回想离别之初,先从当时庭院环境加以渲染,细雨如啼,淡月笼愁,记忆清晰,可见印象之深,然后说到自己别时的断肠。再折回来,说眼前离情难忍。以望中景语作结,与起头写景相应。"芳草连天",绵绵思远也;笛曲有《梅花落》,多述离情,此亦写"飞梅"牵动乡思,况时已向晚,其情之不堪可知。写来极有情致。

潘 牥

潘牥(1205—1246),字庭坚,号紫岩,闽富沙(今属福建)人。理宗端平二年(1235)进士。以语直忤侍御史,调镇南军节度推官。历太学正,出通判潭州。有《紫岩集》,近人赵万里辑有《紫岩词》一卷。

南 乡 子

题南剑州妓馆①

生怕倚阑干。阁下溪声阁外山。惟有旧时山共水,依然。暮雨朝云去不还。 应是蹑飞鸾②。月下时时整佩环。月又渐低霜又下,更阑。折得梅花独自看。

【注释】

① 南剑州:今福建南平。 ② 蹑飞鸾:说妓女如驾鸾的仙女。

【语译】

我最害怕去靠在栏杆上了。这楼阁下溪水哗哗地响,楼阁外是一片青山。现在只有这山和水还跟从前一模一样,而云雨巫山似的好梦却早已逝去,再也难寻找回来了。

神女似的她该是跨飞鸾走了罢。也许她正站在月光下等待,不时地整理着身上的佩环。月儿又渐渐地低垂了,霜也下了,更鼓之声已残，长夜将尽，而她却手中仍拿着一枝攀来的梅花，独自看了又看。

【赏析】

旧地重游，从前在此眷恋过的那个女子已经不在了。因而心里十分惆怅。"神女生涯原是梦"（李商隐句），用"暮雨朝云"典故，来说跟一位妓女所结下的短暂的情缘，特别是写在用以题妓馆可泛指的词中，是十分切合的。词首句突兀，如惊涛骤至，平地起波澜；由此引出"阁下溪声阁外山"句来，把南剑州馆址所在地的奇特环境生动地描绘了出来。在这样溪壑山峦环绕的馆舍里，做一场楚襄王那样的好梦就很自然了。

"应是蹑飞鸾"，紧承"暮雨朝云"句过片，把其人视作仙女。唐宋时，以神仙比妓女或钟情女子的相当普遍，如一篇写逛妓院的传奇就名《游仙窟》。后三句即由此想象她在等待游人时的凄然孤寂神情，写得如同月下仙子一般。杜甫写王昭君的"环佩空归月下魂"句的意象被巧妙地融入其中。月低霜下，说夜久更深；独自看梅，又将花与人的风姿、命运合而为一。这就大大提高了妓女的品格。黄蓼园因而怀疑"题或误"、"非忆妓"之作（见《蓼园词选》）。其实，这是没有道理的。难道词人就不能把他所思念的妓女形象美化一番吗？

陆 叡

陆叡(生卒年不详),字景思,号云西,会稽(今浙江绍兴)人。淳祐中为沿江制置使参议,除礼部员外郎,崇政殿尚书。

瑞 鹤 仙①

湿云黏雁影。望征路愁迷,离绪难整。千金买光景②。但疏钟催晓,乱鸦啼暝。花悰暗省③。许多情、相逢梦境。便行云、都不归来,也合寄将音信。　　孤迥。盟鸾心在④,跨鹤程高,后期无准。情丝待剪。翻惹得,旧时恨。怕天教何处,参差双燕,还染残朱剩粉⑤。对菱花⑥、与说相思,看谁瘦损?

【注释】

① 瑞鹤仙:一本词牌下有题曰《梅》,与词意不合,当是误录。　② 光景:即光阴。　③ 悰:音从,心情。省:察。　④ 盟鸾:用鸾见影,悲鸣而死事。称与所爱人立誓盟。参见钱惟演《木兰花》"鸾镜"注。　⑤ "怕天教"三句:谓怕其另有所属而流落某处。参见辛弃疾《贺新郎·别茂嘉十二弟》"看燕燕,送归妾"注。　⑥ 菱花:镜子。

【语译】

湿漉漉的雨云黏着大雁的影子。我望着你远去的道路愁思迷悯,离别的心绪真难理清啊!千金难买的大好光阴,却只有稀疏的钟声催促着黎明,纷乱的鸦阵啼叫在黄昏。花儿的心情我暗暗地察审,勾起无限情思,当我们相逢在梦境。你即使化作行云不再归来,也总该为我寄来个音信。

多么孤单啊!与你盟誓相爱的心尚在,人却如神仙跨鹤飞去,高远难寻,后会的约期也杳无定准。我想要将这情丝剪断,反而惹得我心头涌起从前的憾恨。我害怕老天爷让你另有所属,你于是带着残留的脂粉,效燕燕于飞,也不知去往何方。我只有对着镜中的影子诉说相思,看看我比你谁更消瘦?

【赏析】

这是一首抒写离别相思之情的词。

起三句,由"雁影"而"征路",而"离绪",写出望远怀人的迷惘烦乱心情。首画云雁,已先为上片结意伏笔。"黏"字用得生新。虽"春宵一刻值千金",然朝朝暮暮,只在钟鸣鸦噪中度过,此感光阴之虚掷也。"花惊暗省"四字,以花拟人,暗忖好花与玉人共此命运。昔日相逢,多少情爱,如今都只能重现于梦境之中。由苦苦思念,不能相见而产生怨恨,怨其一去而音信全无。语言婉曲凄恻而暗应发端。

换头"孤迥"二字一顿,自叹处境。接说爱心虽在,征路太长,后会渺不可期。"盟鸾"、"跨鹤",一正一反,对仗精巧工稳。然后说不得已欲断情丝,以求解脱,结果倒惹来旧恨,更添苦恼。反反复复,总写无可奈何。"怕天教"三句,亦情理中必有之担忧,只是说得十分含蓄隐晦。"残朱剩粉",见玉人沦落他乡,本非其心所甘愿。末了以对镜自怜,点出"相思"、"瘦损";又以"看谁"二字,绾结双方情怀,构思细密周全。

吴文英

吴文英(1200？—1260？)，字君特，号梦窗，晚号觉翁，四明(今浙江宁波)人。本姓翁，入继吴氏。理宗绍定年间为苏州仓司幕僚，后又出入浙东安抚使吴潜和嗣荣王赵与芮之门。终生未仕，行踪不出江、浙。知音律，能自度曲，词师法周邦彦，运意深远，用笔幽深，艺术追求颇高，不免有时流于晦涩，《四库总目提要》称其为"词家之李商隐"。有《梦窗甲乙丙丁稿》四卷。

渡 江 云*

西 湖 清 明

羞红颦浅恨①，晚风未落，片绣点重茵②。旧堤分燕尾③，桂棹轻鸥，宝勒倚残云④。千丝怨碧⑤，渐路入、仙坞迷津。肠漫回，隔花时见、背面楚腰身⑥。　　逡巡⑦。题门惆怅⑧，堕履牵萦⑨。数幽期难准，还始觉、留情缘眼，宽带因春⑩。明朝事与孤烟冷，做满湖、风雨愁人。山黛暝，尘波澹绿无痕⑪。

＊ 编按：此首初刻本无。

【注释】

①"羞红"句:将花比作微微羞恼的少女。　②重茵:厚席垫,喻芳草地。　③燕尾:西湖的苏堤和白堤交叉,状如燕尾分开。　④宝勒:宝马。勒,马络头。　⑤千丝:指柳枝。　⑥"隔花"二句:苏轼《续丽人行》:"隔花临水时一见,只许腰肢背后看。"　⑦逡巡:迟疑不决。　⑧题门:指唐崔护题诗于门事。参见晏殊《清平乐》"人面"句注。又魏吕安访嵇康不遇,有题门事,见《世说新语》。此取不遇意。　⑨堕履:本张良于圯上遇黄石公堕履事,见《史记·留侯世家》。此取属意眷顾意。　⑩宽带因春:人瘦衣带渐宽乃因相思。　⑪澹:水波动摇貌。

【语译】

花朵像羞红脸的姑娘微微有些恼恨,不待晚风吹来,已有片片落瓣点缀在绿茵似的草地上。旧时曾游的苏堤、白堤,好像燕子的尾翼在湖上分开,桂木为桨的画船与轻盈的鸥鸟一同漂浮在水面,岸上的骏马倚傍着天际残留的彩云。千万缕垂杨的绿丝仿佛含着怨情,渐渐地道路将我引入令人迷醉的仙境。心里不必难受,隔着花丛,时时还可窥见美人纤细腰肢的背影。

徘徊不宁。遇不到她时,我心中惆怅;蒙她眷顾后,又魂牵梦萦。算算以后的幽会佳期,却总也没有定准。我才开始感到,坠入情网,就为长了双眼,衣带渐宽,都因动了春心。到明天事情就会像孤寂的烟雾一样寒冷,我将成为满湖风雨中的愁人。青山暮霭沉沉,摇荡着的绿色烟波上无迹无痕。

【赏析】

夏承焘师在为杨铁夫《吴梦窗词笺释》作序中说："宋词以梦窗为最难治。其才秀人微,行事不彰,一也;隐辞幽思,陈喻多歧,二也。"有关吴文英生平事迹的文字资料很少,使后代研究梦窗词者不得不从其作品的片言只语中钩沉其本事。据夏师在《吴梦窗系年》及《梦窗词集后笺》中的考证,可以推断他一生在感情方面曾经有过两次伤心的经历:一为苏州爱妾之去,一为杭州所欢之殁。大略言之,吴氏词集中怀人之作,凡时在秋季,如七夕、中秋、悲秋词,地点涉及苏州者,大概皆为怀念苏州爱妾所作;凡清明、伤春词,地点涉及杭州者,则大抵为追念或伤悼杭州女子之作。本篇所述的时与地属后者,但从词题看,应为咏西湖时节之作;从所述内容看,又当写在与该女子结欢情之后不久,其时,虽"数幽期难准",然佳人理当尚在人世。总之,词是通过记叙清明前后在游览西湖过程中的那次艳遇和别后的相思愁绪来完成主题的。

起六句就题写景。以花拟人,与下文述风情事有关,然只在有意无意之间。风未至而花脱瓣,芳草已如重茵,乃为时令作画。"堤分燕尾"三句,更结合西湖特点描绘,"桂棹"伴"轻鸥","宝勒倚残云",见其时无论水陆,皆游客如云。堤岸垂杨,碧丝千缕,用一"怨"字,将柳枝之依依柔弱、可折以赠别,以及行人之感触,都包容在内,并由这条绿荫深邃之路,逐渐将人引入温柔之乡。"仙坞迷津"四字,比喻得好,此是极乐又极险之去处,贾宝玉梦游太虚幻境曾经历过,只是吴文英比他早上五六百年。"肠漫回"三句,将事情点明，所记是初次遇见的情景；既"隔花"又"背面"，所以恨不得能立刻相亲相近；化用苏诗，颇有谐趣，叙来有自嘲的味道。

下片即表现自己对那位女子的感情纠葛。"逡巡"、"惆怅"、"牵萦"，分别写坠入情网者在不同境遇下的三种不同心态，颇有代表性。然后突出爱情障碍，愿望急切而难以兑现——"数幽期难准"。"还始觉"二句，便是为此而付出的代价；"留情缘眼，宽带因春"，言语之中，充满了自怨自嗟。这里的"春"字，非指季节，而是指情感，乃萌发春心之意；但字面上仍切紧"清明"之题。"明朝"二句，清醒而悲观地预料这段情缘今后必然的结局。一"冷"一"愁"见意。寒食清明前后，本多风雨，正好借景说情，用以想象那时的处境和心情。结句回到眼前，以暝色渲染愁绪，将放翁"月昏天有晕，风软水无痕"(《春夜》)的写景诗句与东坡"事如春梦了无痕"诗意融合起来，韵味悠长。

夜 合 花[*]

自鹤江入京，泊葑门有感^①

柳暝河桥，莺清台苑^②，短策频惹春香^③。当时夜泊，温柔便入深乡^④。词韵窄，酒杯长，剪蜡花、壶箭催忙^⑤。共追游处，凌波翠陌，连棹横塘^⑥。　　十年一梦

---

* 编按：此首初刻本无。

凄凉⑦,似西湖燕去,吴馆巢荒。重来万感,依前唤酒银罂⑧。溪雨急,岸花狂,趁残鸦、飞过苍茫。故人楼上,凭谁指与,芳草斜阳?

【注释】

① 鹤江:即白鹤溪,在苏州西。莽门:一作封门,春秋时为吴国都城东门,在今苏州东南角。京,指杭州。 ② 台苑:指姑苏台的苑囿。 ③ 策:马鞭。 ④ 温柔乡:汉成帝初幸赵合德,因她肌体极柔,称之为"温柔乡"。见《飞燕外传》。 ⑤ 壶箭:古代以铜壶盛水滴漏计时,壶中立箭标识时刻。 ⑥ 凌波:形容女子步履之轻盈,出曹植《洛神赋》。横塘,在苏州城西南。 ⑦ 十年一梦:杜牧《遣怀》诗:"十年一觉扬州梦,赢得青楼薄倖名。" ⑧ 罂:小口大腹的盛酒器。

【语译】

船停在杨柳掩映的河桥下时,天色已晚,姑苏台园林莺啼婉转。信马游去,鞭梢不时沾惹上春花的芳香。想当时,在这里泊船过夜,我便享受到那温柔乡中消魂的欢乐。吟诗填词,哪怕韵窄;对饮劝酒,不辞杯深。蜡花频剪,壶箭紧催,忙乱中度过了一夜。追忆我们一起游玩过的地方,青青的郊野上曾留下她轻盈的足迹,宽宽的横塘水中我们也曾一起泛舟荡桨。

十年过去了,往事如同一场美丽的幻梦,醒来时只剩下一片凄凉。就像西子湖畔的燕子随春归去,吴娃馆中的旧巢空寂荒芜。旧地重来,万千感慨涌上心头,我还像从前那样地大杯唤酒,以求一醉。溪声似雨,湍急地奔流着,激起岸边浪花,犹如发狂,随着几只归鸦,在一片苍茫暮色中飞过。想故人此刻在高楼上凭栏远眺,又是何人正为她指点着天边的芳草斜阳?

【赏析】

词为晚年重过苏州,追忆与苏州去姬的一段情缘而作。

上片由泊舟葑门,追叙往昔欢游情景,笔调纡缓,情味深长。首三句写骀荡春景,声、色、香俱出,宛如一幅妙手天成的游春画卷。接下点"泊"字,回溯"当时"情景。"词韵窄",见其才高;"酒杯长",见其兴浓;剪烛闻漏,觉春夜之匆匆也。"共追游处"三句,把视角由过去暗中变换到现在,为下文展开作了过渡。

下片抒写重来旧地的复杂情感。景随情移,音节也较上片紧促急迫得多。"十年一梦"虽实叙,或也顺便巧用了杜牧诗意。苏姬之去,可能使作者赢得薄倖之诮,也是难说的。大概事非得已,所以自己的心境是"凄凉"的,何况在苏杭都有类似的遭遇,"似西湖燕去,吴馆巢荒",连及杭州的爱情悲戏也一并牵扯在内。这样就只有举杯以浇愁闷了。虽"唤酒银罂"之事"依前",与过去无异,但"重来万感",心情却大不一样。故以下借景以写狂乱苍茫心绪,"溪雨"、"岸花",当喻指滩声浪花,否则与发端曰"晴"、结有"斜阳"牴牾。末了三句又笔落天外,将视角转到拟想中的"故人"身上。想当年两情欢好,词人必曾与伊登楼远望,为伊指点着天边的芳草斜阳,如今暌隔天涯,想必又有新人扮演着同样的故事,伊人可曾想起当初的情景,又怎知昔日凭栏共眺的我,正是今日芳草斜阳中的断肠游子呢?平淡写来,感慨遥深。

霜叶飞

重 九

断烟离绪。关心事,斜阳红隐霜树。半壶秋水荐黄花①,香嗖西风雨②。纵玉勒③、轻飞迅羽,凄凉谁吊荒台古④?记醉踏南屏⑤,彩扇咽寒蝉,倦梦不知蛮素⑥。

聊对旧节传杯,尘笺蠹管,断阕经岁慵赋。小蟾斜影转东篱⑦,夜冷残蛩语。早白发、缘愁万缕⑧。惊飙从卷乌纱去⑨。漫细将、茱萸看,但约明年,翠微高处⑩。

【注释】

① 荐:祭献。苏轼《书林逋诗后》诗:"一盏寒泉荐秋菊。" ② 嗖:喷。 ③ 纵:纵有;非放纵。玉勒:马衔头,指代马。 ④ 荒台:《南齐书·礼上》:"宋武为宋公,在彭城,(九月)九日出项羽戏马台,至今相承。" ⑤ 南屏:杭州山名。《清一统志》:"在钱塘县西南三里,峰峦耸秀,环立若屏。"西湖十景有"南屏晚钟"。 ⑥ 蛮素:白居易善歌舞的姬妾侍女小蛮、樊素。参见苏轼《青玉案》"小蛮"注。 ⑦ 小蟾:指上弦弯月。 ⑧ 白发、缘愁:李白《秋浦歌》:"白发三千丈,缘愁似个长。" ⑨ "惊飙"句:用孟嘉重阳登龙山,风吹帽落事。参见刘克庄《贺新郎·九日》注。 ⑩ "漫细将"数句:旧俗谓重阳佩茱萸可去邪辟恶。杜甫《九日蓝田崔氏庄》诗:"明年此会知谁健,醉把茱萸仔细看。"

吴文英　霜叶飞

【语译】

离别的思绪似轻烟飘忽不定。触动我的心事了,当夕阳的余晖隐没在被霜染红的树林间。将数枝菊花插在半壶清凉的秋水中,阵阵香气还带着西风雨喷洒出来。纵然有骏马能像轻疾的鸟儿一样飞越,景象如此凄凉,还有谁会登高来这荒台上吊古呢?记得当年醉游南屏山的情景,她手执彩扇清歌,那哀怨的歌喉与寒蝉的悲啼共鸣,而我却酣醉倦梦,几乎忘却了还有为我歌舞的姬人在旁。

对旧时曾历,今又到来的重阳节,我姑且举起酒杯,只是笺纸已蒙灰,笔杆被虫蛀,翻检昔日词稿,忽忽经岁,未能成篇,如今仍懒得将它续完。不觉已弦月斜照,移向东篱,长夜寒冷,秋虫低语。我头上早已是斑斑白发了,那只是因为愁绪太多的缘故。疾风来时,就由它将我的纱帽卷走罢!何必拿着茱萸花仔细看了又看,只要相约明年此日,我们在山峦苍翠的高处再见好了。

【赏析】

重阳佳节,登高望远,历来是羁旅游子宣泄离愁别恨的好题目。然而此时的吴文英已是白发苍颜的老人,无复少年纵酒欢歌的心力与豪情,又兼漂泊日久,沧桑饱阅,感情色彩逐渐由浓烈而归于平淡。所以对此佳节,但觉往事如烟,前尘若梦,抚今追昔,唯增孤寂悲凉而已。全篇所抒写的就是这样一种感兴无端、惝恍凄迷的心绪。

首句四字,有景有情,先定下全篇感物伤情的基调。"关心事"三字,则进一步沟通情与景。数句中许多景物,一一都紧扣时令。"斜阳"、"霜树",同是"红"色,"隐"字便耐人寻味。室中供菊,用"荐"字,犹言青梅荐酒,其珍重之情在焉。花香喷溢,接"西风雨"三字以暗示菊,则插壶之黄花亦似尚生长于园圃之中,可想见其迎风冒雨之姿。然后写登高,叙来语言婉曲;词说,纵有轻骑疾如飞鸟,不惧山高路阻,无奈景物凄凉如此,游客之中又有谁有兴致会来此吊古呢?写出独自登台,四顾茫茫之感。回忆前时游南屏山,情况与此日完全不同,当时乘醉听歌,怡然倦梦,迷糊中,唯闻一曲与寒蝉相杂,渐渐连身边之侍姬也都忘却,而今回想起来,往事亦同幻梦矣。

吴文英好用替字,已见"西风雨"代菊,"玉勒"代马,"彩扇"代歌,"蛮素"代歌女侍妾,下文之"小蟾"代弦月,都是。如"彩扇咽寒蝉"句,将视觉印象重叠于听觉感应之上,实由人们常以"舞裙歌扇"对举演化而来;歌声引起与"寒蝉"共"咽"的联想,扇影又映照出赏曲词人酒酣神倦时的朦胧醉眼,而执扇之歌女,使下文之"不知蛮素"有所着落。用一个词生发出形、声、色多种喻指,将多重意象糅合在一起,是吴文英词最显著的特色之一。句近拗晦,或其短处,然从中也体现出词人敏异于常人的艺术直觉和精于研炼的语言技巧。在这一点上,他与李商隐颇为相似。《四库提要》评梦窗词云:"词家之有文英,如诗家之有李商隐也。"就是就二人同精于研炼词句这一点而言的。不过,吴梦窗无玉溪生的飘逸神韵,这也是毋庸讳言的。

换头数句,由虚而实,转折顿挫。自"小蟾"句以下,处处与上阕照应。时间,由黄昏而入深夜;同词,则"东篱"对应"南屏",又借出处("采菊东篱下")暗点"黄花","残蛩""呼应""寒蝉";句式,则"早白发"两句与"纵玉勒"两句同呈波折;布局,则上阕结以对往昔的追忆,下阕即转为对未来的希冀。字面上环环相应,丝丝入扣,而内涵却步步着实,层层拓进。自从南宋张炎讥评"梦窗如七宝楼台,眩人眼目,拆碎下来,不成片断"(《词源》)以来,不少人随声附和,殊不知吴文英的"七宝楼台"在"眩人眼目"的外表背后,实在有非常繁复谨密的关榫构合,不是轻易可拆成片断的。结尾两句化用杜诗,又入虚境,以转为收,一气呵成。

宴 清 都

连 理 海 棠

绣幄鸳鸯柱①,红情密②,腻云低护秦树③。芳根兼倚④,花梢钿合⑤,锦屏人妒。东风睡足交枝⑥,正梦枕、瑶钗燕股⑦。障滟蜡、满照欢丛⑧,嫠蟾冷落羞度⑨。　　人间万感幽单,华清惯浴⑩,春盎风露。连鬟并暖,同心共结,向承恩处⑪。凭谁为歌《长恨》⑫?暗殿锁、秋灯夜语。叙旧期、不负春盟,红朝翠暮。

【注释】

①绣幄:刺绣的帷幕,喻海棠花叶。鸳鸯柱:喻连理的枝干。 ②红情:指花;"红情绿意"为形容花叶之惯用语。唐赵彦昭《奉和圣制立春日》诗:"花随红意发,叶就绿情新。" ③秦树:指海棠。杨铁夫笺引《阅耕录》:"秦中有双株海棠,高数十丈,翛然在众花之上。" ④兼倚:并倚;一说"兼"通"鹣",比翼鸟;谓如鹣之倚。 ⑤钿合:金花为饰之盒,有上下两扇,可相合,故称钿合。 ⑥睡足:《明皇杂录》:玄宗登沈香亭,召杨妃,杨妃酒醉未醒,侍儿扶至,玄宗笑曰:"岂是妃子醉耶,海棠睡未足也。"苏轼《定惠院之东海棠》诗:"日暖风轻春睡足。" ⑦瑶钗燕股:喻海棠交枝;玉钗分双股如燕尾。 ⑧障滟蜡:谓手遮蜡烛以防风。欢丛:指连理海棠。苏轼《海棠》诗:"只恐夜深花睡去,故烧高烛照红妆。" ⑨嫠蟾:孤独的嫦娥。嫠,寡妇;嫦娥失夫,故谓。蟾,指月中蟾蜍。《后汉书·天文志》刘昭注:"姮娥遂托身于月,是为蟾蜍。" ⑩华清:华清池,在陕西临潼南骊山西北麓,杨贵妃曾浴于此。 ⑪"连鬓"三句:用唐玄宗宠幸杨妃事。 ⑫《长恨》:白居易《长恨歌》,叙唐玄宗与杨贵妃的爱情悲剧故事。

【语译】

远看那连理的海棠树,好像鸳鸯双柱支撑起一片锦绣帷幕,鲜红的花朵饱含深情,密密地绽放在枝头,惹得天上的湿云也低垂下来,轻轻地呵护在这高大的海棠树旁。那树的根部如比翼鸟似的相倚相并,花枝像金钿盒有两扇,能彼此密合,这真教独守空闺的人儿妒羡不已。东风轻拂,枝柯交并的海棠已经睡熟了罢,这头戴燕尾式双股玉钗的美人想必正倚在枕上做好梦。手遮油汪汪的红蜡烛来到树旁,遍照连理的花丛细细观赏,那海棠的娇艳使月宫里冷落孤单的嫦娥也羞惭得避了开去。

人世间千万人都感伤寂寞孤单,只有常被赐浴华清池的杨贵妃,像这风露中的海棠花,春意盎然。他们同衾共枕,一起度过温暖的春宵,心心相印,绾就了同心结,在她接受皇帝恩泽的时候。是谁作长歌写此绵绵不绝的憾恨呢?当西宫的殿门暗锁时,在秋夜的孤灯下,伤心人还在低语。他追叙着旧日的期约,但愿永不辜负春天的誓盟,能朝朝暮暮,倚红偎翠,像连理的海棠那样。

【赏析】

上片从连理海棠的形态入手。"绣幄"写花叶之繁盛如锦绣之帷幄,"鸳鸯柱"写连理之枝干如支撑"绣幄"的双柱。"红情密",喻指花之多情,而又有同样多情的春云相护以作衬托。接下三句句式排偶,既以秾丽之笔再对所咏之物加以勾勒描绘,而物双人只,又以人之妒羡反衬花之盛美。"东风"二句引出太真醉卧故事,为下片专咏李、杨情事留下伏笔;而其后三句则以红烛高照之花丛与冷落羞度之孤月对比,为下片由乐及哀作了感情的过渡。换头一笔领起,直抒胸臆,所谓"空际转身"、"掷笔天外",是吴文英词惯用的手法。以下正面述李、杨事,既有赐浴华清池的宠幸,也有"连鬟并暖,同心共结"的深情,择字用语,处处着眼成双成对以切"连理"。而"暗殿"、"秋灯",又暗示了二人爱情的悲剧结局。结尾三句归结到所咏之物上,以花的连理幸福为喻,道出人的美好愿望,用十分耐人寻味的巧妙含蓄的笔调收束全篇。

全篇意在咏物而非怀古。然而作者利用花之连理形态和"海棠睡未足"这一典故,将历史上李隆基与杨玉环的爱情悲剧跟所咏之物紧紧绾合一起,大量运用了《长恨歌》诗句的意象。上片写花,暗含李、杨情事,下片写事,又处处关合海棠。海棠花的婀娜艳妍,固然是美人娇慵柔媚的写照,而连理枝的根连枝合,双株互倚,又正可用来表现如胶似漆、生死不渝的情爱。作者正是扣住这两点层层渲染,步步推进,直至最后将李、杨二人的生死盟誓与连理海棠的红朝翠暮、永不分离融合在一起,直将海棠当作李、杨化身,仿佛他们的爱情世世代代寄托于海棠的连理枝头。全篇隽字艳词,浓墨重彩,极尽雕缋华丽之能事,然自有灵气运行于语意脉络之间,承合转折,灵活自如,使人但觉秾艳富丽之美,却无堆砌浮滑之弊,确是吴文英笔力饱满的上乘之作,故彊村老人盛赞此词曰:"濡染大笔何淋漓!"

齐 天 乐

烟波桃叶西陵路①,十年断魂潮尾。古柳重攀,轻鸥聚别,陈迹危亭独倚。凉飔乍起②,渺烟碛飞帆,暮山横翠。但有江花,共临秋镜照憔悴。　　华堂烛暗送客,眼波回盼处,芳艳流水。素骨凝冰③,柔葱蘸雪④,犹忆分瓜深意⑤。清尊未洗,梦不湿行云⑥,漫沾残泪。可惜秋宵,乱蛩疏雨里。

【注释】

① 桃叶:东晋王献之爱妾名,参见辛弃疾《祝英台近》"桃叶渡"注。西陵:杭州西湖之西泠和隔钱塘江的西兴(今属萧山市)皆别名西陵,此借指钱塘江分别的渡口。 ② 飔:凉风。 ③ 素骨凝冰:形容其人洁白莹润如冰肌玉骨。 ④ 柔葱蘸雪:形容其人手指纤细白皙。方干《采莲》诗:"指剥春葱腕似雪。" ⑤ 分瓜:也即"破瓜",六朝俗体。"瓜"字分拆开来,像两个"八"字,以隐女子"二八年华"(十六岁);又俗有以女子破身为破瓜者,见《通俗编》。唐段成式《戏高侍郎》诗:"犹怜最小分瓜日,奈许迎春得藕(谐"偶")时。" ⑥ 湿行云:参见晏幾道《木兰花》"朝云"注。苏轼诗:"仙山灵雨湿行云。"又词中有"梦行云"调。

【语译】

钱塘江,这条昔时分别的水路,依然是烟波微茫。十年来,随着江潮上涨又退去,我心中有着无尽的忧伤。我终于又重来攀折这岸边的古柳了,还见那阔别已久的沙鸥,往日的遗迹,一一呈现在眼前,当我独自在高高的江亭上凭栏眺望的时候。凉风乍起,看不清烟云笼罩的沙洲和驶向远方的帆影,暮色中的青山一片苍翠。只有江边的花草伴随着我憔悴的身影,映照在这平滑如镜的秋水中。

当年你在华丽的厅堂里、昏暗的烛光下送我的时候,回眸顾盼,多情的目光如春天里散发着艳丽芳香的流水。你臂腕像冰雕一样光滑莹润,纤指柔软如葱、洁白如雪,亲手为我剖瓜,我至今还在回想这"分瓜"所含的深意。残酒留在杯子中尚未清洗,睡梦中你已不再化作巫山神女前来行云作雨了,却徒然让我以相思泪痕把枕头沾湿。可惜啊！如此漫长的秋夜，我只能独自愁听蟋蟀在雨声滴沥中不断地悲鸣。

【赏析】

本篇当是词人重回杭州时追念杭州亡妾之作，与《莺啼序》等篇是同一时期的作品。

上片写旧地重游，寓情于景。由离别相思叙起。"桃叶"是虚，说对方身份，又寓彼此分离；"西陵路"是实，交待清送别地点，也暗点当初相遇定情处，如古词所谓"何处结同心，西陵松柏下"是也。"十年"，举其成数。心潮逐江潮，写出钱塘特色。接下来叙重来故地，物是人非。"古柳重攀"，古时有折柳送行人之风俗。"轻鸥聚别"，喻人生聚散无常。江边杨柳犹在，天涯游子终回，而当年送别之人已杳不可闻，唯余"陈迹"而已。"凉飔"句以下，全以秋色为烘染。"渺烟碛飞帆"，寓逝者难追；"暮山横翠"，又若愁眉不展（词有"水是眼波横，山是眉峰聚"句）。歇拍以"江花"衬人，令人想起杜甫《哀江头》诗句来："清渭东流剑阁深，去住彼此无消息。人生有情泪沾臆，江水江花岂终极！"着力写悲观之情，收束上片。

换头先追叙当日所留的难忘印象，尽情摹写女子的娇美。写眼波传情，自不待言；写纤手，也为写分瓜；瓜果待客，本属常事，借此而说"忆分瓜深意"，则又从"分瓜"的字面词义着眼，其"深意"除注释中所述外，尚可暗寓情侣的离别，"瓜剖豆分"之喻，鲍照的《芜城赋》中曾用过。"清尊未洗"，折回到眼前，说心头结郁难消，几乎不能片刻离酒。"梦不湿行云,漫沾残泪",用楚襄王梦会巫山神女事,"朝为行云,暮为行雨","行云"曰"不湿",暗含"行雨"在内。夜来无梦,至晓则空留泪痕。结尾仍归入秋景,而与上两句意脉相承:"乱蛩疏雨",正是无梦之因;秋夜难眠,亦所以"漫沾残泪"也。

陈廷焯评云:"伤今感昔,凭眺流连,此种词真入白石之室矣。一片感喟,情深语至。"(《白雨斋词话》)本篇是否真与姜夔"清空骚雅"的词风相近姑且不论,仅就词本身而言,以秋日登临起,以秋夜无梦终,今昔辗转,情景共生,清词丽句,淋漓满纸,确实是一篇难得的佳作。

花　犯

郭希道送水仙,索赋①

小娉婷,清铅素靥②,蜂黄暗偷晕③。翠翘攲鬓④。昨夜冷中庭,月下相认。睡浓更苦凄风紧。惊回心未稳。送晓色、一壶葱茜⑤,才知花梦准。　　湘娥化作此幽芳,凌波路,古岸云沙遗恨。临砌影,寒香乱、冻梅藏韵。熏炉畔、旋移傍枕,还又见、玉人垂绀鬒⑥。料唤赏、清华池馆⑦,台杯须满引⑧。

【注释】

① 郭希道:作者友人,从梦窗词中,知多有往来,生平不详。　② 铅:铅

粉,妇女搽脸的化妆品。靥:面颊上的酒涡。 ③ 蜂黄:妇女用以化妆的黄颜料;六朝妇女多以蜂黄涂额为饰。 ④ 翠翘:翠鸟的尾羽,妇女的头饰。敧,斜倚。 ⑤ 葱茜:青翠茂盛。 ⑥ 绀鬒:美发。天青色为绀;发黑而浓曰鬒。 ⑦ 清华池馆:郭希道所居。朱孝臧《梦窗词小笺》:"清华疑即希道。"梦窗集中有《婆罗门引·郭清华席上》、《绛都春·为郭清华内子寿》、《绛都春·往来清华池馆六年》、《喜迁莺·过希道家看牡丹》、《花心动·郭清华新轩》、《声声慢·饮郭园》诸作。 ⑧ 台杯:大小相套的一套杯子叫台杯。杨铁夫笺引《山堂肆考》:"世以水仙为金盏银台。"

【语译】

水仙的精灵像娇小婀娜的少女,雪白的脸只敷粉,不施胭脂,却偷偷地在额头抹上一晕黄色。鬓发边还斜插着翠鸟尾巴上的长羽毛。昨夜,庭院中十分寒冷,我在月光下与她相识。那时,我睡得正香,又苦于寒风凄紧。猛然我从梦中惊醒,心头久久不能平静。当您送来这曙光中的美色,一盆碧绿的水仙花时,我才知道夜间的花梦并非空穴来风,预兆是多么准确啊!

这幽独的花定是湘水女神变化而成的,她踩着轻盈的凌波步履,在这古岸云沙路上留下了千年的遗恨。她的身影出现在阶台间,那寒冷酝酿成的香气又与冰雪中梅花所藏的风韵难分。我将她置于熏炉旁,随即又移至枕畔与我相伴,这使我又能一眼看到绝色佳人垂下的青丝般的秀发。我想您在府上池馆中请人前来观赏时,一定是把大大小小的杯子全都斟满了美酒的罢。

吴文英 花犯

【赏析】

友人送给作者一盆水仙,条件是即此赋词一首,算是"命题作文"罢。所以,本篇既是一首咏物词,又是应酬之作,作者在词中将这两者照应得恰到好处。

落笔未写友人馈赠,先写花之芳姿。将花比作一位娇小的"娉婷"少女;然所写之花又非实景,乃梦中之幻象,因而不妨视作前来入梦之花魂,水仙之精灵,而所写乃一场"花梦",又要读到下文才知道,构思极为巧妙。"清铅素靥",写花瓣,"铅"一本作"香";"蜂黄暗偷晕",写花蕊;"翠翘欹鬓",写花叶;摹态传神。然后述与花相见,方知从"中庭""月下"认而知之,写来如赵师雄罗浮梦中月下遇梅仙;而"冷"字又令人产生幽独佳人"天寒翠袖薄"的联想。"睡浓"、"惊回",说出以上所见只不过是梦境,而梦醒又因为"昨夜冷""凄风紧"。"心未稳",是说回想适才梦中艳遇,不知究为何兆,心中正疑惑不定。如此勾出送花事来以应验"花梦",则意外得友人所送礼物之惊喜,自在不言之中。

过片因"花梦准"而想到花既有灵,必是神仙所化;又因花名"水仙"而指其为"湘娥"。上片既写过水仙之形态,下片则从其本生长于水边,今移来室内落笔。"凌波路"、"古岸云沙",即关合湘娥与水仙二者。望帝有遗恨而托为杜鹃,湘娥有遗恨则化作水仙,此又申述了上句之缘由。咏物而不沾滞于物,"清空"而不"质实",是南宋后期姜夔、王沂孙等人咏物词的主要特色,以"质实丽密"见长的吴文英,却于此深得白石之妙。由远及近,以"临砌影"十字过渡,谓水仙之香气足可"乱"梅。然水仙之香清淡而梅花之香浓烈,故说梅时又借"冻"为由而曰"藏"。以花比花,目标还在于赞美水仙品格之高洁。接下来便写将花搬来室内,先置于炉畔,立即又移至枕边,处处回应夜冷风寒,竭力表现自己对水仙之珍重爱惜。"玉人垂绀鬓",再一次以花拟人,将灯前的水仙花叶比喻佳人下垂的青青秀发。花是友人郭希道所送,后阕若不再提,便缺照应,意不周全;若再说送花,又与前阕重复,此是难题。然梦窗能举重若轻,用一"料"字,将词意轻轻推向友人居处作结,想象彼在"池馆""唤赏"时,一杯一杯满引大白之愉悦情景,则平时二人交往之密切、旨趣之相投,以及此日因送花而深表感谢的心情,尽在其中了。全词结构缜密,语言隽丽,难得应酬之作,写得如此清新可喜。

浣 溪 沙

门隔花深旧梦游①,夕阳无语燕归愁,玉纤香动小帘钩②。　　落絮无声春堕泪,行云有影月含羞,东风临夜冷于秋。

【注释】

① 旧梦游:一作"梦旧游",词意不同,详见"赏析"。　② 玉纤:女子的手。

【语译】

我终于回到了这无数次梦魂萦绕的地方,然而繁花掩映的庭

吴文英　浣溪沙

院已被一道无情的大门所阻隔。夕阳默默无语地照耀着,归巢的燕子也像满含愁怨。晚风中似乎还可嗅到她纤指搴动帘钩时散发的馨香。

无声无息的柳絮纷纷飘坠,好像春天在落泪;夜空浮动的云影遮住了月光,仿佛月儿也害羞,这夜晚吹来的东风呵,怎么教人感到比秋天还要凄冷?

【赏析】

清《四库全书总目提要》称"词家之有文英,如诗家之有李商隐"(《梦窗词提要》)。将吴文英与李商隐并举,不仅在于他们皆以词藻富丽、笔意幽邃为工,更在于其诗其词往往皆由一己之感兴生发,着意表现一种特定时刻的特有感受;时过境迁,本事隐曲,则后人难以辨其端倪。这首小词用字并不隐晦,却写得"游思飘渺,缠绵往复"(陈洵《海绡说词》),意境朦胧幽曲,费人猜详。

首句即引起歧义。彊村老人选编此本,首句如我们所引,而别本后三字多作"梦旧游",语序的出入导致对词意两种完全不同的理解。"门隔花深梦旧游",意思较为显豁,故后代评解此词者多从别本,将全篇解作"感梦怀人"之作,谓首点"梦"字,接两句写梦中所见。这样解说当然也于理可通,但不太像是梦窗词风格,倒仿佛是晏、欧的作品。因为吴文英擅长的是将片断的意象组合在一起,在时空的跳跃切换中体现意脉的灵动,而不是舒缓自然、近乎白描的手法。彊村老人潜心词学数十年,于《梦窗词》用力尤深,反复笺校达四次之多,所定必为有据,故本书仍从原本作"旧梦游"。

所谓"旧梦游",是指此地过去曾流连盘桓过一段时间,离开后心系魂牵,多次于梦中回到这里。如今真的回来了,却是"门隔花深",咫尺天涯,仍不得与所思之人相见。陈洵《海绡说词》称"此篇全从张子澄'别梦依依到谢家'一诗化出",其实,张泌诗是写梦回故地,此则写人已回到梦魂屡归之旧地,却不得其门而入,意境上更深一层,倒与"人面桃花"诗意有些近似。故下接"夕阳""归燕"以写怅然失落的感受。"无语"者,谓夕阳无一语相慰也。归燕怕也找不到旧巢了罢,要不,何以也如我之含"愁"呢?楼高珠帘或远望可见(杜诗有"落日在帘钩"句),则昔日佳人亲手卷帘垂帘之情景仿佛在目,而空气中似乎尚能闻到其纤纤玉手的芳香。此又拟想于虚处,与其《风入松》词"黄蜂频扑秋千索,有当时纤手香凝"同一蹊径。陈洵评云:"梦字点出所见,惟夕阳、归燕,玉纤香动,则可闻而不可见矣。是真是幻,传神阿堵,门隔花深故也。"(《海绡说词》)所言甚是。

下片写失落之后的内心感受,程度上比上片更进一步。"落絮"二句,是历来为人称道的名句。絮落时,春将尽,以春拟人,故曰"堕泪";杨花比泪,东坡词已有。此又借春说人,"无声"二字,非为状物,实因写情而设,有无此二字,情绪色彩全然不同。云影遮月,如伊人之"含羞"掩面,而"行云"二字,又语涉双关,追念之情,不难想象。后一句在时间上又自然从傍晚过渡到夜。总之,这两句的好处在于将人的主观情感赋予客观景物,使"万物皆着我之色彩"(王国维语),使情与景在多层次、多维度上达到水乳交融的境地,从而自然地引出"东风临夜冷于秋"的结句。陈廷焯云:"《浣溪沙》结句贵情余言外,含蓄不尽。如吴梦窗之'东风临夜冷于秋',贺方回之'行云可是渡江难',皆耐人玩味。"(《白雨斋词话》)其实,这一句意象并非吴文英专利,隋薛道衡早有"月冷疑秋夜"(《奉和月夜听军乐应诏》)的诗句;唐韩偓《惜春》诗也说"节过清明月似秋",梦窗词或由此二诗化出。但我们读薛、韩诗,只感到诗思新巧,而读此词,则仿佛感到有一股悲凉之气袭人而来。这正是吴文英在艺术表现上的成功之处。

浣 溪 沙

波面铜花冷不收①,玉人垂钓理纤钩②,月明池阁夜来秋。　　江燕话归成晓别,水花红减似春休,西风梧井叶先愁③。

【注释】

① 铜花:铜镜,喻水波清澈。　② 纤钩:喻弯月的倒影。黄庭坚《浣溪沙》:"惊鱼错认月沉钩。"　③ 梧井:即井梧。

【语译】

池水像一面铜镜闪烁,被人遗忘在这清冷的夜晚;纤月倒影,仿佛美丽的仙女在垂钓,向水中投下了一弯鱼钩。空明的月光笼罩着池边的楼阁,夜风已送来阵阵秋天的凉意。

即将南飞的江燕呢喃软语,使我回想起在晓色中与你依依话别的情景;水面的红莲逐渐稀少,似乎又回到芳菲消歇的暮春时节。飒飒西风吹过,井畔梧桐树的叶子最先感到忧愁了。

【赏析】

这是一首秋夜怀人的小词。全篇句句是景,只极简省地用几个字暗示其中所包含的情事,写得空灵蕴蓄,朦胧幽邃。

铜镜,又称菱花,因为它映照日月时,反射的光影如菱花。以"铜花"为喻,令人想见平静的池水在月下波光粼粼的景象。"不收"二字,从镜喻上来,所谓无人管;前面再着一"冷"字,已写出秋夜一片空寂。第二句比喻,所喻由第三句唤醒,即陈洵称之为"倒影",他解释道:"'玉人垂钓理纤钩'是下句倒影,非谓真有一玉人垂钓也。'纤钩'是月,'玉人'言风景之佳耳。"(《海绡说词》)如此设喻,是月色空明而奇幻。"月明"句由虚而实,点出"秋"字。

下片只借"江燕"句轻轻点一下人的"别"离,此外不再有言情事的话了。燕归成双,明年得以重来;人别孤单,后会难以预料,此又是反衬。"水花",照应前"波面"、"池阁",当指生长水中菱荷之类的花。秋来花落红减,恰似春尽。又词中之"春"与"秋",也非仅仅为季节而设,它也是不同处境和心情的象征。言秋,则孤寂、凄凉、哀愁隐含其中;说春,又代表着青春、年少、欢乐的时光。所以说"似春休",又同时是对美好事物难以永驻的慨叹。末句意象萧飒。俗语谓"一叶落而知天下秋",井梧是最禁不起西风吹拂的,桐叶飘落有声,恰似人们悲秋的哀叹,故曰"先愁"。写梧桐也正为写自己。词能做到情景合一,交融无间。

点　绛　唇

试灯夜初晴①

　　卷尽愁云,素娥临夜新梳洗②。暗尘不起③,酥润凌波地④。　　辇路重来⑤,仿佛灯前事。情如水,小楼熏被,春梦笙歌里。

【注释】

　　① 试灯夜:元宵节的前一夜,按例预赏新灯,故称试灯。　② 素娥:嫦娥的别称,指月。　③ 暗尘:唐苏味道《正月十五日夜》诗:"暗尘随马去,明月逐人来。"　④ 酥润:被小雨微微润湿。韩愈《早春呈张十八员外》诗:"天街小雨润如酥。"　⑤ 辇路:皇帝车驾经行的路。

【语译】

　　阴云散尽,皓月当空,仿佛美丽的嫦娥到夜晚又重新梳洗打扮了一番。赏灯的妇女们轻盈步履往来的路上,经小雨润湿,不起一点灰尘。

　　我又一次来到这皇家大道上,从前与她灯前玩赏的种种情景依稀又呈现在眼前。柔情似水,如今我只得回到小楼上,拥着散发熏香的锦被,耳听街上一片笙歌喧闹声,独自去做那美妙的春梦了。

【赏析】

一年一度的上元节前夕的试灯,勾起了重归京城的词人对往昔的追忆,于是在欢快明丽的节日气氛里,词人却独自沉浸于温情感伤的自我世界中,这就是这首小词所表达的内容。

上片写景。首二句说嫦娥破愁颜,新梳洗,容光焕发。用拟人笔法写自然景象,比喻清新。点出月夜,点出"初晴",扣题。接着写都城大路,湿润、洁净,恍若仙境,仍是雨后月下景象。择用苏味道、韩愈诗语,紧切时、地。而"凌波地"三字,暗逗下片追念昔日"灯前事"。换头后转入叙事。"辇路"二字,承上启下。由旧地重来而往事再现,却缩住不写,只说"仿佛",可知早已物是人非,好梦难再。此中感慨何止千言万语,词人只以"情如水"三字轻轻一带,而以一幅意境深永的"小楼春梦图"收束全篇。南唐中主李璟《浣溪沙》有"小楼吹彻玉笙寒"的名句,以寒夜笙声衬出离人长夜难眠的孤寂,此则用意又有不同。是现实的笙歌把愁人带入梦中,还是梦中重又听到了往日的笙歌?朦胧迷离,虚实莫辨。谭献称此三句"足当'咳唾珠玉'四字"(《谭评词辨》。李白诗:"咳唾落九天,随风散珠玉。"),实不为过。

小词清丽隽永,无堆砌晦涩之病,是吴文英词中别具特色的佳作。

祝 英 台 近

春日客龟溪游废园①

采幽香,巡古苑,竹冷翠微路。斗草溪根②,沙印小莲步。自怜两鬓清霜,一年寒食,又身在、云山深处。昼闲度,因甚天也悭春,轻阴便成雨?绿暗长亭,归梦趁风絮。有情花影阑干,莺声门径,解留我、霎时凝伫。

【注释】

① 龟溪:水名,在今浙江省德清县境。《德清县志》:"龟溪,古名孔愉泽,即余不溪之上流。昔孔愉微时常经溪上,渔者笼一白龟,买而放之中流,龟左顾数四而没。" ② 斗草:古代儿女有斗百草的游戏。见陈亮《水龙吟》注。

【语译】

我手采长于幽僻处的香花,漫游在这古老的园林中,两旁的修竹使青翠掩映山路显得格外的清冷。姑娘们曾在溪边玩过斗百草的游戏,沙滩上还留着她们纤小的足印。我可怜自己已两鬓白如清霜,当一年一度寒食节到来时,却依然在这云山深处流浪。

白天的时间在悠闲中打发,为什么老天也吝惜春光,让微微的阴云转眼间便酿成春雨?送别的长亭边已是一片深暗的浓绿,我思乡的梦魂也随着风中飞扬的柳絮飘然远去。只有多情的摇曳在栏杆上的花影和门前小路旁啼啭的黄莺声,能留住我片刻,使我对着这动人的景色出神。

【赏析】

寒食清明是踏青扫墓的时节,对客居在外的游子来说,最易引起思乡之情。本篇即借寒食游废园之所见,抒发身世飘零的感慨。

首三句写游园,"幽"、"古"、"冷"三字,突出废园的特征;用"翠微",知园处在山腰间,已暗逗下文"云山深处"。次二句由沙滩上遗留的足印联想到少女游春时快乐嬉戏的情景。"沙印小莲步",是眼前所见,是实;"斗草溪根",则是心中揣测,是虚。少女的青春、欢愉,使词人又联想到自己的境况。于是结三句写游园之感,分含三层意思:"两鬓清霜",伤年华老去;"一年寒食",感岁月如流;"又身在、云山深处",叹漂泊无定。

换头三句写春阴成雨。光阴闲度,天不作美,表面上是对游园遇雨的抱怨,而隐约中也寓含着词人对自己平生未能春风得意而年华虚掷的怅恨。接下两句写思归之情。"长亭"是送别之地;"绿暗"是暮春之景,此时此地,自然会引发出"归梦趁风絮"的感慨。而其中情绪的起伏,却蕴藏而不露。结尾三句又回扣废园,写留连不舍之情。杨铁夫《梦窗词笺释》云:"阑干、门径,本极无情,添一花影、莺声,便觉深情款款。"其实,无论"阑干"、"门径",还是"花影"、"莺声",均本无情,有情者乃词人自己。写花影摇曳,莺声婉转,正表明词人欲去不忍,情之所钟者,不在废园,而在春光。

全篇境逐景生,情随境变,词句清丽而灵动多姿,用意委婉而脉络可寻,故陈廷焯评此词有"婉转中自有笔力"(《白雨斋词话》)之语。

祝英台近

除夜立春

剪红情,裁绿意①,花信上钗股②。残日东风,不放岁华去。有人添烛西窗③,不眠侵晓,笑声转、新年莺语④。　　旧尊俎,玉纤曾擘黄柑⑤,柔香系幽素⑥。归梦湖边,还迷镜中路。可怜千点吴霜⑦,寒消不尽,又相对、落梅如雨。

【注释】

① 红情、绿意:红花绿叶,参见前《宴清都·连理海棠》注。　② "花信"句:《岁时风土记》:"立春之日,士大夫之家剪裁为小幡,或悬于家人之头,或缀于花枝之下。"　③ 添烛西窗:李商隐《夜雨寄北》诗:"何当共剪西窗烛,却话巴山夜雨时。"　④ 新年莺语:杜甫《伤春》诗:"莺入新年语。"　⑤ "玉纤"句:谓伊人席上以黄柑荐酒。周邦彦《少年游》:"纤手破新橙。"　⑥ 幽素:心中;所谓幽情素心。素,通"愫"。　⑦ 吴霜:喻白发。李贺《还自会稽歌》:"吴霜点归鬓,身与塘蒲晚。"

【语译】

剪成红花,裁成绿叶,把春花的信息先送上鬓边钗头。夕阳西下，东风已至，却不肯让一年最后一个白昼轻易离去。邻居夫妇在窗前又新添上一支蜡烛，他们直到天亮也不睡觉，在一阵欢笑声中，迎来了新年第一声黄莺的啼鸣。

记得从前，在摆满杯盘的宴席上，你那双纤纤玉手，曾亲自为我掰开黄柑荐酒，那温柔的馨香，至今仍萦绕在我的心头。我在梦中又回到家乡的湖边，却在那镜子般的湖水间迷了路。可怜我鬓发已覆满千点清霜，这霜花不能随着寒冬一起消失，却与雨点般飘落的梅花相对映。

【赏析】

吴文英一生漂泊，流寓四方，思乡怀人遂成为其词作的常见主题。除夕，是家人团聚的日子；立春，大地回暖，万象更新，又最易引起年华流逝的感伤。除夕恰逢立春，是一个特别的日子。在这个特别的日子里，词人写下这首词，将两种情感融合在一起，倍觉凄凉。

上片一开头，就以明快的笔调，勾勒出一派浓郁的节日氛围。立春日插花戴彩，是南宋都城临安的民间习俗，含有祈春迎春的意思。词人摄取这一节日场面，并选用了一个有动感的"上"字，将花信到来时人们欣喜的心情形象地表现出来。三句扣合"立春"，又以"残日"二句照应"除夜"，借物拟人，已暗含欲留时光稍驻的心情。接下来数句，着力描写他人守岁迎春的天伦之乐，而"添烛西窗"暗用李商隐诗意，以别人的夫妻儿女阖家欢聚，反衬出自己孑然一身的寂寞。写节日欢乐,全是旁观者口吻,而惜时怀乡之情已从字里行间透出,使下片得以直抒胸臆。

"而今正是欢游夜,却怕春寒自掩扉。"(姜夔《鹧鸪天·元夕不出》)上片的层层渲染,全是为由人及己、由喜转悲的兜头一折作铺垫。"旧尊俎"的"旧"字,将眼前的春盘彩缕与昔日伴伊人的欢宴场景叠合起来,是全篇意脉转折的关键。于是追忆往事,记玉人纤手,为我亲分黄柑。生活中一件微小的事,在记忆中竟如此清晰,更觉情意绵绵,相思刻骨。由感时而忆昔、怀人,引发乡思,于是有了"归梦"。然往事如烟,人情变幻,归乡之路已迷茫难辨。叙来处处波澜,终不肯作一直笔。结尾三句,自伤衰朽,叹有家未归。好处全在借长吉诗语,以"吴霜"比白发,引出"寒消不尽"的感喟,然后又将霜花与"落梅"相映衬,而以"如雨"对应"千点",切紧立春时节之景,巧思妙语,情深韵长,意境绝佳。

澡兰香①

淮安重午②

盘丝系腕③,巧篆垂簪④,玉隐绀纱睡觉⑤。银瓶露井⑥,彩箑云窗⑦,往事少年依约。为当时、曾写榴裙⑧,伤心红绡褪萼。黍梦光阴⑨,渐老汀洲烟蒻⑩。　　莫唱江南古调⑪,怨抑难招,楚江沉魄⑫。薰风燕乳⑬,暗雨梅黄⑭,午镜澡兰帘幕⑮。念秦楼⑯、也拟人归,应剪菖蒲自酌⑰。但怅望,一缕新蟾,随人天角。

【注释】

① 澡兰香:作者自度曲,以词中有"午镜澡兰帘幕"句而命名。　② 淮安:南宋淮南东路所领九州之一,今江苏淮安。重午:阴历五月初五端午节。　③ 盘丝系腕:民俗端午节以五彩丝绒系于腕上以驱鬼祛邪。见应劭《风俗通义》。　④ 巧篆垂簪:指钗头符,民俗端午节书符篆装饰发簪以避刀兵、灾祸。见《荆楚岁时记》。　⑤ 绀纱:指天青色的纱帐。　⑥ 银瓶:汲水器。白居易有《井底引银瓶》诗。露井:没有井亭遮盖的水井。　⑦ 箑:音霎,又读捷;扇子。《方言》:"扇,自关而东谓之箑。"云窗:雕成云纹的窗子。　⑧ 曾写榴裙:描绘过大红色的罗裙。或化用题裙典故。《宋书·羊欣传》:"羊欣着练裙昼寝,(王)献之书其裙数幅而去。"　⑨ 黍梦:黄粱梦,事见唐沈既济《枕中记》。　⑩ 蒻:柔嫩的蒲草。　⑪ 江南古调:指《楚辞·招魂》一类歌,因其传说为宋玉招屈原亡魂而作,有"魂兮归来哀江南"等语。　⑫ 楚江沉魄:指屈原自沉于湖南汨罗江。　⑬ 薰风:和风;东南风。燕乳:燕子已生雏燕。　⑭ 梅黄:一作"槐黄",五月黄梅时也,多雨,称黄梅雨。　⑮ 午镜:端午日午时所铸的镜子,俗传可辟邪。白居易《新乐府·百炼镜》中所说的即是。澡兰:习俗端午节要用兰汤洗澡,唐宋时又称端午为浴兰节。　⑯ 秦楼:《列仙传》:秦穆公女弄玉与萧史吹箫引凤,穆公为筑凤台,遂传为秦楼,后多泛指女子居处。　⑰ 剪菖蒲:习俗端午节剪菖蒲泛酒以辟瘟病。见《荆楚岁时记》。

【语译】

臂腕系着五彩丝绒,钗头巧画符篆为饰,天青色的纱帐中,隐约见美人刚刚睡醒。露井边她提银瓶汲水,云窗前她执彩扇清歌,少年时的往事仿佛历历在目。只因为当年我曾手绘过她那大红罗裙,所以见红绡似的石榴花凋零便伤心不已。幸福的时光好比一场黄粱美梦,沙洲上柔嫩的蒲草已渐渐苍老了。

别再唱那江南古老的《招魂》曲了,那充满哀怨的声调怎能招回沉溺在楚江中屈原的冤魂呢?在和风中燕子生出了雏燕,而阴雨又使梅子变黄了;在帘幕的后面,她该沐浴过兰汤,正临镜自照罢!想此时她也一定会在绣楼上盼望着我早日归来,自斟自酌地饮着那剪菖蒲浸泡成的酒。可我却只能怅然凝望一弯纤细的新月,伴随着我漂泊在天涯。

【赏析】

这首自度曲是吴文英任苏州仓幕奉差往淮安时所作。

陈洵《海绡说词》评此词称"此怀归之赋也",这话也许只说对了一半。全词上下片分别提到的是两个端午,所记的对象似非同一。上片写记忆中少年时端午节的一段恋情,其中"伤心红绡褪萼"句含有浓重的伤逝意味,"黍梦"之喻,亦非泛泛;与下片淮安端午思乡念远的对象,不像是同一件事。其实,此词上片感时忆旧,抒物是人非之慨,下片望月怀归,道落寞孤寂之情,一从时间角度,一从空间角度,所着力摹写的,无非是作者在"淮安重午"这一特定的时间、特定的地点内心怅触多端的情感而已,所以先著概括本篇词意曰:"亦是午日情事。"(《词洁》)虽嫌笼统,却较为确切。

起头三句,工笔细描,勾勒出一幅装束时新、画面诱人的"美人午睡图"。"盘丝"、"巧篆",是重午时令的特征,也是感情由今及昔的切入点。然后写井边汲水,窗前轻歌,却用"银瓶露井,彩箑云窗"八个实字,突出一种似梦似幻、幽艳迷离的情调。有人讥梦窗好用"替字",雕缋满眼,其实梦窗每下一字都有他的用意在。况周颐云:"梦窗密处,能令无数丽字一一生动飞舞,如万花为春,非若琱璚蹙绣,毫无生气也。"(《蕙风词话》)评论最为精当。头三句与次三句同是"分—分—合"句式,又前后属同一层面,都是"依约"的少年情事,是追叙往昔。"为当时"以下,以"榴裙"为线索,从往事拉回到现实。如果这算用典的话,也是活用,白练裙被换作红榴裙;原来为"书"(题写),现在是"写"(描画)。好在能将记忆中榴裙的鲜艳色泽与眼前似"红绡"的榴花的褪萼联系起来,生发出浓重的感伤情绪。物犹如此,人何以堪?"伤心"二字,分量甚重。歇拍二句,进一步升华为人世沧桑之慨。用"枕中记"事,改"黄粱"(粟米)为"黍",词意未变,却暗中与端午吃角黍(糭粽子)的习俗挂上了钩;同样"蒻"(蒲)也是应端午之景。作者用事遣词,已到了出神入化的地步。上片从极精细、微小的片断记忆入笔,抚今追昔,感怀伤逝,最终归结到岁月不居,光阴易老的人生大感慨上,梦窗之笔力,非常人能及。

换头三句,所谓空际转身,用宋玉为屈原赋《招魂》故事,在山穷水尽之际开拓出一片新天地。莫唱古调,谓往事难追,将上片一笔收住;难招沉魄,借屈子自比,以说久客不归,启下片故园之思。以下三句顿挫,由郁抑怨悱的楚江烟云,一变而为故园重午的和风细雨,但仍是悬想中的虚景。陈洵云:"'薰风'三句,是家中节物,秦楼倒影。"(《海绡说词》)是说得很对的。思念家乡充满温情,而想象又比现实更为活跃,故写来词丽藻密,如五彩锦绣,灿烂铺陈。"燕乳"、"梅黄",均切时令,"午镜"、"澡兰",更属端午。然后以"念秦楼"补明之;从家人遥盼己归、寂寥自酌入手,反衬出自己思归之切。最后以天边一弯新月作结,寄情于景,余味不尽。下片全从虚处落笔,末四五句连用几个虚字,如"念"、"也"、"应"、"但"等,以悬疑不定的口气,表现动荡不宁的心情思绪,都极成功,值得我们反复品味。

风 入 松

听风听雨过清明,愁草瘗花铭①。楼前绿暗分携路,一寸柳、一寸柔情。料峭春寒中酒②,交加晓梦啼莺。

西园日日扫林亭,依旧赏新晴。黄蜂频扑秋千索,有当时纤手香凝。惆怅双鸳不到,幽阶一夜苔生③。

【注释】

① "愁草"句:谓因发愁而懒得去草写咏落花的诗词。瘗,音意,埋葬。传庾信有《瘗花铭》,今集中不存。 ② 中酒:病酒。 ③ "惆怅"二句:双鸳喻美人的鞋子,即履迹。庾肩吾《咏长信宫中草》诗:"全由履迹少,并欲上阶生。"李白《长干行》:"门前迟行迹,一一生绿苔。"

【语译】

清明节,我在听着风雨声中度过,愁绪满怀,也懒得写《瘗花铭》之类的文字。楼前我们分手的路上已被浓绿遮暗,那一寸寸柳丝啊,都牵动我一寸寸柔情。春寒尚料峭,我终日被酒所困,晓梦惊醒时,耳边尽是纷乱的莺声。

西园里的林园亭台,我天天都要打扫,我也依然像过去一样好欣赏雨后新晴。黄蜂不断地飞扑着秋千上的绳索,怕是绳上还留着你纤手的芳香罢。我为园中再也见不到你的足迹而惆怅,寂静无人的阶石上,一夜之间都长满了青苔。

【赏析】

这是一篇西园怀人之作。据夏承焘师考证,西园在苏州,为词人和吴姬寓居之地,词中屡及之。如《风入松》:"暮烟疏雨西园路,误秋娘、浅约宫黄。"《浪淘沙》:"往事一潸然,莫过西园。"等,所写都是这段情事。

首句已为全篇定下凄苦的基调:凄风苦雨,又值清明,倍觉孤寂。用两"听"字,写尽小楼独坐、百无聊赖的情态。秦观《踏莎行》"可堪孤馆闭春寒,杜鹃声里斜阳暮",佳处也正从听来体现。"愁草瘗花铭"句,历来解多歧义。其实,"愁草"犹言怕草、懒草,就是因愁而不欲草写的意思;"《瘗花铭》",俞平伯以为是借用庾信篇名,意思只是"题咏落花的诗词而已"。(《唐宋词选释》)怕赋葬花诗词,是因为花落象征着青春凋谢、华年逝去;吟咏这一题材,会使因所爱恋之人已不在而感伤的词人,更不堪忍受心灵上的折磨。然而这层意思是由"楼前"两句看出的,"分携"二字点出了所述之情事和主题。垂柳成阴,绿暗去路,此风雨落花后的又一番景象。长条依依,千丝万缕,无不勾起心头往事,牵动丝丝柔情。"料峭"二句精警。盖病酒者怯冷,复值春寒料峭,更觉遍身畏寒;晓梦不知寂寞,正欲旧欢重温,却被交加莺声啼破。总写愁怀难遣,伊人难觅。刘熙载《艺概》云:"词之妙,莫妙于以不言言之,非不言也,寄言也。"此二句足以当之。

换头先点出"西园"。"日日扫林亭",犹望其来;"依旧赏新晴",旧习不改。"新晴"与发端"风雨"相呼应。可以想见当初二人必曾携手同游,共赏西园雨后初晴之美景,如今伊人已去而景物和习惯都不改,故曰"依旧";则言"赏新晴"实为"忆旧事"也。"黄蜂"两句,脍炙人口,能将无作有,写出情之痴迷。陈洵云:"见秋千而思纤手,因蜂扑而念香凝,纯是痴望神理。"(《海绡说词》)纤手留香是梦窗词中常见的意象,如《浣溪沙》之"玉纤香动小帘钩"、《祝英台近》之"玉纤曾擘黄柑,柔香系幽素"等等皆是。盖在痴情人眼中,一些平素不经意的小节,往往能在日后的追忆中留下难以磨灭的深刻印象。以上数句极写相思之深,相望之切,故末以履迹不到,苔生石阶作结,愈觉怅惘不尽。"一夜苔生",是神来之幻笔。以理而论,春雨本易滋藓苔,此夸张之基础;以情而论,恰如伍子胥过昭关,一夜头白,非如此写不足以表现愁思之甚也。谭献以为本篇"是梦窗极经意词"(《词综偶评》),这话是颇有见地的。

莺啼序

春晚感怀①

残寒正欺病酒,掩沉香绣户。燕来晚、飞入西城,似说春事迟暮。画船载、清明过却,晴烟冉冉吴宫树。念羁情游荡,随风化为轻絮。　　十载西湖,傍柳系马,趁娇尘软雾。溯红渐②、招入仙溪,锦儿偷寄幽素③。倚银屏、春宽梦窄,断红湿④、歌纨金缕⑤。暝堤空,轻把斜阳,总还鸥鹭。　　幽兰旋老,杜若还生,水乡尚寄旅。别后访、六桥无信⑥,事往花委,瘗玉埋香,几番风雨?长波妒盼⑦,遥山羞黛⑧,渔灯分影春江宿,记当时、短楫桃根渡⑨。青楼仿佛,临分败壁题诗,泪墨惨淡尘土。危亭望极,草色天涯,叹鬓侵半苎⑩。暗点检、离痕欢唾⑪,尚染鲛绡⑫,𬀩凤迷归⑬,破鸾慵舞⑭。殷勤待写,书中长恨,蓝霞辽海沉过雁,漫相思、弹入哀筝柱。伤心千里江南⑮,怨曲重招,断魂在否?

【注释】

① 春晚感怀:陈匪石《宋词举》:"汲古本有题,为《春暮感怀》,《词综》等书均删之,以此等宽泛之题类《草堂》陋习,不如不用尔。"　② 红渐:落花漂浮的流水。　③ 锦儿:洪遂《侍儿小名录》载钱塘妓女杨爱爱的侍婢叫锦儿。幽素:

深藏内心的情愫。 ④ 断红:指妆泪。 ⑤ 歌纨金缕:歌扇舞衣。歌者手执纨扇;唐杜秋娘有《金缕衣》诗。 ⑥ 六桥:西湖苏堤上有六座桥,名映波、锁澜、望山、压堤、东浦、跨虹,北宋时苏轼所建。 ⑦ 盼:眼睛美丽的样子。《诗·卫风·硕人》:"美目盼兮。" ⑧ 黛:黛眉。 ⑨ 桃根渡:谓分别之处。参见姜夔《琵琶仙》"桃根桃叶"注。 ⑩ 苎:苎麻,因其白色而喻白发。 ⑪ 离痕欢唾:离别的泪痕和欢笑时的唾沫。李煜《一斛珠》:"烂嚼红茸,笑向檀郎唾。" ⑫ 鲛绡:丝绸手帕。 ⑬ 軃凤迷归:凤钗下垂,凤已迷失归途。軃,音朵,下垂。 ⑭ 破鸾慵舞:鸾镜破碎,鸾已不再起舞。 ⑮ "伤心"句:《楚辞·招魂》:"目极千里兮伤春心,魂兮归来哀江南。"

【语译】

正当残留的寒气欺侮我喝酒要犯病的时候,香闺的门紧闭着。燕子来晚了,它飞到杭州城西,好像在说春事已经迟暮了。画船载着我,在清明时节,经过蒙着晴光柔烟的吴宫一带的树木。我正默想这些年来作客异乡,到处游荡,离情旅思恰如轻盈的柳絮随风四处飞飏。

西湖上,我度过了十个春秋,记得曾在柳树下系马驻足,趁着湖边软雾轻尘,一片美丽风光行乐。我沿着落红缤纷的溪水逆流而上,不觉被引入仙境,侍女锦儿为我偷偷地传递心中爱慕之情。入闺房,倚银屏,春意长,好梦短,她因伤离而扑簌簌滚下的红泪,沾湿了纨素裁制的歌扇和金丝绣成的舞衣。暮色终于来临,堤上游人散尽,就这样,轻易地把夕阳好景都交还给了水面的鸥鹭。

幽谷春兰,渐渐老去,芳香的杜若,又生长了起来,而我却仍作客滞留于水乡。离别后,我也曾去六桥访寻过,可你总是音信杳然。事情过去了,花儿凋谢了,经过多少风风雨雨,美人已香消玉殒,长埋于地下。长波曾妒忌过你眼睛的美丽,远山也见你秀丽的黛眉而害羞,在渔灯的投影倒映在水中的那个夜晚,我们曾同宿于春江之滨,当时渡口送别的那番情景还分明记得。你住过的青楼依然如旧,与你临分手时我眼泪蘸着墨渍在破败的墙上题诗,如今字迹也该蒙上一层尘土而惨淡无色了罢。

我登上高处的亭子极目远望,芳草绿遍天涯,我自叹鬓发半白,竟像苎麻。我暗中检点你惠赠的信物,那丝手帕上尚染有惜别的泪痕和调笑的唾沫;钗头的彩凤垂下翅膀,凤已迷失归路;铸鸾的宝镜破成碎片,鸾已不再起舞。我待要将这绵绵的憾恨用心写成书信,可蓝天高远,大海辽阔,飞过的大雁已没入杳冥,哪儿去找人传书呢?只好胡乱地将满怀相思交给哀筝去弹奏。江南千里地,无处不伤心,听哀怨的曲调重新在招呼:游荡的孤魂啊,你在哪里?

【赏析】

梦窗此词共 240 字,分四叠,是有词以来唯一最长的词调。同调词在集中共有三首,在此之前,并无其他作者,后人偶有填者,亦不多,当是梦窗自制。词为感怀杭州亡姬而作。首叠,借暮春之景,说羁旅漂泊久,今重来已迟;二叠,追忆当年初遇伊人,惜好景不长,旋成别离;三叠,述别后虽寻访而不得,竟成陈迹,然当时临别情景,尚历历在目;四叠,抒登高怅望之相思苦情,叹物是人非,断魂难招。

首叠,"残寒",暮春季节;"病酒",有愁难遣;"掩绣户",已人去室空。不说"人来晚"、"我来晚",而说"燕来晚",婉曲兴起自好。"西城",谓杭城之西,正傍湖之地。"画船载",重来游湖;"清明"、"吴宫",是其难忘之时、难忘之地。杭州古时为吴之南界(有山曰"吴山"),又是吴越王建国之地,故泛称其宫苑楼阁为吴宫。"念羁情"二句,为一篇之骨,由此启以下三叠。此"羁情"包括离恨、相思和伤悼。陈洵云:"第一段伤春起,却藏过伤别,留作第三段点睛。"(《海绡说词》)说得是。

二叠,追忆前事。"十载"是词人在杭住过的年头。写当时初遇伊人情景,若与前《渡江云·西湖清明》对看,同有傍柳沿溪、舍骑登舟的特点。此言"傍柳系马"、"溯红渐、招入仙溪",前词则云:"宝勒倚残云,千丝怨碧,渐路入、仙坞迷津。"又有"旧堤分燕尾"语,万云骏以为是"在苏堤与白堤交叉处",则所谓"仙溪",便是由岳湖(连着也属于西湖,在其西北角的小湖)西通灵隐飞来峰之水。"招入仙溪",是沿桃花水寻源得洞天和入天台山逢仙姝二故事的合用。述相见欢情,仅用"倚银屏、春宽梦窄"七字,造语简洁,格调自高。"断红"以下,均是"梦窄"二字的注脚。红泪沾湿歌扇舞衣,暝堤空余鸥鹭夕阳,虽全写离情,然"分""别"字眼,非至三叠,总不肯出。

三叠,先述别后事,直说到葬花埋玉,然后再逆溯"临分"印象,词笔似游龙夭矫,变幻莫测。"幽兰"、"杜若",皆香草,既象征节候,也可喻美人。"旋老"、"还生",固是暮春逝去之象,又有人生易老、世事更替的感慨,其中之哲理,耐人寻味。"水乡尚寄旅",是说自己离开杭州后,来到一个水乡(江浙多水乡,其地已无考),寄寓了一段时间,故下接"别后访"云云;杭州虽亦滨水之地,但当时为繁华首都之临安,不能称作"水乡"。此句落实了前"羁情游荡"的话。"事往花委,瘗玉埋香"八字,并写花落人亡;"几番风雨",含义亦双关。"长波"至"桃根渡"数句,句序倒装,将"记当时"云云置于后,补明春江夜宿为渡口送别情事。失去的东西,弥觉珍贵,故至此方描写其人之美貌。"长波"、"遥山",为春江即景,又恰好用来形容美人之眼似秋波、眉若远山;表述时再进一步将物拟人,说山水见人也"妒"也"羞",则其人之美若天仙自不待言。歇拍三句,以时间论,又应在江头送别前,是"临分"时居处之饯行。昔日题诗寄恨,泪与墨俱;而今想来,定是"惨淡尘土"蒙"败壁"而已。事序虽倒溯,思路则顺流,最终仍回到眼前。

四叠,先望极兴叹。"草色天涯",暗示离恨无穷;"鬓侵半苎",远应"来晚"、"迟暮"。点检信物都在,怅恨芳踪不归。"殚凤迷归,破鸾慵舞"八字,竟能将禽鸟、妆奁与人事三者同咏合写,炼字琢句之新奇,他人笔下未有。后半以书欲寄而不达,魂已断而难招,回应"念羁情游荡,随风化为轻絮",收束全篇,一片凄迷,无限深情。陈廷焯盛赞此词云:"全章精粹,空绝千古。"(《白雨斋词话》)虽或誉扬太过,然四叠最长词调,能写得如此绵密醇厚,淋漓尽致,自是梦窗之绝技。

惜 黄 花 慢

次吴江,小泊,夜饮僧窗惜别,邦人赵簿携小妓侑尊,连歌数阕,皆清真词。酒尽已四鼓,赋此词饯尹梅津①。

送客吴皋②,正试霜夜冷③,枫落长桥④。望天不尽,背城渐杳;离亭黯黯,恨水迢迢。翠香零落红衣老⑤,暮愁锁、残柳眉梢。念瘦腰、沈郎旧日⑥,曾系兰桡。

仙人凤咽琼箫。怅断魂送远,《九辩》难招⑦。醉鬟留盼,小窗剪烛,歌云载恨,飞上银霄。素秋不解随船去,败红趁、一叶寒涛。梦翠翘⑧。怨鸿料过南谯⑨。

【注释】

① 吴江:县名,今属江苏。邦人:当地人。赵簿:姓赵的主簿。侑尊:劝酒。尹梅津:名焕,字惟晓,宋宁宗嘉定十年(1217)进士,自畿漕除右司郎官。　② 皋:水边高地。　③ 试霜:初次降霜。　④ 长桥:淞江上的垂虹桥,上建垂虹亭。见《吴郡志》。　⑤ 翠香、红衣:荷叶、荷花。唐赵嘏《秋望》诗:"红衣落尽渚莲愁。"　⑥ 瘦腰、沈郎:沈约久病而腰瘦。参见李之仪《谢池春》"频移带眼"注。　⑦《九辩》:相传宋玉作《楚辞·九辩》,开头有"潦溧兮若在远行,登山临水兮送将归"之句。　⑧ 翠翘:首饰,指代女子。见前《花犯》注。　⑨"怨鸿"句:南谯,南楼。赵嘏《寒塘》诗:"乡心正无限,一雁过南谯。"

【语译】

我来到吴松江岸送客,正值初次降霜,夜气寒冷的日子,长桥边枫叶纷纷飘落。长空一望无际,背后的城郭已在暮色中逐渐隐没,桥上将分别的垂虹亭漠漠昏暗,桥下带离恨的松江水迢迢不尽。荷叶零落,荷花老去,残柳就像傍晚时发愁的人那样,紧锁着眉头。想如今瘦损腰围的我,当年也曾在这儿停桨系舟。

美人似神仙,吹玉箫作凤鸣,幽咽哀怨。可叹送行人早已凄然魂断,纵然有宋玉能作《九辩》那样的妙曲,也难招回远行将归的人啊。姑娘微醉的目光顾盼留情,我们在小窗前共剪烛花夜饮,席上的歌声载着离恨,直飞上九天白云。清秋带了愁来,却并不随着船儿一起逝去,只有那衰败的红叶在寒潮中逐流漂荡。你若在梦中见到了佳人,我料想在你的家乡也会有鸣叫着的大雁飞过佳人居住的南楼。

【赏析】

这是一首送别之作。小序中提到的行客尹焕,是作者的好友,曾为周邦彦的《片玉词》作序,其中称"求词于吾宋,前有清真,后有梦窗,此非焕之言,天下之公言也。"(黄昇《花庵词选》引)对吴文英词极加赞誉。

起三句,先点明事("送客")、地("吴皋"、"长桥")、时("试霜夜")。崔信明的"枫落吴江冷"(断句)、张继的"月落乌啼霜满天,江枫渔火对愁眠"(《枫桥夜泊》)等诗境,想都为其所化用。凝练的句法，刻画出秋夜的寂冷萧飒。词既为"僧窗惜别"夜宴席上所作，则"望天"以下，皆拟想中送友人至长桥垂虹亭分手时所见之景象。"离""恨"于此点出。"黯黯"，状心绪之暗淡；"迢迢"，喻别恨之无穷，义兼比兴。经衰翠减，引起年华老去的感伤。古人送客舟行，多在傍晚，且有折柳赠别习俗，又柳叶如眉，残时似愁，正可借此江头之景物以拟人，写自己的愁眉不展，琢句也很新颖。陈匪石云："'念瘦腰'三句，由地由时折入送客之人，而不说今日之惜别，转溯旧日之停桡，欲吐仍茹，又似此种感慨非自今始，更饶沉郁顿挫矣。"(《宋词举》)其说可从。又"瘦腰"与"残柳"对举，亦有"共临秋镜照憔悴"之意。

下片写"夜饮僧窗惜别"。由小妓箫歌侑酒起，是席间情景。"仙人"句，用秦穆公之女弄玉引凤事；箫声幽咽，使行人似觉断魂亦将随客远去，能道出与好友将别时内心怅然若失的感受。《九辩》首段言"登山临水兮送将归"，举其篇，暗点客此行是回家乡，先已逗篇末结语。"醉鬟留盼"，紧扣题序语，美目留情，亦见有留客之意；"小窗剪烛"，由"共剪西窗烛"化来，见友情难舍。"歌云载恨，飞上银霄"，唱清真词也；融入秦青一曲"响遏行云"的故事(《列子·汤问》)，令抒情的调子升到了最高音。秋本兴悲，况逢离别，若秋得随船而去，或能稍释愁怀；今既不解此，反教败叶漂红，逐寒涛而流，我能不对此而断魂？结尾两句，转说行客尹梅津，化用赵嘏诗，但借其辞而变更其意。一句言其归心急切，人未到家而先"梦翠翘"；一句料亲人也正在南楼望过雁而盼其早归。此亦饯行词应有之义。若两句仍说自身,因客归而引发乡心,亦可通。

高 阳 台

落 梅

宫粉雕痕①,仙云堕影,无人野水荒湾。古石埋香,金沙锁骨连环②。南楼不恨吹横笛,恨晓风、千里关山。半飘零,庭上黄昏,月冷阑干。　　寿阳空理愁鸾③,问谁调玉髓,暗补香瘢④?细雨归鸿,孤山无限春寒⑤。离魂难倩招清些⑥,梦缟衣⑦、解佩溪边⑧。最愁人、啼鸟晴明,叶底清圆。

【注释】

① 宫粉雕痕:形容落地梅瓣的颜色,下句则喻其姿质。　② "金沙"句:黄庭坚《戏答陈季常寄黄州山中连理松枝》诗:"金沙滩头锁子骨。"任渊注引《续玄怪录》:昔延州有女子,有姿色,少年皆与之亲暱,后殁,葬道左。有胡僧曰:"此锁骨菩萨,慈悲喜舍,世俗之欲,无不徇焉。"众发墓,见其骨皆钩结如锁状。又《五灯会元》:僧问:"如何是清净法身?"师云:"金沙滩头马郎妇。"马郎妇为观音化身,俗传遂将二事合一,比喻梅花如菩萨化为丽姿,入世悦人,而质本清净。　③ 寿阳:指宋武帝女寿阳公主梅花妆事,参见姜夔《疏影》"深宫旧事"注。鸾:鸾镜。　④ 调玉髓、补香瘢:段成式《酉阳杂俎》:三国时,孙和尝醉舞如意,误伤邓夫人颊,医谓以白獭髓、杂玉与琥珀屑敷之,可灭瘢痕。此合寿阳事说,以"香瘢"指其额上五出花状之瘢痕。　⑤ 孤山:在今杭州西湖,北宋林逋曾隐居

于此,植梅养鹤,人称"梅妻鹤子"。　⑥"离魂"句:《楚辞·招魂》朱熹集注:"宋玉哀闵屈原无罪放逐,恐其魂魄离散而不复还,遂因国俗,托帝命,假巫语以招之。"倩:央求人。清:《招魂》开头化为屈原之词曰:"朕幼清以廉洁兮。"又《广群芳谱》:"曾端伯以梅花为清友。""张景修以梅花为清客。"些:语气助词;《招魂》洪兴祖补注:"凡禁咒句尾皆称'些',乃楚人旧俗。"　⑦缟衣:白衣仙女。苏轼《松风亭下梅花盛开》诗:"海南仙云娇堕砌,月下缟衣来叩门。"　⑧解佩:参见晏殊《木兰花》"解佩"注。

【语译】

像是在地上雕出后宫佳人的点点粉痕,又像是仙界的白云堕下片片碎影,那梅花在寂寂无人的野水流过的荒湾飘落。古老的石块掩埋了她的芳香,恰如金沙滩头埋葬着那位化为丽质、入世悦人的锁骨菩萨的清净法身。我倒不恨南楼的横笛吹出《梅花落》的曲调,只恨那无情的晓风吹得雪片似的花瓣飞越过千里关山。大半飘零了,看庭院上天色已黄昏,月儿将寒光洒遍栏杆。

寿阳公主临镜自照,空对着额头的五出花印发愁,试问谁能调制出掺和玉屑的髓膏来,暗地里将这梅花留下的瘢痕除去。蒙蒙细雨中已见雁儿北归,孤山的梅林都感受着无限的春寒。芳魂已离散,又能央求谁去把这一片高洁的精神招回?只有梦中见到的白衣仙子,她还留情于我,在溪边解下她身上的佩玉相赠。最令人发愁的是鸟儿在晴明的天气里啼叫,梅树已浓绿成荫,叶底都结满了清圆的梅子。

【赏析】

宋人咏梅者甚多，然梦窗此词所咏者为"落梅"（放翁有《落梅》诗），与一般泛咏梅花之词有别。它在表现上能处处紧扣落梅题意，颇见其填词艺术的功力。

头三句，写梅花凋零于荒郊野外的水边。"粉痕"、"云影"，喻梅之颜色与姿质，造句总切花落意象。"古石"二句，用事生新，借山谷"金沙滩头锁子骨"句意，把原咏"连理松枝"变为咏"落梅"，着眼点完全不同：山谷由枝干的"连理"联想到佛骨之钩结如锁，着眼于形；梦窗则从梅花品格高洁、人所爱怜，很像锁骨菩萨清净之身，为徇世俗爱美之心而化为丽人想来，着眼于其质其神。笛曲有名"梅花落"者，故借"吹横笛"以点题；东坡《梅花》诗："一夜东风吹石裂，半随飞雪度关山。"此为"恨晓风"句所本。"庭上黄昏，月冷阑干"，自然是借"暗香浮动月黄昏"意境，然林和靖所咏者乃盛开之梅花而非落梅，故须在此八字前又加"半飘零"三字以区别之。词家构意遣词之谨严细密如此。

换头用寿阳公主卧含章殿故实，正好是落事。"空理愁鬓"，说飞花着额，拂之不去，侧笔旁敲，含蓄有致。接着便将"愁"因补明，妙在信手拈来本不与梅花相干的孙和误伤邓夫人事，只在"瘢"字前轻轻加一"香"字，便融入其中，前后连贯，天衣无缝。文心之巧，用事之活，都见大家手笔。"细雨"以后，或谓作者有怀人悼亡之寄托，这极有可能。说梅提到"孤山"本也常事，只是吴文英写西湖词多不离伤逝之感，况上片又用人所少用的埋骨典故，亦似有托。若然,则"无限春寒"应非专指气候而言,也是某种凄苦境遇的象征。隋薛道衡《人日(正月初七)思归》诗以"人归落雁后"写羁情,也正值梅花时,故此词也用"归鸿";"细雨",则能添愁,东坡《正月二十日往歧亭》诗"去年今日关山路,细雨梅花正断魂"即是。下接"离魂"难招,伤悼之意,最是明显。用《楚辞·招魂》事,又保留其中最有特征的"些"字,将落梅比作不幸的楚客,看来也是受到苏轼《梅花》诗"夜寒那得穿花蝶,知是风流楚客魂"的启迪。想当年玉人曾留情于我,今芳魂不返,唯求之于梦中。这里又将赵师雄在罗浮山梦见梅仙——"缟衣"女留欢与郑交甫得江汉游女解佩相赠二事合一,其用典大抵如此。末尾将"最愁人"三字点出。杜牧《叹花》诗:"自恨寻芳到已迟,往年曾见未开时;如今风摆花狼藉,绿叶成阴子满枝。"词用其意,以状梅子之"叶底清圆"四字一结,亦惆怅不尽。

高 阳 台

丰乐楼分韵得"如"字①

修竹凝妆,垂杨驻马,凭阑浅画成图。山色谁题?楼前有雁斜书。东风紧送斜阳下,弄旧寒、晚酒醒余。自消凝,能几花前,顿老相如②。　　伤春不在高楼上,在灯前攲枕,雨外熏炉③。怕舣游船④,临流可奈清臞⑤?飞红若到西湖底,搅翠澜、总是愁鱼。莫重来、吹尽香绵,泪满平芜。

【注释】

① 丰乐楼:宋时杭州涌金门外的一座酒楼。旧为众乐亭,又改耸翠楼,政和中改今名;淳祐间重建,宏丽为湖山冠。见周密《武林旧事》。 ② 相如:指司马相如,西汉辞赋家,多病。 ③ 熏炉:古时用以熏香取暖的炉子。 ④ 舣:船靠岸。 ⑤ 臞:也作"癯",瘦。

【语译】

修竹似严妆佳人,垂杨让行人驻马,登楼倚栏眺望,真像一幅浅浅勾勒出的图画。这秀丽的山色谁来题咏呢?楼前斜列成行的雁儿飞过,恰如写在蓝天上的文字。东风紧吹,催送着夕阳西下,播弄那去冬以来尚存的寒冷,当我傍晚酒醒之后。我独自感伤凝想,人生能得几回在花前留连呢?看我这多病的司马相如,展眼间便变得如此衰老了!

对春天逝去的真正悲伤,其实并不产生于高楼之上,而是在孤灯下倚枕独卧和在熏炉旁寂坐听帘外雨声的时刻。我最怕游船靠岸登陆,临水照见身影的那一刻,看到自己那种消瘦的样子,真是难受啊!纷飞的落花如果能一直沉到西湖水底,那么搅动起清波碧澜的,一定是发愁的鱼儿了。不要再来这儿了罢!到那时,见柳絮被风吹尽,怕是要泪水洒满旷野了。

【赏析】

本篇是作者在杭州登城西丰乐楼与词友聚会,席上分韵填词的酬和之作。

首两句由楼前景物写起。修竹凝妆以迎客，垂杨驻马以留宾，无不扣合酒楼的特征。小结一句，将眼前景物比拟作一幅淡雅的笔触勾勒而成的图画。周密《武林旧事》称丰乐楼"旧为酒肆，后以学馆致争，但为朝绅同年会拜乡会之地。吴梦窗尝大书所作《莺啼序》于壁，一时为人传诵"。可见是吴文英与僚友们常相聚会的地方。由近及远，说环湖山色之美，前"浅画成图"是实笔，此"谁题"则用虚写，然只二字，赞叹之情出焉。此时空中正有归雁斜列而过，人称雁行为雁字，故曰"有雁斜书"，写来恰似对"谁题"的回答，让人想象成这是天然图画上的题词。"东风"以下，忽变衰飒，转出哀音，感慨人生之易老。春冷是去冬未尽之寒，故称"旧寒"；"晚酒醒余"，是愁来时分；醉后怯风畏寒，因年老体衰而加剧，故惊岁月无情而生"顿老相如"之慨。

上片徐缓而起，由平和而转为苍凉，感情逐渐积聚，正待发而忽收。换头平地拗折，如异峰突起。陈廷焯云："题是楼，偏说'伤春不在高楼上'，是何笔力！"(《白雨斋词话》)尚是从技巧着眼，作者是借此语强调登楼之所以兴悲，实别有会心："在灯前敧枕，雨外熏炉"，则所伤者乃当年相聚之欢乐温馨，已随青春岁月一去不返耳。"怕舣游船，临流可奈清臞？"是上几句的延伸，说不但在孤卧寂坐时会引起感伤，每当泛舟湖上时也怕移船靠岸，因为人离船上岸之际，便会面临湖水而照见自己清瘦的容颜。"清臞"回应"顿老"。"可奈"二字，逼出"愁"字来；却又偏不说人，而借湖底之鱼来衬托：鱼犹如此，人何以堪？落花沉底，愁鱼搅浪，拟想奇特；"飞红"、"翠澜",色彩艳丽,意象亦美。"愁鱼"二字生新,当从鱼之眼长开不闭,如人之愁思不寐想来。《释名》:"无妻曰鳏,鳏,昆也;昆,明也,愁悒不寐,目恒鳏鳏然也。故其字从鱼,鱼目恒不闭者也。"末了回说自身,推向将来,语重情炽,束住全篇。作者之《浣溪沙》有"落絮无声春坠泪"句,其意象在这儿再次被成功地运用了。

历来说词者多以为此篇尚有家国之恨。当然也并非没有这种可能,只是所举理由似乎都不够充分。我们不想辨其可信与否,还是留待读者自己去判断好了。

三 姝 媚

过都城旧居有感

湖山经醉惯。渍春衫①,啼痕酒痕无限。又客长安,叹断襟零袂,涴尘谁浣②?紫曲门荒③,沿败井、风摇青蔓。对语东邻,犹是曾巢,谢堂双燕④。　　春梦人间须断。但怪得当年,梦缘能短⑤。绣屋秦筝,傍海棠偏爱,夜深开宴。舞歇歌沉,花未减、红颜先变。伫久河桥欲去,斜阳泪满。

【注释】

① 渍:沾染。　② 涴:为尘土所污。浣:洗濯。　③ 紫曲:旧指妓女所居的坊曲。　④ 谢堂燕:唐刘禹锡《乌衣巷》诗:"旧时王谢堂前燕,飞入寻常百姓

家。" ⑤能:通"恁",如此。

【语译】

记不清曾经有多少次,在这湖光山色间醉饮,那时我春衫上染遍了点点泪痕、斑斑酒渍。如今我又一次来到京城临安客居,可叹这破敝不堪的衣襟衫袖已被尘土沾污,可又有谁来为我洗涤呢?熟悉的坊曲门前已是一片荒凉,只有爬满枯井边沿的青青藤蔓在风中摇摆。东邻梁间相对呢喃的,大概还是旧时筑巢于华堂的双燕罢!

人间的春梦总是要做完的我也知道,奇怪的只是那段如梦的情缘,竟会这样的短暂。还记得你在绣房里抚弄秦筝的情景,特别令我喜爱的是深夜里在海棠花下摆开宴席。不再能见到你跳舞了,你的歌声也从此沉寂,花儿仍不减当初的娇艳,可似花的容颜却早已凋残。我久久地站立在河桥上,当要离去时,夕阳洒下了余晖,我的眼中不觉已充满了泪水。

【赏析】

本篇是词人重访临安旧居时,悼念亡姬之作。

词人面对熟悉的湖光山色,勾起对往昔与爱姬共度欢娱时光的追忆。残存在春衫上的泪痕酒渍,是当年悲欢离合种种情事的见证,如今人已逝,衫犹在,故地重来,自有一番凄凉的感慨。晏幾道《蝶恋花》云:"衣上酒痕诗里字,点点行行,总是凄凉意。"词人此时的心境,亦正与小晏相似。接下来由叙述转为抒情。"长安",借指临安(杭州);"又客"二字,点明重来和词人的身份。"叹"字引出伤逝悼亡的主题。"断襟零袂"四字,一方面形容自己落魄飘零、仆仆风尘的境况,一方面又以襟分袖断的意象,暗喻与爱姬的仳离。"浣尘谁浣",扣合前面的"渍春衫,啼痕酒痕无限",说不再有人照料关心,用反问的口吻,追昔抚今,尤觉沉痛。"紫曲"以下,极写所见旧居破败荒凉景象,衬出词人此际怅然若失的情怀和世事沧桑的感慨。自刘禹锡写过《乌衣巷》小诗后,"王谢堂前燕"的典故似乎便成了用以表现朝代兴废、世事翻覆的专有名词,所以陈洵一看到"谢堂双燕"的词句,便将此篇的主旨定为"过旧居,思故国"的别有寄托之作(见《海绡说词》),甚至有人进而以此作为吴文英卒于宋亡之后的佐证,都未免有失穿凿。

换头数句,紧承"谢堂双燕"抒发感慨。任何美好的生活都不会永远延续下去,这是平常人都懂的道理,然而一旦具体地落到某一个人身上,却又无不怨恨这种幸福的时光太短暂了。"春梦人间须断",故意先宕开一笔,"但怪得当年,梦缘能短",又紧跟着收束住,用的是"衬跌"手法。明知道理如此,却依然无以自解,更见其痴情执着。周尔墉称梦窗词"于逼塞中见空灵,于浑朴中见勾勒,于刻画中见天然"(评《绝妙好词》),以这几句看,所言不虚。接下来从"梦"字入手,追写当年美好生活的一二片断。词人只写"绣屋秦筝",我们即可拟想伊人的才艺双全和他俩的琴瑟之好;写"傍海棠偏爱,夜深开宴",又可拟想伊人娇容似花和与之良宵共饮之欢。紧接着的三句切换到现实中来:"舞歇歌沉",承合"绣楼秦筝";"花未减、经颜先变"承合"傍海棠"云云,红花犹在枝头,筝声犹留耳际,而清歌妙舞之佳人,早玉殒香消。此正为"梦缘能短"一句作注脚。最后两句移情于景,以"河桥"照应"湖山";"泪满"照应"啼痕",首尾相顾,一丝不乱。

这首小词比较突出地体现了吴文英词善于遣词炼句,使色调斑斓陆离、而又有性情灵气的艺术特点。"貌观之雕缋满眼,而实有灵气行乎其间"(戈载《七家词选》),"性情能不为词藻所掩"(周尔墉评《绝妙好词》)。词句色调关涉到技巧、功力,还是有形的,性灵则得自词人的天赋、创造力,是可以意会而难以言传的,只能由读者在对原作的反复吟咏中去细心体会了。

八声甘州

灵岩陪庾幕诸公游①

渺空烟四远,是何年、青天坠长星?幻苍崖云树,名娃金屋②,残霸宫城③。箭径酸风射眼④,腻水染花腥。时靸双鸳响⑤,廊叶秋声。　　宫里吴王沉醉,倩五湖倦客⑥,独钓醒醒。问苍波无语,华发奈山青。水涵空、阑干高处,送乱鸦、斜日落渔汀。连呼酒,上琴台去⑦,秋与云平。

【注释】

① 灵岩:山名,一名砚石山。在今江苏省苏州市吴中区木渎镇西北,太湖

东岸。春秋末吴王夫差建离宫于此,今灵岩寺即是。《万历野获编》:"灵岩山有夫差馆娃宫、响屧廊、浣花池、采香径等胜,固吴中丽瞩也。"题一作"陪庾幕诸公游灵岩"。 ②名娃金屋:指馆娃宫。 ③残霸:指吴王夫差。 ④箭径:《吴郡志》:"采香径在香山之傍,小溪也。吴王种香于香山,使美人泛舟于溪以采香;今自灵岩望之,一水直如矢,故俗又名箭泾。"酸风射眼:李贺《金铜仙人辞汉歌》:"东关酸风射眸子。" ⑤靸:拖鞋,作动词。响屧廊也叫鸣屧廊,廊以梗楠铺成,中虚,西子行,则有声。 ⑥五湖倦客:指范蠡,亡吴后游五湖而终。 ⑦琴台:在灵岩山上。

【语译】

云烟渺渺,四周是多么的空阔辽远啊!是什么年代,从青天陨落巨星,幻化为苍翠的山崖、白云缭绕的树木、绝世佳人藏娇的金屋,没落霸主盘踞的宫室。采香泾水直如卧箭,风儿射来,眼睛酸溜溜的,这曾被宫中脂粉所污的流水,又沾染了败花的腥味。仿佛不时地还能听到西施那双木屧在踢踢踏踏地响,那是长廊畔风吹黄叶发出的秋声。

宫中沉醉于酒色的吴王夫差中了美人计,让清醒的范蠡替越王勾践成了大功,这无异是吴王自己为他创造了机会,请他去过漫游五湖、独自垂钓的隐逸生活。我将古今兴亡之理问苍波,苍波默默无语,我的鬓发已经花白,又怎奈山色依然青青。浩渺的太湖水包涵着天空,我在高处凭栏眺望,目送着斜阳在无数暮鸦的乱纷纷中渐渐地向渔夫的汀洲落去。我连声高呼把酒带上,再上琴台去,欣赏一下最高处秋色与白云齐平的景观。

吴文英 八声甘州

【赏析】

灵岩山在苏州吴中区之西,太湖之东,是春秋时吴王夫差建离宫、留下许多遗迹的地方。吴文英三十余岁时,在苏州为仓台幕僚(即所谓"庾幕"),与幕友们同来游山,作此怀古之词。

此词起头,周汝昌断句为:"渺空烟、四远是何年,青天坠长星?"他认为"词为音乐文学,当时一篇脱手,立付歌坛,故以原谱音律节奏为最要之'句逗'",不当"拘于现代'语法'观念"(见上海辞书出版社《唐宋词鉴赏辞典》2037—2038页)。言之有理;今姑从现代观念断句者,只为使读者易解文义也。

首言寥廓邈远,为写灵岩势如天外飞峙,故接有"是何年、青天坠长星"之问;空间时间,都渺渺茫茫,是先为登临凭吊遗迹、发思古之幽情造势。接用一"幻"字,说此山由坠地巨星幻化而成。句法上起领字作用,带出灵岩的自然景物、历史遗迹种种:先是"苍崖云树"的风景;再是曾住过西施的馆娃宫,以"金屋"称之,是用汉武帝年幼时说过要以金屋藏阿娇(后来的陈皇后)故事;末了说这里是当年夫差的离宫,称之为"残霸",因吴王曾是春秋霸主,战胜越国后,荒淫无度而导致失败,使霸业成空。"幻"字从意象上说,由幻化进而会觉得历史的变迁,仿佛是一场梦幻,一切皆属虚幻,当年的名娃霸主,盛极一时的楼阁宫城,都不过是人世间的幻象。故箭径、鸣屦廊等景物,写来都带一层梦幻般的色彩。"径",当作"泾",为形讹。因望之如"箭"而取李长吉句意巧用"射"字,且李贺诗也恰好为写兴亡之悲感而发。"腻水"一句亦如此,杜牧述秦朝灭亡的《阿房宫赋》云："渭水涨腻,弃脂水也。"因拟想吴宫美女当初于此洗妆濯脂,如今但见败花腐叶而已。不说"花香"而说"花腥",非为凑韵或故意避熟就生。"腥"与"香",有时确可替代,有时则又不可。大观园咏螃蟹,贾宝玉的"指上沾腥洗尚香","香"即是"腥";林黛玉的"壳凸红脂块块香"、薛宝钗的"酒未敌腥还用菊",则"腥"、"香"绝不可互换。在词中,梦窗对季节环境的变化,花儿开败的不同,尤其是情绪色彩的差别,是把握得极其准确和有分寸的;"花腥"与"酸风"彼此协调。廊前秋叶瑟瑟,如犹闻西子双屐踢踏作响,用的是《阿房宫赋》"明星荧荧,开妆镜也"式的倒装句法,更能表现出词人凭吊时之恍惚惊疑心态。这几句都将史事前尘与眼前感受交织融合在一起来写,是真是幻,扑朔迷离。

换头三句,换作对吴越争雄历史的评述,也仅此三句。值得我们注意的是这种议论在词中该怎样写。杜牧对赤壁之战的评说是"东风不与周郎便,铜雀春深锁二乔",妙语调笑,今古传诵。梦窗之说虽不及杜牧诗脍炙人口,然其机智锋芒,实毫无逊色。盖夫差之败,败在陶醉于胜利、沉湎于酒色,即词中所说的"沉醉";正为此,才使范蠡之美人计得以成其功;范蠡是清醒的,这还表现在他功成之后,急流勇退,去五湖独钓,避开了妒才忌能的勾践可能的加害;所以说他"醒醒",是"沉醉"之反面。这些话,一经锤炼精简,就成了"沉醉"的吴王请这位"醒醒"的谋士去当五湖垂钓客了。说得何等含蓄、机敏、深刻而富于诗趣!然后回到说自身,以"问苍波"寄慨,所问的问题毋须说出,承前而问,便知不外乎兴亡穷通之理。"泪眼问花花不语",苍波亦自不能回答,可见人有悲欢而天道无情。"华发奈山青",说自己已白发满头,怎堪见山色依然青青如此,是进一层说人生易老天难老。以下便渐转收束,"送乱鸦、斜日落渔汀"句,意境尤佳;实景之中,或兼比兴,试想当时岌岌可危之南宋王朝,不也正是此种斜日西沉的景象吗?故周汝昌大赞云:"真是好极!此方是一篇之警策,全幅之精神。一'送'字,尤为神笔!"(《唐宋词鉴赏辞典·南宋辽金》二〇三九页)末三句,再接再厉,"连呼酒",振奋豪情,陪诸公同游的意思,也于此点出。前已交待"阑干高处",这里再说"上琴台去",是"欲穷千里目,更上一层楼"意。果然,词人回答了再去更高处干什么:看看"秋与云平"的壮观。四字若用常言表述,大概就可以说成"连天秋色",但常言表达不出身在云台最高处一望无垠的实感;能想得到又能说得出,方不愧大家手笔。

踏 莎 行

润玉笼绡①,檀樱倚扇②,绣圈犹带脂香浅③。榴心空叠舞裙红④,艾枝应压愁鬟乱⑤。　　午梦千山,窗阴一箭⑥,香瘢新褪红丝腕⑦。隔江人在雨声中,晚风菰叶生秋怨⑧。

【注释】

① 润玉:形容女子肌肤洁白光滑。　② 檀樱:檀口樱唇。檀,浅红色。

③ 绣圈:绣花圈饰。　④ 榴心:石榴子。　⑤ 艾枝:端午节用艾叶做成虎形,或剪彩为小虎,黏艾叶以戴。见《荆楚岁时记》。　⑥ 一箭:漏箭之一刻。　⑦ 瘢:印痕。　⑧ 菰:水生植物。春天新芽似笋,名茭白;秋结实,名菰米,又称雕胡米,可做饭。

【语译】

软纱轻笼着莹润如玉的肌肤,团扇半遮住浅红的樱桃小口,衣领间的绣花圈饰依然带有淡淡的脂粉香气。舞裙空有石榴子重重叠叠的大红花纹,因愁思而蓬乱的环形发髻上,应是插着端午节的艾枝罢。

午梦中我行遍了万水千山,醒来后发现窗前的日影才移动了一点点,梦中的你,臂腕上留有印痕,盘系着的红丝绳又因消瘦而宽褪了。我隔着江水在淅沥的雨声中思念着你,晚风吹过菰叶,景象是那么的萧飒,竟使我在初夏季节心中产生出秋天的哀怨。

【赏析】

这也是一首端午感梦之作,可与《澡兰香》一首参看。

上片写梦。下笔极细腻逼真,首三句,既摹写人物的玉肤、樱唇、脂香,又衬托以轻纱、罗扇、绣花圈饰,从色、香、形、神、衣着、装饰各个角度来显示其人的艳美。后两句则以"榴心"、"艾枝"点明端午时令,以"舞裙"暗示其人身份,以"愁鬟"透露人物心情,已不单纯是静态的描摹,融进了许多直观以外的"潜台词"。舞裙"空叠",知其人已无心歌舞;"愁鬟"散乱,则其人必为忧思所苦。上片句句写梦,却不明白说破,使人"几疑真见其人"(陈洵《海绡说词》),为下片的展开留下余地。

换头"午梦千山",一笔点破,原来只是一场梦。"千山",形容梦魂所历之遥远,"一箭",形容现实中时间相隔之短暂;虚实对比,暗寓一枕黄粱的慨叹。或以为"一箭"当喻光阴流逝之迅疾,与作者《西子妆慢·湖上清明薄游》中所写"欢盟误,一箭流光,又趁寒食去"的用法相同,细玩词意,或有未妥。古人以漏箭计时,昼夜分为百刻,词中以"一箭"与"千山"对举,用箭在刻漏上移动之微,反衬梦魂随思飞扬之远,正岑参《春梦》诗"枕上片时春梦中,行尽江南数千里"之意,是梦醒后的霎时感受。人虽已梦醒,心犹在梦中,故有下句倒接"香瘢新褪红丝腕"的错综时空的梦境残留。大凡梦醒时分,尚清楚记得的零星细节,往往是脑海中最鲜明、深刻、难以磨灭的痕迹。端午系腕的彩丝因玉人消瘦而宽褪,以及盘系处留下的印痕,这组意象在吴文英的端午忆姬词中反复出现,如"合欢缕,双条脱,自香销红臂,旧情都别"(《满江红·甲辰岁盘门外寓居过重午》)、"愁褪红丝腕"(《隔浦莲近·泊长桥过重午》)、"竹西歌断芳尘去,宽尽经年臂缕"(《杏花天·重午》)等等,说明这一情景,在词人心目中所占据的重要地位,故此词中逆接于梦后。结尾两句又从梦境回到现实,盈耳的江雨,拂面的晚风,摇曳的菰叶,本一片初夏景象,而置身于其中的词人,感受到的却是阵阵秋日的哀怨与凄凉。这两句借眼前的景物,寄寓悠邈的情思,风格上由原来的曲丽秾密,一变而为清空骚雅,而内在意脉,仍以一贯之,宛然可寻,写情写景,堪称一时妙绝。难怪一向对梦窗词颇有微辞的王国维,也独赞此两句,认为唯此可当得起周济"天光云影,摇荡绿波,抚玩无致,追寻已远"的评语。(见《人间词话》)

瑞 鹤 仙

晴丝牵绪乱①。对沧江斜日,花飞人远。垂杨暗吴苑②。正旗亭烟冷③,河桥风暖。兰情蕙盼。惹相思、春根酒畔。又争知、吟骨萦销,渐把旧衫重剪。　　凄断。流红千浪,缺月孤楼,总难留燕。歌尘凝扇。待凭信,拼分钿④。试挑灯欲写,还依不忍,笺幅偷和泪卷。寄残云剩雨蓬莱,也应梦见。

【注释】

① 晴丝:春天由虫类所吐的在晴空中的游丝。　② 吴苑:吴王阖闾所建的林苑。　③ 旗亭:酒楼。　④ 分钿:指诀别。出自白居易《长恨歌》:"钗留一股合一扇,钗擘黄金合分钿。"

【语译】

晴空的游丝牵动我纷乱的思绪。面对着青青的江水、西斜的白日、飞舞的落花,但觉与你相隔遥远。吴宫的林苑已被垂杨的浓荫遮暗。正当寒食时节,酒楼上不见炊烟,河桥畔熏风正暖。歌女多情顾盼的目光,在这晚春酒边,又把相思惹起。你又哪能知道我这个会吟词的人因愁思萦怀已日益消瘦,渐渐地旧日的春衫又须重新剪裁了!

伊人该也在凄然魂断。见落红随流水,翻起千层波浪;望缺月挂天边,照着孤寂的小楼。怨恨楼中总也留不住春燕筑巢相伴。无心再唱,歌扇已蒙上了灰尘。心想,与其等待你的凭信,倒不如豁出去与你诀别算了。试着挑亮灯芯,把这些话写信告诉你,可心里依旧不忍,又把写好的信笺连同纸上的眼泪偷偷地卷了起来。这一片痴情即使寄托给蓬莱山上的残云剩雨,也应该能被你梦见的罢!

【赏析】

本篇结构特殊,上下片如"花开两朵,各表一枝"。上片写漂泊者的相思,下片写闺中人的幽怨,两人都在思念着对方,又都在责怪对方体会不到自己思念之苦,把因时空阻隔造成的误解双方,并列于一首词中,相反相成,仿佛把一枚硬币的两面同时呈现在人面前,给这首缠绵凄婉的词作增添了几分深曲。

首句即景起兴,春虫的游丝、纷乱的思绪,用一个"牵"字联结了起来。驰荡的春光因而被染上几分苍凉的色彩,纷飞的落花也变得那么凄迷,那都是因为"人远"的缘故。吴苑中杨柳的阴影渐深渐浓,是因为已当"斜日"时分,也因为到了暮春季节。邓肃《南歌子》:"玉楼依旧暗垂杨,楼下落花流水自斜阳",吕本中《减字木兰花》:"花暗长堤柳暗船",用"暗"字写暮色或春晚对心情的感染,亦词家惯用手法。"正旗亭烟冷"句,点明时令,正值寒食。周邦彦《琐窗寒·寒食》:"正店舍无烟,禁城百五,旗亭唤酒,付与高阳俦侣。"情况相似。但梦窗词有意将烟火不举的旗亭与春风正暖的河桥对举,暗示客居者萧索落寞的处境。"兰情蕙盼",是承"旗亭"而写陪酒歌女,以新相逢引起旧相思。面对歌女顾盼含情的美目,幻现的却是爱人望穿秋水的双眼,于是相思之情便从这春末的酒宴上油然而生。"春根",就是春末。吴文英好用新字、替字,通常词中少见的"根"字在他的词中却反复出现,如"斗草溪根"(《祝英台近》)、"同抚云根一笑"(《齐天乐》)等等。结三句的主语即不知者,是所思的在远方的伊人;用反诘句式以增加感情的分量。所谓"萦销",是说相思日夜萦梦魂、销肌骨,致使"旧衫"渐宽大而不再合体,故非得重新剪裁不可。柳永之"衣带渐宽终不悔,为伊消得人憔悴"(《蝶恋花》),作诀别语以见感情之深挚,此则于怨艾中寄婉曲之情,堪称异曲同工。

下片转从对方落笔。"凄断",一顿。"流红",青春去也;"千浪",心潮难遏;"缺月",寓不团圆;"孤楼",自叹寂寥;"总难留燕",借燕子以说人,恨不能留其共叠香巢也。又"流红千浪",照应上片"花飞";"总难留燕",绾合"人远";回环往复,总不出"凄断"二字。"歌尘凝扇",即"尘凝歌扇",诗词中字可颠倒组合;此写别后无心歌舞,致使纨扇蒙尘,借韵脚再作一顿挫,接下来几句,则一气呵成。"待凭信,拚分钿",一纵,"还依不忍",一收;"笺幅偷和泪卷",又将"试挑灯欲写"之心抹去。一句一折,层次分明,"疑往而复,欲断还连,是深得清真之妙者"(陈洵《海绡说词》)。末两句,写痴情于幻梦,神思天外。"残云剩雨",明明用襄王神女事,因昔日之欢情难再,唯存于想象之中,故曰"残"曰"剩",然将"巫山"换作"蓬莱",乃又借李商隐"刘郎已恨蓬山远,更隔蓬山一万重"(《无题》)诗意,以切"人远",其针线之细密如此。

鹧 鸪 天

化 度 寺 作①

池上红衣伴倚阑,栖鸦常带夕阳还。殷云度雨疏桐落,明月生凉宝扇闲。　　乡梦窄,水天宽,小窗愁黛淡秋山②。吴鸿好为传归信,杨柳阊门屋数间③。

【注释】

① 化度寺:在杭州西。《杭州府志》:"化度寺在仁和县北江涨桥,原名水云,宋治平二年改。"　② 淡秋山:以远山比女子黛眉。　③ 阊门:在苏州城西。

【语译】

我独自靠在栏杆旁,只有池中的荷花与我作伴;眼前不时有回巢栖宿的乌鸦带着夕阳的余晖飞过。浓云引来了阵雨,已稀疏的梧桐树又纷纷落叶。雨霁后明月使人感到阵阵凉意,漂亮的扇子可就用不上了。

家乡的梦是如此的短促,水连着天又是那么的宽广!远处淡淡的秋山正像小窗前她那黛色的愁眉。吴地的大雁啊，为我带去将归的消息罢，那杨柳掩映的阊门旁的几间房屋，便是她住的地方。

【赏析】

本篇是词人由杭返苏途中，寓居化度寺，思念苏州的姬妾所作。《梦窗丁稿》中有一首《夜行船·寓化度寺》，当与此篇同时。其下阕云："画扇青山吴苑路。傍怀袖，梦飞不去。忆别西池，红绡盛泪，肠断粉莲啼路。"可参看。

首句由眼前景写起。"倚阑"，透露出望远思乡意。说与"池上红衣"相伴，见客中孤寂无聊。这里以"红衣"代荷花自好，正可用以拟相"伴"的人。接写远望所见，倦鸦犹知归还，况离家之人乎！鸦带夕阳之说，固有王昌龄"玉颜不及寒鸦色，犹带昭阳日影来"之诗可为依据，但也未必不是受李商隐"鸦背夕阳多"名句的影响。"常带"，非偶见一二只也，又可见倚栏之久，与上句紧相呼应。再两句分写暮雨与霁月两种景象。从向晚入夜，时间上自然推移；季节为新凉落叶之时，也已明确。意境闲淡清丽，宛如图画。

换头点出"乡梦"，为全篇主旨。"天水"寥廓，当是化度寺周围风景的特色，寺原名"云水"，或即此意。两句一言时间之短促，一言空间之辽远，本非同一概念，现统一用"窄"用"宽"，打通时空之差异，形成对比，以表现归心之急切。"小窗愁黛淡秋山"，点"愁"字写对方盼归，借用"远山如眉"典故，由眼前之景过渡到所怀之人。故末了以期望吴鸿传信作结。"归信",指自己即将回去的消息;"杨柳闻门",则是心上人所居。陈洵云:"全神注定,只此一句。"(《海绡说词》)

全篇疏快自然,不事雕琢,全以秀淡见长,代表了吴文英小词的一种风格。

夜 游 宫

人去西楼雁杳。叙别梦,扬州一觉①。云淡星疏楚山晓。听啼鸟,立河桥,话未了。 雨外蛩声早,细织就、霜丝多少②?说与萧娘未知道③。向长安,对秋灯,几人老?

【注释】

① 扬州一觉:唐杜牧《遣怀》诗:"十年一觉扬州梦,赢得青楼薄幸名。"
② 霜丝:白发。 ③ 萧娘:唐人对女子的泛称。

【语译】

西楼上的人儿已经离去,就像大雁一去不知飞向何方。提起分别的感受,正如杜牧十载扬州梦一觉醒来。记得当时天空云淡星稀,楚山已显现在晓色里。我们站立在河桥上,听着鸟儿啼鸣,彼此有多少话还没有来得及说出来。

现在窗外正下着雨,促织的叫声这么早就传来了。它低声地织呀织,织出我头上白发多少?这一切即使说给心上人听,她也未必都能知道。在这京城里,有多少人对着秋夜的孤灯变老了啊!

【赏析】

陈洵解释这首词说:"楚山梦境、长安京师,是运典;扬州则旧游之地,是赋事;此时觉翁身在临安也。"(《海绡说词》)这话在我看来,只有最后一句是对的,即此词是吴文英在杭州时所作。以"长安"指代"临安",在南宋习以为常,算不上"运典";至于"楚山"与"扬州",正好把用典和叙事弄颠倒了。说"扬州"是吴文英"旧游之地",不知何所据而云然,想是看词看走眼了;"梦"字本属"扬州一觉",偏移下而曰"楚山梦境",想是把"楚山"理解为楚王梦神女之巫山了。其实,吴地之山,亦可称"楚山",因其地先属吴、后属楚故也。王昌龄《芙蓉楼送辛渐》诗:"寒雨连江夜入吴,平明送客楚山孤。"岂是用典?总之,我认为此篇是梦窗在临安时怀念吴中被遣去的姬妾的词。

发端即点出"人去"。接以"雁杳",有两层意思:既是以"鸿飞那复计东西"意象比去妾,又是音信杳然之意,以"雁"代"书信",也是诗词中惯例。回想离别,如梦一场,故称"别梦";然"梦"字又为下句四字而设,即借此联成"十年一觉扬州梦"出处;用杜牧诗事,又为暗示原诗歇后一句——"赢得青楼薄幸名"。青楼,点出姬之身份;薄幸,为遣去之事自嘲;事非得已,情犹未了,又复赢得如此声名,想来不觉又带几分自怜。总之,是巧用典故而已,与想当然的所谓"旧游之地""扬州"根本拉扯不上。由"别梦"而转入当初在吴中送归妾情景。"云淡星疏",记得楚山拂晓之凄清;执手河桥,啼鸟知恨;话犹未了,从此各自东西。句短音促,如闻哽咽之声。

换头回到眼前。窗外秋雨,虫声唧唧,寓舍凄凉,不堪离愁。蟋蟀虽名促织,然本虚织无成,今谓其"织就"头上"霜丝",是化无为有、化虚为实写法。渲染愁况而总不肯用直笔说出"愁"字来。"说与萧娘未知道",点明所怀之人;"萧娘"一词,虽是对女子的泛称,但习惯上又多指姬妾艺妓之类的心上人。"未知道",即未必能够想象得到,与李清照所谓"这次第,怎一个愁字了得"(《声声慢》)的意思差不多。结尾是一句话断断续续地分为三短句,亦利用词调规定句式,在音节上增添吞声效果。至此点出身在京都,时值秋夜。不说"愁"而说"老",在程度上加深了一层,同时关合"霜丝";用反诘句以作成感喟语气;用"几人",意谓如我之处境者,或尚有人在,是推一己之愁苦而及人,则又拓展了词的意境。

贺　新　郎

陪履斋先生沧浪看梅①

乔木生云气。访中兴、英雄陈迹②,暗追前事。战舰东风悭借便③,梦断神州故里。旋小筑、吴宫闲地。华表月明归夜鹤④,叹当时、花竹今如此!枝上露,溅清泪。　　遨头小簇行春队⑤。步苍苔、寻幽别墅,问梅开未⑥？重唱梅边新度曲，催发寒梢冻蕊。此心与、东君同意⑦。后不如今今非昔⑧，两无言、相对沧浪水。怀此恨，寄残醉。

【注释】

①履斋：吴潜，字毅夫，号履斋。淳祐中，为观文殿大学士，封庆国公。曾在苏州做地方官，吴文英是他的幕客。沧浪：沧浪亭，苏州名胜；原是中吴节度使孙承祐的池馆，后废为寺，寺后又废。苏舜钦贬官苏州时用四万钱买得，作亭于丘上，后为韩世忠别墅。 ②中兴英雄：指韩世忠。中兴，指宋室南渡。 ③"战舰"句：指韩世忠黄天荡一战，未能生擒金兀术。悭：吝惜。用杜牧《赤壁》诗语"东风不与周郎便"。 ④华表归鹤：用丁令威化鹤事，见王安石《千秋岁引》"华表语"注。 ⑤遨头：宋代知州出游宴赏，城中仕女百姓都出来看热闹，称知州为遨头，即遨游之为首者的意思。 ⑥问梅开未：唐王维《杂诗》："来日绮窗前，寒梅着花未？" ⑦东君：春神。 ⑧此句或从王羲之《兰亭集序》"后之视今，亦犹今之视昔"化出。

【语译】

这里的树木都高大葱郁，云气苍然。我们来寻访南渡英雄韩世忠的遗迹，心中暗暗地追想着从前的那些事情。当年在黄天荡排开战舰与金兵激战，宋军屡屡告捷，只可惜天不助人，让金兀术给逃跑了，致使英雄的故乡神州陕北，依然沦于敌手。不久，韩公为避权奸的迫害，便辞了官，在这建过吴宫的地方找到几间房子闲居了下来。每当月明之夜，归隐在此的他，心情大概也有点像那位化鹤归辽、学道的丁令威了；可叹当年的花竹至今依旧充满生机，而人事已全非了！那枝上梅花沾着清露，就像是溅满了泪水。

您吴履斋先生为首集合了一支小小的游春队伍，走在青苔上，到此别墅中来寻访幽香，问梅树是否已经开花。在梅边重唱一支新谱的曲子，催促这寒冷枝头的花蕊早早绽放。这番心情实在与主百花的春神心思相同。将来的事情，看来会更不如现在的，就好像现在已不是从前一样。对着沧浪水，主客双方都默默无言。还是把这一腔憾恨，寄托于残杯醉梦之中吧。

【赏析】

吴文英与同僚游灵岩的《八声甘州》，虽在吊古之中有伤今成分，但毕竟词只就吴越往事咏史；本篇则又有不同，它通过寻访抗金名将韩世忠的陈迹，直接反映了当朝的时事，抒发了对国势日危的现实感慨，表现了他在政治上也富有爱国思想的一面，即况周颐所谓"与东坡、稼轩诸公，实殊流而同源"（《香海棠馆词话》）。这在梦窗词中是很少见，也是特别值得我们重视的。

首句用五字写沧浪亭的自然环境，便有杜甫《蜀相》诗"丞相祠堂何处寻，锦官城外柏森森"气象；不但暗示韩公逝去历时已久，也借大树寄托自己对英雄丰功伟绩的敬仰。再接以叙事，交待清词的主题是访其"陈迹"，追念"前事"；至于"看梅"，只不过是顺便的目标，虽则标于题中。"战舰"以下四五句，作一番回顾，将"前事"具体化。黄天荡一役，以八千宋军水路邀击号称十万金兵，韩世忠夫人梁红玉亲擂战鼓,战而胜之,威震海内;惜天不作美,未能生擒贼酋兀术,让他领败兵遁逸而去;致使神州北国仍沦敌手,英雄重归延安"故里"之梦想不能实现。杜牧诗句"东风不与周郎便","东风"是实指,"不与周郎便"是假设;化用于词中,"东风"成了虚指,只作天意命运的代表,而"悭借便"则是实实在在的遗憾,使事用典之妙如此。因故乡"梦断"难归,只得另觅"小筑",退隐闲居于吴地。不知不觉在追叙前事中将话题引回到眼前沧浪亭来。放翁诗云:"志士凄凉闲处老,名花零落雨中看。"稼轩词云:"却将万字平戎策,换得东家种树书。"词人也叹息韩公晚岁只能与"花竹"为伴。这样,就再进一步将词笔转到"看梅"的题意上来。花竹年年如此,往事已成陈迹。钱仲联引《世说新语》中"风景不殊,正有山河之异"的话来为"叹当时花竹今如此"句作注解,是很确切的。"枝上露,溅清泪。"用杜甫《春望》诗"感时花溅泪"意,点梅花。花之露恰如人之泪,这样便不露痕迹地将"看梅"事纳入"访中兴英雄陈迹"之中。

换头以"遨头"云云点"履斋先生",把题序所说的陪同他前来看梅事说全。"小簇行春队",可见尚有其他同行者若干人来此寻胜探幽,度曲填词。钱仲联又云:"问梅开未,催花唱曲,不仅是点题应有之笔,而且这是用意双关,把催花开放,隐喻对当政者寄予发愤图强的希望。东君是春神,借以指东道主人吴潜,'此心与东君同意',表明宾主的思想一致。"(均见《唐宋词鉴赏辞典》第二〇五四页)又引陈洵《海绡说词》语,说此句"能将履斋忠款道出,是时边事日亟,将无韩、岳,国脉微弱,又非昔时。履斋意主和守而屡疏不省,卒致败亡,则所谓'后不如今今非昔,两无言,相对沧浪水。怀此恨,寄残醉'也。言外寄慨,学者须理会此旨"。钱仲联以为"此论深得作者用意所在"。这些都有参考价值,故抄录以代拙说。词结尾寄恨残醉,虽态度消极,情调低沉,但毕竟也是时势使然,是不必苛责词人的。

此词首尾皆大处着眼,兴慨寄恨;题中看梅事只写在中间,又能自然融入主题。全篇清空疏宕,不事雕琢,在梦窗词中可算是表现另一种艺术风格的别调。

唐多令

何处合成愁?离人心上秋①。纵芭蕉不雨也飕飕。都道晚凉天气好,有明月,怕登楼。　　年事梦中休,花空烟水流。燕辞归、客尚淹留。垂柳不萦裙带住,漫长是、系行舟。

【注释】

① 心上秋:"心"字之上加一"秋"字,合成"愁"字。

【语译】

这愁是从哪里聚集拢来的呢?原来它是离人心上的秋啊!芭蕉纵然不被雨打也沙沙地响,听去冷飕飕的。人人都说现在夜晚凉快,天气正好,我却因为明月当空,害怕登楼望见它而引起伤感。

一年的盛事像做了一场梦那样已经过去了,万紫千红,都已成空,烟笼寒水,东流不返。燕子已离巢回南方去了,我却依然滞留在异乡作客。杨柳垂下的长条官结不住我心上人的裙带,却总是任意地将我远行的船儿系住,不让我归去。

【赏析】

梦窗词中长调大部分有镂金刻彩的特点,而小令短章也有较畅明疏快的。本篇语言浅显,纯用白描,如淡墨作画,随意挥洒;可作后一类风格的代表。词是思归之作,想念的对象,大概是他已离去的姬妾。

词的头两句说离愁。一问一答,因"愁"字由"心"上"秋"合成,遂拆字组句,用的是字谜中离合体的格式,近乎古乐府中《子夜》一类民歌的写法,语带几分诙谐机智。陈廷焯斥之为"几于油腔滑调"(《白雨斋词话》),未免太一本正经。诗词本不要定于一格,滑稽、幽默、嬉笑、嘲弄,都无不可,只要用得恰当。那么,"心上秋"的说法,除了能组字外,是否勉强呢?难道心上真有秋天不成?这就不能不说几句汉字一字多义的特点了。在诗词的特殊修辞上,这种情况尤为突出。比如说"秋"字,我们几乎不能把它在各种不同场合的不同含义,全都一一列举出来:"天气晚来秋"、"竹深夏已秋"的"秋",有凉爽的意思;"风寒叶自秋"、"海树风高叶易秋"的"秋",有飘零的意思;"山容客鬓两添秋"、"胡未灭,鬓先秋",与色有关;"四壁老蛩秋"、"沧江雁送秋",与声有关;"梅子黄时麦已秋",则是成熟;"江含万籁客心秋",则是悲凄,如此等等。此词中"秋"的用法与末例同,正说愁绪之造成,因离人心境凄凉也。当然,时值秋天,也是用字的依据。此外,发端"何处"二字也宜注意,词人告诉我们:愁之生成,不在外界天地之秋至,而在于离别之人内心已似衰秋,犹芭蕉不待雨打,也觉飕飕生凉。写景之中,兼有比兴。后三句正证明人之心态不同,其悲欢自异。同为秋夜,人喜晚凉月明,我则怕登楼伤感,只因月圆人不圆也。

换头承前续说感秋,怀人之意仍隐约其中。时序至秋,繁华都尽,花落水流,更无赏心乐事;而言"梦中"者,亦杜牧江湖落魄、扬州一觉之梦耳。"花空烟水流",参梦窗他作所言情事,当亦暗伤佳人何处,非泛泛叹青春易逝、年华渐老也。燕已辞巢南归,人尚淹留作客,此诗歌之传统意象,曹丕《燕歌行》云:"群燕辞归雁南翔,念君客游思断肠。慊慊思归恋故乡,何为淹留寄他方?"即其所本。结尾二句,就即景之"垂柳"做文章,柳本关合离情,秋柳长条低垂似索,故言能"萦"能"系",然该萦绾住"裙带"偏"不萦",不该系住"行舟"又偏"漫""系"之。"不系裙带住",则言姬妾已去甚明。以痴语对垂柳发泄怨恨,既有诗趣,也有情致。

黄孝迈

黄孝迈(生卒年不详),字德文,号雪舟,生平不详,有《雪舟长短句》,已佚。

湘春夜月

近清明,翠禽枝上消魂。可惜一片清歌,都付与黄昏。欲共柳花低诉,怕柳花轻薄,不解伤春。念楚乡旅宿,柔情别绪,谁与温存？　　空尊夜泣,青山不语,残照当门。翠玉楼前,惟是有、一陂湘水①,摇荡湘云。天长梦短,问甚时、重见桃根②？者次第③,算人间没个并刀④,剪断心上愁痕。

【注释】

① 陂:池。　② 桃根:晋王献之妾桃叶的妹妹。见姜夔《琵琶仙》"桃根桃叶"注。　③ 者次第:这许多情况。　④ 并刀:古时并州产的剪刀,以锋利著称。见姜夔《长亭怨慢》注。

【语译】

清明快到时,枝头上翠绿色羽毛的鸟儿遏制不住心头的忧伤。可惜它那一片美妙的歌声,都献给了令人发愁的黄昏。我想要低声对柳絮诉说,又怕轻薄的柳絮不能理解人为何要伤春。想想自己旅宿于楚地异乡也够凄凉的了,满怀着柔情别绪,又能跟谁去温存呢?

夜饮杯空,不觉泣下;青山寂寂,总无一语;月儿将落,当门相照。翠玉楼前,有的只是一池湘水,水波摇荡着湘云。天长地阔,好梦短暂,试问什么时候,能重见我的心上人呢?这种种情景,细想起来,人世间没有一把并州的快剪刀,能够剪断我心上的愁绪。

【赏析】

黄孝迈的词留存下来的极少。万树《词律》云:"此调他无作者,想雪舟(孝迈的号)自度,风度婉秀,真佳词也。"是的,所以这首自度曲的调名《湘春夜月》,也可以当作题目来看。当然,楚湘的春夜月色,只是地、时与景物,词中所抒之情,还是伤春恨别,怀念远人,对象是与作者有过短暂情缘的女子。

时近清明,春光将暮,柳花欲飞,鸟儿乱啼。因自身在"楚乡旅宿","柔情别绪"难禁,不免感春伤怀,便在写景之中移情于物,将"翠禽"、"柳花"拟人,但一个说它"消魂",一个说它"不解",一正一反也有变化。最后才直接抒写自己羁旅的寂寞孤凄。

换头"空尊夜泣",承上片旅宿凄凉,说酒未消愁,点出"夜"字。接着仍先从写景入手。"残照",在这里不是残阳,而是残月,因是夜景,也可从有题意的词调名见出。"翠玉楼",即"旅宿"之所。此处"湘水",亦非湘江,而是泛指湘地之水,用以应前"楚乡"。"天长梦短"以下,则又直接抒情,与上片同一章法。

此词有不少处与姜夔词意象相似。如白石云:"有翠禽小小,枝上同宿。"(《疏影》)此则云:"翠禽枝上消魂。"白石云:"最可惜,一片江山,总付与啼𫛢。"(《八归》)此则云:"可惜一片清歌,都付与黄昏。"白石云:"翠尊易泣,红萼无言耿相忆。"(《暗香》)此则云:"空尊夜泣,青山不语。"白石云:"荡湘云楚水,极目伤心。"(《一萼红》)此则云:"惟是有、一陂湘水,摇荡湘云。"白石云:"算空有并刀,难剪离愁千缕。"(《长亭怨慢》)此则云:"算人间没个并刀,剪断心上愁痕。"就连黄词中借"桃根"指情人,也是姜词中所常用者。所以如查礼之评赞云:"雪舟才思俊逸,天分高超,握笔神来,当有悟入处,非积学所到也。"(《铜鼓书堂遗稿》)总觉誉扬太过。

潘希白

潘希白(生卒年不详),字怀古,号渔庄,永嘉(今浙江温州)人。理宗宝祐元年(1253)进士,干办临安府节制司公事,德祐初,以史馆检校召,不赴。

大　有

九　日

戏马台前①,采花篱下,问岁华、还是重九。恰归来、南山翠色依旧。帘栊昨夜听风雨,都不似登临时候。一片宋玉情怀②,十分卫郎清瘦③。　　红萸佩④,空对酒。砧杵动微寒,暗欺罗袖。秋已无多,早是败荷衰柳。强整帽檐敧侧⑤,曾经向天涯搔首。几回忆、故国莼鲈⑥,霜前雁后。

【注释】

① 戏马台:宋武帝重阳曾登,见吴文英《霜叶飞》"荒台"注。　② 宋玉情怀:宋玉作《九辩》,有"悲哉秋之为气也"语,见柳永《戚氏》注。　③ 卫郎:指晋人卫玠,见周邦彦《大酺》注。　④ 红萸佩:重阳有佩茱萸的习俗。见吴文英《霜叶飞》注。　⑤ 整帽檐:用晋孟嘉重阳登高,风吹帽落事。见刘克庄《贺新郎·九日》注。　⑥ 莼鲈:用晋张翰见秋风起,思故乡莼菜羹鲈鱼脍而辞官事。

见辛弃疾《水龙吟》注。

【语译】

宋武帝登临的戏马台前,陶渊明采菊的东篱之下,欲问一年之中今何时,又到九九重阳节了。恰好归来,见那南山还像从前一样苍翠。昨夜隔着帘幕窗棂倾听风雨之声,与今天登高临远所见的景象全然不同。我像宋玉那样充满悲秋情怀,又像多病的卫玠变得十分清瘦。

佩着红茱萸,对酒也枉然。微微的寒气已随捣衣的砧杵声袭来,暗地里欺我罗袖单薄。秋色已所余无几,早就是枯荷衰柳,一片萧瑟。我勉强地整一整被风吹落而戴歪了的帽子,也曾经无可奈何地望天涯搔着白头。我几次回忆起故乡秋日里的美味佳肴而思归,当那寒霜降落之前、大雁南飞之后。

【赏析】

"九日",即农历九月九日重阳节。诗词中吟咏这一佳节的作品不少。查礼评此词云:"用事用意,搭凑得瑰玮有姿,其高淡处,可以与稼轩比肩。"(《铜鼓书堂遗稿》)称此词的特点在长于用事,说得还是有一定道理的。

发端在点出"重九"之前,先说重九的两大习俗:登高和采菊,然仅从两个地点来表示,这就依靠用典。故"戏马台"并非实指彭城其地;归来见南山不改旧时翠,这"归来"是承前而说的,即登高和采菊归来,非归故乡意,所以"南山"也不过是陶潜"采菊东篱下,悠然见南山"诗意的再用。接着补出登临时之秋高气爽,又偏不直接描述,而从回顾"昨夜听风雨"情景落笔,然后接以"都不似"三字已足,句意含蓄,善于措辞。片末两句,仍借典故转为抒情,悲秋、多病之意,藏而不露。

下片佩萸、饮酒,皆九日事,着一"空"字,见愁绪难遣,借此承上阕结意。"砧杵",是说捣衣之声,其"微寒"已"暗欺罗袖",却不知家人可遥寄我寒衣否,不觉已暗逗"天涯"之思。孟嘉落帽事,虽为写重九诗词所惯用,但本领之高低,也看能否用得灵活自然。这里,不用"风""吹""落"等字样,而只出"强整"二字,再加下句的"搔首",用意自明(帽落始得搔首),且又从中带出归思无奈之意来;结用"莼鲈"典,避"秋风"之熟,而曰"霜前雁后",以紧切时令,真可谓"搭凑得瑰玮有姿"。

无名氏

无名氏,原作"黄公绍",唐圭璋《宋词三百首笺注·自序》:"无名氏《青玉案》一首误作黄公绍。"词后注云:"黄公绍《在轩词》不载此首,秦刻本《阳春白雪》、《翰墨大全》、《花草粹编》等书引此首均不注撰人。唯《词林万选》、《历代诗余》作黄词。"

青玉案

年年社日停针线①,怎忍见,双飞燕?今日江城春已半,一身犹在,乱山深处,寂寞溪桥畔。　春衫着破谁针线②?点点行行泪痕满。落日解鞍芳草岸,花无人戴,酒无人劝,醉也无人管。

【注释】

① 社日停针线:唐宋时妇女在社日不动针线。张籍《吴楚歌词》:"今朝社日停针线,起向朱樱树下行。"　② 谁针线:谁来缝补或缝制。

【语译】

每年到了春社那一天,妇女们都停了针线活,外出游乐;遇到这种日子,我怎忍见双双对对的燕子飞来?今天江城正好已是春天的一半,可我依然只身在乱山的深处和寂寞的溪桥边。

春衫都已穿破了,又有谁来替我缝补?衣襟上都沾满了我点点行行的泪痕。夕阳西下时,我解下马鞍在长满芳草的岸边休息,这儿的鲜花没有人采来戴,我消愁自饮,没有人来为我劝酒,喝醉了也没有人来理会我。

【赏析】

词写游子的春愁。

"箫鼓追随春社近"(陆游《游西山村》),当时江南农村的春社是很热闹的,祭社(祭土地神)祈丰、迎神赛会,男男女女都结伴出门观看盛况;因此,按风俗那一天妇女们也都放下手中的针线活计不做了,称之为"忌作"。"每逢佳节倍思亲",碰到这样的日子,对于长年羁旅在外的作者来说,自然会更苦苦地思念家中的妻室了。

词起头用张籍诗而改"今朝"为"年年",正为表明自己漂泊在外岁月已久,家中妻子社日独处也不止一次了。本来是夫妻可携手同游的日子,如今且不说见到人家夫妻团聚会引起感触,即使是春社前后刚飞来的燕子,因为成双成对,所以也不忍见。"今日"句以下,点明游子的处境,也是交待不忍见双燕的原因。春社正是春分前后,所以说"春已半"。"江城",是游子客居之地;"乱山"、"溪桥",为其行路所经,突出环境的荒僻、冷落。"一身"与"寂寞"关合,"已"与"犹"相应,借此强调羁旅之辛苦与孤单。

换头"春衫着破谁针线"句,句意承上片末尾,字面上"针线"二字却有意与上片起头重复,使前后的联系更其紧密;只是"针线"在这里作动词用。"着破"二字,见在外为时之久和旅途奔波之劳。

衣上沾满泪痕,是辛酸泪,也是相思泪。最后"落日"点明时间,此正增愁之际。"解鞍",补明人在旅途。"芳草岸"与前"溪桥畔"相呼应,而古诗"青青河边草,绵绵思远道"之意象暗含其中。结尾三句,说有好景而无人同赏,欲消愁而无人劝酒,醉倒时也无人扶持,连用"无人"排比,跌宕多姿,充分发挥了词体裁形式的特长。故先著评此词以为末三句"与晁补之《忆少年》起句:'无穷官柳,无情画舸,无根行客',同一警绝。唐以后特地有词,正以有如许妙语,诗家收拾不尽耳。"(《词洁》)也正是这个意思。

朱嗣发

朱嗣发(1234—1304),字士荣,号雪崖,乌程(今浙江湖州)人。居家专志奉亲。宋亡,举充提学学官,不赴。《阳春白雪》中录其词一首。

摸 鱼 儿

对西风、鬓摇烟碧,参差前事流水。紫丝罗带鸳鸯结,的的镜盟钗誓①。浑不记,漫手织回文②,几度欲心碎。安花着蒂。奈雨覆云翻,情宽分窄③,石上玉簪脆④。　　朱楼外,愁压空云欲坠。月痕犹照无寐。阴晴也只随天意,枉了玉消香碎。君且醉。君不见、长门青草春风泪⑤。一时左计⑥,悔不早荆钗⑦,暮天修竹,头白倚寒翠⑧。

【注释】

① 的的:明明白白。　② 回文:用苏蕙织锦事。见晏几道《六幺令》注。　③ 分:情份,缘份。　④ 玉簪脆:谓愤恨摔碎玉簪。　⑤ 长门青草:用汉武帝将陈皇后打入长门宫事。见辛弃疾《摸鱼儿》注。五代薛昭蕴《小重山》:"春到长门春草青。"　⑥ 左计:失算。　⑦ 荆钗:妇女过贫贱的生活。《列女传》:"梁鸿妻孟光,荆钗布裙。"　⑧ "暮天"二句:杜甫《佳人》诗:"天寒翠袖薄,日暮倚修竹。"

【语译】

我满头的鬓发被西风吹得如同青烟一样地摇曳,大大小小的往事都已尽付流水。紫色的丝罗带上还打着鸳鸯结,让爱情天长地久的誓盟也说得明明白白。这些他全都忘了,我徒然地给他写信寄诗倾诉衷情,多少次令我的心都碎了。我想把落花重新安放到花蒂上去,怎奈他翻手为云、覆手为雨,变化无常。我的感情虽然深厚,但缘分却太浅薄了。就像摔玉簪于石上立刻脆折了,我们之间的关系已无可挽回地断绝了。

在我凭栏的红楼外,我心头沉重的愁怨似乎压得天上的云也要下坠了,月儿的光影还照着不眠的我。人之悲欢恰如月之阴晴,也只好随从天意了,既然命运如此,即使我香消玉碎,也只是白白送命罢了。可怜的人啊,你姑且醉酒自宽罢!你难道没有看见吗,汉代宠极一时的陈皇后,一朝被打入长门冷宫,还不是只能在春风中对着青青的春草而流泪?唉,只怪我一时失算,真后悔不早早选择过荆钗布裙的贫贱生活,像杜甫笔下的佳人,当天寒日暮时,独自倚着修竹,直到头白都深居幽谷,过那清清白白的日子。

【赏析】

男女相爱之初,情意绵绵,信誓旦旦;但后来男的负心,不念旧情,造成了被弃女子的极大痛苦。这是诗歌中的一个古老的题材,《诗经》、汉乐府中都有,本篇也是一首弃妇词。

词开头先写一位女子青丝般的鬓发被西风吹得乱似飞烟,这一形象中便使人感受到一种悲剧的气氛。接着说大小前事,尽付东流,是揭示形象的意义,但却是模糊的,因为我们还不能确定究竟是什么性质的"前事",至"紫丝"二句一出,才完全清楚了。"镜盟钗誓",即爱情的海誓山盟,用的是徐德言夫妇破镜重圆和李、杨定情赠金钗钿合事。"浑不记",是说男的;"漫手织回文",是女的自述。"几度"二字,可见女子曾苦苦挣扎,欲挽回而不可得。"安花着蒂",是比喻,犹言泼水欲收,以痴语写痴情最好。转说男子薄幸,语用杜甫《贫交行》"翻手作云覆手雨,纷纷轻薄何须数"意。片末"石上玉簪脆"五字,说断绝彼此情谊,可作比喻看,也可作实叙不幸女子的愤恨举动看。

换头"朱楼外"三句,遥应词的发端,由此而知"对西风"云云,乃弃妇月夜无寐,于朱楼凭栏时的情景。"阴晴"二字,承上句,指月而言,比喻人之悲欢,此东坡中秋词语意。"玉消香碎",是假设语,此句说因此含恨而死实在不值得。接着"君且醉"、"君不见"二"君"字,非指对方,乃女子自谓,或称内心独白,诗词中有此用法。"长门"之事与"荆钗"生活,借自悔"一时左计"而作了强烈的对比;融入杜甫《佳人》诗意作结,最为精警,重铸新辞时,遣词造句也极老练。

刘辰翁

刘辰翁(1232—1297),字会孟,号须溪,庐陵(今江西吉安)人。少登陆九渊门,补太学生。理宗景定三年(1262)进士,廷试对策,忤贾似道,置丙第,以亲老,请濂溪书院山长。荐居史馆,又除太学博士,皆固辞。宋亡,隐居不仕。词多写亡国之痛,悲郁苍凉。有《须溪词》。

兰 陵 王

丙 子 送 春①

送春去,春去人间无路。秋千外、芳草连天,谁遣风沙暗南浦!依依甚意绪?漫忆海门飞絮②。乱鸦过、斗转城荒,不见来时试灯处③。　　春去,谁最苦?但箭雁沉边,梁燕无主,杜鹃声里长门暮。想玉树凋土④,泪盘如露⑤。咸阳送客屡回顾,斜日未能度。　　春去,尚来否?正江令恨别⑥,庾信愁赋⑦,苏堤尽日风和雨。叹神游故国,花记前度。人生流落,顾孺子,共夜语。

【注释】

① 丙子:宋恭帝德祐二年(1276)。是年春,元军攻陷临安,南宋事实上已亡国。　② 海门:部分朝臣及宗室由海路逃往福建。今浙江台州有海门其地。③ 试灯:元宵前张灯试赏。　④ 玉树凋土:相传何充吊唁庾亮云:"埋玉树于土

刘辰翁　兰陵王

中,使人情何能已!" ⑤ 泪盘如露:用李贺《金铜仙人辞汉歌》事,汉武帝时,于建章殿前铸铜人,手托承露盘。汉亡后,魏明帝诏西取金铜仙人,铜人临载,竟潸然泪下。故李贺诗有"忆君清泪如铅水"、"衰兰送客咸阳道"等句。　⑥ 江令恨别:南朝梁江淹曾作《别赋》、《恨赋》。　⑦ 庾信愁赋:见姜夔《齐天乐》"庾郎先自吟愁赋"注。

【语译】

送走了春天,春天去了,人间却无路可寻。往日游乐的秋千外,今已芳草连天,是谁让风沙卷起,遮蔽得送别的南浦一片昏暗?别时恋恋不舍,这是怎样的心情啊?我徒然地想象着春去时,柳絮在海门四散飘飞的景象。成群乱哄哄的乌鸦聒噪而过时,北斗转向,城池荒芜,年初来时,挂满迎元宵的华灯的地方,现在已见不到灯火的踪影。

春天去了,究竟是谁最苦呢?只见中了箭的大雁,向着遥远的边地沉没,梁间的燕子,找不到自家的主人,在杜鹃的悲啼声里,寂寞的长门宫已暮色来临。我想,珍贵的玉树被埋入泥土了,被拆走的金铜仙人所托的承露盘上,清泪点点,犹如露珠。在咸阳大道上送别,见远去的铜人还屡屡回顾,直到夕阳西斜,犹能见其身影。

春天去了,还能再回来吗?正是作《别赋》的江淹恨此间离别,作《愁赋》的庾信愁为此作赋,苏堤之上,从早到晚,总是风吹雨打。我叹息故国从此只有神魂能够重游了,道士种下的桃花,也成为从前观赏时留下的记忆了。原来人生竟只能如此流落,我只好跟自己的孩子一道,在深夜里对话了。

【赏析】

这首词题为"送春",其实是伤悼南宋的灭亡。丙子年(1276)的元月下旬,元军进攻南宋首都临安;二月,临安失陷;三月,宋恭帝及太后等即被掳北去,虽宰相陈宜中及部分宗室从浙江台州之海门经海路逃往福建,在福州拥立赵昰为端宗,继续抗元,但事实上南宋已亡。这正好是春归时节的事。故陈廷焯云:"题是送春,词是悲宋,曲折说来,有多少眼泪!"(《白雨斋词话》)

词分三叠,每叠都以"春去"字样起头。"春",成了南宋王朝的象征。

一叠,"春去人间无路",可视作全篇的主题。"秋千",代表了昔日欢乐的回忆。"芳草连天",暗示离恨无限,故下文出"南浦"——传统意象中的送别之处。"风沙暗",又是形势险恶、令人不知所从的象征。词以狂风中不知被吹向哪里的"飞絮",比慌乱中经海路南逃的一群,可谓恰当之至。"乱鸦",是喻指元军,其所"过"处,国破家亡,一切都变了样,故以"斗转"为喻。京城元宵前,尚见灯火辉煌,遭劫后,便成一片黑暗世界矣!故曰"不见"云云。

二叠,先提出"谁最苦"来,以下便从几方面来回答:(一)"箭雁沉边",比喻被俘虏北去的君臣;中箭之雁,坠向边远,自然一去无归,设喻生动。(二)"梁燕无主",比喻南宋的臣民,他们在"人去梁空巢也倾"的情况下,惶惶而无可依傍。(三)"杜鹃声里长门暮",我以为除写临安宫苑凄凉外,也有作者自比的成分在:杜鹃泣血,在杜甫写天子蒙尘的诗中常用;"长门"事,不但被皇帝疏远时可用,思念皇帝而见不到时也可以用。所以下面几句借金铜仙人辞汉事,着重写恭帝被掳北去。

三叠,以哀怨动人的"尚来否"三字领起,抒写国破后自己的悲苦心情和故国之思。"正江令"二句,用事极巧,"恨别"、"愁赋",既作句中谓语来形容自己的愁恨心态,又关合江淹、庾信颇享盛誉的赋作篇名。同样,"叹神游"二句,也可见出作者化用前人诗词的技巧:"神游故国",出苏轼《念奴娇·赤壁怀古》词;"花记前度",用刘禹锡《再游玄都观》诗,均极灵活,也是对春"尚来否"的回答。末以"顾孺子,共夜语"作结,寂寞凄凉之境况,写来历历如见。

伤春是诗词中最常见的主题,但像本篇只取伤春词的外表及常用语词、意象,而来写历史重大题材的,除稼轩外,还是不多的。这种曲折隐晦的写法,不是因为政治上有什么顾忌,而是为适合词这种体裁形式的艺术表现上的需要。

宝 鼎 现

红妆春骑,踏月影、竿旗穿市①。望不尽、楼台歌舞,习习香尘莲步底。箫声断,约彩鸾归去②,未怕金吾呵醉③。甚辇路、喧阗且止,听得念奴歌起④。　　父老犹记宣和事⑤。抱铜仙、清泪如水。还转盼、沙河多丽⑥。滉漾明光连邸第,帘影动、散红光成绮。月浸葡萄十里⑦。看往来、神仙才子,肯把菱花扑碎⑧?　　肠断竹马儿童,空见说、三千乐指⑨。等多时,春不归来,到春时欲睡。又说向、灯前拥髻⑩,暗滴鲛珠坠⑪。便当日、亲见《霓裳》⑫,天上人间梦里。

【注释】

① 竿旗穿市:悬旗于竿,穿过市街。苏轼《上元夜》诗:"牙旗穿夜市。" ② 彩鸾:林坤《诚斋杂记》:大和末,有书生文箫出游,见一女子名彩鸾,姿色绝佳,意其神仙,后两情相眷恋,同归钟陵为夫妻。 ③ 金吾:执金吾,官名,掌警卫夜禁等职。宋时京师有金吾禁夜制度,唯元宵夜,敕许金吾弛禁,前后各一日。 ④ 念奴:唐天宝时著名歌女。 ⑤ 宣和:北宋徽宗年号。 ⑥ 沙河:塘名,在钱塘南五里,这一带当时居民甚盛,歌管不绝。 ⑦ 葡萄:喻湖水的绿色。李白《襄阳歌》:"恰似葡萄初酦醅。" ⑧ 菱花扑碎:用南朝陈亡后,徐德言和乐昌公主将镜子打破,各分其半的典故。 ⑨ 三千乐指:宋时教坊大型乐队由三百人组成,一人十个手指,故称"三千乐指"。 ⑩ 拥髻:以手拥髻,女子愁苦状。 ⑪ 鲛珠:指代眼泪。传说南海中有鲛人,泣则生珠。 ⑫《霓裳》:唐玄宗时之名曲《霓裳羽衣曲》。

【语译】

开春,红妆少女跨着轻骑,踏着明月的光影,打着彩旗,穿过市街。一眼望不尽的是重重楼台、处处歌舞,阵阵香风在女子轻盈的步履下扬起灰尘。箫鼓声停后,年轻人约了美丽的情侣双双回去,由于元夕解除了夜禁,他们喝醉了也不必担心会受到警官的呵责。正奇怪皇家大道上喧闹声怎么暂时停止了,只听得一旁响起了那位歌唱女明星美妙的歌声。

父老们还记得宣和年间的旧事。当金铜仙人辞别汉官去往异国时,他们抱着铜仙,眼中的泪水如清泉般地涌出。没奈何,又转而盼望杭州沙河塘的风景能绚丽多彩。元宵在水边设置灯火,光灿烂地与官邸第宅相连,珠帘影摇动,散发出的红光犹如带花纹的罗绮。一轮明月,静静地浸泡在十里葡萄绿的西湖水中。你看,来来往往的才子佳人,谁能预想到将会有国破家亡之祸,而肯把菱花镜先打破,以作日后团圆的凭证呢?

那些骑竹马的儿童们,自恨无缘得见从前的盛况,徒然地听老人说当年教坊乐队有三千只手指一齐奏乐。他们等待多时,也没有等到元宵夜春天回来,到了春来时刻,又早已都困倦欲睡了。把往事再说为妇女们听,她们只是在灯下手抱发髻,满脸愁云,偷偷地淌着眼泪。唉,即便当年能亲眼目睹演奏《霓裳羽衣曲》的热闹场面,今昔景况之异,犹如天上与人间之别,那还不是一场梦吗?

【赏析】

张孟浩云:"刘辰翁作《宝鼎现》词,时为大德元年(1297),自题曰'丁酉元夕',亦义熙旧人(指陶潜)只书甲子之意。"(《历代诗余》引)"丁酉元夕"之题,各本多不见,且丁酉在丙子(元军陷临安)二十一年之后,刘辰翁卒于是年;张孟浩的话是否靠得住,还难说。不过有一点是可以肯定的,即填词之时,南宋已亡。

这首长调共有三叠,分别写了三个不同时期的元宵节,借此来抒发自己的故国之思和亡国之痛。

一叠,写的是北宋时汴京元宵的盛况。多角度地描写了节日京城街衢的热闹场面,其中女性形象("红妆"、"莲步"、"彩鸾"、"念奴")最突出,这就成功地渲染了元宵节特殊的喜庆气氛。因为封建时代的妇女平时是较少出门的,现在轻骑红妆,踏月(十五是月圆之时)穿市,抛头露面,知非寻常之日可比。"习习香尘莲步底",又可见熙熙攘攘、往来裙钗之多。"约彩鸾归去,未怕金吾呵醉",写出此夜男女寻欢约会、饮酒作乐,更比平时自由开放。其中又借金吾弛禁,点出是京师元夕。歇拍二句,讶辇路之无声,听念奴之歌起,更写成亲身经历的细节印象,故尤为生动。

二叠,过片"父老犹记宣和事"一句,总挽前叠,补出"宣和"二字,点明以上是北宋汴京事,脉络分明。其中"犹记"二字,自然而然地已转入到南宋。紧接"宣和"的是"靖康之变",北宋灭亡,徽、钦二帝被掳北去。故借金铜仙人之辞汉作比,不过李贺诗是临别时铜人"忆君清泪如铅水",此则改为"抱铜仙"之臣民落泪,亦善于点化。南宋既立,转而盼杭州之奢华逸乐的苟安日子得以长久,故以下转入对临安元夕盛况的描写。十里西湖,灯月映辉,写来与林升诗"直把杭州作汴州"同慨。末句"肯(岂肯;谁肯)把菱花扑碎",又暗示国破家亡之大祸即将降临,自然向三叠过渡。

三叠,写眼前元夕的景况,感怀旧事以抒悲情。过片的方法与二叠对应而变化之:二叠用老人犹记旧事,界出北宋与南宋;三叠用儿童未及见昔日之盛,区别宋朝与元朝。"断肠"与"空"字对应,在这里是深憾生不逢辰的意思。因长辈说"三千乐指",小儿遂久"等"元宵的到来,也想看一点热闹。哪知元朝由蒙古贵族统治,非汉人习俗,元夕冷冷清清,儿童无趣味,而困倦"欲睡"。妇女心中则别有辛酸,故独对孤灯,暗自垂泪。"拥髻",言愁苦之状,语出《飞燕外传》:"顾视烛影,以手拥髻,凄然泣下,不胜其悲。"这一段描写与前两叠形成强烈对比与反差。末了"便当日、亲见《霓裳》",又回应前"空见说、三千乐指",以退为进,逼出末句来。南唐李后主(煜)亡国后,作《浪淘沙》词云:"梦里不知身是客,一晌贪欢。独自莫凭阑,无限江山。别时容易见时难。流水落花春去也,天上人间。"结句正用其语写深沉的哀痛。

永 遇 乐

余自乙亥上元①,诵李易安《永遇乐》,为之涕下。今三年矣,每闻此词,辄不自堪,遂依其声,又托之易安自喻,虽辞情不及,而悲苦过之。

璧月初晴,黛云远淡,春事谁主?禁苑娇寒,湖堤倦暖,前度遽如许。香尘暗陌,华灯明昼,长是懒携手去。谁知道、断烟禁夜,满城似愁风雨。　　宣和旧日,临安南渡,芳景犹自如故。缃帙流离②,风鬟三五③,能赋词最苦。江南无路,鄜州今夜④,此苦又谁知否?空相对、残釭无寐⑤,满村社鼓。

【注释】

① 乙亥上元:恭宗德祐元年(1275)元宵节。 ② 缃帙:浅黄色的书衣,因以称书卷。流离:散失。 ③ 风鬟三五:李清照《永遇乐》:"中州盛日,闺门多暇,记得偏重三五。……如今憔悴,风鬟雾鬓,怕见夜间出去。" ④ 鄜州今夜:杜甫身陷安史叛军占领的长安,其家眷则寄居于鄜州(今陕西中部富县),作诗云:"今夜鄜州月,闺中只独看。遥怜小儿女,未解忆长安。" ⑤ 残釭:残灯。

【语译】

夜色初晴,明月如一轮璧玉,青云淡薄而高远,如今谁是元宵佳节这春天美好事情的主人呢?宫苑里尚能感到微弱的寒意,西湖长堤上暖风已令人倦慵,上一次来到这儿以后,时间竟过得如此之快啊!那时,往来车马和步履扬起的香尘,使道路为之昏暗,华丽的花灯燃起的烛火照得黑夜通明如同白昼,而我却老是懒得与人手拉手前去游赏。谁能想到如今元宵竟断绝了烟火,实行了宵禁,满城的人都愁得好像遇到了风雨交加的天气一样。

从宣和年间的汴京旧日,到建都临安的南渡,虽有山河之异而美好的自然景物却依然没有改变。而我的大量藏书都在那时散失了,遇到三五元宵,也任由风吹乱发,一副憔悴的样子;只凭能填几首词来诉说内心的创伤,实在是最痛苦的事了。江南虽好,已无路可走,我像国破家亡后身陷贼境的杜甫,在月夜里思念着被隔绝的亲人,这种痛苦又有谁能知道呢?我徒然地独自面对残灯而不能入睡,只听得满村传来迎春社的鼓声。

刘辰翁　永遇乐

【赏析】

从词的小序中我们知道,此词是作者读李清照同调上元词(落日熔金),深感身世相似,引起共鸣而创作的。填词时,临安陷落于元军已经两年,南宋虽尚有残余政权在闽,但事实上它已经灭亡了。所以在词中北宋之亡于金,又被比作南宋之亡于元,李清照的遭遇和悲感,便是作者的"自喻"。

词从"璧月"写起,正三五元宵之景。"春事谁主?"为一篇之主干,主要也指元宵节令而言。"禁苑"、"湖堤",点明是南宋京都临安之事。"前度",用刘禹锡《再游玄都观》诗"种桃道士归何处,前度刘郎今又来"典故,指临安被元军占领之前,自己曾经来过,今番又来,已是陷落之后。前后相隔时间未必很短,但忆昔抚今,不免感慨岁月如流,往事仿佛就在昨天,故云"遽如许"。"香尘暗陌"三句,承"前度"而言,写的是当年元夕情景;"香尘"句,尤其仕女出游之盛。而自己竟懒怠出门,即易安词所说的"来相召,香车宝马,谢他酒朋诗侣"。接着三句说,如今即便想去,也不可能了,因为在元军占领下,元夕已"断烟禁夜",冷落萧条,使满城之人为之而发愁,犹如灯月佳节,忽然遇上风雨大作。

因为要"托之易安自喻",所以下阕过片从"宣和旧日,临安南渡"叙起,以切易安之身世遭际。"芳景犹自如故"句,实有表里两层含意:对李清照来说,她南渡后,的确常忆及宣和年间的汴京旧事,每生"风景不殊,正自有山河之异"(《世说新语》)的悲慨,言芳景如故,实叹山河变色;对刘辰翁来说,则又有别的含义,大概说,国家遭难而赵构南渡至临安后,元宵之"芳景",尚可比宣和旧日之盛(即上片"香尘"二句所写);至临安被元军攻破后,则真无"芳景"可言矣(已"断烟禁夜")!"缃帙流离"三句,是李易安实事,或须溪之遭际亦有相似处。至"江南无路"三句,则更多是切合宋亡后刘辰翁自己的境况。他的家远在庐陵(今江西吉安),自己则困在被元军占领的"江南"东海沿岸,欲归而"无路"。结尾借"残釭无寐"与"满村社鼓"两种苦乐不同的景象所形成的反差,来表现自己处境的不堪,以增强词的悲剧气氛,其机杼正与易安词"不如向、帘儿底下,听人笑语"同。

摸 鱼 儿

酒边留同年徐云屋①

怎知他、春归何处?相逢且尽尊酒。少年袅袅天涯恨,长结西湖烟柳。休回首,但细雨断桥,憔悴人归后。东风似旧,向前度桃花,刘郎能记,花复认郎否②?

君且住,草草留君剪韭③,前宵正恁时候④。深杯欲共歌声滑,翻湿春衫半袖。空眉皱,看白发尊前,已似人人有。临分把手,叹一笑论文⑤,清狂顾曲⑥,此会几时又?

【注释】

① 徐云屋:作者同榜中进士的友人。 ② "东风"四句:用唐刘禹锡《再游

玄都观》诗:"种桃道士归何处,前度刘郎今又来。" ③ 剪韭:杜甫《赠卫八处士》诗:"夜雨剪春韭,新炊间黄粱。" ④ 恁:这。 ⑤ 论文:杜甫《春日忆李白》诗:"何时一樽酒,重与细论文?" ⑥ 顾曲:《三国志·吴书·周瑜传》:"瑜少精意于音乐,虽三爵之后,其有阙误,瑜必知之,知之必顾。故时人谣曰:'曲有误,周郎顾。'"

【语译】

谁知道春天他回到哪里去了。能够见面很难得,姑且把杯子中的酒喝干罢!我们年轻时一别千里的绵绵柔弱的离恨,总是与这西湖烟柳联系在一起的。不必去回顾从前的事了,在白堤的断桥上,只有蒙蒙细雨令人发愁,当憔悴的人儿重新回来之后。东风阵阵,依然跟过去一样,我刘郎还记得这些前番来时见到过的桃花,但不知桃花还能认得出我刘郎否?

请您别忙着离去,前天晚上我草草地略备了些粗馔留您,也正是这个时候。我曾想让大杯大杯的酒和歌声一齐奔放,结果反落得春衫的袖子一半都被眼泪打湿了。皱眉发愁也徒然,看看对着酒杯的白发,好像彼此头上都已经有了。临别时,互相握住对方的手,慨叹细论诗文的妙处,能各自会心地一笑,辨听乐曲的失误,又无所顾忌地表露出来,这样有意思的相聚,几时能再有机会呢?

【赏析】

作者与徐云屋是同榜进士,他们同赴临安进士试是宋理宗景定三年(1262),当时刘辰翁年三十,大概就是那段时间彼此结下友谊的。不久,各分东西,相隔很多年后,才又相逢于西湖上。"更为后会知何地,忽漫相逢是别筵。"(杜甫《送路六侍御入朝》)可惜短暂的相会后,又要分手了。这首饯别词就是在这样的情况下写的。

词开头说,"怎知他、春归何处?"这"春"代表着彼此的青春岁月,也象征着南宋的安乐年代。这些都"归"去了,当然令人丧气,但"相逢"毕竟难得,所以劝友"且尽尊酒"。"怎知"与"且"配搭,准确地表现了两人所处的境况、彼此的情谊和"相逢"后"酒边"的情态。然后用两句回忆早年结识又远别的憾恨。"长结西湖烟柳",点出地点,交待他们当时曾携手湖边,留下了一段美好的回忆。接着又以"休回首"抹去,词笔曲折起伏,"但细雨"二句,说此次归来后,人已"憔悴",故眼中所见的西湖也蒙上了一层哀愁,但只借"细雨断桥"景象暗示。再后四句,借刘禹锡《再游玄都观》诗意发感慨,巧在梦得与须溪同姓,故"刘郎"之称成了出典与直接自述的结合;又进一步将花拟人,说自己还记得"前度桃花",未知花又如何;虽用问句,实则是说花见我如此"憔悴"也应不识了。此真所谓"年年岁岁花相似,岁岁年年人不同"也。

正因为人生易老,世事变迁倏尔,邂逅相逢就更值得留恋了,故过片直用"君且住"紧扣词题的"留"字,并于下句点出。"草草"二句倒装,"剪韭",借用杜甫诗语,所谓草草杯盘是也。酒逢知己,本当放歌,"滑"字,新颖别致,无他字可替代,能兼顾酒入唇和歌出喉两面,是都无所滞留的意思。然欲寻欢而反生悲,只落得个泪湿春衫袖,叙来终不肯用一直笔。再三句,说彼此相看,已白发上头,虽皱眉何益？结语用"临分"与开头"相逢"形成对照，更看出人生聚散匆匆，不知此后几时得以再会，又所谓"明日隔山岳，世事两茫茫"也。"论文"、"顾曲"二典，用得极活。可知二人都擅长诗词文章、精通乐曲音律。"一笑"、"清狂"，形容两种不同情态，更刻画入微，各尽其妙。此"叹"字，正为如此乐事却难再有而发。

周　密

周密(1232—1298),字公谨,号草窗,济南(今属山东)人。流寓吴兴(与浙江湖州),居弁山,又自号弁阳啸翁、萧斋、泗水潜夫。理宗淳祐年间任义乌县令。入元不仕,潜心著述,有《齐东野语》、《癸辛杂识》、《武林旧事》等,皆存一代文献。词学周邦彦,律调谨严,独标清丽,当时与王沂孙、张炎齐名,又与吴文英(号梦窗)并称"二窗"。有《蘋洲渔笛谱》(又名《草窗词》)。

高　阳　台 *

送陈君衡被召①

照野旌旗,朝天车马,平沙万里天低。宝带金章,尊前茸帽风敧②。秦关汴水经行地,想登临、都付新诗。纵英游、叠鼓清笳③,骏马名姬。　　酒酣应对燕山雪,正冰河月冻,晓陇云飞。投老残年,江南谁念方回④? 东风渐绿西湖岸,雁已还、人未南归。最关情、折尽梅花,难寄相思。

【注释】

① 陈君衡:名允平,号西麓,四明人。宋亡后,应召赴大都(今北京)为官,

---

* 编按:此首初刻本无。

有词集名《日湖渔唱》。　②茸帽风欹:皮帽被风吹得斜侧了。《北史·独孤信传》:"信在秦州,尝因猎,日暮,驰马入城,其帽微侧,诘旦而吏人有戴帽者,咸慕信而侧帽焉。"欹,一作"欺"。　③叠鼓清笳:王维《燕支行》:"叠鼓遥翻瀚海波,鸣笳乱动天山月。"小击鼓谓之叠。　④方回:贺铸的字,贺铸以《青玉案》词"试问闲愁都几许? 一川烟草,满城风絮,梅子黄时雨"而著名,黄庭坚诗称:"解道当年肠断句,世间唯有贺方回。"作者借以自比。

【语译】

您应诏前去朝见元天子,旌旗招展,光照原野,车马仪仗,浩浩荡荡,在行进的途中,平沙万里,野旷天低,好不威风。您腰间的宝带,镶着金花,饯别的酒席间,春风吹得皮帽微微倾侧,真是潇洒得很,一路上经过秦地重关、汴梁河流,可想见您登山临水时兴致勃勃,将所见所闻,都写成了新诗。您正可纵情游乐,跟随着您的是击鼓鸣笳的乐队,还有骏马和名姬,多么风流!

当您被朝廷召宴酒半醉时,该是面对着燕山的白雪吧! 这正是大河冰封,水中月影冻结,晓色来临,陇上白云飞渡的时节。我已是垂老暮年之人了,还有谁会想念我这个好咏断肠词句的江南贺方回呢? 东风渐渐把西湖的堤岸吹绿,大雁已经飞回,而北去的人却未见南归。最令我关切的是,我纵然把梅花全攀折尽了,怕也难以寄托相思之情啊!

【赏析】

词是作者送陈君衡应召所作。其时,宋亡,已是元朝统治。周密是一位有爱国思想的词人,所以改朝后,便隐居不仕;而陈君衡则被召至大都(今北京)为官,替元廷效力。周与陈原有交谊,临行相送,心情自然相当复杂。因而这首送别词的表面,虽似在为友人的前途庆幸,实则字里行间都颇有微词,我们不难从中体会到作者的讥诮和不满。

送别词而不写送,回避了为行客饯行、劝酒、挥手、伫望之类的表示,这是很特殊的,很可能根本就不曾有这些事,也许作者唯一的表示,就是写了这首耐人寻味的词。

上阕,全写想象中陈君衡奉召出发北行的情景,写得他威风显赫,踌躇满志,一派风流。"照野旌旗,朝天车马",已够风光的了,再经"平沙万里天低"句一衬托,更显得气势非凡,而此去北行的意思已在其中。"宝带金章",显示他地位之尊贵,"茸帽风欹",愈增添风度之潇洒。"秦关汴水",本大宋沦丧之国土,今"登临"而不流涕,反将观赏山河之游兴"都付新诗",这不是微词是什么?又伴随有"叠鼓清笳,骏马名姬"而纵其"英游",供其逸乐。这与其说是作者在羡慕他的幸运,倒不如说是在隐曲地骂他是何心肝。

下阕过片先承上,继写其到达大都后参加朝廷的召宴,故点"燕山",自然也是想象中的情景。"冰河月冻,晓陇云飞",突出北国严寒荒漠气氛,令人联想到蒙古贵族统治者,绝非是行"王道"之辈。"投老"二句,转入写自身境遇,借此略申"送"意。为什么要以贺方回自比呢?除了彼此都是"江南"词人外,主要还因为他"彩笔新题断肠句"(《青玉案》),写过形容愁的绝妙词。这样,自己写断肠句就与陈君衡春风得意赋新诗更形成了强烈的对照。然后又以春绿湖岸点江南时令,也对照着燕山冰雪世界,或借以寓人情之不同。薛道衡以"人归落雁后"(《人日思归》)句著名,今又赋予其新的含义,此"人未南归",当是讥陈氏不能安贫守志,恋荣华而不归也。故结语借陆凯自江南折梅花"寄与陇头人"事,反其意而用之,说"折尽梅花,难寄相思"。之所以"难寄",不是因为路途遥远,信息不通,不是因为碰不到"驿使"捎带,说穿了,无非是因为"道不同,不相为谋"罢了。作者仿佛在说,你此去北庭做官,也是人各有志,看来老朋友的情谊也就尽于此了,从此以后,大家还是各自分道扬镳吧!

瑶 花 慢①

后土之花②,天下无二本。方其初开,帅臣以金瓶飞骑进之天上③,间亦分致贵邸。余客辇下,有以一枝……④

朱钿宝玦,天上飞琼⑤,比人间春别。江南江北曾未见,漫拟梨云梅雪。淮山春晚⑥,问谁识、芳心高洁?消几番、花落花开,老了玉关豪杰。　　金壶剪送琼枝,看一骑红尘⑦,香度瑶阙。韶华正好,应自喜、初识长安蜂蝶。杜郎老矣⑧,想旧事、花须能说。记少年、一梦扬州,二十四桥明月⑨。

【注释】

①瑶花慢:原作《瑶华》。　②后土:扬州后土祠。　③天上:皇宫、皇帝。　④有以一枝:原本以下残缺。词原有一百五十余字的长序,今传《蘋洲渔笛谱》版本残缺了序文的四分之三。　⑤飞琼:许飞琼,仙女,传说中西王母的侍女。　⑥淮山:指盱眙军的都梁山,在南宋北界之淮水旁。　⑦一骑红尘:杜牧《华清宫》诗:"一骑红尘妃子笑,无人知是荔枝来。"　⑧杜郎:指杜牧,作者自比。　⑨"记少年"二句:杜牧《遣怀》诗:"十年一觉扬州梦,赢得青楼薄幸名。"又《寄扬州韩绰判官》诗:"二十四桥明月夜,玉人何处教吹箫?"

【语译】

像红色的金花钿、珍贵的玉玦佩,是天上仙女飞来,化作此琼花,她比人间的春色,自是不同。这花在江南和江北都未曾见过,请别胡乱地将她比喻似白云的梨花或者像雪片的梅花。淮水旁的都梁山,春已迟暮,试问有谁能识得她芳心的高洁呢?经过了几番花开花落,守卫在边疆上的英雄将士们,也都已渐渐衰老了!

这琼玉花枝被剪下来,插在金壶中送走,你看传送者骑上一匹快马,扬起滚滚红尘,让这异香直达瑶台宫阙。春光正大好,花儿也该自感欣喜,能够初次结识京城这许多像蜜蜂、蝴蝶似的爱花的权贵们。我这个杜牧是已经老了,回想起历史上的种种事情,这琼花便是见证,她应该是能够讲出许多来的吧!我回忆少年时在扬州的那段生活,简直就像一场梦一样,那时候,二十四桥都被沉浸在一片宁静的明月光影之中。

【赏析】

这首咏琼花的词,或以为作于宋度宗咸淳年间。其时蒙古族已大军压境,国势危急。度宗与大臣贵族们仍沉湎于听歌看舞、饮酒赏花的逸乐生活之中。词通过对朝廷特重扬州后土祠之名花一事的描述,从侧面讥评了南宋统治集团全然不思挽救危局的奢靡腐败风气。

上阕先描写琼花。"朱钿宝玦",皆用以喻花,与下文关联。"飞琼"一词,义带双关,既指从天飞落的琼花,又说她是许飞琼那样的天上仙女所化。"江南江北",花之产地在扬州,是江北;进贡到京师临安,是江南。"梨云梅雪",是梨花梅花的修辞说法,以其在枝上开放时如云似雪而借代"花"字,琢句极精巧。写"淮山",也就连及了扬州,山在其北,因邻南宋之国界边境,已暗中关合片末之"玉关"(借指边防)。花之仙姿,人所共睹,而其"芳心高洁",又谁能识得?春既晚,花将落,花也有自己的悲哀,而这悲哀便与词人对时代和现实政治的感受融合在一起了。"消几番"二句,正是其严肃而深沉的感慨,讥刺的锋芒于此一露;我们仿佛又听到昔日陆放翁的叹息:"朱门沉沉按歌舞,厩马肥死弓断弦!"(《关山月》)

下阕前半即写序文所说的将琼花"进之天上"的过程。"一骑红尘",用杜牧题华清宫诗语,大有深意。这等于把眼前扬州飞骑进琼花事,比作天宝乱前,海南飞骑进送荔枝,其后果已不言而喻了。"韶华正好",专指小朝廷把进名花当作盛事,兴高采烈,自我感觉良好,所以是带有讽刺意味的反话。同样,"应自喜",也只是对受宠的名花的调侃,切不可看错。京城里权臣贵族们如贾似道之流,在词中被辛辣地比之为"长安蜂蝶",他们不过能喧闹一时而已,霜雪至时,下场可知矣。这是落实序文中"间亦分致贵邸"一语,作者之爱憎极为分明。"杜郎"以下,转入写自身的经历与感受。这"旧事"内涵甚丰,历史上有过多少荒淫亡国的教训啊!比如隋炀帝就是为玩赏扬州的琼花,不惜劳民伤财,而激起天下大乱,遭致灭亡的。这些琼花都是知道的,故曰"花须能说"。至于自己少年时在扬州的一段生活所留下的美好回忆,只不过如一场梦一样,再也不可能找回了。写扬州而说杜牧,几成惯例,白石道人的《扬州慢》即是。周密能用小杜诗语而变更其意,十分自然而又深沉地写出自己对时局的悲观绝望,这正是他艺术上的成功之处。

玉 京 秋

长安独客,又见西风,素月丹枫,凄然其为秋也。因调夹钟羽一解。

烟水阔。高林弄残照,晚蜩凄切①。画角吹寒②,碧砧度韵,银床飘叶③。衣湿桐阴露冷,采凉花、时赋秋雪④。叹轻别,一襟幽事,砌虫能说。　　客思吟商还怯。怨歌长、琼壶暗缺⑤。翠扇恩疏⑥,红衣香褪⑦,翻成消歇。玉骨西风,恨最恨、闲却新凉时节。楚箫咽,谁倚西楼淡月⑧?

周密　玉京秋

【注释】

　　① 蜩:蝉。　② 画角吹寒:原无此句,唐圭璋《词学论丛·读词三记》谓:《钦定词谱》卷二十四据《词纬》引周密《蘋洲渔笛谱》此词,"晚蜩凄切"下尚有"画角吹寒"一句四字,今补。　③ 银床:白石井栏。　④ 秋雪:指芦花。　⑤ 琼壶暗缺:晋王敦酒后,咏魏武乐府"老骥伏枥",以如意击唾壶为节,壶口尽缺。见《世说新语》。　⑥ 翠扇恩疏:用班婕妤《怨歌行》以团扇自比事,见史达祖《玉胡蝶》"恨随团扇"注。　⑦ 红衣:荷花。　⑧ 倚:原作"寄",今从《词综》卷十九、《知不足斋丛书》本《蘋洲渔笛谱》改。

【语译】

　　烟蒙蒙的水面,一望辽阔,残阳的余晖,还留在高大的树林间,傍晚时寒蝉叫声凄切。画角吹起阵阵寒意,青砧传来有节奏的响声,白石井栏旁不时有枯叶飘落。在梧桐树的阴影下,冷露沾湿了我的衣裳,我折得已凉天气的芦花,就常常赋诗吟咏这秋天里的白雪。叹息昔日的别离太轻率了,我满怀幽怨的心事,大概只有石阶下悲鸣的蟋蟀才能说得出来。

　　客子有秋思在心,吟唱起凄楚的商调曲便情不自胜。怨歌调长,我边唱边打拍子,不知不觉将玉壶都敲出缺口来了。如翠扇恩疏而被弃,莲叶已所剩无几,似红衣时久而香消,荷花也都已凋谢,最初之盛终于变得一无所有。冰肌玉骨,享受西风之清爽,恨就恨在正当新凉好时光,却在闲极无聊中度过。听哀怨的箫声传来,恰似呜咽,是谁在淡淡的月色下,倚着西楼吹奏呢?

【赏析】

这首词画出了一幅客子秋思图。

说它是图画,理由之一,也因为作者在词境创造上,极注意多种色彩的运用。烟水微茫、残照辉映,梧桐有阴,芦花似雪;更有"画角"、"碧砧"、"银床"、"翠扇"、"红衣"、"淡月"等等,真所谓秋色斑斓,丰富多彩。

然而图画无声,文字则能描写声音,在这一点上,作者又竭力将词变作一幅有声画。你看,蝉鸣声、吹角声、敲砧声、落叶声、砌虫声、吟唱声、击节声、吹箫声,几成万籁俱鸣,恰似一篇《秋声赋》。

作为词的主干的感情,则是客思和离恨,紧扣住小序开头所说的"独客"二字。我们毋须追究其因何作客淹留,与谁离别相思;这种情绪,正因为泛,才成为泛写秋天的一种最主要、最带普遍意义的色调,亦即所谓"凄然其为秋也"。

"玉骨西风"。当即是其"轻别"之伊人,而箫咽西楼者,又另有其人,不过为闻声更增添遐想愁思而设;其境界略似杜牧的《南陵道中》诗,诗云:"南陵水面漫悠悠,风紧云轻欲变秋。正是客心孤回处,谁家红袖凭江楼?"

曲 游 春

禁烟湖上薄游①,施中山赋词甚佳②,余因次其韵。盖平时游舫,至午后则尽入里湖,抵暮始出断桥,小驻而归,非习于游者不知也。故中山亟击节余"闲却半湖春色"之句③,谓能道人之所未云。

禁苑东风外④,飏暖丝晴絮,春思如织。燕约莺期,恼芳情偏在,翠深红隙。漠漠香尘隔,沸十里、乱丝丛笛⑤。看画船、尽入西泠⑥,闲却半湖春色。　　柳陌,新烟凝碧,映帘底宫眉⑦,堤上游勒⑧。轻暝笼寒,怕梨云梦冷,杏香愁幂⑨。歌管酬寒食,奈蝶怨、良宵岑寂。正满湖、碎月摇花,怎生去得?

【注释】

① 禁烟:旧俗寒食禁烟火。　② 施中山:名岳,字仲山,吴人。　③ 击节:表示称赏。　④ 禁苑:南宋建都杭州,西湖一带因成皇宫园林,故称禁苑。⑤ 乱丝:许多弦乐器。　⑥ 西泠:桥名,在里西湖西头。　⑦ 帘底宫眉:指楼中丽人。　⑧ 游勒:骑马的游人。　⑨ 幂:覆盖,罩住。

【语译】

西湖上皇家园林外,东风送暖。游丝和飞絮在晴空飘扬,勾起人们稠密如织的春天的梦想。那些莺莺燕燕的丽人们,你约会,我等待,惹恼女儿心情的事,偏都发生在绿叶的深处和花丛的缝隙间。隔着漠漠杂芳香的尘埃,十里西湖,仿佛沸腾了,弦乐声乱、箫笛争鸣。待看到画船纷纷进入西泠桥,往里湖去后,顿时半湖春色都无人观赏,被闲置了起来。

垂柳道上,新叶烟蒙蒙地呈现出一片碧绿,映衬着绣楼上珠帘下画着官样眉毛的佳人和骑着马儿在湖堤上行走的游客。淡淡的暮色降临，已令人感到寒意，我怕如云的梨花梦中觉冷，溢香的杏花也蒙上愁绪。歌管之声为寒食节而起，怎奈蝴蝶怨恨良夜过于寂静了。啊！满湖碎月映成的波光，正摇动着花影，我怎么才能去湖上一游呢？

【赏析】

此词写西湖春游的情景。如小序所言，是次韵友人施岳之作而作的。施词云："画舸西陵路，占柳阴花影，芳意如织。小楫冲波，度麹尘扇底，粉香帘隙。岸转斜阳隔，又过尽、别船箫笛。傍断桥、翠绕红围，相对半篙晴色。　　顷刻，千山暮碧。向沽酒楼前，犹系金勒。乘月归来，正梨苑夜缟，海棠烟幂。院宇明寒食。醉乍醒，一庭春寂。任满身、露湿东风，欲眠未得。"无疑，施词不及周作之有灵气。

词的头三句，先写湖上东风送暖，丝飞絮扬，天气晴好，此正寒食清明时景色。"春思如织"一句，承前启后，引出青年男女双双对对恋爱的情景。"恼芳情偏在，翠深红隙"，为避人耳目也；而西湖之春色，亦由此而带出，此又施岳笔下所无者。然后说游人密而乐声喧，遣词造句，都极富表现力。再后二句，是周密得意处，不但小序中提到，其《武林旧事》中也说："都城自过烧灯，贵游巨室皆争先出郊，谓之探春，至禁烟为最盛。两堤骈集，几于无置足地，水面画楫，栉比如鱼鳞，亦无行舟之路。歌欢箫鼓之声，振动远近，其盛可以想见。若游之次第,则先南后北,至午则尽入西泠桥里湖,其外几无一舸矣。弁阳老人有词云:'看画船、尽入西泠,闲却半湖春色。'盖纪实也。既而小泊断桥,千舫骈聚,歌管弦奏,粉黛罗列,最为繁盛。"

下片由湖面而转入写"柳陌"。以"新烟凝碧"四字写柳,说到生长阶段与形状,而重点突出其翠色之鲜艳,故下用一"映"字。"帘底宫眉,堤上游勒",本乃人事,又于写景中带出,与上片方法相同而方向相反。全词在时间上是不断推移的。先写白昼,在船入西泠时是"至午",此"轻暝笼寒"已傍晚,故气温降低。"梨云梦冷,杏香愁幂",本是景物,现在不但拟人,说它"梦"说它"愁",在前面加了一个"怕"字,则又是从抒写自己的情绪心态中带出,可见没有一笔是板滞的。"歌管"句,是《武林旧事》中所说的"小泊断桥"景象,并至此点出"寒食"。末了写西湖夜色之诱人,先用"蝶怨"作反衬。"碎月摇花"四字,写得湖面波光粼粼如见。"怎生去得"一问,心羡湖上良宵美景之情跃然纸上。

花　　犯

水　仙　花

楚江湄,湘娥再见①,无言洒清泪。淡然春意。空独倚东风,芳思谁寄?凌波路冷秋无际,香云随步起。漫记得、汉宫仙掌②,亭亭明月底。　　冰丝写怨更多情,骚人恨,枉赋芳兰幽芷。春思远,谁叹赏、国香风味③?相将共、岁寒伴侣④。小窗净,沉烟熏翠袂⑤。幽梦觉,涓涓清露,一枝灯影里。

【注释】

① 湘娥:即湘妃,喻水仙。 再见:即再现,一本作"乍见"。 ② 汉宫仙掌:汉武帝造金铜仙人,铜人以手掌擎盘以承甘露,此借以比水仙之形象。 ③ 国香:人多以兰为国香,此则以水仙为国香。黄庭坚《次韵中玉水仙花》诗:"可惜国香天不管,随缘流落小民家。" ④ 岁寒伴侣:松、竹、梅为"岁寒三友"。 ⑤ 翠袂:一本作"翠被",非;此喻水仙绿叶,"翠袂"是。

【语译】

在楚江岸畔,传说中的湘妃再现了,她默默无言地洒下了清泪,只露出一丝淡淡的春意。她徒然地独倚在东风里,满怀的情思又能寄给谁呢?凌波仙子踩过的水路,是那么的清冷,仿佛春天里也能给人以无边的秋意,她的微步带起了片片香云。我不经意地想起,她也有点像汉宫中的铜仙,高擎着承露盘,亭亭玉立于明月之下。

仙子以冷弦来倾诉幽怨,实在情更丰富;相比之下,《离骚》的作者就枉自将怨恨寄托在香兰幽芷上了。水仙的春思是那么的悠远,有谁能赞叹欣赏这堪称国香的名花的风味呢?配得上与她为伴的,怕只有松、竹、梅这"岁寒三友"了吧!她悄立于明净的小窗边,沉香炉的香雾熏着她翠绿色的长袖。当我从一场幽梦中醒来时,灯光下映入眼帘的便是那一枝沾着点点清露的倩影。

【赏析】

南宋末,咏物词盛行,其中咏水仙者尤多,周密此词乃其佼佼者。周济《宋四家词选》云:"草窗长于赋物,然唯此及琼花二词,一意盘旋,毫无渣滓。他作纵极工朽,不免就题寻典,就典趁韵,就韵成句,堕落苦海矣。特拈出之,以为南宋诸公针砭。"对此词的评价是很高的。

上阕先写水仙花的风姿神情,都是以花拟人来描绘的。用以作比的有湘妃、洛神和金铜仙人。但有主有次,并不罗列凑合。花名水仙,自然以拟水中仙子为主,而其中又以郑重置于篇首而点出其地其名来的"楚江湄"之"湘娥"为主;从曹植的《洛神赋》中,作者只借其"凌波微步,罗袜生尘"的名句句意而融入湘妃故事之中。湘妃乃传说中帝尧之二女娥皇、女英,嫁为舜妃,因哭舜而血泪染斑竹,故写成"无言洒清泪",以切水仙沾露带水的特点。说她高贵矜持,"淡然春意",不招蜂引蝶,虽怀"芳思",而"独倚"无寄,皆关合人与花双方。花生于清浅之水中,遂称其地为"凌波路"、"秋无际",从"冷"字引出,是感觉,是境界,非真谓秋天也。既说"凌波微步",按出处当接"罗袜生尘"意,而生长水仙之处,无尘埃而却有清香,故变其词曰:"香云随步起。""汉宫仙掌"之比,因铜人所擎之露盘与水仙之花形相仿,又"亭亭"玉立于"明月底"以承夜露,故有此联想。高观国以《金人捧露盘》词调咏水仙花,亦此意。不过,联想再好,在此词中也毕竟是次,不宜喧宾夺主以碍前喻,故曰"漫记得",表示仅仅是不经意地想到、随笔带出而已。

下阕前半,由实转虚,重在借花抒情,写花之神韵品格。过片先承上比喻而想象其为湘灵鼓瑟,以诉怨情。非有意要贬抑骚人,为的只是说水仙花之风情韵味,还远在兰蕙、白芷之类香草之上。"春思远"二句,即点出其闲远幽独、孤芳自赏的高格调,以问句形式慨叹之,注入了作者自己的感情。进而说水仙可与松、竹、梅"岁寒三友"为伴,更是从时令角度强调花之操守了。最后,再由虚转实作收。作者所赏之水仙,毕竟只是盆景,故置其于窗明几净之中,且焚香以供之。"翠袂"像其绿叶披垂状,仍关合女性形象。直至末三句,才摒弃任何比拟,直描其原形。"幽梦觉"时,本当惆怅,忽见"涓涓清露,一枝灯影里",遂因有此花为伴而大觉欣慰,写来何等亲切!

蒋 捷

蒋捷(约1245—1305后),字胜欲,号竹山,阳羡(今江苏宜兴)人。度宗咸淳十年(1274)进士。宋亡遁迹不仕。其词洗练缜密,语多创获。有《竹山词》。

瑞 鹤 仙*

乡城见月

绀烟迷雁迹①。渐碎鼓零钟,街喧初息。风檠背寒壁②。放冰蟾③,飞到蛛丝帘隙。琼瑰暗泣④,念乡关、霜华似织。漫将身化鹤归来⑤,忘却旧游端的⑥。　　欢极。蓬壶藻浸⑦,花院梨溶⑧,醉连春夕。柯云罢弈⑨,樱桃在⑩,梦难觅。劝清光,乍可幽窗相照⑪,休照红楼夜笛。怕人间、换谱《伊》《凉》⑫,素娥未识。

【注释】

① 绀:天青色,一种深青带红的颜色。② 檠:灯架,也指灯。③ 冰蟾:月亮。　④ 琼瑰暗泣:谓暗泣流泪,泪如珠玉。《左传》成公十七年:"声伯梦涉洹,或与己琼瑰食之,泣而为琼瑰,盈其怀。"　⑤ 化鹤归来:传说中丁令威事。

---

* 编按:此首初刻本无。

参见王安石《千秋岁引》"华表语"注。 ⑥ 端的:确实。句中倒装于末。 ⑦ 蓬壶:蓬莱、方壶,海中仙山,此指代水中汀洲。蕖,荷花。 ⑧ 花院梨溶:晏殊《寓意》诗:"梨花院落溶溶月,柳絮池塘淡淡风。" ⑨ 柯云罢弈:入云山打柴,看人下完棋。《述异记》:晋王质入山打柴,遇仙人对弈,弈罢,斧头柄(柯)已烂,时逾百年。 ⑩ 樱桃在:《酉阳杂俎》:某梦邻女赠樱桃二枚,食后醒来,方知是梦,然枕边犹有樱桃核。 ⑪ 乍可:宁可。 ⑫《伊》《凉》:《伊州》《凉州》,皆曲名。

【语译】

黄昏时,在天青色的烟霭中,南飞的大雁消失了踪影。渐渐地已有零零星星的鼓声和钟声响起,市街上的喧闹开始停息了下来。靠在寒伧的墙边的孤灯,在风中摇晃。云间露出明月,洒下银光,透过结满蛛丝的帘间空隙照了进来。我独自暗暗地垂泪,想到今夜乡关处处,都将铺满白花花的寒霜了。即使我像成仙后化鹤归来的丁令威,又有什么用?世道已大变了,真的,我把往昔来到故乡的种种情景都已忘却。

那时候是何等欢乐啊!在恍如仙境的汀洲上看水浸新荷,在开满梨花的院落里赏溶溶月色,我们曾在春夜里欢饮达旦。但就像古人上山砍柴,观一局棋完,斧柄已烂;恰如枕上醒来,见梦中吃过的樱桃,尚有核在,而梦境却再也找不回来了。我劝月儿,你宁可把清光投向那幽静的小窗,也别去照那些整夜在红楼里吹笛寻欢的人。我怕如今人间的乐谱已更换成北方的曲调了,你嫦娥未必能听得懂吧!

【赏析】

南宋亡后,蒋捷曾在外流浪多年。这是他初回故乡阳羡(今江苏省宜兴市),在夜间望月,触动故国之思而作的词。从写月色与霜华看,当是秋夜。

词上片情调凄惋。从"绀烟迷雁迹"起头,写景中有象征意味。这"迷"字,字面上是说看不到南归的大雁了;但从情绪色彩看,未必没有自己心境迷惘、迷乱的暗示在。钟鼓渐起,"街喧初息",此正夜静思集之时;风灯寒壁,"蛛丝帘隙",其境况之凄凉可见。夜冷霜华重,恐也有遗民寥落悲苦的寓意在,非只写自然环境而已。想起当年丁令威化鹤归来,唱"城郭如故人民非"事,仿佛相似,但又不一样,化鹤成仙是超脱的,而词人却身历其境,无法从亡国的痛苦中摆脱出来,故用一"漫"字。所谓"忘却旧游",实在只是内心愤激情绪的反应,是气话,其实他根本无法忘却。

过片用"欢极"二字,领起对昔日情景的回忆,是突兀的,初看不免有点奇怪:上片不是刚说过"忘却旧游端的"吗?怎么又记得清清楚楚了呢?所以我们才说他没有真的"忘却"。这与杜甫《兵车行》在写法上有一点很像,杜诗云:"长者虽有问,役夫敢申恨?"役夫刚说完岂敢申恨、不敢申恨,接着就滔滔不绝地申述起愤恨来了:"且如去年冬,未休关西卒。……"蒋词也正是如此。当年在水边、在院落,"醉连春夕",欢乐难陈。岂料乐极悲生,到头一梦,世间已变,往事难追。将棋罢柯烂和梦食樱桃而留核两个典故,熔铸在一起来表述自身的感受,使句意更为警拔,这也足见作者善用事的语言技巧。末了"劝清光"五句,与上片末人事全非之意相应。"红楼夜笛",指的是正得势的新朝权贵富家,所吹奏之北曲新调,词人厌闻,这其实也并不关乐声,而只是一种政治上爱憎态度的表白。怕"素娥未识",说得风趣,也为紧切"望月"主题。

贺 新 郎

梦冷黄金屋。叹秦筝、斜鸿阵里①,素弦尘扑。化作娇莺飞归去,犹认纱窗旧绿。正过雨、荆桃如菽②。此恨难平君知否?似琼台、涌起弹棋局③。消瘦影,嫌明烛。　　鸳楼碎泻东西玉④。问芳踪、何时再展,翠钗难卜。待把宫眉横云样,描上生绡画幅。怕不是、新来妆束。彩扇红牙今都在⑤,恨无人、解听开元曲⑥。空掩袖,倚寒竹⑦。

【注释】

① 斜鸿阵:谓筝上雁柱斜列如雁阵。　② 荆桃:即樱桃。菽:豆。③ 弹棋局:弹棋是古代的一种博戏;棋局,棋枰,其形状是中间隆起,四周低平,故高隆的中心部分以"似琼台涌起"来形容。李商隐《柳枝》诗:"玉作弹棋局,中心亦不平。"　④ 鸳楼:鸳鸯楼,宫中楼殿名。东西玉:又称"玉东西",酒杯名。⑤ 红牙:漆成红色的牙板,打节拍的乐器。　⑥ 开元:唐玄宗年号,正值唐朝盛世。　⑦ 倚寒竹:杜甫《佳人》诗:"天寒翠袖薄,日暮倚修竹。"

【语译】

重返黄金屋的梦想早已冷却。可叹她昔日弹奏过的秦筝上,斜列着的雁柱和根根丝弦都已蒙上了灰尘。要是她的精魂还能化作娇小的黄莺儿飞回去的话,一定还能认出那纱窗上旧有的绿色,也许还能看到一场春雨下过,樱桃已结出了如豆的颗粒。这憾恨呵,是永难平息的,你可知道?就像玩赌博用弹棋局上有一座玉台隆起,它的中心是不平的。我的身影已消瘦得可怜,便嫌烛光太亮,照见了自己。

鸳鸯楼上玉酒杯已经打碎,散落在地,我问你消失的芳踪何时再能重现,我用翠钗占卜,也得不到回答。我打算将你额前横着纤云般宫眉的芳容,用丹青描绘在生绡上,以完成一幅画像,恐怕那也只是旧时的装束,不是新流行的式样。彩绘歌扇、红牙檀板,如今都还保存着,恨就恨没有人还能听我再唱开元时代的歌曲了。我无可奈何地以翠袖掩面而哭泣,当天寒日暮独自倚在修竹旁的时候。

【赏析】

这首抒写故国之思的词作,利用了词体传统的婉约风格进行构思,写得很有新意。作者虚构一位已消逝了的美人,其身份像是皇后或公主,作为已灭亡的故国的象征。而把自己设想成她昔日亲近的侍儿女伴,尚留在现实世界里,苦苦地思念着她的女主人。

首句"梦冷黄金屋",便交待了人物的身份、地位和处境。李白诗云:"汉帝重阿娇,贮之黄金屋。"(《妾命薄》)阿娇即汉武帝的陈皇后。这"黄金屋",可以视作南宋繁华往昔的象征;如今早已是梦断难回了,就连主人弹过的秦筝,也尘封土积,成了遗迹,睹物思人,能不凄然?炎帝之女溺海后,化作精卫,这里想象其精魂"化作娇莺"自好,她并非决心要填平东海者,却又是承"秦筝"、"素弦"想来,所谓"弦上黄莺语"(韦庄《菩萨蛮》)是也。古人闺房居室喜绿窗纱,故有"绿窗人似花"(同上)、"虫声新透绿窗纱"(刘方平《月夜》)等语。认出旧居已令人动情,更兼"荆桃如菽",春色可怜,自然情更不堪。蒋捷喜欢描写樱桃,其《一剪梅》词"流光容易把人抛。红了樱桃,绿了芭蕉"数句,颇为人们所传诵。这些美好的想象中不能实现的愿望,都为下文积蓄着感情。"此恨难平君知否?"在通篇都以婉曲含蓄的语言来表述中,出此一句直抒胸臆的话,尤显得感情分量的沉重;再用反问句,又加比喻以强调之,可知它是全词的主旋律。

下阕以玉杯破碎兴起人亡,颇具悲剧色彩(日语尚称"牺牲"为"玉碎")。"芳踪"已逝,"再展"之期"难卜",此女伴无可奈何之时也。古人占卜,往往只简单问是非吉凶,所以花可占卜,钱可占卜,翠钗亦可占卜。重来既无望,遂思手绘其肖像以作存念。"宫眉"二字,再点其昔居禁中身份。"生绡"是未经水煮的丝织品,专供作画之用。"怕不是、新来妆束"句,又有深意。作者不愿随波逐流以趋时尚之志趣,于此可见。"彩扇红牙",唱曲所用之具,昔曾侍奉女主人,今已无用武之地,因所习开元旧曲,已"无人解听"矣!多少感慨,写出故国之思竟已无人理解的悲哀!所以唯有如杜诗所写之佳人"天寒翠袖薄,日暮倚修竹",自甘贫困寂寞而已。"掩袖"已说悲啼,更着一"空"字,愈见其处境之可悲。

女 冠 子

元 夕

蕙花香也。雪晴池馆如画。春风飞到,宝钗楼上①,一片笙箫,琉璃光射②。而今灯漫挂。不是暗尘明月③,那时元夜。况年来、心懒意怯,羞与蛾儿争耍④。 江城人悄初更打。问繁华谁解,再向天公借?剔残红灺⑤。但梦里隐隐,钿车罗帕⑥。吴笺银粉砑⑦。待把旧家风景,写成闲话。笑绿鬟邻女,倚窗犹唱,夕阳西下⑧。

【注释】

① 宝钗楼:本咸阳酒楼名,此泛指歌馆酒楼。 ② 琉璃:指琉璃彩灯。 ③ 暗尘明月:唐苏味道《上元》诗:"暗尘随马去,明月逐人来。" ④ 蛾儿:妇女头戴的彩花。 ⑤ 灺:音谢,烛的余烬。 ⑥ 钿车罗帕:周邦彦《解语花·上元》:"钿车罗帕,相逢处,自有暗尘随马。" ⑦ 砑:音迓,碾;以石碾磨纸、布、皮革等物,使之光滑,叫砑光。 ⑧ 夕阳西下:范周《宝鼎现》:"夕阳西下,暮霭红隘,香风罗绮。"词写元夕盛况。

【语译】

兰蕙花香,雪霁天晴,池水映着楼馆,风景如画。春风飞到豪华的酒家高楼上,那里是笙箫齐奏,热闹非凡,琉璃彩灯,光华四射。而眼前的元宵节呢,只不过是胡乱地将灯挂上,早不是那盛世年代暗尘随马、明月逐人的繁荣景象了。何况年来我心情懒怠,怕抛头露面,也不好意思出去,跟那些头戴彩花的姑娘们一道,争着看热闹戏耍。

江边的城市,初更敲响时,人声已静,试问有谁能再向老天爷借来当年的繁华?我剔除红烛燃尽后的余烬入睡,只有在梦中还隐隐约约能看到饰着金花的豪华车辆和佩带着香罗手帕的盛装仕女。吴地的笺纸碾着光闪闪的银粉,我准备将往昔临安元夕的风光景物都记载下来,写成能供人闲聊的故事。我不禁笑了,因为我听到邻居的那位年轻姑娘,靠着窗子还在唱"夕阳西下"那早已过了时的元宵老调。

【赏析】

这首元夕词写于宋亡之后。作者在临安经历了两个朝代景况全然不同的元夕,就在这首词中把今昔的元夕作了对比,借此发抒自己对故国的眷恋之情。

词开头"蕙花香也"到"琉璃光射"六句,写的是南宋时临安元夕的盛况。所以写得花香雪霁,风光如画。夜晚的酒楼上,更是乐声喧阗,光彩夺目,与下文以冷冷的不屑语气说出来的"而今灯漫挂"五字,形成鲜明对照。也因有"而今"句,方知前面所述的是旧事。如今景况既如此冷清,似无可再写,却又写出四五句来。先用排除法说今非昔比,倒在说"今"中又带出"昔"来,将苏味道写元夕的很有名的两句诗,压缩为"暗尘明月"四字,来概括"那时元夜",前面加"不是"二字,便成了"而今"。这是一层,说客观景象;再说主观心情也不好。写来与李清照《永遇乐》"如今憔悴,风鬟雾鬓,怕见夜间出去"是同样的心态。

过片先承前,说眼前元夕冷落。"江城",指临安,因城在钱塘江畔,故谓。"初更打",为时尚早,而已是"人悄"夜静了,与当年弛禁欢庆,通宵达旦,不可同日而语。故接以问句深深感叹之。"繁华"二字,于句意当置于"借"字之后,虽为押韵而倒装,句子反因之而峭健。"剔残红灺",谓夜深入睡。现实既是冷酷的,唯求之于梦中再现昔日之辉煌。梦境醒时难觅,则生"把旧家风景,写成闲话"之想。因文字毕竟只在纸上,于事无补,故谦称"闲话",犹诗人词家惯把自己的家国之恨称为"闲愁"。方此时,忽闻邻女唱宋代元宵旧曲(范周,北宋人),想到如我之迂拙背时而拳拳不忘故国者,居然尚有其人,且竟是"绿鬟"(乌发)少女,实在有点出乎意外,所以要"笑"。其实,这也是作者借笑他人而在作苦涩的自嘲。

张 炎

张炎(1248—1314后),字叔夏,号玉田,又号乐笑翁,祖籍西秦(今陕西),寓居临安(今浙江杭州)。是南宋初年大将张俊后代,年轻时纵情诗酒之间,宋亡后家境败落,纵游江湖,尝北至燕、蓟间,旋即南归,在浙东、苏州一带漫游,与周密、王沂孙交好,潦倒以终。其词属姜夔"清空"一派,重视技巧,追求典雅,宋亡后词风渐趋凄凉。有《词源》二卷、《山中白云词》(又名《玉田词》)八卷。

高 阳 台

西 湖 春 感

接叶巢莺①,平波卷絮,断桥斜日归船②。能几番游?看花又是明年。东风且伴蔷薇住,到蔷薇、春已堪怜。更凄然,万绿西泠③,一抹荒烟。　　当年燕子知何处?但苔深韦曲④,草暗斜川⑤。见说新愁,如今也到鸥边。无心再续笙歌梦,掩重门、浅醉闲眠。莫开帘,怕见飞花,怕听杜鹃。

【注释】

①"接叶"句:杜甫《陪郑广文游何将军山林》诗:"卑枝低结子,接叶暗巢莺。"　②断桥:在西湖白堤的东北一端,近宝石山。　③西泠:桥名,在西湖孤

山西侧。　④韦曲:在长安南皇子陂西,唐代诸韦世居于此,故名。借指甲第富宅。　⑤斜川:在江西星子县,陶渊明曾作《游斜川诗》。借指文人雅集处。

【语译】

茂密的树叶中有黄莺筑巢,湖面的微波翻卷着飘落的柳絮,夕阳斜照时断桥边聚集了游湖归来的船只。一年中这样的游览能有几次呢?再要看花又得等到明年了。东风啊,你暂且与蔷薇花为伴停一停吧,因为到蔷薇花开时,春天也已到让人怜惜的地步了!更凄惨的是,浓绿密布的西泠桥边,也只能见一抹荒凉的烟霭了。

当年的燕子不知飞向何处,只有密密的青苔长满了昔日豪门富户的聚居处,深深的荒草遮暗了游客文人们常来雅集的地方。我还听说那种新近才有的忧愁,现在也已传到沙鸥的身上了。我无心再去继续做那以往笙歌游乐的梦,只是关上一道道的门,喝上点酒,悠闲地去睡大觉。请别把窗帘打开,我怕看到花儿在飞去,也怕听见杜鹃在悲鸣。

【赏析】

在这首题为"西湖春感"的词中,作者以伤春的形式来抒发亡国之痛。

"接叶巢莺,平波卷絮",是湖山春欲暮之景,"夕阳断桥归船",又是一天将尽之时,作者怅然欲愁心态已暗暗从写景中透出。周密曾记游人春日泛湖之情景,谓游船多自南至北,至午则纷纷入西泠里湖,向晚尽出断桥骈集(可参见其《曲游春》一词的说明)。"夕阳"句正反映了当时的实况。接两句点出春暮花稀,芳意都尽。妙在"能几番游"句承前"归船","看花又是明年"句启后欲留春住意。"东风"二句,写得痴情可怜,曲折委婉的笔法,非他人能有。末三句更转进一层。西泠桥东傍孤山,北连葛岭山麓,水通里外湖,正处于"万绿"丛中,为西湖游览之中心地段。今只见"一抹荒烟",其寥落荒凉之象,能不令人"凄然"!

换头"当年燕子知何处",语气与上片结句紧相连续,暗用"旧时王谢堂前燕"意,故回答是"但苔深韦曲,草暗斜川"。唐民谚云:"城南韦、杜,去天尺五。"谓此二家,门阀极高,气焰熏天,故以"韦曲"借作豪门甲宅的代表;"斜川"也是借指游人雅集之胜地。如今唯见"苔深"、"草暗",这是上片"一抹荒烟"的继续发挥。然后说到愁,却又偏不说自己,而用"见说",是听人家说的;也不说人愁,而说鸥愁。悠闲的鸥鸟通常是远离世嚣、自由自在的象征,但由于人的主观感情的辐射,看去似乎也有人愁绪;鸥尚有愁,况人乎?愁而曰"新",正因故国已变新朝也。这以后,才转入正面说自己。闭门谢客,"浅醉闲眠",以便能在遗忘中求得安宁。这虽不免有点颓唐消沉,逃避现实,但毕竟是出于亡国之痛难排,出于无奈,不如此,又能怎样呢?末三句,"飞花"、"啼鹃",与发端"巢莺"、"卷絮"相应,是春去也是悲悼的意象,因而词人"怕见"、"怕听",以祈求语气写出,尤能传神。

渡 江 云

久客山阴,王菊存问予近作,书以寄之①

山空天入海,倚楼望极,风急暮潮初。一帘鸠外雨,几处闲田,隔水动春锄。新烟禁柳,想如今、绿到西湖。犹记得、当年深隐,门掩两三株。　　愁余。荒洲古溆②,断梗疏萍,更漂流何处?空自觉、围羞带减,影怯灯孤。长疑即见桃花面③,甚近来、翻致无书?书纵远,如何梦也都无?

【注释】

① 王菊存:未详,当是作者友人。题序一本作:"山阴久客,一再逢春,回忆西杭,渺然愁思。"　② 溆:浦,水边。　③ 桃花面:用崔护事,参见晏殊《清平乐》"人面"句注。

【语译】

春山空寂,天的低远处与大海相接,我倚楼极目眺望,风很急,晚潮已开始上涨。帘外斑鸠的叫声中雨在下,有几处空闲的田里,有人趁春天到来已隔着水在动锄翻土了。我想如今禁苑里的新柳该已烟蒙蒙地绿遍西湖了吧。还记得当年深深地隐居不出时,我

---

* 编按:此首初刻本无。

那关着的院门内也有过两三株柳树。

我满怀愁绪。在这荒凉的汀洲上、古老的水浦边,我像折断的草梗、吹散的浮萍,不知还要漂流到何处去。徒然地自己发现腰围已瘦得难以见人,衣带也一天比一天减短了,自顾身影就胆怯,面对青灯觉孤单。我常常疑心立即能见到心上人,怎么近来反而书信也没有了呢?纵然书信因为路远难到,为什么连梦也没有呢?

【赏析】

张炎少小时,生活优裕欢快,壮年后,却劳碌偃蹇、坎坷不幸。史料称其曾以艺北游,不遇而归,家居十年。久之,又东游山阴、四明、天台间,似亦无机遇,后复至鄞,设肆卖卜,遂以落拓而终。这首自叹身世的词,应是其漫游浙东、旅居江畔时所作。

词先从倚楼眺望写起。山空天低,海风晚急,江潮涌起。景物与落寞空虚、渺然愁思的心境完全一致。接着三句,再绘田间农夫趁春雨泥融,动锄翻土的画面。从农家及时耕作来衬托自己生活的不安定。"一帘鸠外雨"、"隔水动春锄",琢句精巧,同时点明了时令、气候。"新烟"以下,转为对昔日久居之临安的想念。"新烟禁柳",即禁苑新柳,杭州是皇家林苑之所在,"烟"即"柳",当两者并用的时候。"想如今"云云,因早已熟悉,故西湖景象不待见而可知。烟柳从上文春雨联想而来,又借柳念及曾多年隐居的生活,说那时家中有几株杨柳,我也还记得。"深隐"与"门掩",紧相关连,用字不苟。思念西湖与家院,也都为衬托自己羁旅西东的心情。

下片转为直接抒情。"愁余"二字一顿。语出《九歌·湘君》"目眇眇兮愁余"。"荒洲古溆",眼前所在之地;"断梗疏萍",自己游子生活的比喻。"更漂流何处?"问得十分可怜。"空自觉"二句,说明知憔悴瘦损,孤苦无依,又能怎样?故加"空"字。"围"因瘦而"羞"于见人,"带"因移孔而"减"了长度;对灯顾影,自怜孤怯。句子都经过精心打磨。末了说心里总存着佳期即至的热望,谁知一而再地失望,以至都到了绝望的地步。"桃花面"、寄"书"云云,恐非真为丽人而发,当是其寻求机遇而不断遭挫折的假托词。所以"书纵远,如何梦也都无"的怨恨,虽与小晏《阮郎归》"梦魂纵有也成虚,那堪和梦无",在说法上有点相似,但其所指内涵,实在是不同的。

八 声 甘 州

辛卯岁,沈尧道同余北归,各处杭、越。逾岁,尧道来问寂寞,语笑数日,又复别去。赋此曲,并寄赵学舟①。

记玉关踏雪事清游②,寒气脆貂裘。傍枯林古道,长河饮马,此意悠悠。短梦依然江表③,老泪洒西州④。一字无题处,落叶都愁。　　载取白云归去,问谁留楚佩,弄影中洲⑤?折芦花赠远,零落一身秋。向寻常、野桥流水,待招来、不是旧沙鸥。空怀感,有斜阳处,却怕登楼。

【注释】

① 辛卯岁:元世祖至元二十八年(1291),是年,张炎等人北行归来。沈尧道:名钦,字号秋江,张炎之友,北归后居杭,张居于越(今绍兴市)。赵学舟:名与仁,字元父,学舟其号。上年,与张、沈等结伴同赴元大都(今北京),为朝廷缮写金字《藏经》。"赵学舟",一本作"曾心传(名遇)",也是同往元都写经的人。
② 玉关:玉门关,借代北方。　③ 江表:江南。　④ 泪洒西州:西州,古城在今南京西。晋羊昙受知遇于谢安,谢扶病还都时曾从西州城门入,谢死后,羊避而不经西州路,后醉而误至西州门,痛哭而返。此借来写见故国而生悲。
⑤ "问谁"二句:《九歌·湘君》:"遗余佩兮澧浦","搴谁留兮中洲?"借以说有人眷念,盼他早归。

【语译】

记得前年在遥远的北方,我们踏着积雪,曾作过一次很有意思的游历。那边寒气袭人,几乎把皮袍都冻裂了。我们沿着一片光秃秃的树林,行走在古老的道路上,又让马儿在黄河边饮水憩息,这番情景,总会让我常常想起。梦是短暂的,我们终于依旧回到了江南,在经过故国临安时,不免悲从中来,使我为之老泪横流。此后,我虽无一字题咏,但我的心情,倒使落叶也为我发愁了。

你要回临安去过那坐看白云的高人生活了,请问是谁在眷念着你,为你弄影等待于湖上呢?我只能折一枝芦花赠给你这远去的贵客,我这个倒霉的人哪,也像芦花一样只有秋天的萧索衰颓之气了。日后,我想要随意找几个人来作伴,能来的也都不是故交老友了。我徒然心存感慨,却怕在夕阳即将西下时去登楼眺望。

【赏析】

元世祖至元二十七年(1290)六月,朝廷征集了一批文人来到燕都缮写金字《藏经》,张炎等数人结伴前去应征。对于张炎的北行,说他是想去谋求官职,是没有根据的;说他可能是被迫而去,似乎也不必,且从词中称此行为"清游"看,也不像。有亡国之痛的人并不都是文天祥。张炎不仕新朝,也"深隐"过,但要吃饭,也还得寻找谋生的机会。他北归后,东游山阴、四明、天台,也为此。后来再至鄞时,甚至不惜"设肆卖卜",为的是能活下去。这就是现实。文人凭艺去为政府写经,这实在与卖字画差不多,所以应该说是自愿的。借此行去碰碰运气,再另寻出路的想法也会有,这并不丢人。事实上,他们次年也就"北归"回江南了。此词是再"逾岁"所作,即至元二十九年(1292)秋,作者客居山阴之时。

前四句追溯与友同往燕都情景。冰天雪地,枯林古道,寒袭貂裘,马饮长河,叙来词气甚壮。"此意悠悠",谓此行想起来令人久久神往,或此番情景常令人遐想。"悠悠",久远之义,本常语,如"思悠悠"、"恨悠悠"、"水悠悠"等皆是。有人大概以为入燕都不该情绪这么高,便与《诗经》中"悠悠苍天"一诗挂钩,说是写"黍离之悲",这怕是看走了眼。其实他们此行目标、至燕都如何,词中只字未提,而只是写北地风光奇异、经历很不平常(对初次去的南方人来说,更是如此),这就已经表明他们关注的是什么,也就是态度了。倘真一路忧心忡忡,就不会把此行当作"清游",也不会写得如此气势豪迈了。

"短梦"两句,转入"北归"正题。此行虽增见闻,但并不像预期的可能有找到出路的机遇,次年即已重返江南,故比之为"短梦"(以为是"恶梦"则太过)。"老泪洒西州",其时,张炎已四十四岁。西州,当借指路过的临安(张炎正居山阴)。此地怅触之多,自不待言。"一字无题处,落叶都愁",是至越后闲居状况,因寂寂无闻,故明年有老友来问。无一字题咏,非不愁也,正愁之甚也。"落叶都愁"与前词新愁"也到鸥边"写法同。

换头"载取白云归去",即申序文"又复别去"意。王维《送别》诗云:"但去莫复问,白云无尽时。"作者谓沈尧道此去归卧西湖,得坐看白云起,正高人之大好去处。然数日语笑,能不留恋? 故又作谐语"问谁留楚佩,弄影中洲?"意思说,是否湖上有人眷念,正在等待着你啊? 若说是指作者自己,则与"问谁"语气不合。人们折柳以赠别,折梅以寄相思,此则"折芦花赠远",亦别出心裁,然凄凉无慰之心情,也只有芦花足以表达。"零落一身秋"双绾人与花。"向寻常"二句,叹别后已无旧交故人可倾吐心曲的了。"野桥流水",所客居的山阴环境,从"芦花"想来,也为"旧沙鸥"(比喻老友)而设,其实也就是指附近的寻常百姓人家。末用怕登楼见夕阳西下的断肠景象收束,悲凉之意,与发端之壮词相对应,形成了颇有几分像稼轩的风格。

解 连 环

孤 雁

楚江空晚。恨离群万里,恍然惊散。自顾影、欲下寒塘①,正沙净草枯,水平天远。写不成书,只寄得、相思一点。料因循误了,残毡拥雪②,故人心眼。　　谁怜旅愁荏苒③?漫长门夜悄,锦筝弹怨。想伴侣、犹宿芦花,也曾念春前,去程应转④。暮雨相呼⑤,怕蓦地、玉关重见。未羞他、双燕归来,画帘半卷。

【注释】

① 欲下寒塘:唐崔涂《孤雁》诗:"暮雨相呼疾,寒塘欲下迟。"　② 残毡拥雪:用苏武雁足系书事。　③ 荏苒:时光渐渐过去。　④ 去程应转:鸿雁候鸟,秋来南飞,春至北归,故曰"春前去程应转"。　⑤ 暮雨相呼:见注①。

【语译】

潇湘楚水之上,暮色苍茫,天已向晚。一只离群万里的孤雁,正惆怅不已,当它恍然惊觉自己已与队伍失散了的时候。它顾影自怜,想要飞下寒塘去栖息,看看四周,只见白沙枯草,秋水平静,天宇辽远。一只雁儿排不成字,写不成信,能给人捎去的也只有相思一点。我料它迟疑不决地已耽误了一心归汉的苏武那样的老朋友的心愿。

有谁能怜惜羁旅者的愁思随时光而渐增呢？徒然听得深夜静悄悄的长门宫里，锦筝弹奏出一片哀怨。雁儿想：自己的伴侣现在一定还栖宿在芦花丛中，它也一定想过，春天到来之前，南飞的旅程该回转向北飞了。我会不管暮雨霏霏，一路上急急地相呼，我怕突然会在玉门关外又重新与它见面，那时，我不会羞愧遇到半卷的画帘中归来的幸福双燕。

【赏析】

咏物词中的上乘之作，必定在出色地描写所咏之物的同时，还能有启人联想的思想寄托。张炎的这首孤雁词即是如此。作者在很大程度上，把自己比喻了一只孤雁。

首句先布好环境。诗词中多"雁声还过潇湘去"、"衡阳雁去无留意"之类句子，皆湖南事，故首点"楚"。"怅离群"至"水平天远"五六句，写其失群离散、惊恐自怜的情景。其中前九字二句，犹描摹入化，词意前后句倒装。"顾影"写"孤"字之神，用"欲下寒塘迟"诗句，减一"迟"字，而迟疑徘徊之状，却能从其后九字的写景中见出。"写不成书，只寄得相思一点"，从"雁字"、"雁书"想来，雁阵排列，或成"人"字，或成"一"字；孤雁排不成字，自然也就"写不成书"，寄不成书。与"雁字"的字形笔画比，孤雁只能算是一"点"，所以说"只寄得相思一点"。妙语巧思，脍炙人口。张炎也因这两句而获得了"张孤雁"的称呼。"残毡拥雪"，因北海牧羊之苏武有雁足传书、得以归汉事，便借以寄托自己对宋室的存念。孤雁迷途彷徨,故曰"因循误了"。

过片"谁怜旅愁荏苒"句,双关自己和孤雁,彼此同是漂泊无归者。"谁怜"之问,又用一"漫"(空有、徒闻)字带出长门弹筝两句来。张先词有"玉柱斜飞雁"句,写筝所以贴雁。长门之怨,思君而不得见也,也与用苏武事所寄之悲感同。"想伴侣"至末了,别开生面,另立新场。"想伴侣、犹宿芦花",是孤雁思伴;"也曾念春前,去程应转",是说伴侣也在思忖,它之所以苦苦盼"春前"能"转""程"飞回北方,无非是希冀到原地或能侥幸再见中途失散之情侣,然又从孤雁想象中出。"暮雨相呼",已不知是孤雁呼伴,还是伴呼孤雁,或者竟是彼此都在呼唤对方吧!"怕蓦地、玉关重见",言经历如此劫难,竟得破镜重圆,当不知如何悲喜交集了。明明是狂喜,却用一"怕"字,刻画心态,真能入木三分!结两句亦精彩,画帘中之双燕,本是幸运的一对,今不说"未羡他",而偏说"未羞他",令人想象双雁重逢时,虽毛羽零落,憔悴瘦损,亦定是交颈而鸣、喜极而泣,岂虑见笑于双燕而害羞哉!写苦尽甘来,又何等酣畅淋漓!虽则这不过是作者美好的愿望和幻想。

疏　　影①

咏　荷　叶

碧圆自洁。向浅洲远浦②,亭亭清绝。犹有遗簪③,不展秋心,能卷几多炎热?鸳鸯密语同倾盖④,且莫与、浣纱人说⑤。恐怨歌、忽断花风⑥,碎却翠云千叠。回首当年汉舞,怕飞去漫皱,留仙裙折⑦。恋恋青衫,犹染枯香,还叹鬓丝飘雪。盘心清露如铅水,又一夜、西风吹折。喜静看、匹练秋光,倒泻半湖明月。

【注释】

① 疏影:亦作"绿意"。张炎《山中白云》有《红情》、《绿意》两词,序云:"《疏影》、《暗香》,姜白石为梅著语,因易之曰《红情》、《绿意》,以荷花、荷叶咏之。" ② 浦:一本作"渚"。 ③ 遗簪:喻卷心荷叶。 ④ 倾盖:古时朋友途中相遇,驻车倾其车盖,出而交谈。 ⑤ "且莫与"句:唐郑谷《莲叶》诗:"多谢浣纱人未折,雨中留得盖鸳鸯。" ⑥ 断花风:花开有时,故有二十四番花信风之说。此以断了花风喻荷花被攀折。 ⑦ "回首"三句:《赵飞燕外传》:"后歌'归风送远'之曲,帝以文犀箸击玉瓯。酒酣,风起,后扬袖曰:'仙乎仙乎!去故而就新。'帝令左右持其裙。久之,风止,裙为之皱。后曰:'帝恩我,使我仙去不得。'他日,宫姝或襞裙为皱,号留仙裙。"

【语译】

碧绿的圆叶,自是一尘不染。在清浅的洲边和远处的水滨,它亭亭玉立,一望清绝。尚有如谁遗落的碧玉簪似的嫩叶芽,它不肯展开秋心,可又能卷得住多少炎热的日子呢?鸳鸯在叶下讲着悄悄话,如故人相遇,彼此一同倾侧绿色的车盖。请暂且不要告诉浣纱的姑娘,恐怕她们唱着怨歌,忽然动手攀摘起来,如断了花信风似的,使这千叠翠云都因此而破损了。

回想当年汉宫里赵后起舞,皇帝怕她会随风飞去,胡乱地让人把她翠绿的留仙裙也给弄皱了。身穿青衫的诗人,总对它恋恋不舍,衣上还染着枯荷的香气,又感叹自己的鬓发都已飘满了白雪。翠盘的中心蓄着清露,看去如同铅水一样发亮。可惜又在一夜之间都被西风吹折了。最叫人欣喜的是,静观天上秋天的银光,如同一匹白练,倒泻在荷塘里,让半湖水中都辉映着明月。

【赏析】

咏物固须避免就物言物,但也不可处处都深求其微言大义。寄情寓兴,应该是广义的。过于穿凿,反致失却本意,倒不好了。张惠言云:"此伤君子负枉而死,盖似李纲、赵鼎之流。'回首当年汉舞'云者,言其自结主知,不肯远引。结语喜其已死而心得白也。"(《词选》)此语笔者不敢苟同,所以宁可浅说。

起三句正面总说荷叶:"碧""圆",是荷叶的形象;"洁",是荷叶的特点;"洲""浦",是荷生长的环境;"亭亭",是它的风姿;"清绝",是它的品格。然从特写初生未展的荷叶,以"(碧玉)簪"为喻,可与钱珝以"冷烛无烟绿蜡干"状未展芭蕉媲美。"遗"字,若就荷叶生长的时节来说,是已属剩余之意,因时已至秋(故称叶心为"秋心",凄然之心也),故接以"能卷几多炎热?""卷"字,是借初叶之形来说它欲留住炎夏。这怎么可能呢! 热日无多,寒风将至,此中似寄托着词人自身的感慨。再后四句,化用了郑谷"多谢浣纱人未折,雨中留得盖鸳鸯"诗意,然从容说来,语同己出。"倾盖"之喻,比郑诗只多一字,却机杼别出,饶有风趣。以"翠云千叠"比荷塘绿叶之浓密,也极恰当。

下阕过片三句,用历史故事。以赵后之舞来咏荷叶,当从绿罗裙想来。吾师蒋礼鸿有题画荷诗云:"荷花怜惜泥中藕,摆弄清风不肯飞。"因思以荷比佳人,则花其姿容,叶其翠裙乎?赵后欲乘风飞去,其裙裾被牵而留皱折,正可比花欲谢而叶稍萎。"恋恋青衫"三句,似言潦倒之文士诗人,亦留情于枯荷,李商隐"留得枯荷听雨声"之句,被写入《红楼梦》,则"犹染枯香"四字,或即指此吧?"盘心"句用李贺《金铜仙人辞汉歌》事,以荷叶比承露盘,故易原诗中"清泪如铅水"为"清露如铅水"。莲叶终被折于"一夜西风",犹铜人终被拆于辇车魏官。这又是可寓亡国伤痛的地方。末了以匹练秋光,倒泻水中,写荷塘月色,已是荷被吹折之后,词人通过他描绘的景象告诉我们,虽花叶都尽,而明月长在,秋光似画。因意识到荷叶"质本洁来还洁去",所以觉可"喜"也。以此回应发端"自洁""清绝",使荷叶之品格精神,得到了进一步的升华。

月 下 笛

孤游万竹山中,闲门落叶,愁思黯然,因动《黍离》之感,时寓甬东积翠山舍①

万里孤云,清游渐远,故人何处?寒窗梦里,犹记经行旧时路。连昌约略无多柳②,第一是、难听夜雨。漫惊回凄悄,相看烛影,拥衾无语。　　张绪③。归何暮?半零落依依,断桥鸥鹭。天涯倦旅,此时心事良苦。只愁重洒西州泪④,问杜曲⑤、人家在否?恐翠袖天寒,犹倚梅花那树。

【注释】

① 万竹山:当在甬江以东、亦即今宁波市鄞州区境内。与《赤城志》所载的天台西南四十五里的万竹山无涉;又其所寓之"积翠山舍"也只是寓舍之名,或以为积翠山在定海,定海隔海,属舟山,不能称甬东。《黍离》之感,故国之思也,参见姜夔《扬州慢》注。 ② 连昌:唐高宗所置之别宫名,在河南宜阳县,多植柳,元稹有《连昌宫词》。 ③ 张绪:南齐人,少有文才,风姿清雅。齐武帝时,人献蜀柳数株,植殿前,帝常玩嗟之曰:"此杨柳风流可爱,似张绪当年时。" ④ 西州泪:见前《八声甘州》注。 ⑤ 杜曲:在今西安市长安区南,唐时杜氏世居于此。借指南宋临安大家贵族聚居地。

【语译】

我像万里长空的一片孤云,当年结伴北行"踏雪事清游"的事已逐渐遥远,那些老朋友们如今都在哪里呢?我在山舍的寒窗里,做梦也还记得从前一路走过的地方。临安故宫里已几乎没有多少杨柳了。最难忍受的是独自夜听雨声了。这场梦胡乱地被惊醒后,只觉一片凄然寂静,我对着烛光发呆,拥着被子睡觉,心里的话能跟谁去说呢?

当年的我,就像翩翩美少年张绪。但我归来得太晚了!已大半零落了啊,我依依眷念着老朋友们——那断桥边的鸥鹭。我已倦于天涯漂泊,此刻又有心事,实在是太痛苦了。我只愁再到临安,会因又一次触动伤心的回忆而痛哭。请问那户居住在贵族区的人家,现在还在吗?我恐怕她已沦落为贫家女子了,在大冷天里还衣衫单薄地靠在那株梅花树边。

【赏析】

张炎自那年与几位友人结伴北行,去"玉关踏雪事清游"归来后,先闲居山阴,以后又东游至甬,还到过天台。从史书说他"后复至鄞,设肆卖卜,遂以落拓而终"看,他初到甬时,当寓居于鄞。那里是甬江东岸,天台山脉的北端,山间松竹茂繁,即今宝幢、天童一带。这首词,应该就是那时候写的。

上阕写客居寂寞中回想往事和怀念故人。以"万里孤云"起兴,是眺望远天,遐想联翩之状,孤身漂泊无定之形象在焉。"清游"一词,其《八声甘州》中曾用,指的是北行燕都事。那一次"经行"路上感受颇深,且有几位好友结伴同行,不乏言笑之欢,与眼前孤身独处大不一样,所以十分怀念。但这早已是事过境迁了,故曰"渐远"。北归后,"故人"都各自分散;居越"逾岁"时,尚有沈尧道前来"问寂寞",而今自处深山,更不知他们都在"何处"了。"寒窗"二字,说所寓之"积翠山舍"。"犹记""旧时路",其中也包括"老泪洒西州"的临安,故接以"连昌"二句。元稹《连昌宫词》通过连昌宫今昔变化,写唐王朝经乱后的衰颓寥落,故用以比南宋临安残破后的宫禁,只说"约略无多柳"已足,西湖之荒芜自可想见。三更桐雨、夜雨闻铃,都是相思断肠时分,所以这里也说"第一是、难听夜雨"。"漫惊回"三句,兜回到眼前。"惊回"遥接"梦里",一丝不乱。看烛拥衾、凄悄无语,极写自己幽居地僻,"愁思黯然"。

词写"动《黍离》之感",故下阕以特写临安事为主,其中换头四句是以前经行时所见和感触,结尾四句则是预想重游故地的心情和此时的惦念。张炎少小时曾过着锦衣骏马驰骋于西湖之上的贵公子生活,故以张绪自比。齐武帝见杨柳"风流可爱"而想到"似张绪当年时",所以张炎见宫苑"无多柳"而兴"归何暮"之叹,照应了上阕和史事。"半零落"者,表面是指"断桥鸥鹭",以见湖上景象之荒凉,而实质上是借"鸥鹭"暗示当年的旧相识已稀,即杜诗所谓"访旧半为鬼,惊呼热中肠"(《赠卫八处士》)意。这已暗逗末了"问杜曲人家"。中间"天涯"二句,说眼前,前后交待分明。提到"心事",现在从前都有:"倦旅"是其新愁,"西州"尚有旧恨。说"重洒",知前经时已曾为伤心的回忆而洒过泪。张炎有旧好在临安是情理中事,因为他本来也属"杜曲人家",这位他所关心的人,大概也如杜诗中的"佳人",本是"良家子,零落依草木"了,故于寂寞中惦念起她的近况来了。变杜诗"倚修竹"为"倚梅花",实在是高明的,因为西湖孤山,少竹而多梅;"那树"二字,能令人想象出对方居处的一草一木,作者都是非常熟悉的。

王沂孙

王沂孙(？—约1290)，字圣与，号碧山，又号中仙、玉笥山人，会稽(今浙江绍兴)人。能文工词，广交游。入元，于至元年间(1264—1295)曾出仕庆元路(治所在今浙江宁波)学正。词以咏物见长，间寓故国之感。有《花外集》(一名《碧山乐府》)。

天　香

龙　涎　香①

孤峤蟠烟②，层涛蜕月③，骊宫夜采铅水④。汛远槎风⑤，梦深薇露⑥，化作断魂心字⑦。红瓷候火⑧，还乍识、冰环玉指⑨。一缕萦帘翠影，依稀海天云气。　　几回殢娇半醉⑩，剪春灯、夜寒花碎。更好故溪飞雪，小窗深闭。荀令如今顿老⑪，总忘却、尊前旧风味。漫惜余薰，空篝素被⑫。

【注释】

① 龙涎香：抹香鲸病胃的一种分泌物，得之于海上，因称龙涎或龙泄，和以其他香物。其香加烈，经久不散，为一种珍贵香料。宋元时，也用作薰香。古人则以为"出大食国西海之中，上有云气罩护，则下有龙蟠洋中大石，卧而吐涎，飘浮水面，为太阳所烁，凝结而坚，轻若浮石，用以和众香，焚之，能聚香烟，缕缕

不散。……鲛人采之,以为至宝,新者色白……入香焚之,则翠烟浮空,结而不散"(《岭南杂记》)。 ② 峤:山锐而高,此指海洋中的礁石。蟠,蟠绕。 ③ 蜕月:谓月映于层涛,粼粼波光如从鳞甲中蜕退而出。 ④ 骊宫:传说骊龙所居之处。铅水:指龙(实为鲸)所吐出的白涎。 ⑤ 汛远槎风:意谓龙涎已随采香的人所乘的木筏(槎)而远去;槎须趁潮汛、乘风力而行,故谓。 ⑥ 梦深薇露:意谓和以蔷薇水,使龙涎香气更烈,如使其进入深深的梦境。 ⑦ 心字:一种制成"心"字形状的篆香。杨万里《谢胡子远……报以龙涎香》诗:"遂以龙涎心字香,为君兴云绕明窗。" ⑧ 红瓷候火:意谓等候其用慢火焙成,以红瓷盒贮之。 ⑨ 冰环玉指:指龙涎香制成如环如指的形状。 ⑩ 殢:音替,困惫。 ⑪ 荀令:三国时荀彧,曾为尚书令。曹操称其为荀令君。习凿齿《襄阳记》:"荀令君至人家,坐幕三日,香气不歇。"李商隐《牡丹》诗:"荀令香炉可待薰。"可知其喜薰香。 ⑫ 篝:薰香所用的薰笼。作动词用。

【语译】

大海中,孤立的礁石上有烟雾在蟠绕,层层波涛如闪闪的鳞甲正在蜕退着月光,深夜里鲛人来此骊宫采集如铅水般的龙涎。于是这宝物便趁着潮汛,随着风中的木筏远去了,它在深沉的梦境中发现自己与蔷薇花露混合在一起,化作了令人消魂的心字形篆香。红色的瓷盒等待着烘焙的火候成了来盛装这奇香,还让人初次见到它制成后如同冰环玉指的模样。将香点燃,便见有一缕翠绿色的烟雾升起,萦绕着帘幕,仿佛是飘浮在大海上空的云气。

有多少次,那娇懒半醉的美人,在寒冷的春夜里慢慢地把灯花剪碎,陪伴着她的就是这香。在那故乡的溪边,空中飞着雪花,小屋子的门窗都紧紧关闭,那是更合适这香的地方。素以爱薰香而闻名的荀令,展眼间,现在已如此衰老了,他老是忘记从前饮酒前爱焚香薰衣、保持高雅风味的习惯,连香也不再焚了。既然如此,又何必再徒劳无益地为舍不得这残余的香气而在空薰笼上覆一条素被呢?

【赏析】

王沂孙曾与周密、张炎、陈恕可、唐珏、王易简、冯应瑞、李居仁、仇远等十几位南宋遗民结社倡和,择调填词,分别咏龙诞香、白莲、莼、蝉、蟹等物,借以寄亡国之痛,结集为《乐府补题》,这首《天香·龙诞香》词被编录于开卷第一首,可见是其极用力、极成功之作。

词上阕写龙诞香的产地、采集、制造、形状和焚爇。"孤峤"二句,说龙诞生于海上。"峤",当指传说中蟠着龙的"洋中大石"。"烟",即写其"上有云气罩护",以近代科学眼光看,其实就是抹香鲸呼吸时喷出水面的水柱水气。又因传说龙"枕石而睡"、"卧而吐涎",故写"月"夜。以"蟠""蜕"二字,形容烟云聚绕,月光波动,择字极精心,未写龙而龙若呼之欲出,而"蜕"字尤见功力,盖月下层波,望如鳞甲,波涌向前,则水中之月便如节节后退,此所以比龙蛇之蜕皮也,非静观其景者不能知。"骊宫"句,言采集,明点龙。"铅水"之喻,因龙诞"新者色白"、"凝结而坚"而使用。"汛远槎风",说被载取而远去。舟船须趁潮汛、借风力而始行,以"槎"代"舟",用张华《博物志》"有人居海上,年年八月见浮槎去来不失期"故事,增加了传奇色彩。"梦深薇露",说被和以香料制造。蔡绦《铁围山丛谈》云:"采蔷薇花蒸气成水……积而为香……大食国蔷薇水虽贮琉璃缶中,蜡密封其外,然香犹透彻,闻数十步;洒着人衣袂,经十数日不歇。"此正制龙涎香时,与之共研和的重要香料。龙涎因之而"梦深",是说其有此奇遇,真是意想不到的,赋予香以人情,启人想象无数。"化作断魂心字"句,可作梦中所经历来看,其实际制成,犹有下文。"断魂"二字写出龙涎为能成为绝品而自喜自豪,此正梦之深也。

"红瓷候火",说其焙制和贮存。制香用慢火,须看火候,待其"稍干带润",即可"入瓷盒窨"。"冰环玉指",谓其制成的形状,"冰""玉",因色白而用,"环"作圆形,"指"为条状,两者同用,则将香比之为有纤纤玉指的佳人,故用"还乍识"三字。"一缕萦帘翠影,依稀海天云气",是说焚爇之状。所谓"入香焚之则翠烟浮空,结而不散"。至此,上阕描述龙涎香本身告一段落,故将室内"萦帘"之翠烟,比之为"海天云气",以回应篇首,仿佛海崎烟云、月夜波涛之景象又再现于眼前。

下阕借人事咏香,以转入抒情。"几回殢娇半醉,剪春灯、夜寒花碎。"此谓龙涎香焚于闺阁,与娇慵女子作伴。寒夜而"半醉",又坐剪灯花,岂待郎不至或寂寂春宵惹其相思情怀耶?奇香极贵重,故非朱门大户人家不能用。"几回",言其常也,然问句语气间,已见出是往昔的情景。"更好故溪飞雪,小窗深闭。"说得近了,该是作者自己,只是咏物于人事宜泛而不可太实,所以毋须明说。"故溪",故园之清溪也。雪夜小窗下,吟咏读书,焚上一炉,异香满屋,温暖如春,岂不大好。就香而言,其所以觉"更好"者,乃因为"深闭"也,即陈敬《香谱》所谓宜焚于"密室无风处"。"荀令"二句,已是分明寄慨了,也是可以作为自比自述而又毋须坐实的。荀令已老,其"忘却"之"旧风味",即旧时待客必衣着薰香之高雅风味也,则今之落拓不修边幅,已无风情雅趣之状可想。结尾"漫惜余薰,空篝素被"八字,顺流而下。香既不焚,薰衣被所用之"篝"(薰笼)亦当闲置,今为惜尚残存于篝间的余香,而将"素被"覆置于"空篝"之上,岂非徒劳无益("漫")！借此寄托南宋既亡,旧梦难温的悲哀感慨。

此词叶嘉莹曾著文详析之,所见极精当,拙评得益于该文不少。叶氏尚提到会稽盗发南宋诸陵,理宗被悬尸沥取水银及厓山覆亡,陆秀夫负帝蹈海事,并论及本词是否有寄托此类史事之可能,语谨慎而多卓见,可参见《迦陵论词丛稿》诸作。

眉　妩

新　月

渐新痕悬柳,淡彩穿花,依约破初暝。便有团圆意,深深拜①,相逢谁在香径？画眉未稳,料素娥、犹带离恨。最堪爱、一曲银钩小,宝帘挂秋冷②。　　千古盈亏休问,叹慢磨玉斧③,难补金镜。太液池犹在④,凄凉处、何人重赋清景? 故山夜永,试待他、窥户端正。看云外山河,还老桂花旧影⑤。

【注释】

① 深深拜:李端《新月》诗:"开帘见新月,即便下阶拜。细语人不闻,北风吹裙带。" ② 帘:一本作"奁";上言"银钩",以作"帘"为是。 ③ 玉斧:用吴刚以斧伐月中桂树传说。"慢",同"漫",徒然。 ④ 太液池:陈师道《后山诗话》:"太祖夜幸后池,对新月置酒,问:'当直学士为谁?'曰:'卢多逊。'召使赋诗。请韵,曰:'些子儿。'其诗云:'太液池边看月时,好风吹动万年枝。谁家玉匣开新镜?露出清光些子儿。'太祖大喜,尽以坐间饮食器赐之。" ⑤ 此句一本作"还老尽,桂花影"。

【语译】

渐渐地新生的月儿已悬挂在柳梢头了,它那淡淡的光华穿过花丛,隐约地把才降临的暮色冲破。纵然这新月已有渐渐团圆的心意,可向月儿深深下拜、祈祷如愿的人,却有谁与她在花径中相逢呢? 好像纤纤的眉毛尚未画好,我料想嫦娥也还怀着离愁别恨。最可爱的是新月像一弯小小的银钩,将天幕如宝帘似的高高地挂在寒冷的秋夜里。

千万年来,月亮总是圆了又缺、缺了又圆,这道理你不必去追究,可叹的是徒然磨快吴刚的玉斧,也难以把这破碎的金镜修补起来。从宋太祖起,许多皇帝都来赏月过的太液池,至今还在,它是那么的凄凉,有谁再来这儿重新赋诗、吟咏月儿的清影呢?故国的青山,夜是漫长的,试待他日明月团团、清光窥户之时,再看那云外的大好河山,怕是连月中桂花树也都要老了!

【赏析】

《眉妩》之调,义同词题,故用来咏新月,以寄遗民之恨。

陈匪石云:"起处'渐'字领句,已从'新月'着想。以下八字力写'新月',继之曰'依约破初暝',是一线光明气象,皆题之正面也。"(《宋词举》)所谓"一线光明",其实只在新月之趋向,它一天天地圆起来,似乎能带给人们以某种希望。古代民间有拜新月的习俗,又多是妇女,她们拜月祝祷,愿自己能与钟情之人谐合、离别之人相逢。可愿望总是落空。"便有"之后再说"谁在",先纵而后收,带出"离恨"来。新月如纤眉,故言"画眉",自有"张敞画眉"美谈后,画眉几成夫妻和合相爱的象征。以"未稳"暗示未谐,而月即嫦娥,眉亦嫦娥之眉,故料其"犹带离恨",天上如此,况人间乎!"最堪爱",再回到正面来,收束上阕。"银钩"为挂"帘"之用,故一本"帘"作"奁"不妥。出一"冷"字,承前启后,确定了全篇基调。

过片大处落墨,将月之"盈亏"提到哲理高度。人之欲"问",正为新月之"亏"耳。故以感叹替代了回答,以示理虽难明而情实至深。"难补金镜",切缺月而言,所喻则金瓯已破之恨也。"太液池"二句,紧承之以足前意。自宋太祖宴赏,命卢多逊赋诗留下佳话后,南宋之高宗、孝宗亦相继效法。当时曾觌献《壶中天慢》词,有

"何劳玉斧,金瓯千古无缺"之句,与碧山词先后成了对照。池苑"犹在",盛事难再,低回之情无限。末了推开一步,由新月而想象到圆月,即所谓"窥户端正"之时。其时,"看云外山河"分外明丽,然竟非汉家之山河,能不更令人痛心欲绝?"还老桂花旧影",正李长吉《金铜仙人辞汉歌》"天若有情天亦老"之意。

齐 天 乐

蝉

一襟余恨宫魂断①,年年翠阴庭树。乍咽凉柯,还移暗叶,重把离愁深诉。西窗过雨,怪瑶佩流空,玉筝调柱。镜暗妆残,为谁娇鬓尚如许②?　　铜仙铅泪似洗,叹移盘去远,难贮零露。病翼惊秋,枯形阅世,消得斜阳几度?余音更苦,甚独抱清高,顿成凄楚?漫想薰风,柳丝千万缕。

【注释】

① 宫魂断:《中华古今注》:"昔齐后忿而死,尸变为蝉,登庭树嘒唳而鸣,王悔恨。故世名蝉为齐女焉。"　② 娇鬓:魏文帝时,有宫人莫琼树制蝉鬓,望之缥缈如蝉翼。见崔豹《古今注》。

【语译】

齐后抱着遗恨而死去,其魂化为知了,年年在庭院中树木的绿荫间鸣叫。刚刚还在凉爽的枝头鸣咽,随即又转移到密叶的深暗处,重新把一腔离愁深深地向人们倾诉。西窗外,一场雨刚停歇,奇怪怎么会有佩玉之声从天空流过,又是谁在调弦柱弹奏玉筝呢?镜已昏暗,妆也残了,却又为谁还把双鬓做得如薄薄的蝉翼那样娇美动人呢?

金铜仙人铅水般的泪水流满脸颊,可叹魏官将他承露盘拆下,远远地运走,再也无法贮存夜空落下的甘露了。病弱的蝉翼已惊觉秋天的来到,蜕下干枯的躯壳来已经历这人世沧桑,它还能经受几番夕阳暮景呢?袅袅的余音,更显得悲苦。怎么它独自抱着清高的节守,却霎时变得如此凄惨哀伤呢?徒然地还憧憬着那暖风吹拂,柳丝千万条飘舞的情景。

【赏析】

此词见于《乐府补题》,与前《天香·龙涎香》词当同是与张炎、周密等十数位词友倡和,借咏物以寄亡国之痛的作品。

首以齐女含怨尸化为蝉事发端。说词者多与宋陵被盗所发事联系起来,虽未必即可落实,但怨恨之气,确已统摄全篇。"乍咽"二句,善状蝉之物性,总归于"离愁"二字。"西窗"三句,形容蝉鸣有佩玉筝弦之铿锵声,更是体物至细的精彩之笔。"镜暗妆残"而仍作"娇鬓",说者有以为是讥刺献媚新朝者,如端木采云:"'镜暗'二句,残破满眼,而修容饰貌,侧媚依然,衰世之臣,全无心肝,千古一辙也。"(见张惠言《词选》评)作者是否真是表达如评者之激烈情怀,还很难说,也许只是因为"蝉鬓"之缥缈轻盈而设词。

"铜仙"三句,是南宋王朝覆亡之哀歌无疑。因传说蝉借饮露而生想来,故落脚到"难贮零露"。"病翼"三句,转出哀音一片,陈廷焯云:"字字凄断,却浑雅不激烈。"(《白雨斋词话》)正指这些地方而言。"枯形"二字,因蝉有蜕壳而用。蝉鸣停歇前,其声必拖长而渐止,此所谓"余音",而南宋遗老们结社倡和,填词寄愤,不也是"余音"吗?双关语多能令人玩味。"甚"即"怎",用反问醒意。蝉饮露而自洁,此所谓"清","居高声自远,非是藉秋风。"(虞世南《蝉》诗)此言其"高",故当作"清高",而非如《词综》等本作"清商"。陈匪石云:"以多情者每似无情,转疑'清高'者不应'凄楚',更透过一层。"(《宋词举》)所言甚是。结尾二句,回溯"薰风"时节,此正蝉之初鸣环境。回首前尘,夫复何言!故只说"柳丝千万缕"便止,含蓄不尽之势,使此词亦似蝉鸣之有袅袅余音。

长 亭 怨 慢*

重过中庵故园①

泛孤艇、东皋过遍。尚记当日,绿阴门掩。屐齿莓苔,酒痕罗袖事何限。欲寻前迹,空惆怅、成秋苑②。自约赏花人,别后总、风流云散。　　水远。怎知流水外,

---

* 编按:此首初刻本无。

却是乱山尤远。天涯梦短,想忘了、绮疏雕槛。望不尽、冉冉斜阳,抚乔木、年华将晚。但数点红英,犹识西园凄婉。

【注释】

① 中庵:唐圭璋笺:"元刘敏中号中庵,有《中庵乐府》。"王筱芸云:"中庵,或以为是元代的刘敏中,但刘敏中是由金入元者,据其存词和《元史》所载事迹看,似与碧山无涉。疑此中庵别是一人,是碧山的朋友,其事迹已不可考。"(《唐宋词鉴赏辞典》二二四六页)　② 成秋苑:李贺《河南府试十二月乐词》:"梨花落尽成秋苑。"

【语译】

我乘坐一条小船独往,经过了东岸的每一个地方。我还记得当时园门关着,园内绿叶成荫。进园后,一路经过处,莓苔上留下了木屐的齿印;开宴饮酒时,罗袖上沾满了点点酒渍,往事知多少啊!如今想要寻找从前的遗迹,只能是白白地惆怅,繁茂的花园已零落成秋天的林苑了。当年邀约同来赏花的人,自别以后,都风流云散了。

水流向遥远的地方。哪里知道在流水之外,还有那起伏的乱山更为遥远。与天涯未归人相逢的梦境,真是太短暂了,我想是故人已忘了这儿雕刻精美的台榭槛栏了吧。一眼望不尽的是斜阳渐渐西下的景象,我用手抚摸着大树,深深地感到年华已将迟暮。只有残存的几朵红花,还能领会得到这西园凄婉的风味。

【赏析】

此怀旧之作。中庵其人，固不可确知，然重过故园，见人去园荒而兴慨，却和写故国之思的词作，在感情上是一脉相通的。

首句先概说此行。"孤艇"，说独游；"东皋"，是其地；"过遍"，见重游处处留连，启下文，也先摄"寻前迹"之神。自"尚记当日"至"事何限"四句，回忆昔游所见情景。"绿阴"，写花木繁茂；"门掩""屐齿莓苔"，说其境清幽；"酒痕罗袖"，言相见之欢；"事何限"，总其事而兴叹。转入眼前，则"空惆怅"而已。时未至秋，而已觉满眼萧条，故用李贺"梨花落尽成秋苑"句意。末了才说到人事。从写"赏花人"而知园内必种植好花，而上阕不写，正为可以想见，且避免与词末"数点红英"行文重复。至此点出"别"来，以"风流云散"。四字束往，感慨无限。

园在水边，故换头从"水远"说起，这"远"字，不为水，不为山，专为故人而设。"怎知"二句，是"平芜尽处是春山，行人更在春山外"（欧阳修《踏莎行》）词意的变化，故接以"天涯梦短"四字。此"梦"是作者因想念故人而做的梦。那么，故人因何迟迟不归呢？这不是词中要说的，也未必是作者所能回答的。"想忘了、绮疏雕槛"，也只不过说说而已，当然另有缘故，不是真的"忘了"。"疏"，亦雕刻之意，四字指代园中精工细作的种种建造。"望不尽"十四字，无限低回。斜阳欲落，树犹如此！"年华将晚"，是说季节，也是说人。结语若说花都落尽，倒反没有余味，留得"数点红英"自好。花亦如人，在故友都"风流云散"之后，所余一身，已经历过多少风风雨雨,所以才真正识得"凄婉"的滋味究竟是什么。

高 阳 台

和周草窗《寄越中诸友》韵①

　　残雪庭阴,轻寒帘影,霏霏玉管春葭②。小帖金泥③,不知春是谁家?相思一夜窗前梦,奈个人、水隔天遮。但凄然、满树幽香,满地横斜。　　江南自是离愁苦,况游骢古道,归雁平沙。怎得银笺,殷勤说与年华?如今处处生芳草,纵凭高、不见天涯。更消他,几度春风,几度飞花。

【注释】

　　① 周草窗:周密号草窗,沂孙之词友,其时各居杭、越。草窗词《高阳台·寄越中诸友》云:"小雨分江,残寒迷浦,春容浅入蒹葭。雪霁空城,燕归何处人家?梦魂欲渡苍茫去,怕梦轻、还被愁遮。感流年,夜汐东还,冷照西斜。萋萋望极王孙草,认云中烟树,鸥外春沙。白发青山,可怜相对苍华。归鸿自趁潮回去,笑倦游、犹是天涯。问东风,先到垂阳,后到梅花。"　② 玉管春葭:古代候验节气的器具叫灰琯,将芦苇(葭)茎中薄膜制成灰,置于十二乐律的玉管内,放在特设的室内木案上,到某一节气,相应律管内的灰就会自行飞出。见《后汉书·律历志》。　③ 小帖金泥:宋代风俗,立春日,宫中命大臣为皇帝后妃所居之殿阁撰写帖子词,字用金泥写成。士大夫间,也彼此书写了互送。

王沂孙　高阳台

【语译】

庭院的背阴处还留有残雪,寒气微微从帘间透入,密密的玉管中芦灰已传出春天的讯息。此时,不知谁还写金泥字宜春帖,也不知春天落在谁家。我做了一夜相思梦,窗前的梅花都已开放,怎奈我思念的人却被江水阻隔,被云天遮没。凄然相看的,只有满树的清幽芳香,满地的疏影横斜。

江南本来就是最能使人感到离愁痛苦的地方,何况回想起你曾骑着青骢马游历于古道上,乘着小舟看过平沙落雁的情景呢。我真想找来一张泥银花笺,不厌其烦地跟你聊聊这里春天的景象,可如今处处都长满了芳草,即使我登高凭眺,也见不到远在天边的你啊!人生易老,我又怎能再消受得几次春风吹拂、落花纷飞呢?

【赏析】

周密用《高阳台》词调填了一首词,从临安寄给在山阴(今绍兴市)的几位词友,其中也有王沂孙。于是王沂孙就用周词的词调、韵脚,和了一首,即此词。词写好友间彼此的思念,其中也有遗民情绪的流露。

起三句写春已来临。残雪未消,轻寒犹在,而应验节气的灰琯,已飞出春天消息。金泥宜春帖始自宫中,在士大夫之间,既作春联,又作贺年卡用。如今朝代更换,不知谁还喜洋洋地忙于书帖分送,又不知谁还兴冲冲地挂上此帖,此即"不知春在谁家"之意,亡国之感慨,于此一泄。然后写到对隔着钱塘江、远在临安的友人周密的思念。唐卢仝《有所思》诗云"相思一夜梅花发,忽到窗前疑是君",为此词所用,故于"梦"字前加"窗前"二字。特别提到梅花,还因为周密所居之杭州,孤山多梅。今见花而不见人,所以"凄然"。写梅而并不说出"梅"字来,前借卢仝诗暗示,后又将林和靖"暗香""疏影"名句化用,如此措词,方称高雅。

换头"江南自是离愁苦",虽以"离愁"承前而过片,其内涵却要比说同住在"江南"的故人间的离别要多得多。南宋之亡,至尊皇室,或被掳北去,或南窜蹈海,临安残破,臣民离散,这些应亦包含在"离愁苦"范围内,至于说与周密彼此间因春到江南而引起的"离愁",当然也就在其中了。"况青骢"二句,是想故人周密也曾有过旧游的回忆,也必在思念着越中旧友们。"怎得银笺"二句,则说想尽情地与老友谈谈春来的感受。再一折,说可惜芳草遮断了去路,虽登高也不能望见。也就是说,填和词以寄还是一回事,相聚尽欢又是一回事,词终以不能与故人相见为憾,又以经受不起几次风吹花落作结,是叹息人生易老,不堪几度离别,说来更添一片悲情。

法曲献仙音

聚景亭梅,次草窗韵①

层绿峨峨②,纤琼皎皎③,倒压波痕清浅。过眼年华,动人幽意,相逢几番春换。记唤酒寻芳处,盈盈褪妆晚。　　已消黯。况凄凉、近来离思,应忘却、明月夜深归辇。荏苒一枝春,恨东风、人似天远。纵有残花,洒征衣、铅泪都满。但殷勤折取,自遣一襟幽怨。

【注释】

① 聚景亭:杭州聚景园中的亭子。据草窗题,是雪香亭,未知是一是二。园建于南宋孝宗时,曾经四朝皇帝临幸。故址在清波门外,今柳浪闻莺公园一带。周密原词云:"松雪飘寒,岭云吹冻,红破数枝春浅。衬舞台荒,浣妆池冷,凄凉市朝轻换。欲花与人凋谢,依依岁华晚。　共凄黯。问东风、几番吹梦,应惯识、当年翠屏金辇。一片古今愁,但废绿、平烟空远。无语销魂,对斜阳、衰草泪满。又西泠残笛,低送数声春怨。"　② 层绿:谓绿梅。　③ 纤琼:谓白梅。

【语译】

绿梅层叠如碧云,白梅皎洁似琼玉,倒映于湖畔清浅的微波上。美好的年华,过眼即逝,清幽的意境,楚楚动人,我与你相逢,已更换了几次春天?还记得当年与朋友唤酒赏梅,我们寻找你的芳踪,你那时春色盈盈,迟迟没有褪妆凋零。

如今你已黯然消魂,何况近来又离思萦怀。你也该忘掉那明月当空的深夜里,皇帝车驾归宫时的情景了。光阴荏苒,一枝难寄,可恨东风催春晚,人去比天远。纵然尚有残花,飘落在远行客身上,恰如铜仙的铅泪把衣衫洒满。没奈何,我只好勉力折取一枝,以排遣我满腔的幽怨。

【赏析】

聚景园是南宋诸帝常临幸游赏之处,这首次韵草窗之作,即借咏园中亭梅寓亡国之痛,一抒其内心之积怨。

上片先正面描写亭梅,并回忆赏梅事。一二句分别写绿萼梅和白梅。曹植《洛神赋》云:"云髻峨峨,修眉联娟。"此以"峨峨"形容绿梅层叠生长状,也给人以云髻堆翠的联想。"皎皎",常言月色,此则说白梅如琼玉之莹润洁白。"倒压"句,从"疏影横斜水清浅"化出,借此点明是咏梅。"过眼年华"三句,打通今昔,引出片末两句,而"春换"二字,显然有寄托。"唤酒寻芳",昔日人之欢愉;"盈盈褪妆晚",梅亦若有知,盈盈迎客,不辜负人之游兴。

过片"已消黯",语出江淹《别赋》,承前忆共游而来,又引起下句。"消黯"、"凄凉"、"离思",皆可兼指自己与梅花:就自己说,是离别友人的愁绪,就梅花说,是告别了昔日的繁华。所以有下面既像揣测,又像劝告的话:"应忘却、明月夜深归辇。"直接把园中梅花与"曾经四朝临幸"(董嗣杲《西湖百咏注》)事联系了起来。必曰"明月夜深",(一)是指出月下赏梅最富情趣,是极好时光;(二)是说皇帝、后妃们曾在此留连忘返。这对梅花来说,是最幸运、最光荣、最难忘的时刻,而作者说,该是"忘却"的时候了!叙来极为沉痛。"人似天远"、"铅泪都满",推敲起来,都超出了念友的用语。以折梅"自遣一襟幽怨"作结,此"幽怨",也远非孤居寂寞心情而已。读此词,令我联想起扬州史可法衣冠冢前的一副对联,云:"数点梅花亡国泪,二分明月故臣心。"碧山此词,倒也有几分仿佛。

彭元逊

彭元逊(生卒年不详),字巽吾,庐陵(今江西吉安)人。理宗景定二年(1261)中乡试。刘辰翁《须溪词》中屡有与他唱和之作。

疏　影

寻梅不见

江空不渡。恨蘼芜杜若①,零落无数。远道荒寒,婉娩流年②,望望美人迟暮。风烟雨雪阴晴晚,更何须、春风千树。尽孤城、落木萧萧,日夜江声流去③。　　日晏山深闻笛④,恐他年流落,与子同赋。事阔心违,交淡媒劳⑤,蔓草沾衣多露⑥。汀洲窈窕余醒寐⑦,遗佩环、浮沉澧浦⑧。有白鸥、淡月微波,寄语逍遥容与⑨。

【注释】

① 蘼芜、杜若:皆香草名,见《楚辞》。　② 婉娩:柔顺貌,引申为不知不觉。　③ "落木"二句:杜甫《登高》诗:"无边落木萧萧下,不尽长江滚滚来。"　④ 闻笛:笛曲有《梅花落》。　⑤ 交淡媒劳:《楚辞·九歌·湘君》:"心不同兮媒劳,恩不甚兮轻绝。"　⑥ "蔓草"句:《诗·郑风·野有蔓草》:"野有蔓草,零露泞兮。"　⑦ 汀洲窈窕:《诗·周南·关雎》:"关关雎鸠,在河之洲。窈窕淑女,君子好逑。"　⑧ "遗佩环"句:《楚辞·九歌·湘君》:"捐余玦兮江中,遗余佩兮

澧浦。"　⑨ 逍遥容与:《楚辞·九歌·湘君》:"时不可兮再得,聊逍遥兮容与。"

【语译】

大江空阔,不见船渡。可恨蘪芜、杜若都已零落殆尽。前路迢迢,荒漠而寒冷;流年似水,在不知不觉中逝去;那日夜盼望的美人,已入迟暮之年。风烟渺渺,雨雪霏霏,傍晚阴晴不定,我又何须春风带来树树花开,万紫千红? 任凭他孤城里落叶萧萧、大江日夜滚滚流去吧!

夕阳快要西沉,山深处只听得笛声吹出《梅花落》的曲子,我怕自己将来流落,也与这笛曲中的梅花同命,事事都与愿违,既然交情如此淡薄,又要媒人何用? 野外的蔓草多露水,将我的衣衫全打湿了。梦醒之余,见汀洲的窈窕淑女,将佩环投入澧浦赠其所思之人。看悠闲的白鸥、淡淡的月光、微微的水波,我以为你不妨逍遥自在,从容地等待。

【赏析】

这不是一首咏物词,也不是纪游词,而是用象征手法写成的抒情词,题为"寻梅不见",我们不能当他真的是在写实事,否则不但作者寻找不到梅花,我们从词中也很难找到有写梅花的影子。

原来,"梅"只是作者理想中有高尚品格情操的人的代词。因为全篇是用《楚辞》中"香草美人"的表现方法来写的,所以词题也就以"梅"来代替贤者了。杜甫《贫交行》云:"翻手作云覆手雨,纷纷轻薄何须数。君不见管鲍贫时交,此道今人弃如土!"彭元逊的感慨,也与这差不多。

"江空不渡",畏世途之艰难也。恨香草零落之多,是说他所钦佩的人,今已所剩无几。然后说环境很艰苦,流年不待人,看看那些德高行洁者,都已"美人迟暮"了。后四句,自述心志:当此"风烟雨雪"时代,又何须羡慕荣华富贵,任凭自己的遭遇像晚年的杜甫那样好了,独立孤城危楼,对落木萧萧,看长江滚滚东流。

换头"日晏"三句,总算让我们从"闻笛"中猜到一点可与梅花相关连的事,作者也借此自叙了对生活前途的悲观。"事阔心违,交淡媒劳",愤激之语,出自骚人,而又直言无隐,是全篇作意之所在。"蔓草"句,除用《诗》语外,还兼用了陶潜《归田园居》诗:"道狭草木长,夕露沾我衣。衣沾不足惜,但使愿无违。"末了湘君遗佩,是自信美人终得眷顾,虽一时寂寞,仍不妨"逍遥容与",且放浪于山水间,与白鸥为伍,以保持清高淡泊的操守。此词风格特异,在宋词中实为别调。

六　丑

杨　花

似东风老大,那复有、当时风气。有情不收,江山身是寄,浩荡何世?但忆临官道①,暂来不住,便出门千里②。痴心指望回风坠,扇底相逢,钗头微缀。他家万条千缕,解遮亭障驿,不隔江水。　　瓜洲曾舣③,等行人岁岁,日下长秋,城乌夜起。帐庐好在春睡,共飞归湖上,草青无地。悄悄雨④、春心如腻,欲待化、丰乐楼前⑤,怅饮青门都废⑥。何人念、流落无几,点点抟作雪绵松润,为君裛泪⑦。

【注释】

① 官道:官修的驿道。 ② 出门千里:辛弃疾《水调歌头》淳熙丁酉:"一笑出门去,千里落花风。" ③ 舣:船停泊。 ④ 悄悄:静寂无声地。 ⑤ 丰乐楼:南宋临安的著名楼观。在杭州涌金门外向北,其楼"瑰丽峥嵘,掩映图画,俯瞰平湖,千峰连环,一碧万顷;柳汀花坞,历历栏槛间。亭榭翠飞,远近映带;游桡冶骑,菱歌渔唱,往往会合于楼前"。(《西湖游览志》) ⑥ 青门:汉长安之霸城门,后泛指京城的城门。 ⑦ 裛:通"浥",湿润。泪:使泪湿其物,意即拭泪。

【语译】

杨花也像东风,已衰朽无力了,哪里还有那种风发意气。虽然有情,却不收敛,江山到处都成了它寄身之所,浩浩荡荡地四方飘流,也不知今天是什么世道。只是心里还回想着自己曾走在官家的大道上,可为时未久,留不住,便告辞出门,去千里外遨游了。却又痴心地指望风能转向,将自己再吹回原地去,终至是或相见于歌扇底,或点缀在钗头上。从别人家的万条千缕中飞出的杨花,能遮行人于长亭、阻车马于驿站,长江的流水却隔不住它飞越远去。

它曾在瓜洲渡靠岸,年年在那儿等待过往的行人,从漫长的秋季夕阳西下,到城上乌鸦被半夜惊起。青庐帐中的人春睡正香,梦魂与杨花一同飞回到西子湖上,那儿草色青青已无地可容。雨在无声地下着,杨花心里似乎也腻烦了,想要在这风光佳丽的丰乐楼前随风化去,可这故都城门外,举行饯行宴会的事早就取消了。谁又能想到经这番流落,杨花已所余无几,还是把这点点花絮揉成似雪如绵、蓬松柔软的团团,来为你擦拭眼泪吧!

【赏析】

这首咏杨花的长调,所寄托的是作者自己坎坷不幸的身世遭遇。

词一开头,先将杨花与无力的东风相比,"老大"二字,仿佛是在说一位上了年纪而又疲惫的人。然后说出它过着寄身于江山的流浪生活。从"但忆临官道"六句看,作者大概一度曾在元朝做过官,只是为时不久,便告辞了,语用稼轩词"一笑出门去,千里落花风"意,说是继续过他的浪迹四方的生活去了。他之去官,当不是与新朝抱不合作态度,因为丢官后,他还"痴心指望回风坠",希望能再入仕途。可现实未能让他如愿,所以只好出入于秦楼楚馆,跟歌女舞姬们混日子了;"扇底"、"钗头"二句,当即指此。末三句,又说"他家"之杨花,自己当个旁观者,说他们纷纷送至长亭,马行于驿道,还过江而去,想是上燕都去觅前程了。

下阕前四句,说自己漂泊羁旅的苦况。"瓜洲"之地,不知是作者曾有过的真实经历,还是因为它在多次战乱中总是个不寻常的地方。"城乌夜起",是夜来城内不平静之兆,这在杜甫《哀王孙》诗中写过。帐庐春睡,当是写旅途劳顿困倦。梦魂与杨花,皆轻飏不定者,故写共飞而同归。柳絮本畏泥沾,特以"愔愔雨"渲染其腻烦而欲化的心情。"丰乐楼"已无昔日之欢情,连都门帐饮也都已废除,则杨花之流落又有谁惜?末以柳絮成团,想象其可揾君泪作结,则人与杨花同命之作意十分明显。

姚云文

姚云文(生卒年不详),字圣瑞,高安(今属江西)人。度宗咸淳年间(1265—1274)进士。入元授承直郎、抚、建两路儒学提举。有《江邨遗稿》。

紫萸香慢

近重阳、偏多风雨,绝怜此日暄明。问秋香浓未,待携客、出西城。正自羁怀多感,怕荒台高处①,更不胜情。向尊前又忆、漉酒插花人②,只座上、已无老兵③。

凄清。浅醉还醒,愁不肯、与诗平。记长楸走马④,雕弓搾柳⑤,前事休评。紫萸一枝传赐⑥,梦谁到、汉家陵? 尽乌纱、便随风去⑦,要天知道,华发如此星星,歌罢涕零。

【注释】

① 荒台:指彭城之戏马台,宋武帝重阳日曾登临。 ② 漉酒:陶渊明曾取头上葛巾漉酒。漉,过滤。 ③ 老兵:晋谢奕尝逼桓温饮,桓温走避之。奕遂引温一兵帅共饮之。曰:"失一老兵,得一老兵。"借以指酒友。 ④ 楸:落叶乔木,树高可达三十米。 ⑤ 搾:音责,射。 ⑥ 紫萸:即茱萸,重阳佩之以避邪。 ⑦ 乌纱随风:用孟嘉落帽事,参见史达祖《贺新郎·九日》注。

【语译】

快到重阳节时,偏偏又多风雨天气,这一天忽然暖和晴明,真叫人喜之不尽。请问茱萸花香是否很浓了呢?我准备拉着朋友的手同出西城。如今正是我客子情怀多感触的时候,只怕登上荒凉的戏马台,就更不胜其悲哀了。拿起酒杯,又使我回想起曾效古人葛巾漉酒、头插黄花的朋友来了,只可惜座中已没有原来的那些狂放的酒友了。

真凄凉寂寞啊!我微微有点醉,可依然清醒,这愁绪总不肯像赋诗一样能得以平静。记得曾在高高的楸林下纵马驰骋,挽起雕弓去把垂杨树枝射穿,往事就不说也罢。一枝紫红的茱萸花传赐了下来,可又有谁梦到了汉家的陵墓呢?任凭这乌纱帽随风吹走吧,我要让老天知道,我头上已长出这么多斑斑白发了啊!唱完此歌,我不觉热泪淋淋。

【赏析】

作者是南宋咸淳年间的进士,入元后,仕于新朝,当过承直郎、儒学提举之类没有多少实权的官,看来也是为了能混口饭吃。他心情是十分矛盾的,甚至非常痛苦,从这首通过写重阳节感受的慢词中所表现出来的恋恋于南宋王朝的沉痛感情看,他的故国之思、亡国之痛,丝毫也不逊于那些结社共咏《乐府补题》的遗民们。

词的上阕,先从重阳节的天气、自己"羁旅多感",又不见故人等较浅的层面上泛说。稼轩有《踏莎行》庚戌中秋后二夕词云:"思量却也有悲时,重阳节近多风雨。"此首句所本。次句即转愁为喜,说不料到重阳日天气晴暖,令人兴奋异常。"绝怜",是动相约登高、一览秋光之念的起因,然而实际所获得的只是一腔悲怀而已。欲扬而先抑,然后总体上又是先扬而后抑,词笔夭矫,波澜起伏。接着自述情怯,分两点:怕"羁旅多感","更不胜情",是一层;已无旧时狂放之"老兵"同饮,是二层。这样,就便于下阕放开来抒发重阳之悲感。"菊花须插满头归"、"折得黄花插满头"之类写重阳的诗句甚多,此"插花"二字之所出。"已无老兵",典故之用,也颇幽默;知前所言"携客"之"客",非在同有前事之经历的人的行列,故无同样的感受。即便能饮,也只好算"新兵"而已。

换头"凄清"二字,文意语气,都与上阕末直接。"浅醉还醒",也仍就饮酒而言,只是其实意已从重阳风俗之饮菊花酒,转为写借酒浇愁。吟咏者虽有"诗魔"能扰人之说,也不过是说作诗用心良苦,然诗成时,魔亦去,非如愁思之耿耿难遣也。"记长楸"三句,见作者年轻时,不但文章能中举夺魁,还英姿勃勃,驰马弯弓,在众目睽睽下能一献其武艺之身手,从而博得过朝廷的青睐,如此"前事",而今又岂堪回首!故"紫萸一枝传赐"句,说的也应该就是"前事",也正值重阳,赐萸是当年朝廷恩宠的表示,所以铭记在心而不能忘。由此,我才想到上阕中作者见重阳日丽,便急着"问:'秋香浓未?'"这"秋香",不是菊花,不是桂花,必定就是"紫萸",因为它在作者心目中有着特殊的意义。从而又悟到作者选择"紫萸香慢"

词调(前此未见,或竟是自度)来写,又岂是偶然。在这句之后,接"梦谁到,汉家陵",几近痛哭。说秋风落帽事,亦如向天表白其心意,求天谅解其苦衷,读来令人生悲。

僧 挥

僧挥(生卒年不详),俗姓张,字师利,安州(今湖北安陆)人。尝中进士,后弃家为僧,法名仲殊,曾驻无锡苏州承天寺、杭州吴山宝月寺等。与苏轼有交。徽宗崇宁(1102—1106)中,自缢死。其词自成一家,宋王灼《碧鸡漫志》曾将其与贺铸、周邦彦、晏幾道等并举,可见推崇。有近人赵万里辑《宝月集》。

金 明 池

天阔云高,溪横水远,晚日寒生轻晕。闲阶静、杨花渐少,朱门掩、莺声犹嫩。悔匆匆、过却清明,旋占得余芳,已成幽恨。却几日阴沉,连宵慵困,起来韶华都尽。　　怨入双眉闲斗损,乍品得情怀,看承全近①。深深态、无非自许,厌厌意、终羞人问。争知道、梦里蓬莱,待忘了余香,时传音信。纵留得莺花,东风不住,也则眼前愁闷②。

【注释】

① 看承全近:仔细看来,十分亲切。　② 也则:依然是。

【语译】

天宇广阔，白云高浮，清溪在前，流水去远，傍晚的太阳在寒冷的空气中蒙上一层轻晕。无人的台阶静悄悄地，杨花也逐渐稀少了。大红门关闭着，黄莺的叫声听去还很稚嫩。我后悔匆匆忙忙地就让清明节过去了，便赶紧去观赏余留下来的花朵，但也已经成了内心的憾恨。却又接连好几天天气都阴沉沉的，从白天到夜晚，人都感到懒洋洋的，十分倦困，等我再起来去看，大好春光都已完结了。

怨恨进入双眉，眉头总是紧蹙，只是白白地折磨自己。我忽然对这种情怀有所领悟，仔细想来，还十分亲切。人们深深地表示失望，无非是自己有所期求；懒懒地精神不振，必不好意思被人追问。你哪里知道只有幻梦里才有蓬莱仙境，等到把你留恋的一点余香都忘个干净，自然会时时传给你美好的音信。否则你即使能留得住黄莺和鲜花，只要东风不停，也依然会让你的眼前充满愁绪和烦闷。

【赏析】

僧挥，现在很多书中都称他为仲殊；他是北宋人，与苏轼有交往。因为朱孝臧编此书，还遵皇帝后妃提前、僧道妇女移后的体例，所以将他这位出家人和两宋之交的李清照排到了最后。此词的词调，一本作"夏云峰"，并题曰："伤春"。"伤春"之题并不太符合作意，应是后人所加；词倒是劝人不要伤春的，其中有些话，还很有神学意味。

上阕主要写春去花落,人不免要伤春。所以先看上阕,似乎题作"伤春"也没有错。起头三句,可看出作者是一位善于用文字来作风景画的高手;十四个字,便是一幅意境很美很深的描写旷野的图画。接着转为某一院落的景象:"闲阶静"、"朱门掩",暗示春光在无人观赏中过去。"杨花渐少"、"莺声犹嫩",恰好符合"清明"才过不久的光景。至于人呢?先是"悔",为的是"匆匆"过了佳节,没有来得及尽情地赏玩;所以立即"补课",这样虽不能早占春光,也算是"占得余芳"了。可是人心难足,总以未见其盛时为恨("幽恨"),这便是"憾"了。最后,当然就是"怨",因为客观上天气接连"阴沉",主观上自己总觉"慵困",以至不知不觉中"韶华都尽"了。

下阕以"怨入双眉闲斗损"句过片,承上阕末意,也补足了人对春光去尽的反映。一"闲"字、一"损"字,暗暗透露作者对这种怨情的保留态度。以下渐渐转出真意:先用"乍品得"二句过渡,语极委婉。大意说,此类情怀,一经懂得,也不足为怪,乃人人皆有,故觉其亲切。"看承",宋元时俗语,是看待之义;"全",甚也。这两句真像耐心布道者的口吻。"深深态"二句,又忽作狮子吼,将悔憾怨恨种种情怀之实质一语道破:自我期许太多,就难免不深深作态;羞于向人吐露,才必定会怏怏不振。"怎知道"以下又如佛手指点迷津。从正反两面说去:想闻得好"音信",关键在于"忘了余香",不必有所留恋,这是从正面说;若总想"留得莺花",执迷不悟,那只会招来"愁闷",自堕苦海,这是从反面说。禅理而能入词。又说得如此有诗趣、理趣,也很不容易。

李清照

李清照(1084—约1151),号易安居士,济南(今属山东)人。自幼好学,能诗工文,尤擅长词。父李格非、夫赵明诚皆当时著名学者。早年与夫居汴京,词多反映少女情怀与闺中生活,明快秀丽。南渡后,夫亡,只身流离辗转于兵荒马乱中,后卜居金华、临安,境况凄凉,词风遂渐趋低沉忧郁。擅长以白描手法抒情状物,艺术成就很高,成为婉约派大家。论词强调"词别是一家",反对以作诗文之法作词。有《易安居士文集》、《漱玉词》。

凤凰台上忆吹箫

香冷金猊①,被翻红浪②,起来慵自梳头。任宝奁尘满,日上帘钩。生怕离怀别苦,多少事、欲说还休。新来瘦,非干病酒,不是悲秋。　　休休③!者回去也④,千万遍阳关⑤,也则难留。念武陵人远⑥,烟锁秦楼⑦。惟有楼前流水,应念我、终日凝眸。凝眸处,从今又添,一段新愁。

【注释】

① 金猊:狮形的铜香炉。　② 红浪:锦被上的绣纹。柳永《凤栖梧》:"鸳鸯绣被翻红浪。"　③ 休休:罢了罢了。　④ 者:这。　⑤ 阳关:指王维《送元二使安西》诗:"劝君更尽一杯酒,西出阳关无故人。"唐时盛唱,后借以指惜别

曲。　⑥武陵人:用陶潜《桃花源记》事,借指所思之人。　⑦秦楼:是古诗《陌上桑》"日出东南隅,照我秦氏楼"之楼,借指自己的居处。或从词调名着眼,以为用秦穆公之女弄玉事,亦可通。

【语译】

金狮香炉已灰冷烟灭,红纹锦被胡乱地翻开在床上,我起来后,懒洋洋地也不梳头。任凭贵重的梳妆盒上积满灰尘,太阳已升得比帘钩还高。我真怕难忍离别的痛苦,有多少事,想要说出来,结果还是作罢。近来人变得十分消瘦了,并不是因为喝酒而得病,也不是因为感秋而兴悲。

算了吧,算了吧!这次他回家是去定了的,就算你唱一千遍一万遍"西出阳关无故人"的惜别歌,也依然是挽留不住他的。我心想,他就像当年离别桃花源再难返回的武陵打鱼人一样,已走远了,而我只好如古代的秦罗敷独自留居在暮霭中的空楼里。只有那楼前的流水,它该可怜我老是整天站在楼上凝神远望了。这凝神远望处,从今以后,又该增添一段新的愁绪了。

【赏析】

李清照婚后与丈夫赵明诚感情甚笃,只因丈夫仕途奔波及其他原因,夫妻曾多次离别。这样,抒写离愁别恨,便成了李清照前期词的重要主题,这首词便是如此。

上阕分三层写离愁:(一)自发端至"日上帘钩"五句,先从行动举止、精神状态的慵懒恹倦来表现。炉中香冷,床上被乱,迟于起身,懒于梳头,任凭尘满妆奁,不管日上帘钩。真像《诗·卫风·伯兮》中所说的:"自伯之东,首如飞蓬。岂无膏沐,谁适为容?""金猊"、"红浪"、"宝奁"、"帘钩",闺阁身份可知,居处环境可想;"冷"、"翻"、"慵"、"任",又能准确表现人物情态。(二)"生怕"二句,已由表及里,揭出人物内心,点明"离怀别苦"主题。只用"多少事"三字一露,便又以"欲说还休"缩回,半吞半吐,欲言又止。似怕触及敏感话题,也表现其无精打采的心态,又留给人以不少想象余地。(三)"新来瘦"三句,转回来,又由里到外,从自己体态容颜的变化来说,人之消瘦"非干病酒,不是悲秋",是用排除方法来突出离愁是唯一折磨自己的原因。陈廷焯颇称赏此三句,云:"婉转曲折,煞是妙绝。"(《白雨斋词话》)

换头"休休"二字,无可奈何的叹声,仿佛能听到。"者回去也"三句,可见出前此己曾有过多次离别,或者也偶有一二次因挽留劝说而未成行的也难说,此次则去意已决,知不可为矣。《阳关三叠》本送别之曲,因其词能以一片挚情打动行客,遂于此转而为挽留之辞。"念武陵"二句,说其人已去。用武陵人入桃源而又离去事,一是怕其一去不归,亦如捕鱼人;二是将前此的共同生活视作仙境;三是借此表达自己内心想说而未说出来的话:你如此急于离去,将来不后悔轻别吗?至于用"秦楼"指代自己的居处,在所用何事上有二说:有的主张是用弄玉事,有的则认为是用罗敷事。以俞平伯之说最为公允,他说:"这里秦楼,如用弄玉事,与篇题本意合;如用罗敷事,以作者身份来看,似较合适。词意总不过想念远人,两说似可并存。"(《唐宋词选释》)"唯有"二句,张祖望称:"痴语也。"(《古今词论》录《揿天词序》)多情之人欲诉心中之怨而无地,不得已,唯诉诸楼前之流水,转思无情流水若有情,也必怜念我之多情,如此委婉叙来,所以动人。末以"又添一段新愁"回应前之"新来瘦",再次突出了词的主题。

醉 花 阴

薄雾浓云愁永昼,瑞脑销金兽①。佳节又重阳,玉枕纱厨②,半夜凉初透。　　东篱把酒黄昏后,有暗香盈袖。莫道不销魂,帘卷西风,人比黄花瘦③。

【注释】

① 瑞脑:又称"龙脑",即冰片,一种香料。销:一作"喷"。金兽:兽形的铜香炉。　② 纱厨:即纱帐,防蚊用。　③ 比:一作"似"。

【语译】

在浓浓淡淡的云雾般的香烟中,我总愁白天太长,老是面对那个焚着瑞脑的兽形铜香炉。重阳佳节又到了,枕着玉枕睡在纱帐里,到半夜时已开始感觉到阵阵凉意了。

天色黄昏后,我在菊圃的篱笆旁饮酒,暗暗闻到有一股香气飘来,沾满了我的衫袖。别说我心中不黯然感伤,卷帘西风吹来,你看我不比菊花更消瘦吗?

【赏析】

关于这首《醉花阴》，在《琅嬛记》中引了一个非常有名的故事说："易安以《重阳·醉花阴》词函致明诚。明诚叹赏，自愧弗逮，务欲胜之。一切谢客，忘食忘寝者三日夜，得五十阕，杂易安作，以示友人陆德夫。德夫玩之再三，曰：'只三句绝佳。'明诚诘之。曰：'莫道不销魂，帘卷西风，人比黄花瘦。'正易安作也。"这则故事，被许多书所引录，文字也有改易。有两点可疑：一、赵明诚是金石家，不以词章名，也未见有词作留世，"三日夜，得五十阕"，殆难置信；二、谓"明诚欲胜之"，亦必非事实，此已有学者指出。但如果事情尚非全部捏造的话，易安"函致明诚"一语，则可说明作此词时，他们夫妻正离别不在一起。

词起头"薄雾浓云"四字，指室内兽炉所焚瑞脑香之烟，在次句中方补明。诗词中常常写到"秋夜长"，这里却说："永昼"白天长，是为写愁人心态，愁闷无聊，才嫌白昼太长，这与其《声声慢》中"守着窗儿，独自怎生得黑"的意思相同。"佳节又重阳"，不觉又到了倍思亲人的日子，思亲之意虽句中未写（王维《九月九日忆山东兄弟》诗称"每逢佳节倍思亲"），然可从"又"字中细味而得，正如孤居寂寞之意，也只从夜卧纱帐，深夜觉凉中透露出来，措词十分深婉含蓄。作者被推为宋词中婉约派的代表，实非偶然。"瑞脑"、"金兽"、"玉枕纱厨"，大家闺秀的起居生活，款款叙来，都可看出，非徒以词藻为饰也。

换头说"东篱把酒"，此正重阳佳节事，却是欲消愁破闷、排遣寂寞的行为。"东篱",暗写菊花,用陶潜"采菊东篱下"诗意,先为下文布好局。"黄昏后",正愁绪上心之时。"有暗香盈袖",承上句地点时间而说,将通常用以写梅的"暗香"二字转用于写菊。当年陶渊明"尝九月九日出宅边菊丛中坐,久之,满手把菊,忽值(王)弘送酒至;即便就酌,醉而归"(本传),想易安居士此时亦效前贤之举,故曰"盈袖";而"把菊"已使人比黄花成了现成语。最后几句之好处,人已屡屡提及,本毋烦多辞,唯"莫道不"从反面提起自己的黯然心情,自比正面述说更好。盖作者恐人误以为晚来赏菊饮酒,乃出于悠闲自得也。"帘卷西风"九字,自是神来之笔,其好处尤在恰好能为此时此地此女子作最艺术的自我写照。说愁、说瘦,而又能丝毫无损其形象之美感,所以绝妙。或亦正由于此,毛滂《感皇恩》之"人共博山烟瘦"、程垓《摊破江城子》之"人瘦也,比梅花,瘦几分"、无名氏《如梦令》之"人与绿杨俱瘦"等等,虽亦新巧,然终不及易安佳句之能千古传诵也。

声 声 慢

寻寻觅觅,冷冷清清,凄凄惨惨戚戚。乍暖还寒时候,最难将息①。三杯两盏淡酒,怎敌他、晚来风急。雁过也,正伤心,却是旧时相识。　　满地黄花堆积,憔悴损,如今有谁堪摘?守着窗儿,独自怎生得黑!梧桐更兼细雨,到黄昏、点点滴滴。这次第②,怎一个、愁字了得!

【注释】

① 将息:休息,保养。唐宋时俗语,今南方方言中仍有之。 ② 这次第:这光景。

【语译】

东寻寻,西找找,不知在寻找什么,四周冷冷清清,境况凄凄惨惨,心中一阵阵悲戚。忽暖忽冷的季节,最难保养好身体了。喝上几杯淡酒,又怎能挡得住傍晚时猛烈的西风呢?天上大雁飞过,正教我伤心,它们都是我从前认识的老朋友啊!

金黄色的菊花落瓣堆积得满地都是,花儿憔悴如此,现在还有什么可摘取的呢?我守着窗口,一个人怎么才能捱到天黑呢?梧桐叶落,再加上下着细雨,到黄昏时,滴滴答答地响个不停,这番光景,只用一个"愁"字怎能形容得了呢!

【赏析】

在李清照的全部词作中,最有名的大概无过于这首《声声慢》了。此词所表现的凄苦愁绪,已非入选的前两首词可比,其强烈的程度,几乎可谓是墨与泪俱,一片哀音。这种变化,实在是现实生活的改变所造成的。

靖康之变,在使北宋王朝覆灭的同时,也给李清照的个人生活带来了巨变,她的身心都遭受了极大的痛苦。故乡陷落,青州老家付之一炬。南渡后的次年,丈夫赵明诚又因病亡故,结束了伉俪恩爱的生活。继而金兵南下,她孤身一人流亡于浙南,所有藏书和财产也都在逃难中丢失了。经此浩劫,其凄苦悲愁的心境自不难想象,反映在词作中,便有了这首《声声慢》。

词起头三句,连用十四个叠字,令后人赞叹不绝,或谓"真如'大珠小珠落玉盘'也"(《词苑丛谈》);或谓"超然笔墨蹊径之外,岂特闺帏,士林中不多见也"(《花草新编》);也有称之为"公孙大娘舞剑手"的(《贵耳集》);也有说"庶几苏、辛之亚"的(《历朝名媛诗词》)。又有作词拟句,纷纷刻意增多叠字而效颦的,如乔梦符之《天净沙》之类(今杭州孤山"西湖天下景"亭柱上"水水山山处处明明秀秀,晴晴雨雨时时好好奇奇"的对联亦属此类),弄姿作态,俗气逼人,无怪陈廷焯斥之为"丑态百出"(《白雨斋词话》)。李清照这三句虽亦有意为叠字,以合此慢调"声声"之名,但毕竟是在写她自己追思往事时的心理过程,且能把自己惘然若失的举止、寂寥处境的感受和悲从中来的心态,写得细腻生动、层次分明而又极其自然。因而与猎奇卖俏、只着眼于叠字表面效果者不可同日而语。

接着先说忽冷忽热的季节容易生病,能使人感觉到她身体单薄,是多愁所致,心情恶劣,又总怨天气。借酒暖身,岂能敌晚风凛冽;见雁南归,又勾起往事无数。黄花委地,憔悴而不堪摘的,是花是人,已难分解。"有谁堪摘"的"谁",是疑问副词。张相《诗词曲语辞汇释》云:"谁,犹何也;哪也;甚也。与指人者异义。"又举此为例云:"言无甚可摘也。""守着窗儿,独自怎生得黑!"语同白话,却生龙活虎。张端义曰:"此'黑'字不许第二人押。"(《贵耳集》)"梧桐"以下,愈出愈妙,一片神行。"点点滴滴"四字,与发端十四叠字相照应,更见字声之讲究,乃词调声情与内容文情的需要。

吾师夏承焘(瞿禅)说此词用字的艺术特色云:"'梧桐更兼细雨,到黄昏,点点滴滴。这次第,怎一个愁字了得!'二十多个字里,舌音、齿音交相重叠,是有意以这种声调来表达她心中的忧郁和怅惘。这些句子不但读起来明白如话,听起来也有明显的音乐美,充分体现出词这种配乐文学的特色。……她这首《声声慢》词,以细腻而又奇横的笔墨,用双声叠韵、啮齿叮咛的音调,来写她心中真挚深刻的感情,这是从欧(阳修)、秦(观)诸大家以来所不曾见过的一首突出的代表作。"(《唐宋词欣赏》)

念 奴 娇

萧条庭院,又斜风细雨,重门须闭。宠柳娇花寒食近,种种恼人天气。险韵诗成①,扶头酒醒②,别是闲滋味。征鸿过尽,万千心事难寄。　　楼上几日春寒,帘垂四面,玉阑干慵倚。被冷香消新梦觉,不许愁人不起。清露晨流,新桐初引③,多少游春意!日高烟敛,更看今日晴未。

【注释】

① 险韵:做诗词用不常用或难押的字押韵叫用险韵。　② 扶头:头抬不

起而须扶,指醉后状态。　③"清露"二句:《世说新语·赏誉》:"(王)恭尝行散至京口射堂,于时清露晨流,新桐初引。"引:生长。

【语译】

庭院里景物萧条,又加斜风细雨,重重门户不妨关闭。杨柳惹人爱怜,花儿千娇百媚。寒食节将近时,总会有种种令人可恨的天气。因难夸巧的险韵诗做成了,从扶着头的醉态中醒来了,却另有一番空荡荡的滋味。北飞的鸿雁都已过完,满腹心事却难以托雁儿捎去。

楼上一连几天都觉春寒料峭,闺房四面的帘子全低垂着,我懒得去靠在玉栏杆上远眺。衾被已冷,炉香已消,新做的好梦也已醒来,不由我这怀愁的人不起身了。早晨的清露正在流滴,新植的梧桐开始生长,引起我去春游的愿望多少!待太阳升高,烟雾收敛,再看看今天天气是否晴好。

【赏析】

这首词从内容、风格来看,都无疑是南渡前,丈夫离家在外时,李清照写自己孤居生活和感受的作品。所以有研究者认为其"写作的时间,大约是宣和三年(1121),也就是赵明诚起知莱州(今山东掖县),李清照独处青州时"(《李清照词鉴赏》马兴荣文)。词在有的本子上还另有"春情"、"春思"、"春恨"、"春日闺情"一类的题目,显然都是后人所加。

起三句,庭院景象。曰"萧条"、曰"又斜风细雨",景中有愁人寂寞心情在。夫君在外,无所等候,故珍重芳姿,自闭重门。寒食清明,是易动思亲之念的时节,怨"恼人天气",实则是闺中幽怨、烦躁的表现。"宠柳娇花",着力写花柳美好,正见虚度春光之可惜。黄昇云:"前辈尝称易安'绿肥红瘦'(出于《如梦令》)为佳句,余谓此篇'宠柳娇花'之句,亦甚奇俊,前此未有能道之者。"(《唐宋诸贤绝妙词选》)是赞她善于炼字组句,使所用词句新奇而极富于艺术表现力。好诗成而无人赏,酒醉了也无人管,此中滋味,唯自己知道。南唐李煜《相见欢》云:"剪不断,理还乱,是离愁。别是一般滋味在心头。""别是闲滋味"句,正用其意。"征鸿"二句,借北归之鸿雁,点出怀人主题。"难寄",不但指人远路遥,音信难通,更是写"万千心事"不知从何说起,也是表达深情蜜意的话。

　　换头"几日春寒",承前"斜风细雨";"帘垂""慵倚",与"重门须闭"相呼应,总写落寞无趣。白天无聊,夜晚又如何呢?虽可与夫君相聚于"新梦",但梦终须醒,"不许愁人不起"。至此,峰回路转,以下仿佛豁然开朗,以期盼天晴出去春游来表示要暂将自己心中的阴霾离愁驱散,或者还希望能等待到夫君不久回归的消息。黄蓼园云:"起处雨,结句晴,局法浑成。"(《蓼园词选》)其实,这结局的写法,或许也受到《楚辞·九歌》的启示,所谓"时不可兮骤得,聊逍遥兮容与"。其中"清露晨流,新桐初引"二句,全用《世说新语》原句,要将前人成句移植在自己的作品中,使之成活,亦即自然地化为其中的有机部分,这并非易事。自曹操《短歌行》中毫无顾忌地把"青青子衿,悠悠我心"、"呦呦鹿鸣,食野之苹"等《诗经》原句拿来,写入自己诗中,为我所用后,有这样胆识和笔力的作家也还不多,李清照的全用《世说》语,也因此受到了不少说词者的赞赏,如《词品》、《诗辨坻》、《论词随笔》、《词征》等,皆有褒语。

永 遇 乐

元 宵

落日镕金,暮云合璧,人在何处?染柳烟浓,吹梅笛怨①,春意知几许。元宵佳节,融和天气,次第岂无风雨②。来相召,香车宝马,谢他酒朋诗侣。　　中州盛日③,闺门多暇,记得偏重三五④。铺翠冠儿⑤,撚金雪柳⑥,簇带争济楚⑦。如今憔悴,风鬟霜鬓,怕见夜间出去⑧。不如向、帘儿底下,听人笑语。

【注释】

① 吹梅笛怨:因笛曲有《梅花落》,故谓。　② 次第:转眼,接着。与解作"情况,光景"不同。　③ 中州盛日:指汴京盛时。中州,今河南省。　④ 三五:指正月十五元宵节。　⑤ 铺翠冠儿:用翡翠鸟的羽毛装饰的帽子,宋时妇女在元宵节常戴。　⑥ 撚金雪柳:以金线撚丝制成的首饰,亦元宵时的装饰品。　⑦ 簇带:即簇戴,插戴满头之意。济楚:齐整,美丽。宋时的方言。　⑧ 怕见:怕着。韩偓《春闺》诗:"长吁解罗带,怯见上空床。"

【语译】

西下的太阳如一团镕化的黄金,傍晚的浮云合拢来像大块璧玉,而我如今又在哪里呢?柳色如染,烟蒙蒙地一片浓绿;笛声似怨,吹着《梅花落》的曲子,也不知带来了多少春意。正是元宵佳节,天气融融晴和,难道说就不会在转眼间起一场风雨?来邀请我出游的人,有的乘着华美的车子,有的骑着高贵的骏马,我却把这些喝酒的朋友和吟诗的伙伴都一概谢绝了。

想当初汴京昌盛的日子,闺阁中女孩子们多的是空闲的时间,我还记得人们一年之中特别看重的,就要算元宵节了。到那天,我们有的戴着翡翠羽毛装饰起来的帽子,有的把金丝撚作线制成雪柳首饰,插戴得满头都是,大家纷纷上街争奇斗艳。如今我已人老憔悴,发鬓在风中松散,双鬓也覆盖着霜花,害怕在夜间再出去了。倒不如就躲在帘子后面,听听人家笑语喧哗。

【赏析】

刘辰翁曾"诵李易安《永遇乐》,为之涕下",以后"每闻此曲,辄不自堪"(见前同调词小序),还跟词友酬和(另同调词有"郑中甫适和易安词至"等题语)。可见这首词对宋末历经亡国之痛的词人,有相当大的艺术感染力。其实,与她年代相距不远的辛弃疾就写过效李易安体的词,刘过还曾仿此词的句法造过句(详后),都能说明李清照在南宋词坛的影响。此词在全部易安词中应占有特殊重要的地位。因为:(一)她将个人的不幸生活遭遇,置于北宋灭亡、世道变更的大环境中来写,因而具有时代社会意义;(二)艺术风格更趋成熟,在婉曲蕴蓄之中,显得十分沉着老练。是晚年风格的代表作。

　　李清照在金兵南下、浙中大乱时,曾孤身避乱于金华(今浙江中部),后金兵受挫退却,江南得以相对的安定。有人以为她可能复回至临安,晚年则基本上在临安。此词大概就作于这一时期。

　　上阕写眼前元夕,先从傍晚时分景色写起。"落日镕金",描摹西下夕阳生动如见,是他人不曾说过的;与下四字组成工对,令人想起"日暮碧云合,佳人殊未来"诗句。不过,接着"人在何处"的"人",非指所思之人,乃作者自指,用法与"人比黄花瘦"同。"在何处"之问只是虚问,是感慨北宋沦亡、汴京难归、故乡隔绝、孤身漂泊江南的身世遭遇,先为下阕回忆"中州盛日"作铺垫。若谓是问已亡故之丈夫赵明诚在何处,反嫌"火气"过重,与前后语意、全词风格都不协调了,且人近晚年,非丧偶之初,没有必要时时提及。"染柳烟浓,吹梅笛怨"八字,精心琢句。烟,即柳之状,染,言其浓,谓望之柳色堪染;梅,即笛之曲,怨,状其吹,谓听之如怨如诉。刘过《柳梢青·送卢梅坡》:"泛菊杯深,吹梅角远,同在京城。"显然是仿效易安这两句的,还被杨慎将刘过误记作稼轩(见《词品》)。人间变化虽大,元宵之自然风景依然。"春意"不减,而又值"融和天气",作者十分客观地写来,并不加渲染,只是在"次第岂无风雨"句中,才透露出饱受世事风风雨雨的作者的内心余悸,也因为有了这一句,才使这首词寄托了作者对南宋耽于苟安局面的担忧。上阕歇拍三句,说谢绝相召,写出自己游兴兰珊的精神状态,为下阕再说怕夜出张本。其中"香车宝马"四字,是判断其当时可能在临安的依据。

换头推开另起。回忆"中州盛日",是元夕自然会有的联想,也是为申明之所以谢客相邀的理由。下阕全从此目的出发而将往昔之青春欢愉与如今之憔悴避人作对比。"闺门多暇",当指李清照出嫁前还是个姑娘时,在汴京居住的那一段无忧无虑的生活,这与她流离后内外都独自操劳的情况截然不同。两宋"偏重三五"的情况,书多有载,毋烦赘引。穿戴装饰以应时,纷纷夜出"争济楚",自是小儿女们爱打扮、好玩乐情景。折到"如今憔悴",怕出去抛头露面,用"风鬟霜鬓"四字,恰当至极,不但有风霜历尽的意思,且能暗示一副蓬头乱发的老态,如何能再效满头都插戴花花草草的小儿女模样行事呢?以"不如向、帘儿底下,听人笑语"的淡语作结,反更显出其悲哀的深沉。

此词与"声声慢"相比,别是一种艺术风格与表现方式。通篇无悲、愁、涕、泪等字样,也不事情景渲染,只平平叙来,"以寻常语度入音律"(张端义《贵耳集》),沉郁悲凉,庶几可入于大雅之林。

附录一

况 周 颐 序

词学极盛于两宋,读宋人词,当于体格、神致间求之,而体格尤重于神致。以浑成之一境为学人必赴之程境,更有进于浑成者,要非可躐而至,此关系学力者也。神致由性灵出,即体格之至美,积发而为清晖芳气而不可掩者也。近世以小慧侧艳为词,致斯道为之不尊,往往涂抹半生,未窥宋贤门径,何论堂奥。未闻有人焉,以神明与古会而抉择其至精,为来学周行之示也。彊村先生尝选《宋词三百首》,为小阮逸馨诵习之资,大要求之体格、神致,以浑成为主旨。夫浑成未遽诣极也,能循涂守辙于三百首之中,必能取精用闳于三百首之外,益神明变化于词外求之,则夫体格、神致间尤有无形之䜣合,自然之妙造,即更进于浑成,要亦未为止境。夫无止境之学,可不有以端其始基乎?则彊村兹选,倚声者宜人置一编矣。中元甲子燕九日,临桂况周颐。

附录二

《宋词三百首》初刻本溢出篇目[①]

范仲淹

渔　家　傲

塞下秋来风景异,衡阳雁去无留意。四面边声连角起,千嶂里,长烟落日孤城闭。　　浊酒一杯家万里,燕然未勒归无计。羌管悠悠霜满地,人不寐,将军白发征夫泪。

[①] 按:上彊村民所编《宋词三百首》,前后共有数个版本,其中以1924年初刻本与重编本影响较大。本书正文部分所依据的是重刻本,共283首。与重刻本相比,初刻本共收词300首。其中,初刻本有而为重刻本删除者28首,初刻本无而为重刻本所增补者11首。此次借《宋词三百首全解》再版的机会,根据初刻本《宋词三百首》补录其中为重刻本所删除的28首作品附录于后,供读者参考。

附录二 《宋词三百首》初刻本溢出篇目

张　先

生查子

含羞整翠鬟,得意频相顾。雁柱十三弦,一一春莺语。　　娇云容易飞,梦断知何处。深院锁黄昏,阵阵芭蕉雨。

晏　殊

踏　莎　行

碧海无波,瑶台有路。思量便合双飞去。当时轻别意中人,山长水远知何处。　　绮席凝尘,香闺掩雾。红笺小字凭谁附。高楼目尽欲黄昏,梧桐叶上潇潇雨。

欧阳修

临　江　仙

柳外轻雷池上雨,雨声滴碎荷声。小楼西角断虹明。阑干倚处,待得月华生。　　燕子飞来窥画栋,玉钩垂下帘旌。凉波不动簟纹平。水精双枕,傍有堕钗横。

浣 溪 沙

堤上游人逐画船,拍堤春水四垂天。绿杨楼外出秋千。　　白发戴花君莫笑,六幺催拍盏频传。人生何处似尊前!

聂冠卿

多　丽

想人生,美景良辰堪惜。向其间、赏心乐事,古来难是并得。况东城,凤台沁苑,泛晴波、浅照金碧。露洗华桐,烟霏丝柳,绿阴摇曳,荡春一色。画堂迥、玉簪琼佩,高会尽词客。清歌久、重然绛蜡,别就瑶席。　　有飘若惊鸿体态,暮为行雨标格。逞朱唇、缓歌妖丽,似听流莺乱花隔。慢舞萦回,娇鬟低亸,腰肢纤细困无力。忍分散、彩云归后,何处更寻觅。休辞醉,明月好花,莫慢轻掷。

晏幾道

鷓 鴣 天

醉拍春衫惜旧香。天将离恨恼疏狂。年年陌上生秋草,日日楼中到夕阳。　云渺渺,水茫茫。征人归路许多长。相思本是无凭语,莫向花笺费泪行。

生 查 子

金鞍美少年,去跃青骢马。牵系玉楼人,绣被春寒夜。　消息未归来,寒食梨花谢。无处说相思,背面秋千下。

满 庭 芳

南苑吹花,西楼题叶,故园欢事重重。凭阑秋思,闲记旧相逢。几处歌云梦雨,可怜便、汉水西东。别来久,浅情未有,锦字系征鸿。　年光还少味,开残槛菊,落尽溪桐。漫留得,尊前淡月凄风。此恨谁堪共说,清愁付、绿酒杯中。佳期在,归时待把,香袖看啼红。

苏 轼

念 奴 娇

赤 壁 怀 古

大江东去,浪淘尽,千古风流人物。故垒西边,人道是、三国周郎赤壁。乱石崩云,惊涛裂岸,卷起千堆雪。江山如画,一时多少豪杰。　　遥想公瑾当年,小乔初嫁了,雄姿英发。羽扇纶巾,谈笑间、强虏灰飞烟灭。故国神游,多情应笑我,早生华发。人间如梦,一尊还酹江月。

木 兰 花

次欧公西湖韵

霜余已失长淮阔,空听潺潺清颍咽。佳人犹唱醉翁词,四十三年如电抹。　　草头秋露如珠滑,三五盈盈还二八。与余同是识翁人,惟有西湖波底月。

黄庭坚

鹧 鸪 天

坐中有眉山隐客史应之,和前韵即席答之。

黄菊枝头生晓寒。人生莫放酒杯干。风前横笛斜吹雨,醉里簪花倒著冠。　　身健在,且加餐。舞裙歌板尽情欢。黄花白发相牵挽,付与时人冷眼看。

定 风 波

次高左藏使君韵

万里黔中一漏天,屋居终日似乘船。及至重阳天也霁,催醉,鬼门关外蜀江前。　　莫笑老翁犹气岸,君看,几人白发上华颠？戏马台前追两谢,驰射,风流犹拍古人肩。

秦 观

踏 莎 行

雾失楼台,月迷津渡。桃源望断无寻处。可堪孤馆闭春寒,杜鹃声里斜阳暮。　　驿寄梅花,鱼传尺素。砌成此恨无重数。郴江幸自绕郴山,为谁流下潇湘去。

鹧 鸪 天

枝上流莺和泪闻,新啼痕间旧啼痕。一春鱼鸟无消息,千里关山劳梦魂。　　无一语,对芳尊。安排肠断到黄昏。甫能炙得灯儿了,雨打梨花深闭门。

张　耒

风　流　子

木叶亭皋下,重阳近,又是捣衣秋。奈愁入庾肠,老侵潘鬓,漫簪黄菊,花也应羞。楚天晚,白蘋烟尽处,红蓼水边头。芳草有情,夕阳无语,雁横南浦,人倚西楼。　　玉容知安否?香笺共锦字,两处悠悠。空恨碧云离合,青鸟沉浮。向风前懊恼,芳心一点,寸眉两叶,禁甚闲愁?情到不堪言处,分付东流。

晁补之

盐　角　儿

亳社观梅

开时似雪,谢时似雪,花中奇绝。香非在蕊,香非在萼,骨中香彻。　　占溪风,留溪月。堪羞损、山桃如血。直饶更、疏疏淡淡,终有一般情别。

周邦彦

定 风 波

莫倚能歌敛黛眉,此歌能有几人知。他日相逢花月底。重理。好声须记得来时。　　苦恨城头传漏水,催起,无情岂解惜分飞。休诉金尊推玉臂。从醉。明朝有酒倩谁持。

贺 铸

更 漏 子

上东门,门外柳,赠别每烦纤手。一叶落,几番秋,江南独倚楼。　　曲阑干,凝伫久,薄暮更堪搔首。无际恨,见闲愁,侵寻天尽头。

查 荎

透 碧 霄

舣兰舟。十分端是载离愁。练波送远,屏山遮断,此去难留。相从争奈,心期久要,屡更霜秋。叹人生、杳似萍浮。又翻成轻别,都将深恨,付与东流。　　想斜阳影里,寒烟明处,双桨去悠悠。爱渚梅、幽香动,须采掇、倩纤柔。艳歌粲发,谁传余韵,来说仙游。念故人、留此远州。但春风老后,秋月圆时,独倚江楼。

陆　游

渔　家　傲

东望山阴何处是,往来一万三千里。写得家书空满纸,流清泪,书回已是明年事。　　寄语红桥桥下水,扁舟何日寻兄弟。行遍天涯真老矣,愁无寐,鬓丝几缕茶烟里。

定　风　波

进贤道上见梅赠王伯寿

欹帽垂鞭送客回,小桥流水一枝梅。衰病逢春都不记,谁谓,幽香却解逐人来。　　安得身闲频置酒,携手,与君看到十分开。少壮相从今雪鬓,因甚,流年羁恨两相催。

范成大

醉落魄

栖乌飞绝,绛河绿雾星明灭。烧香曳簟眠清樾。花影吹笙,满地淡黄月。　　好风碎竹声如雪,昭华三弄临风咽。鬓丝撩乱纶巾折。凉满北窗,休共软红说。

蔡幼学

好事近

日日惜春残,春去更无明日。拟把醉同春住,又醒来岑寂。　　明年不怕不逢春,娇春怕无力。待向灯前休睡,与留连今夕。

萧泰来

霜天晓角

梅

千霜万雪。受尽寒磨折。赖是生来瘦硬,浑不怕、角吹彻。　　清绝。影也别。知心惟有月。原没春风情性,如何共、海棠说。

吴文英

青　玉　案

　　新腔一唱双金斗。正霜落、分柑手。已是红窗人倦绣。春词裁烛,夜香温被,怕减银壶漏。　　吴天雁晓云飞后。百感情怀顿疏酒。彩扇何时翻翠袖。歌边拌取,醉魂和梦,化作梅花瘦。

李清照

如　梦　令

　　昨夜雨疏风骤,浓睡不消残酒。试问卷帘人,却道海棠依旧。知否,知否?应是绿肥红瘦

浣　溪　沙

　　髻子伤春慵更梳。晚风庭院落梅初。淡云来往月疏疏。　　玉鸭熏炉闲瑞脑,朱樱斗帐掩流苏。通犀还解辟寒无。

图书在版编目(CIP)数据

宋词三百首全解:典藏版/(清)上彊村民编;蔡义江解.—上海:复旦大学出版社,2019.6 (2023.10 重印)
ISBN 978-7-309-13836-8

Ⅰ.①宋… Ⅱ.①上…②蔡… Ⅲ.①宋词-诗歌欣赏 Ⅳ.①I207.23

中国版本图书馆 CIP 数据核字(2018)第 185891 号

宋词三百首全解:典藏版
上彊村民 编 蔡义江 解
责任编辑/杜怡顺

复旦大学出版社有限公司出版发行
上海市国权路 579 号 邮编:200433
网址:fupnet@fudanpress.com http://www.fudanpress.com
门市零售:86-21-65102580 团体订购:86-21-65104505
出版部电话:86-21-65642845
上海盛通时代印刷有限公司

开本 890 毫米×1240 毫米 1/32 印张 26.75 字数 499 千字
2019 年 6 月第 1 版
2023 年 10 月第 1 版第 3 次印刷
印数 12 201—18 300

ISBN 978-7-309-13836-8/I·1114
定价:98.00 元

如有印装质量问题,请向复旦大学出版社有限公司出版部调换。
版权所有 侵权必究